PATRICIA CLOUGH

Eine ehrenwerte Frau

Roman nach einer wahren Begebenheit

W0287256

Aus dem Englischen von Hanne Reinhardt

INSEL VERLAG

Klimaneutral
Druckprodukt
ClimatePartner.com/14438-2110-1001

Erste Auflage 2023
insel taschenbuch 4970
Deutsche Erstausgabe
© der deutschsprachigen Ausgabe
Insel Verlag Anton Kippenberg GmbH & Co. KG, Berlin, 2023
© Patricia Clough 2023
Alle Rechte vorbehalten. Wir behalten uns auch eine Nutzung des Werks für Text und Data Mining im Sinne von § 44b UrhG vor.
Umschlaggestaltung: zero-media.net, München
Umschlagabbildungen: Alarmy/Arcangel/FinePic®
Satz: Satz-Offizin Hümmer GmbH, Waldbüttelbrunn
Druck: CPI books GmbH, Leck
Printed in Germany
ISBN 978-3-458-68270-7

www.insel-verlag.de

Teil I
Der Sündenfall

1. Kapitel

Pillowell, ein Bergbaudorf in Gloucestershire, 1901

Florence Ada Harris' Beitrag zur Geschichte des zwanzigsten Jahrhunderts hatte seinen Ursprung, so könnte man sagen, in einem heftigen Stoß zwischen die Schulterblätter, der sie zur Vordertür des Pfarrhauses hinaus- und flach auf das Gesicht beförderte, direkt auf die steinernen Platten vor dem Eingang.

Er tobte. Durch das Klingeln in ihren Ohren hindurch hörte sie: »Hure! Dirne! ... eine Schande für mich, für meine Arbeit, unsere Familie, deine Söhne!« Und laut und deutlich: »In der Hölle sollst du schmoren!«

Er stand jetzt über ihr, und sie hob schützend die Arme über den Kopf aus Angst vor weiteren Schlägen.

»Mach dich fort!«, zischte er. »Ich gebe dir eine Stunde, um zu packen und von hier zu verschwinden – und nimm deinen Bastard mit! Godfrey bleibt bei mir. Hast du verstanden? Geh mir aus den Augen – ich will dich nie wiedersehen!«

Sie konnte hören, wie er sich umdrehte, es folgte ein kurzes Handgemenge, und dann kam er zurück, einen anderen Mann hinter sich herziehend – offensichtlich Rob, ihren Liebhaber –, den er die Treppen hinab auf die Straße stieß und dabei schrie: »... verdorbener Ehebrecher ... ewige Verdammnis ... Wie kannst du nur!

Wage es nie wieder, dein Gesicht in der Kapelle zu zeigen!« Er folgte dem Übeltäter die Stufen hinunter. Dann überquerte er die Straße und ging den Pfad zu der großen, steinernen Kapelle hinauf. Sie hörte, wie der Schlüssel sich im Schloss drehte, die Tür zufiel und von innen wieder verschlossen wurde.

Ein paar Augenblicke blieb sie am Boden liegen, bebend vor Schmerzen. Sie spürte ein Stechen in ihrem Kopf, sie war hart mit der Stirn auf den Stein aufgeschlagen. Ihre Rippen schienen gequetscht, ihr rechter Arm war aufgeschürft und blutete stark. Schwere Schritte näherten sich und Stimmen – Bergarbeiter vermutlich, auf dem Rückweg von der Nachtschicht in der Grube. Der Morgen dämmerte schon. Unter Schmerzen rappelte sie sich auf, wischte sich den Schmutz aus dem Gesicht und von den Händen, raffte ihr Nachtgewand zusammen und drehte sich zur Tür, um zurück ins Haus zu gehen. Im Eingang standen ihre beiden Jungen, zitternd in ihren Nachthemden und blass im Gesicht.

»Was macht ihr hier?«, rief sie und scheuchte sie hinein. »Ihr holt euch den Tod bei der Kälte! Schnell zurück ins Bett, es ist noch nicht mal richtig hell.«

»Mama, was ist passiert? Warum hat Papa das getan?«

»Warum ist Rob hier?«

»Es ist alles in Ordnung, meine Lieblinge«, versuchte sie, die beiden zu beruhigen. »Euer Vater hat sich nur ein wenig geärgert, er meint das nicht so. Macht euch keine Sorgen. Legt euch einfach wieder hin.«

»Aber … aber …«

»Nein, geht jetzt.«

Schweigend gehorchten sie.

Florence, oder Flo, wie alle sie schon seit Kindertagen nannten, ging in die Küche und setzte sich auf einen Stuhl an den alten Holztisch, zitternd, zu benommen, um zu weinen. Minutenlang saß sie unbeweglich, starr vor Schock, innerlich leer. Dann plötzlich ergoss sich der Horror wie eine Sintflut über sie. Was hatte sie getan? Wie hatte sie so schlecht sein können? Sie hatte ihren strenggläubigen, geistlichen Ehemann betrogen – mit einem ihm anvertrauten Mitglied seiner Gemeinde. Wie hatte es so weit kommen können? Und als ob das nicht genügte: Warum war es ihr nicht in den Sinn gekommen, dass Josiah mit dem Frühzug zurückkehren würde, der viele der Bergarbeiter zur ersten Schicht des Tages brachte?

Niemals hatte sie ihren Mann so wütend gesehen. Doch er hatte recht. Sie hatte eine schreckliche Sünde begangen, das wusste sie. Sie hatte ihn betrogen, hatte ihre Erziehung verraten, alles, was ihr seit frühster Kindheit beigebracht worden war. Vergebung konnte sie keine erwarten, weder von Josiah noch von der Gemeinde. Das war ihr Ende.

Noch immer zitternd erhob sie sich, schlang sich einen Schal um die Schultern, schürte wie mechanisch die Asche in dem alten, schwarzen Küchenherd und füllte den Kessel. Das schiere Grauen umfing sie. Was sollte sie tun? Sie hatte kein Geld, keine Möglichkeiten, welches zu verdienen, und nun hatte sie auch kein Zuhause mehr.

Sie fühlte sich nackt, wie eine Schildkröte ohne Panzer. Wie konnte sie überleben, ohne Mann und ohne Heim? Wo sollte sie hin? Auf keinen Fall zurück zu ihrem verwitweten Vater. Der bloße Gedanke ließ sie erschaudern. Doch sie musste gehen, und das so schnell wie möglich. Die Bergarbeiter könnten alles beobachtet haben. Vielleicht verbreiteten sich die Neuigkeiten schon im Dorf. Oh, was für eine Schmach!

Ihr Arm tat weh. Ein scharfer Schmerz durchfuhr sie, als sie ihn im Spülbecken wusch und sich einen Verband anlegte. Sie ging zu dem alten, schon halb blinden Spiegel und befühlte vorsichtig die Beule an ihrer Stirn. Die Schwellung begann bereits, sich blau zu färben. Sie sah furchtbar aus. Ihr ovales Gesicht, umgeben von dichtem roten Haar, war noch immer hübsch, aber es war blass, und die ersten feinen Falten zeigten sich. Sie war nun einunddreißig. Zehn Jahre in frommer Armut, harte Arbeit und zwei Kinder lagen zwischen ihr und dem übersprudelnden jungen Mädchen, das sie gewesen war. Wo waren die blitzenden Augen, die hinreißenden Grübchen, das gewinnende Lächeln, das alle um sie herum, vor allem die Männer, so unwiderstehlich gefunden hatten?

Eine Tasse Tee hob ihre Laune ein wenig. »Es muss jemanden geben, der mir helfen kann«, sagte sie zu sich selbst. Und plötzlich dämmerte es ihr, wohin sie gehen konnte.

»Cyril«, rief sie. »Mach dich fertig, zieh den Matrosenanzug an. Wir besuchen Tante Emily!«

»Tante Emily!« Die Jungen kamen die Treppe herabgepoltert, immer noch barfuß. Sie liebten Flos älteste Schwester, die in den ersten Jahren wie eine zweite Mutter für sie gewesen war.

»Ich komme auch mit«, rief Godfrey, der jüngere.

Flo fühlte sich, als hätte ihr jemand ein Schwert in den Magen gerammt. Sie wurde doppelt bestraft. Nicht nur wurde sie aus dem Haus geworfen und allein mit ihrem älteren Jungen in eine angsteinflößende Welt geschickt. Sie wurde gezwungen, sich von ihrem Jüngsten zu trennen, ihrem Herzblatt, ihrem heimlichen Liebling – vielleicht für immer, wer konnte das sagen? Diesen Gedanken konnte sie nicht ertragen. Sie würde sich weigern. So etwas konnte man von einer Mutter nicht verlangen. Sie lief vor dem Ofen auf und ab. Nein! Niemals!

Doch schon im nächsten Moment begriff sie die Hoffnungslosigkeit ihrer Lage. Sie kannte Josiah und seine puritanische Welt nur zu gut. Die Primitiven Methodisten waren sehr demokratisch, die Ansichten der Gläubigen hatten bei Entscheidungen oft mehr Gewicht als die ihrer Geistlichen, doch sie wusste, dass die Gemeinde wie ein Mann hinter Josiah stehen würde. Geschändet und entehrt, konnte sie kaum um ihre Hilfe bitten – zu kämpfen und Aufmerksamkeit auf sich zu ziehen, würde ihre Lage bloß unendlich viel schlimmer machen.

Sie nahm Godfrey in den Arm, drückte das Kind fest an sich. »Wie soll ich es ihm bloß erklären?«, zermarterte sie sich den Kopf. »Die Wahrheit kann ich ihm nicht sagen. Ich brauche eine gute Geschichte.« Sie schluckte, mit den Tränen kämpfend, und nahm Godfreys Gesicht in die Hände. »Diesmal nicht, mein Schatz. Du musst bei

Papa bleiben, damit er nicht einsam ist. Wir sind bald zurück, und wenn du schön brav bist, bringt Papa dich vielleicht zu Tante Martha und den Jungs. Und«, fügte sie wild improvisierend hinzu, »nächstes Mal nehme ich dich mit, und Cyril besucht Tante Martha. Wie findest du das?«

Godfrey war nicht überzeugt und begann zu weinen. »Aber warum? Das ist nicht fair, Mama! Ich möchte mit dir gehen«, jammerte er und rannte schluchzend die Treppe hinauf.

Mit tränenüberströmten Wangen lief Flo ins Schlafzimmer und zog ihr »gutes« Kleid an, ein strenges, hochgeschlossenes Kleid aus dunkelblauem Baumwollstoff, wie es sich für die Frau eines Geistlichen der primitiven methodistischen Kirche ziemte. Sie hatte es selbst genäht. Es war alt und bedauerlicherweise schon recht fadenscheinig, aber ihr anderes war noch schäbiger. Ohne nachzudenken, strich sie ihr langes rotes Haar zu dem pedantischen Dutt zurück, den sie seit ihrer Hochzeit trug. Was sollte sie mitnehmen? Sie besaß so wenig. Sie nahm die Fotografie ihrer verstorbenen Mutter vom Kaminsims und betrachtete sie. Das Herz tat ihr weh. »Oh, vergib mir, Mama, vergib mir! Wärst du doch nur hier, um mir zu helfen«, murmelte sie und drückte das Bild für einen Moment an ihre Brust, bevor sie es vorsichtig in ihre abgenutzte Reisetasche legte. Es folgten ihr zweites Kleid, Unterwäsche, ihr Korsett, Nachthemden und ein Extrapaar Schuhe, Cyrils spärliche Habseligkeiten, ihre Bibel und Gebetsbücher. Ein Blick in ihre Geldbörse zeigte ihr, dass die Reste des wöchentlichen Haushaltsgeldes vermutlich nicht einmal für die Zugfahrt reichen würden. Nach kurzem Zögern betrat sie das Arbeitszimmer ihres Mannes und holte den Inhalt aus einer Blechbüchse in der Schublade seines Schreibtisches. An seinem Platz hinterließ sie eine schnell hingekritzelte Notiz: »Sobald ich kann, werde ich es zurückzahlen.« Sie ging noch einmal durch das Haus, um sicherzugehen, dass sie nichts Wichtiges vergessen hatte, dann zog sie ihr Cape über und die Handschuhe. Den Hut setzte sie behutsam ein wenig schief in die Stirn und zog an dem kleinen Schleier, sodass er die Beule kaschierte. »Das mag ein wenig kokett aussehen, aber es muss gehen«, beschloss sie.

Auf der Schwelle blieb sie stehen und hielt sich am Türstock fest. Jede Faser ihres Körpers wollte die Treppe hinaufstürmen und Godfrey mitnehmen. Sie hätte alles dafür gegeben. Stattdessen rief sie: »Mach es gut, mein Schatz, und sei brav! Wir sind bald wieder da.« Mit einem tiefen Atemzug ergriff sie Cyrils Hand, nahm die große Reisetasche und machte sich auf den Weg, das Kinn hoch erhoben und mit einem starren Lächeln auf dem Gesicht.

Es war ein kalter, windiger Tag im Januar. Die halbe Meile durch das Dorf bis zum Bahnhof schien endlos. Sie kamen an den kleinen Häusern vorbei, in denen sie, die beliebte Pastorenfrau, die Kranken besucht und sich um sie gekümmert hatte, dahinscheidende Gemeindemitglieder, mit denen sie so oft gebetet und gesungen hatte, Kinder, denen sie Geschichten aus der Bibel erzählte. Sie grüßte alle mit erzwungener Fröhlichkeit, als sie an ihnen vorbeischritt. »Wir fahren meine Schwester besuchen! Sind bald zurück«, rief sie wieder und wieder.

Sie schienen noch von nichts zu wissen, dachte sie, aber wer konnte ahnen, was für schreckliche Gerüchte und Geschichten die Runde machen würden, wenn sie herausfanden, dass sie niemals zurückkehren würde?

2. Kapitel

Im Great Western Railway

Wie im Koma kauerte sie zusammengerollt auf dem Fenstersitz ihres Abteils, in ihrem geschundenen Kopf und im Brustkorb pochte das rhythmische Da-da-da-*da* der Räder. Der zehnjährige Cyril ihr gegenüber schien die Ereignisse des Morgens bereits vergessen zu haben, vor lauter Aufregung darüber, in einem echten Zug zu sitzen, mit einer echten, dicken, schwarzen Lokomotive, die dunklen Rauch rülpste und durchdringende Pfeiftöne von sich gab. Fasziniert betrachtete er, wie Felder, Wälder und Häuser, Eisenbahnsignale und gelegentlich entgegenkommende Züge vorbeirasten. Er wollte an dem dicken Lederriemen ziehen und das Fenster hinunterlassen, doch sie hob matt die Hand, um ihn zurückzuhalten.

»Nein, Liebling, der Qualm wird dich einhüllen, und du bekommst Asche in die Augen.«

Nach einer Weile wurde ihr klar, dass sie sich zusammenreißen und versuchen musste, sich ein Bild von ihrer Lage zu machen. Sie öffnete die Handtasche und zählte das Geld. Der Inhalt von Josiahs Blechbüchse, die Beiträge seiner Gemeindemitglieder zur Instandhaltung der Kirche, deren Kassenwart er war, war mehr Geld, als sie seit langer Zeit gesehen hatte. Sie fühlte sich zutiefst schuldig und nahm sich das Versprechen ab, es zurückzuzahlen, sobald sie konnte.

Wie sie das erreichen sollte, war ihr zwar vollkommen schleierhaft, aber sie hoffte inbrünstig, dass Emily ihr helfen würde, ihr Leben in Ordnung zu bringen. Ihre ältere Schwester war immer eine Stütze für sie gewesen, ganz besonders nach dem Tod ihrer geliebten Mutter. Sie und ihr schottischer Ehemann Jack waren praktisch veranlagte, vernünftige Leute, sie würden wissen, was zu tun war. Auch wenn, so ermahnte sie sich selbst, sie Emily nicht erzählen konnte, was an diesem Morgen wirklich vorgefallen war. Niemand durfte das je erfahren. Sie brauchte eine gute Geschichte.

An der nächsten Station öffnete sich die Tür, und ein recht junger, vornehm aussehender Herr in einer hellen Tweedjacke betrat ihr Abteil mit einem höflichen »Guten Morgen«. Flo setzte sich schnell gerade hin, rückte verstohlen den Hut zurecht und strich ihr Kleid glatt.

Der Herr hob seinen Lederkoffer auf die Gepäckablage, setzte sich und begann, die Zeitung zu lesen. Ihr fiel auf, dass sich ein dunkelrotes Muttermal seine linke Gesichtshälfte hinabschlängelte. Cyril bemerkte es ebenfalls, und sie gab ihm ein stilles Zeichen, den Herrn nicht anzustarren.

Irgendwann meldete Cyril sich plötzlich zu Wort: »Mama, was ist ein Bastard?«

Flo versteifte sich und warf einen Blick auf den Mann.

»Das ist ein schlimmes Wort, das die Leute manchmal benutzen, wenn sie sehr wütend sind«, antwortete sie mit gedämpfter Stimme. »Du darfst es nie verwenden.«

»Aber warum hat Papa mich so genannt?«

Nervös blickte Flo wieder zu dem Mann hinüber, doch der schien ganz in seine Zeitung versunken. Sie klammerte sich an einen Strohhalm: »Vielleicht, weil du die Hühner von Mrs Evans freigelassen hast?«

»Aber Godfrey war auch dabei, und ihn hat Papa nicht so genannt.«

Zu ihrer Erleichterung schien ihn der Gedanke an seinen geliebten kleinen Bruder abzulenken. Er begann zu weinen. »Warum konnte Godfrey nicht mitkommen? Warum musste er zu Hause bleiben?«, schluchzte er.

Während sie selbst mit den Tränen kämpfte, angelte Flo nach einem Taschentuch und versuchte, ihn zu beruhigen. Und während sie ihn tröstete, dämmerte ihr langsam die Antwort auf seine Frage: Josiah hatte offensichtlich längst gewusst, dass Cyril nicht sein Sohn war. Unglaublich. Er hatte kein Wort gesagt, als das Baby als »Frühgeburt« auf die Welt kam. Kein Wort, nicht einmal, als die Hebamme unbedacht fallenließ, wie groß und ansehnlich er war für ein »Sieben-Monats-Kind«. In seiner distanzierten Art schien Josiah Cyril immer ebenso gerngehabt zu haben wie Godfrey. Doch wann und wie hatte er erfahren, dass Cyril nicht von ihm war? Und warum hatte er bis zu diesem Morgen nichts dazu gesagt? Sie hatte keine Ahnung, niemals hatten sie über vertrauliche Dinge gesprochen. Seine Mission nahm ihn völlig in Beschlag: den Armen und Unterdrückten das Evangelium zu verkünden, den Bergarbeitern, Fabrikarbeitern, den

Arbeitern auf den Bauernhöfen, all jenen, die nach Ansicht der Primitiven Methodisten von der Anglikanischen Kirche im Stich gelassen worden waren, ebenso wie von den offiziellen Methodisten, seit diese »angesehener« und bürgerlicher geworden waren.

Tatsächlich nannten sie sich deswegen »primitiv«, weil sie überzeugt davon waren, dass sie zurückgekehrt waren zu den Anfängen des Methodismus, seinen originären, reinen, ursprünglichen Lehren mit den Predigten und Gebeten unter freiem Himmel, als das Hauptaugenmerk auf den Armen gelegen hatte. Blass, schmächtig, mit mausbraunem Haar und einem Schnurrbart, der in Koteletten überging, war Josiah beinahe fanatisch in seinem Glauben und ein erstaunlich leidenschaftlicher, feuriger Prediger vor einer Gemeinde. Doch zu Hause war er eine ruhige, fast ein wenig geisterhafte Präsenz, im Kopf stets bei seinen Predigten oder, wenn er die Zeit dazu hatte, seinen Hebräisch- und Griechischstudien.

Flo hatte niemandem, nicht einmal ihren Schwestern, ihr Geheimnis anvertraut: dass sie hatte heiraten »müssen«. Das hatte das abrupte Ende einer fröhlichen, unbeschwerten Jungmädchenzeit als jüngste und hübscheste Schwester in einer Bauernschaft in Buckinghamshire bedeutet. Ihr Vater, Zachary Summers, war der Verwalter mehrerer Farmen, die zu einem großen Landgut gehörten, und eine feste Größe in der örtlichen Gemeinde der Primitiven Methodisten. Zachary war ein herrschsüchtiger Mann, jähzornig und streng, und er erlegte seiner Familie einen enthaltsamen, puritanischen Lebenswandel auf, der seinem strikten Glauben entsprach. Seine drei Töchter wollte er zu frommen, gottesfürchtigen Mädchen erziehen, die, nachdem sie mit vierzehn die Schule verlassen hatten, sich dem Kochen und dem Haushalt widmen würden, die Hasen und Hühner versorgten und sich in der Nachbarschaft nützlich machten, bis angemessene junge Männer, am besten Nonkonformisten wie er selbst, des Weges kommen und sie heiraten würden. Die beiden Älteren, Emily und Lizzie, hatten ihm den Gefallen getan und waren zu tugendhaften, folgsamen jungen Frauen herangewachsen, die keinen Ärger machten, aber Flo … Flo war aus einem anderen Holz geschnitzt. Ihre temperamentvolle, lebenslustige, impulsive Natur brachte sie ständig in Schwierigkeiten. Sie wollte sich benehmen, das musste Zachary in seinen milderen Momenten zugeben, aber es gelang ihr nie lange, ihren Übermut zu zügeln. »Ich weiß nicht, warum unser großer Gott uns dieses kleine Luder geschickt hat, Betty«, grummelte er seiner lieben, frommen Frau zu und schüttelte traurig den Kopf. Als sie Kinder waren, zogen Emily und Lizzie Flo damit auf, dass die Feen ihre wahre Schwester gestohlen und sie an ihrer Stelle in die Wiege gelegt hatten. Als sie heranwuchs und umwerfend schön wurde, machte ihr ein ganzer Schwarm von Gleichaltrigen und jungen Männern den Hof – und sie genoss es, der strengen Aufsicht ihrer Eltern zu entfliehen, und sei es nur für Momente, um zu flirten, sich mit den Jungen zu necken und sie zu küssen. Verspielt und lebhaft, wurde sie bewundert und verhätschelt von ihren Freunden und ihrer Familie – außer von Zachary, der kritischer und strenger wurde und sich immer häufiger auf harte Schläge verlegte. Weit entfernt davon, sie zu sittsamer Ergebenheit zu prügeln, veranlasste seine Strenge Flo allerdings dazu, sich zu schützen, indem sie Dinge erfand, die sie »Geschichten« nannte, die aber doch – wie sie später beschämt zugeben musste – nichts anderes waren als Lügen.

Zachary wollte sie unbedingt verheiraten, bevor sie ernsthaft vom Wege abkam, und drängte Flo, Josiah Harris zu ehelichen, den ruhigen, ernsthaften jungen Predigeranwärter in ihrer Gemeinde. Er wusste, dass das mit ziemlicher Sicherheit bedeuten würde, dass sie weit ärmlicher leben würde – denn obgleich er seiner Familie eine schlichte und einfache Lebensführung auferlegte, konnte er ihnen doch mehr Annehmlichkeiten bieten als ein junger Prediger. Aber Josiah, davon war er überzeugt, wäre der richtige Mann, um aus Flo eine gläubige, gottesfürchtige Hausfrau und Mutter zu machen. Flo, fröhlich wie ein Schmetterling, der sich aus seinem Kokon geschält hat, hatte kein Interesse. Sie hatte keine Eile, sesshaft zu werden.

Ich muss zugeben, dass Papa recht hatte, dachte sie reumütig, während sie eine Position suchte, in der ihre Rippen weniger schmerzten. Sie war töricht gewesen, das war ihr nun klar. Töricht und verantwortungslos. Heimliche Küsse waren zu heimlichen Treffen im Wald geworden, während sie die Kranken hätte besuchen sollen. Sie hatte eine sehr ungenaue Idee von dem, was man als »Aufklärung« bezeichnete, und so genoss sie diese romantischen Abenteuer ohne Bedenken, doch eines Tages geschah etwas, auf das sie nicht vorbereitet gewesen war und von dem sie nicht wusste, wie sie ihm Einhalt gebieten sollte. Und bald entdeckte sie zu ihrem großen Entsetzen, dass sie schwanger war. Um es noch schlimmer zu machen, war ihr Liebhaber, ein attraktiver Bauernsohn, zu Verwandten nach Kanada gezogen. Sie war allein, und sie sah einem Schicksal entgegen, das ihr Vater stets als »schlimmer als der Tod« umschrieben hatte. In Panik willigte sie augenblicklich ein, Josiah zu heiraten, und Zachary – in Sorge, dass sie ihre Meinung ändern könnte – kümmerte sich um eine schnelle Hochzeit. In einer wunderbar kurzen Zeit war sie in Sicherheit – und die Freiheit des Schmetterlings nur mehr eine Erinnerung. Sie war einundzwanzig Jahre alt.

»Seltsam, wie die Geschichte sich wiederholt«, sagte sie sich, als sie an die letzten Jahre ihrer Ehe zurückdachte. Sie hatte sich solche Mühe gegeben, eine gute, fromme Predigergattin zu sein. Sie hatte sich in Josiahs wechselnden Gemeinden unentbehrlich gemacht, war für die Bedürftigen da gewesen und hatte für die Jungen so gut gesorgt, wie ihr geringes Einkommen es nur möglich machte. Doch mit der Zeit begann die bittere Armut sie mürbezumachen. Sie hatte Mühe, genug zu essen auf den Tisch zu bekommen, oft gab es bloß trockenes Brot und Kartoffeln und im Sommer das Obst und Gemüse, das die Gemeindemitglieder ihr brachten – auch wenn der Großteil von ihnen ebenfalls kaum etwas hatte. Oft blieb sie hungrig, damit wenigstens die Kinder satt wurden, doch zu häufig mussten auch sie mit knurrendem

Magen zu Bett gehen. Um sie einzukleiden, war sie auf abgetragene Kleidungsstücke von Verwandten oder Nachbarn angewiesen; ständig war sie am Flicken, oder sie strickte Neues aus der Wolle alter Pullover. Im Winter musste sie Bergarbeiter bitten, Kohleklumpen herauszuschmuggeln, um nicht zu erfrieren.

Sie sehnte sich nach menschlicher Wärme und Umarmungen, aber Josiah, im Kopf stets bei seiner Arbeit, war sperrig, reagierte kaum und bot ihr keinen Trost. Manchmal fragte sie sich, ob er tief in seinem Inneren davon überzeugt war, dass selbst ehelicher Verkehr eine Sünde war. Ihr Groll gegen ihn wuchs, sie fühlte sich immer ungeliebter und einsamer.

Manchmal träumte sie von einem besseren Leben, einem Leben mit Geld, Annehmlichkeiten, Vergnügen, Freude. Doch nie wäre es ihr in den Sinn gekommen, Josiah zu verlassen. Frauen wie sie hatten nicht die Wahl: Die Ehe war ewig, was auch immer geschah. Dies war ihr Schicksal, lebenslang.

Ein kurzer Flirt mit einem Händler auf der Durchreise entfachte einen alten Funken in ihrem erloschenen Herzen. Es folgte ein weiterer Flirt und noch einer, jeder ein bisschen weniger harmlos als der vorangegangene, jeder eine kleine, aufregende Flucht aus ihrem alltäglichen Elend. Dann kam Rob – und die Katastrophe.

»Fahrt ihr nach London?«, wurde sie plötzlich aus ihren Gedanken gerissen. Der Herr in der Tweedjacke sprach mit Cyril. Cyril schien unsicher zu sein, was er sagen sollte, und so sprang Flo ihm bei. »Wir müssen in London umsteigen. Wir besuchen meine Schwester in Warley, bei Brentwood.«

»Das ist nicht mehr weit von London. Aber Sie müssen den Bahnhof wechseln«, sagte der Mann. »Sie müssen eine Droschke bis Liverpool Street nehmen. Warum fragen Sie den Fahrer nicht, ob er Ihnen auf der Fahrt ein paar Sehenswürdigkeiten zeigt? Ohne einen großen Umweg könnten Sie Buckingham Palace sehen, Westminster Abbey, Trafalgar Square und St Paul's Cathedral.«

»O Mama, machen wir das?«, rief Cyril aufgeregt.

»Warum nicht?«, sagte Flo. »Das klingt nach einer entzückenden Idee.«

Sie plauderten noch etwa eine halbe Stunde, bis der Herr sich mit einem Blick auf seine Taschenuhr erhob und seinen Lederkoffer von der Gepäckablage zog. »Ich muss an der nächsten Station aussteigen. Auf Wiedersehen, es hat mich gefreut, Ihre Bekanntschaft zu machen, Ma'am.« Und an Cyril gewandt: »Pass auf deine hübsche Mutter auf, junger Mann. Gib acht, dass ihr nichts geschieht.« Und mit etwas, das verdächtig nach einem Zwinkern aussah, war er verschwunden.

Flo war sprachlos. Welch ein Kompliment! Hatte er das wirklich so gemeint? Oder hatte das Zwinkern vielmehr bedeutet, dass er einen Scherz gemacht hatte? Sie stand auf und warf einen Blick in den Spiegel über der gegenüberliegenden Sitzreihe. »Na ja, etwas besser als heute Morgen«, dachte sie. Vielleicht sah sie doch nicht so schlimm aus. Ein kleines Rinnsal Selbstvertrauen begann sich seinen Weg zurück in ihre mitgenommene Seele zu suchen.

»Droschke?« – »Droschke, junge Frau, Droschke?« Eine verblüffende Anzahl von Droschken wartete vor dem Bahnhof. Der Fahrer der ersten sprang von seinem Sitz und hielt ihnen die Tür auf. »Bitte sehr, meine Dame, wo soll's hingehen?«

»Zur Liverpool Street Station«, antwortete Flo. »Aber könnten Sie am Buckingham Palace vorbeifahren, am Trafalgar Square und all den wundervollen Orten, die auf dem Weg liegen? Ich möchte meinem Sohn die Sehenswürdigkeiten zeigen.«

Vergnügt machten sie sich auf den Weg. Über dem Rücken des kastanienbraunen Pferdes vor ihnen spannten sich die Zügel des Geschirrs, verschwanden über ihren Köpfen und reichten bis zu dem Fahrer auf seinem hohen Sitz.

Flo und Cyril waren wie verzaubert. Die Wachen mit ihren roten Jacken und den Bärenfellmützen vor dem Buckingham Palace, die berühmten Gebäude, von denen sie schon so viel gehört hatten, die Springbrunnen, die eleganten Leute in ihren Kutschen, die pferdegezogenen Busse, und sogar – zu Cyrils Entzücken – ein paar Automobile.

Sie vergaßen die Zeit, stiegen aus der Kutsche, um einen Blick in die Westminster Abbey zu werfen, kauften Röstkastanien und betrachteten das Schaufenster von Fortnum & Mason. Beim Anblick der Delikatessen begann Cyril, über Hunger zu klagen, und Flo bat den Fahrer, sie am Lyons' Corner House aussteigen zu lassen. Der Fahrer willigte ein, ohne Aufpreis auf sie zu warten, er war ebenfalls hungrig und hatte sein Essenspaket dabei.

Die Sonne ging in einem rosigen Nebel unter, als sie sich wieder auf den Weg machten. Es begann bereits zu dämmern, und die Lampenanzünder mit ihren langen Stäben waren unterwegs und brachten eine Straßenlaterne nach der anderen zum Leuchten. Als sie die Liverpool Street erreichten, war es schon spät. Flo zahlte den Fahrer, und Cyril blieb bei ihrer Tasche, während sie die Tickets kaufen ging. Erschüttert kam sie zurück.

»Stell dir vor, Cyril: Wir haben den letzten Zug verpasst. Bloß um ein paar Minuten! Jetzt fährt keiner mehr bis morgen früh. Wären wir doch nur nicht so lange mit der elenden Droschke herumgefahren!« Bevor sie losgefahren waren, hatte sie Emily vom Postamt aus ein Telegramm geschickt und angekündigt, dass sie am Abend eintreffen würden. Was sollten sie tun? Ratlos stand sie da. Schließlich entdeckte Cyril ein Schild: Warteraum. »Dem Himmel sei Dank«, stieß Flo hervor. »Dort können wir es uns für die Nacht gemütlich machen.«

Der Warteraum war leer. Sie richteten sich auf einer der breiten Holzbänke ein, und schon bald schlief Cyril tief und fest, ausgestreckt und den Kopf im Schoß seiner Mutter. Flo, erschöpft von den Turbulenzen des Tages, war gerade ebenfalls dabei einzunicken, als ein Polizist den Raum betrat, begleitet von einer Dame der Heilsarmee.

»Sie können hier nicht schlafen, Ma'am. Das ist verboten«, sagte der Polizist.

»Aber, Officer«, protestierte Flo. »Wir haben den letzten Zug nach Brentwood verpasst und müssen bis zum

Morgen warten. Wo sonst sollten wir warten, wenn nicht im Warteraum?«

»Schlafen im Warteraum ist verboten«, antwortete der Polizist. »Sonst würden sich alle Vagabunden Londons hier auf's Ohr hauen.«

»Nun, wir sind sicher keine Vagabunden«, setzte Flo entrüstet an, doch die Dame der Heilsarmee fiel ihr ins Wort. »Ganz sicher nicht, Ma'am. Aber warum gehen Sie nicht ins Bahnhofshotel? Es ist gleich um die Ecke und hat die ganze Nacht geöffnet. Es ist wirklich nicht teuer, und Sie können in richtigen Betten schlafen.«

»Darauf bin ich gar nicht gekommen.«

»Kommen Sie mit, ich zeige Ihnen den Weg«, sagte die Dame.

Wenig später schliefen sie, erschöpft von den Geschehnissen des Tages, tief und fest im Bahnhofshotel – so tief und fest, dass sie sich nicht rührten, bis es am Morgen zehn Uhr schlug. Es war bereits um die Mittagszeit, als sie das Haus der Nortons in Warley erreichten.

3. Kapitel

Warley bei Brentwood

»Da seid ihr ja! Gott sei Dank!«, rief Emily, als sie die Tür öffnete. »Wir haben uns wirklich Sorgen gemacht. Wir haben euch gestern Abend erwartet, wie du es in deinem Telegramm geschrieben hast!«

Emily, deren Haar von einem helleren Rot war als Flos und die um einiges rundlicher war als ihre Schwester, war eine freundliche, mütterliche Frau. Ihre fünfjährige Tochter, Madeleine, klammerte sich schüchtern an ihren Rock. Voll Freude nahm Emily Flo und Cyril in ihre Arme. »Jetzt sagt nicht, ihr habt euch stattdessen in London rumgetrieben!«

»Na ja, nicht ganz«, sagte Flo. »Als wir den Bahnhof wechseln mussten, haben wir den Fahrer der Droschke gebeten, einen kleinen Umweg zu machen, um die Sehenswürdigkeiten anzuschauen, und dann haben wir ganz knapp den letzten Zug verpasst. Wir mussten die Nacht im Bahnhofshotel verbringen.«

»Spatzenhirn, das war ja nicht anders zu erwarten«, ertönte eine tiefe, raue Stimme hinter Emily. »Josiah hätte dich nicht aus dem Haus lassen sollen.« Man hörte ein Klopfen und ein Schlurfen, und dann erschien ein kleiner, drahtiger Mann mit kahlem Kopf und weißen Koteletten, einem Holzbein und einem Gehstock. Flo sank das Herz. Ihr Vater. Sie musste all ihre Willenskraft zusammennehmen, um auf ihn zuzugehen und ihn in den Arm zu nehmen, während sie mit gespielter Freude rief: »Papa! Was für eine schöne Überraschung. Was machst du hier?«

»Ich übernachte bei deiner Schwester, was sonst«, war die knappe Antwort. »Ich nehme an einem Treffen mit ein paar deutschen Kameraden drüben in Epping teil. Ihr zwei solltet auch kommen und euch mal ein bisschen für eure Herkunft interessieren.« Das war eine Rüge. Ihr Vater, der in einem Dorf in der Nähe von Braunschweig im Norden Deutschlands zur Welt gekommen war, hatte den Versuch unternommen, ihnen seine Muttersprache nahezubringen. Eine Zeitlang hatte er sogar ein schüchternes »Fräulein« beschäftigt, das ihnen deutsche Volkslieder und Märchen hatte beibringen sollen. Ganz genau wusste niemand, warum er damals, mit Anfang zwanzig, nach Dorset gekommen war, seinen Namen von Zacharias Sommer zu Zachary Summers geändert hatte und nie wieder nach Deutschland zurückgekehrt war, nicht einmal für einen Besuch. Er gab sich nie die Mühe, es zu erklären. Doch es gab Gerüchte unter der Landbevölkerung, die in den Pubs die Runde machten, dass er damals nach England gekommen war, um irgendeiner Art von »Ärger« aus dem Wege zu gehen.

»Und warum bist du hier?«, fragte Zachary.

»Josiah ist bei einer Konferenz der Primitiven Methodisten, und da dachte ich, ich besuche Emily. Es ist lange her, dass wir uns gesehen haben«, antwortete sie.

»Und Godfrey?«

»Der ist bei Tante Martha und ihrer Familie, Vater.«

»Du hättest ihn mitbringen sollen.« Er fand immer etwas auszusetzen. »Was hast du da für eine Beule an der Stirn?«

Der schwere, eiserne Marmeladentopf habe sie getroffen, als sie versucht habe, ihn aus einem hohen Regal zu ziehen.

Die Anwesenheit ihres Vaters warf einen Schatten über ihre Ankunft, und die Schwestern konnten nicht entspannt und offen miteinander sprechen, bis er sich am nächsten Tag auf den Weg machte, um seine Deutschen zu treffen.

»Lass uns Mittagessen machen«, sagte Emily, nachdem er gegangen war. Während sie Lammkoteletts vorbereitete und Flo die Kartoffeln schälte, bemerkte Emily: »Ich freue mich sehr, dass ihr da seid. Aber warum habt ihr so plötzlich entschieden, vorbeizukommen?«

Flo hatte ihre Geschichte vorbereitet. Emily durfte die Wahrheit nie erfahren. Niemand durfte das. Die Erklärung, die sie sich zurechtgelegt hatte, war absolut glaubwürdig, da war sie sicher. Außerdem war sie wahr. Der entscheidende Teil fehlte schlichtweg. »Emily«, sagte sie mit gedämpfter Stimme, sodass Cyril sie nicht hören konnte, »ich ertrage es nicht mehr länger. Ich weiß gar nicht, wo ich anfangen soll, dir von meinem Leben zu erzählen. Du weißt, dass wir bitterarm waren, aber ich muss dir sagen, dass wir oftmals nicht einmal genug zu essen hatten. Kannst du dir vorstellen, was es heißt, deine Kinder hungrig ins Bett zu schicken? Josiah verdient weniger als ein Erntehelfer, und manchmal verdient er gar nichts, weil die örtlichen Behörden kein Geld haben. Und du weißt, wie es in dieser Art von Gemeinden zugeht – keine ›weltlichen Freuden‹, wie sie es nennen, nicht einmal Bier. Kapelle, Sonntagsschule, Gebete, Gemeindetreffen, das ist alles, was sie kennen.

Wir hatten keinen Streit oder Ähnliches. Es wäre fast leichter, wenn wir welchen gehabt hätten. Josiah ist in Gedanken immer bei seiner Gemeinde, wenn er nicht gerade unterwegs ist, um zu predigen. Er hat keine Zeit für mich. Oft denke ich, wir bedeuten ihm überhaupt nichts mehr. Wenn ich ihm sage, dass wir nicht genug zu essen haben, antwortet er, wir sollen auf Gott vertrauen! Er denkt, dass ich nur für einen kurzen Besuch bei dir bin, doch da ist er auf dem Holzweg. Ich habe mich nie beschwert, aber jetzt ist es genug. Ich gehe nicht zurück.«

»Flo, das kannst du nicht machen! Du kannst deinen Mann nicht verlassen – noch dazu einen Pastor! Das ist unerhört. Es wird einen riesigen Skandal geben!« Emily musste sich setzen. »Josiah ist ein guter Mann. Und du hast ihm so geholfen bei seiner Arbeit. Denk mal an Guernsey, als sie ihn ins Gefängnis warfen und du dich so sehr für ihn eingesetzt hast, dass die Queen ihn begnadigte.«

Flo lächelte schief. Das war direkt nach Cyrils Geburt gewesen. Josiah hatte zum ersten Mal als ordinierter Pastor vor seiner eigenen Gemeinde gestanden. Noch unerfahren, hatte er ein Paar verheiratet, ohne zu wissen, dass sie blutsverwandt waren – Onkel und Nichte. Sobald er die Wahrheit erfuhr, meldete er den Fall, dennoch wurde er verhaftet. Die Gemeinde war überzeugt davon, dass mächtige Anglikaner dahintersteckten, die dem Erfolg nonkonformistischer Kirchen feindlich gegenüberstanden. Flo hatte sich an den Protesten beteiligt und Anträge der Inselbewohner auf seine Freilassung unterstützt, sodass er schließlich von der Queen begnadigt wurde, die auf die Missstände hingewiesen worden war.

»Na ja, er hat sich natürlich bei allen bedankt, aber in Wirklichkeit war er überzeugt davon, dass es der Allmächtige war, dem er zu danken hatte, nicht wir«, bemerkte Flo. Sie hätte noch hinzufügen können, dass das ihrer Ehe nicht unbedingt zuträglich gewesen war.

»Und wovon willst du leben?«, fuhr Emily fort. »Dir ist klar, dass du nie wieder heiraten kannst. Selbst wenn er es sich irgendwann leisten könnte, würde es Josiah nicht einmal im Traum einfallen, sich scheiden zu lassen, das würde allem widersprechen, was er je gepredigt hat. Wie willst du allein zurechtkommen? Du musst auch an die Jungen denken!«

»Ich weiß es nicht, aber ärmer, als wir jetzt sind, können wir nicht werden. Wenn ich nur arbeiten könnte … Darüber möchte ich mit dir und Jack sprechen. Ihr beiden wisst mehr von der Welt als ich, und ich bin sicher, ihr könnt mir Rat geben.«

»Lass uns darüber reden, wenn Jack heute Abend heimkommt. Aber du weißt, dass Lizzie und ich nie verstanden haben, warum du Josiah überhaupt geheiratet hast. Was auch immer unser Vater im Kopf hatte, du warst nie dafür gemacht, die Frau eines Geistlichen zu sein, ganz besonders nicht die eines armen wandernden Predigers wie Josiah. Natürlich haben wir uns manchmal gefragt, ob du einen anderen Grund hattest, um so schnell zu heiraten«, fuhr sie mit wissendem Blick fort und lächelte Flo an. »Du hast so plötzlich nachgegeben.«

Flo lachte, doch sie schwieg.

Als es dunkel wurde, kam Emilys Mann von seinen Rundfahrten zurück. Jack Norton war der örtliche Repräsentant eines alteingesessenen Londoner Stoffhändlers, der ihn neben einem großzügigen Gehalt auch mit Pferd und Wagen ausstattete, um Städte und Dörfer in einem weitläufigen Gebiet erreichen zu können, um seine Waren anzubieten und Bestellungen entgegenzunehmen. Etwas später kam auch Dolly Norton, Jacks Schwester. Dolly war nicht besonders hübsch mit ihrem länglichen, blassen Gesicht mit der hervorstechenden Nase, umrahmt von dünnem, straßenköterblondem Haar. Sie redete nicht viel, doch was sie sagte, zeigte sie als kluge und vernünftige Frau. Sie arbeitete als Zahnarzthelferin und lebte bei Jack und Emily, bis sie und ihr Verlobter genug Geld gespart haben würden, um zu heiraten.

Nach dem Abendessen brachten sie die Kinder ins Bett und setzten sich zu viert in die Stube, um über Bechern mit heißem Kakao Flos Zukunft in Augenschein zu nehmen.

Zu Beginn war Jack felsenfest davon überzeugt, dass Flo zu Josiah zurückkehren musste. »Du musst den Weg akzeptieren, für den du dich entschieden hast. Das Leben dort mag hart sein, aber ich denke, du bist dir nicht im Klaren darüber, wie viel härter das Leben für eine Frau ohne Ehemann und Einkommen ist. Wovon würdest du leben? Wie die Jungen großziehen? Und hast du über den Skandal nachgedacht, den das bedeuten würde, die Leute würden hinter deinem Rücken über dich reden und deine Sittsamkeit in Frage stellen. Ich befürchte, du begibst dich vom Regen in die Traufe.«

»Ich sage einfach, ich bin Witwe«, protestierte Flo. »Es ist nichts Unmoralisches daran, Witwe zu sein.«

»Bis sie dich erwischen«, sagte Jack stirnrunzelnd. Doch Flo war nicht zu überzeugen.

»Schau mal, Jack, so schlimm kann es nicht sein«, sprang Emily ihr schließlich bei. »Wenn Flo wirklich entschlossen ist zu gehen, gibt es absolut schickliche Dinge, die sie tun könnte. Sie könnte Hauslehrerin werden, wie Miss Milford oben im Herrenhaus. Ich glaube nicht, dass sie viel verdient, aber sie lebt in einem schönen Haus und isst mit der Familie. Sie reist sogar mit ihnen.«

»Das wäre wunderbar«, sinnierte Flo, »aber unterrichten liegt mir nicht, sei es als Hauslehrerin oder in einer Schule. Ich habe zwar in der Sonntagsschule Geschichten aus der Bibel gelehrt, und ich habe versucht, den Kindern der Bergarbeiter lesen und schreiben beizubringen, aber ich bin selber nur zur Schule gegangen, bis ich vierzehn war, und habe seitdem kaum ein Buch in der Hand gehabt. Was sollte ich ihnen schon beibringen!«

»Du könntest jemandem den Haushalt führen«, schlug Emily vor.

»O nein«, jammerte Flo. »Eine Bedienstete? Ich hoffe, so tief werde ich nie sinken!«

»Aber das sind wir verheirateten Frauen doch sowieso«, neckte Emily. »Du bräuchtest kein besonderes Wissen, und du würdest dafür bezahlt.« Doch die Panik in Flos Augen schob dieser Option einen Riegel vor.

Dolly hatte bisher schweigend danebengesessen, nun begann sie mit Bedacht: »Ich denke, es wäre die beste Lösung, Krankenschwester zu werden. Du müsstest nicht unbedingt in einem Krankenhaus arbeiten, das ist sehr anstrengend, und vermutlich bräuchtest du eine spezielle Ausbildung. Aber was immer gesucht wird, sind sogenannte Monatskräfte, die sich um Kinder, Kranke, Alte oder Sterbende kümmern – wohlhabende Familien zahlen gern jemanden, der eine Weile bei ihnen wohnt und für sie sorgt. Oder die Betreuung von Frauen bei der Niederkunft und im Wochenbett. Du müsstest nur tun, was der Doktor dir sagt, das ist alles.«

»Das ist eine tolle Idee«, sagte Emily. »Im Pflegen bist du großartig, Flo. Du warst fabelhaft mit unserer Mutter, als sie im Sterben lag.«

Flos Gesicht hatte sich aufgehellt. »Das ist eine wundervolle Idee, Dolly!«, rief sie. »Ich habe ein bisschen erste Hilfe gelernt nach der Schule, und ich habe nicht nur unsere Mutter gepflegt, sondern auch verschiedene Mitglieder von Josiahs Gemeinde, wenn sie krank waren. Das könnte ich tun!«

»Aber was ist mit den Jungen?«, wiederholte Jack. »Du könntest sie nicht mitnehmen.« Flo hatte ihnen noch nicht erzählt, dass sie Godfrey zurücklassen musste. Jeder Gedanke an ihn wollte sie schier zerreißen, es war zu schmerzvoll, darüber zu sprechen.

Die Gruppe schwieg eine Weile, jeder war in seine Gedanken versunken. Es schien keine naheliegende Lösung zu geben.

»Warum bleibt Cyril nicht erst einmal hier?«, bot Emily selbstlos an. »Maddy würde sich freuen, einen Spielkameraden im Haus zu haben, und er könnte hier zur Schule gehen. Wir kümmern uns um ihn, bis du eine bessere Lösung gefunden hast. Und ich könnte mir vorstellen, dass Martha einverstanden ist, Godfrey fürs Erste zu nehmen.«

»Das ist *so* nett von dir, Emily.« Flo fiel ein Stein vom Herzen. »Ich bin sicher, uns fällt bald eine langfristige Lösung ein. Auch wenn ich mir so etwas wie ein Internat sicher nie werde leisten können«, fügte sie traurig hinzu.

»Warum gehst du nicht bei Dr. Willoughby vorbei?«, schlug Dolly vor. »Erzähl ihm von deinem Vorhaben und frag, ob er Patienten hat, die Hauspflege benötigen. Die hat er sicher. Und du solltest dir eine Schwesterntracht besorgen, dann siehst du professioneller aus.«

»Das ist eine gute Idee. Wo bekomme ich so etwas?«

»Ich kenne einen Ausstatter in London, der sich auf solche Uniformen spezialisiert hat«, sagte Jack. »Anfang nächster Woche muss ich beruflich in die Stadt, wenn du willst, kannst du mitfahren und besorgen, was du brauchst. Aber ich warne dich, wir fahren im Morgengrauen los, und wir nehmen den Zug.«

»Ausgezeichnet«, rief Flo und rang die Hände vor Freude. »Ich fahre wahnsinnig gern noch mal nach London!«

Am nächsten Tag suchte sie Dr. Willoughby auf. Sie erzählte ihm, sie sei seit kurzem verwitwet und müsse einen Weg finden, Geld zu verdienen. Sie gab vor, jede Menge Erfahrung in der Pflege zu haben. Der gute Doktor war interessiert und sagte, er habe oft Patienten, die jemanden brauchten, der sie rund um die Uhr zu Hause betreute, und da er ihre Schwester und ihren Schwager gut kenne, werde er nicht zögern, sie zu empfehlen. Tatsächlich wisse er im Augenblick von keiner freien Stelle, doch sie solle in ein paar Tagen wiederkommen.

Zurück im Haus, fand sie einen Brief von Josiah. Er hatte zu Recht angenommen, dass sie bei ihrer Schwester untergekommen war.

»Du bist dir zweifellos bewusst, dass du eine unverzeihliche Sünde begangen hast, die dich für alle Zeiten verdammt, in den Augen Gottes wie den meinigen«, schrieb er. »Um jedoch einen Skandal zu vermeiden, der großen Schaden anrichten würde, nicht nur für die Gemeinde, sondern ebenso für unsere Familie und natürlich für mein Amt, schlage ich vor, niemanden über die wahren Gründe unserer Trennung in Kenntnis zu setzen. Ich denke, auf Godfrey, der still und zurückgezogen ist seit dem Vorfall, können wir uns verlassen, er wird kein Wort sagen. Ich vertraue darauf, dass du das Gleiche von Cyril und dir selbst sagen kannst.

Aus demselben Grund habe ich dein ›Ausborgen‹ der Gelder für die Reparaturen an der Kapelle nicht bei der Polizei angezeigt, so schändlich es auch ist. Ich verlange, dass du die Gelder sofort zurückschickst, denn ich habe nicht die Mittel, diesen schrecklichen und beschämenden Verlust auszugleichen.

Du kannst, das versteht sich von selbst, in Zukunft keinerlei finanzielle Unterstützung meinerseits für dich oder deinen Sohn erwarten. Und eine Scheidung, das muss ich wohl kaum hinzufügen, steht außer Frage, das wäre eine Abscheulichkeit in den Augen Gottes.«

Sie hätte nichts anderes erwarten können, das wusste Flo, doch es tat trotzdem weh. Ja, sie würde das Geld zurückzahlen, sobald sie konnte. Aber was für eine Erleichterung, dass auch Josiah die Wahrheit für sich behalten wollte! Das machte ihre Situation ein klein wenig einfacher.

Emily konnte es nicht erwarten, den Inhalt des Briefes zu erfahren. »Er möchte, dass ich sofort zurückkomme«, log Flo und stopfte ihn in ihre Tasche. »Ich muss ihm schreiben, dass ich das nicht tun werde. Aber ich mache mir Sorgen um Godfrey. Josiah sagt, er sei still und zurückgezogen. Das passt überhaupt nicht zu ihm.«

»Ich gehe mal eine Runde durch Brentwood, das wird mich auf andere Gedanken bringen«, sagte Flo am Nachmittag. »Es ist eine Ewigkeit her, seit ich ein paar nette Läden gesehen habe.« Was sie nicht sagte, war, dass es ihr, trotz all ihrer guten Vorsätze, in den Fingern juckte, Gebrauch von dem Geld zu machen, das sie sich geliehen hatte. Ein paar Stunden später kam sie mit einem geheimnisvollen Paket zurück, das sie hinauf in ihr Zimmer brachte.

»Was hast du gekauft?«, fragte Emily.

»Haha, das ist ein Geheimnis«, sagte Flo. »Ich zeige es euch nach dem Abendessen.«

Als sie wie gewöhnlich über ihren Tassen mit Kakao saßen und plauderten, verschwand Flo nach oben. Nach einer Weile hörte man ein Rascheln auf den Stufen, dann betrat sie die Stube, die Arme dramatisch ausgebreitet. »Tra-la!«, deklamierte sie.

Sie war wie verwandelt. Ihr Haar hatte sie toupiert und so aufgetürmt, wie die eleganten Damen es derzeit trugen, mit Locken obenauf und dünnen Kringeln, die ihr Gesicht einrahmten. Sie trug ein wunderschönes apricotfarbenes Kleid mit engem Rock, der vom Knie abwärts leicht ausgestellt war, und einen passenden breitkrempigen Hut. Sie strahlte vor Schönheit. Die Familie war wie vom Donner gerührt.

»Flo«, rief Emily, »du siehst umwerfend aus! Was für ein wunderschönes Kleid.«

»Du siehst aus wie eine Prinzessin«, staunte Dolly.

Jack hatte es die Sprache verschlagen. Er konnte die Augen nicht von ihr abwenden.

»Ich wollte etwas Schickes für London«, sagte Flo. »Jahrelang musste ich schlichte, unelegante Kleidung tragen. Josiah hat immer gesagt, ich dürfe nie besser aussehen als die Frau eines Bergarbeiters – die Wahrheit ist, das hätte ich mir nie leisten können. Ich habe mir immer so sehr etwas Hübsches gewünscht.« Verzückt drehte sie Pirouetten durch das Zimmer. »Oh, es ist so wundervoll, endlich ein schönes Kleid zu haben!«

Als sie einander gute Nacht sagten und sich bereitmachten, ins Bett zu gehen, flüsterte Emily Flo zu: »Das muss ein Vermögen gekostet haben. Es geht mich ja nichts an, aber …«

Josiahs Blechbüchse erschien vor Flos innerem Auge. »Es war nicht teuer. Sie hatten es für eine Dame genäht, deren Mann plötzlich verstorben ist, und dann fand sie es unpassend. Mir hat es perfekt gepasst, und so haben sie es mir für sehr viel weniger verkauft. Und ich verrate dir ein Geheimnis: Seit langem schon habe ich einen Teil des Haushaltsgeldes auf die hohe Kante gelegt.« Sie flunkerte schon wieder. »Immer nur ganz wenig, damit ich etwas hatte für den Tag, an dem ich es nicht mehr aushielt. Ich wusste immer, dass ich es früher oder später brauchen würde. Und keine Sorge, ich habe noch genug, um mir die Schwesterntracht zu kaufen.«

Sie mussten früh aufbrechen, Jack hatte sie vorgewarnt. Im Zug plauderten und scherzten sie. Jack war einer von Flos Bewunderern gewesen, bevor er die bodenständigere Emily heiratete, und Flo musste zugeben, dass die beiden weit besser zusammenpassten. Trotzdem spürte sie, dass er sich immer noch sehr zu ihr hingezogen fühlte.

Er brachte sie sofort zu dem Ausstatter, stellte sie vor und bat den Händler, ihr seine ganze Aufmerksamkeit zu widmen, dann wandte er sich seinen eigenen Terminen zu. In dem Laden gab es alles, was sie sich nur wünschen konnte. Sie entschied sich für zwei blassblaue Kleider mit hohen, weißen gestärkten Kragen, vier weiße Schürzen und einige weiße Häubchen. Sie war hocherfreut, dass das helle Blau und Weiß der Tracht, der leicht geraffte Stoff an den Schultern und die schmal geschnittene Taille ihr außerordentlich schmeichelten, und sie gelobte, sie so oft wie möglich zu tragen. Den letzten Shilling aus Josiahs Büchse gab sie für einen kleinen Lederbeutel aus, in dem sich ein Thermometer, Spritze, Schere, Pinzette und andere nützliche Instrumente befanden.

Mit Jack hatte sie sich für ein Uhr unter der Nelsonsäule verabredet. Sie aßen in einem Café in der Nähe zu Mittag und waren gerade auf dem Weg in Richtung St James's Park, um ein wenig spazieren zu gehen, als sie eine kleine Menschenansammlung bemerkten. Auf Jacks Frage, was los sei, bekamen sie die Auskunft: »Der Kaiser kommt! Der Kaiser besucht die Queen!«

Polizisten tauchten auf, um die Menge von der Fahrbahn zurückzuhalten. Es handelte sich nicht um einen Staatsbesuch, ja nicht einmal um eine offizielle Aufwartung. Kaiser Wilhelm II. war unterwegs nach Osborne House auf der Isle of Wight zu seiner Großmutter Queen Victoria, die im Sterben lag. Das Volk allerdings wusste noch nichts von ihrem Zustand.

Bald näherte sich der Wagen des Kaisers, gezogen von vier glänzend schwarzen Pferden. Zwei oder drei der Umstehenden jubelten ihm zu, ein paar winkten der aufrechten Gestalt mit dem gewaltigen Schnurrbart, der frisch gewachst glänzte und an den Seiten zu zwei aufragenden Spitzen gezwirbelt war, doch der Großteil der Gruppe blieb stumm und machte einen eher ablehnenden Eindruck – Deutschland war dabei, seine Marine in beunruhigender Weise zu verstärken, und nicht wenige hatten Angst, dass sie bald die britische Seemacht bedrohen würde. Trotzdem drängelten die Leute hinter ihr, um besser sehen zu können, Flo wurde vom Gehsteig geschubst und landete fast direkt vor dem Wagen. Kichernd sah sie auf und begegnete dem Blick des Kaisers. Er lächelte, und das nächste Winken der kaiserlichen Hand schien nur ihr zu gelten.

»Hast du das gesehen, Jack? Hast du das gesehen? Der Kaiser hat mir zugewunken! Mir!«

»Absolut, das hat er«, sagte Jack.

»Papa würde sich so freuen – weißt du, dass er Deutscher ist?«

»Ja, aber ich denke, das sollte er für sich behalten, und du auch, bei der Stimmung in diesen Zeiten. Wenn Seine Kaiserliche Majestät nicht achtgibt, könnten wir uns bald im Krieg mit Deutschland befinden.«

Auf dem Weg zurück zum Bahnhof fiel Flo ein Etablissement ins Auge, das den Namen *American Bar* trug. »Was ist eine American Bar?«, fragte sie.

»Einer von diesen neumodischen Orten, an denen sich die Leute treffen, um Cocktails zu trinken.«

»Was sind denn Cocktails?«

»Das sind Getränke, in denen verschiedene Weine und Spirituosen gemischt werden. Die sind in London gerade der letzte Schrei«, sagte Jack.

»Oooohh«, rief Flo. »Ich würde liebend gern einen Cocktail probieren! Lass uns reingehen.«

Als sie die Bar betraten, begannen Flos Augen zu leuchten. Ein Pianist spielte Jazz, der Barkeeper lächelte und rief ihnen »Guten Abend« entgegen. Jacks Brust füllte sich mit Stolz, als sich alle Köpfe nach der entzückenden Dame in dem apricotfarbenen Kleid umdrehten. Nach langem Hin und Her bestellte Flo einen Manhattan. »Bist du sicher? Der ist sehr stark«, warnte Jack. »Hast du schon einmal Alkohol getrunken?«

Das hatte Flo nicht, aber sie wollte es nicht zugeben. »Mach dir keine Sorgen, ich vertrag das schon«, versicherte sie ihm frohgemut.

Sie war im siebten Himmel. Lebhaft plaudernd wippte sie im Takt der Musik mit dem Fuß und lächelte die Herren an, die ihr bewundernde Blicke zuwarfen. »Das habe ich all die Jahre verpasst!«, dachte sie. Irgendwann sah Jack auf die Uhr und beschloss, dass sie gehen müssten. Aber Flo ließ sich nicht bewegen. »Nein, es ist so herrlich hier, ich könnte die ganze Nacht bleiben! Ach, kann ich noch einen Drink haben, bitte, bitte!« Wider besseres Wissen gab Jack nach und bestellte einen Gin Fizz für sie und einen zweiten Old Fashioned für sich selbst.

Schon bald bereute er es. Selbst nicht mehr ganz sicher auf den Beinen, musste er Flo, taumelnd und fröhlich vor sich hin singend, zusammen mit ihren Paketen in eine Droschke hieven, und später in den Zug, wo sie auf der Stelle einschlief, den Kopf an seine Schulter gelehnt. In Brentwood blieb ihm nichts anderes übrig, als eine weitere Droschke zu bestellen.

Emily und die Kinder waren nicht zu Hause, als sie ankamen, sie waren bei einem Spielenachmittag ihrer Gemeinde und anscheinend noch nicht zurück, obwohl es spät war. Als sie das Haus betraten, wies Jack Flo streng an: »Nach oben mit dir, und zwar sofort!« Mit einer Tasse Tee klopfte er wenig später an ihrer Tür. Flo lag bereits im Bett. »Wie lieb von dir. Du warst sehr gut zu mir, Jack«, brachte Flo hervor. Ihre Zunge gehorchte ihr noch immer nicht ganz. »Es war ein wunderschöner Tag, danke, ich danke dir!« Und sie schlang die Arme um seinen Hals und bedeckte sein Gesicht mit Küssen. Sie war weich, warm, und sie duftete nach Parfum. In einem Nebel aus Whisky und Wermut und ohne, dass irgendwer etwas in der Richtung geplant hätte, wurde die Umarmung länger und enger …

»Mamas Tür ist abgeschlossen.« Cyril kam die Treppe wieder herunter. Emily hatte ihn hinauf ins Bett geschickt.

»Das kann ich mir nicht vorstellen. Vielleicht klemmt sie wieder«, schlug Emily vor und rief: »Jack! Könntest du raufgehen und dir das ansehen?« Aber Jack war nicht da. »Wo ist denn dein Onkel Jack?«, fragte sie Cyril. Doch der wusste es auch nicht. So ging Emily selbst nach oben.

Auf dem Treppenabsatz blieb sie wie angewurzelt stehen. Die Geräusche, die aus Flos Zimmer kamen, waren unverkennbar. »Ich glaube es nicht!«, keuchte sie. Sie drückte die Klinke, doch die Tür war tatsächlich verschlossen. Wild hämmerte sie dagegen und schrie: »Aufhören, alle beide. Sofort! Ich bring euch um!«

Die Geräusche verstummten. Emily versuchte, die Tür einzutreten, als ein kleinlauter, schuldbewusster Jack von innen aufsperrte. »Flo geht es nicht gut. Ich habe ihr eine Tasse Tee gebracht«, stammelte er, wenig überzeugend. Emily schlug ihm ins Gesicht und rannte ins Zimmer, warf sich auf ihre Schwester und packte sie am Hals. Nach einem wilden Kampf gelang es Jack schließlich, sie vom Bett zu ziehen und aus dem Raum zu bugsieren. Er folgte ihr auf dem Fuße. Flo schloss die Tür hinter ihnen ab, einige Minuten später öffnete sie sie kurz wieder, um Cyril hereinzulassen, der ohne ein Wort in sein Bett schlüpfte.

Zu keinem klaren Gedanken fähig und mit rasendem Herzen, lag Flo wie versteinert unter ihrer Decke und spürte das Entsetzen darüber, was geschehen war. Was hatte sie bloß getan? Der Mann ihrer geliebten Schwester – konnte es etwas Schändlicheres geben? Sie fühlte sich schmutzig und erbärmlich.

Unten hörte sie Emily kreischen und Jack, leiser, der versuchte, sich zu entschuldigen, und sie bat, sich zu beherrschen, aus Angst, die Nachbarn könnten etwas hören. Sie wusste, dass Cyril ebenfalls wach lag und alles mitbekam, und fragte sich, wie um Himmels willen sie ihm all das am nächsten Tag erklären sollte.

Irgendwann musste sie doch in den Schlaf hinübergeglitten sein, denn als sie wieder zu Bewusstsein kam, war das Haus still, und das erste Licht stahl sich durch den Spalt zwischen den Vorhängen. Ihr Kopf schien zu explodieren, ihr war übel, und die scheußlichen Erinnerungen an die Vorkommnisse des Abends bedrängten sie. Sie wäre am liebsten gestorben.

Als sie Emilys Schritte hörte, beschloss sie, Cyril zum Frühstücken nach unten zu schicken und zu sehen, was geschah. Nach einer Weile kam er zurück mit einem Blatt Papier, auf dem stand: »Verschwinde aus meinem Haus, SOFORT! Und komm nie mehr wieder. Ich werde kein Wort mehr mit dir sprechen.«

Flo war hin- und hergerissen. Ein Teil von ihr wäre erleichtert gewesen, das Haus zu verlassen, ohne ihrer Schwester je wieder in die Augen sehen zu müssen. Doch sie wusste, dass eine demütige Entschuldigung und die Bitte um Vergebung das Mindeste waren. Noch im Nachthemd ging sie hinab. Jack war nirgends zu sehen. Sie fand Emily in der Küche.

»Emily, es tut mir so leid. Bitte vergib mir! Ich muss so betrunken gewesen sein – ich habe nie zuvor Alkohol getrunken, ich war nicht bei Sinnen …«

»Verschwinde, du Schlampe! Du Hure!«, zischte Emily durch die Zähne.

Flo fühlte sich elend, und schluchzend sank sie auf die Knie. »Bitte, Emily, ich wollte wirklich nicht …«

»Du bist nicht mehr meine Schwester! Und jetzt RAUS! Ich will dich nie wiedersehen.« Emily stürmte aus der Küche und schlug die Tür zu. Flo blieb nichts übrig, als nach oben zu gehen und ihre Sachen zu packen.

Zum zweiten Mal innerhalb einer Woche stand Flo auf der Straße – verkatert, hungrig und nun auch ohne einen Penny in der Tasche.

4. Kapitel

Warley

»Was machen wir jetzt, Mama?«, fragte Cyril unglücklich.

Flo zitterte, und ihr war schlecht. Doch sie riss sich zusammen, atmete tief ein, nahm die Reisetasche fest in die eine Hand und griff mit der anderen nach Cyril.

»Wir gehen zu Dr. Willoughby und fragen, ob er schon Arbeit für mich hat«, sagte sie und machte sich mit entschlossenen Schritten auf den Weg. Sie war froh, dass sie zumindest die Geistesgegenwart besessen hatte, ihre Schwesterntracht anzuziehen.

Doch so leid es Dr. Willoughby auch tat, er hatte immer noch niemanden, der sie brauchen konnte. Er riet ihr, bei dem anderen Arzt in Warley vorstellig zu werden, Dr. Atkins, und vielleicht sogar beim Apotheker. Sie hatte einfach kein Glück.

»Schön, wir gehen nach Brentwood, vielleicht kaufen die Schneiderinnen mein neues Kleid zurück«, sagte sie zu Cyril. Doch die Schneiderinnen sagten, es täte ihnen leid, sie könnten das Kleid nicht zurücknehmen, schon gar nicht mit dem verschmutzten Saum. Flo musste zugeben, dass sie es bereits getragen hatte.

Aber es war Mittagszeit, sie hatten schrecklichen Hunger und Cyril jammerte. Sie kamen an einem Markt vorbei, auf dem die Marktleute gerade dabei waren, ihre Stände abzubauen. Flo schickte Cyril, um zu fragen, ob sie irgendetwas übrig hätten, doch alles, was er auftreiben konnte, war eine Tüte mit angeschlagenen Äpfeln. Sie fanden eine abgelegene Bank in einem kleinen Park und verschlangen sie gierig.

»Tapferkeit«, sagte Flo, mehr zu sich selbst. »Wir müssen stark sein, standhaft. Mutig. Gott wird uns beistehen.« Cyril schwieg.

An diesem Nachmittag klapperten sie die Arztpraxen und Apotheken Brentwoods ab, doch vergebens. Gegen Abend begann Flo zu verzweifeln. Sie hatten kein Dach über dem Kopf, kein Geld, nichts zu essen. Sie kannten niemanden hier, außer Emily und Jack, und die hatten sie verloren, vielleicht für immer. Wer könnte ihnen bloß helfen?

»Wo werden wir heute Nacht schlafen?«, quengelte Cyril.

Ja, wo?

Sie liefen an einer großen Kirche vorbei, und plötzlich blieb Flo stehen. Natürlich. Kirchen halfen Menschen, die in Schwierigkeiten waren. Sie und Josiah hatten immer ihr Bestes gegeben. Sie hatten sogar eine Tafel an der Mauer angebracht, auf der stand: »Jeder ist willkommen.«

»Hier, Cyril. Lass uns sehen, ob jemand Rat weiß.« Sie ließ den großen Türklopfer gegen das Holz der schmalen Tür fallen, die zum Pfarrhaus zu gehören schien, doch niemand antwortete.

»Lass uns ein wenig in der Kirche warten, irgendwann muss ja jemand kommen.«

Auf der anderen Straßenseite befand sich eine Bäckerei, die gerade im Begriff war zu schließen. Erneut schickte sie Cyril, um zu fragen, ob sie Brot übrig hatten. Er kam mit einer Tüte trockener Brötchen zurück, das war ihr Abendessen. Sie setzten sich in eine Kirchenbank und warteten. Flo zermarterte sich den Kopf nach Geschichten, die sie Cyril erzählen konnte. Es wurde dunkel. Noch immer war niemand gekommen.

Irgendwann streckte Cyril sich auf der Bank aus, den Kopf auf einem Betkissen, und schlief ein. Auch Flo musste eingeschlafen sein, denn der Klang eines großen Schlüssels, der sich im Schloss der Kirchentür drehte, holte sie wieder zurück. Es dauerte einen Augenblick, bis ihr klar wurde, dass die Person nicht kam, sondern ging. Sie rannte zur Tür, hämmerte dagegen und rief: »Hilfe! Schließen Sie uns nicht ein!« Doch wer auch immer dort war, schien es nicht zu hören, und die Tür blieb fest verschlossen. Sie waren eingesperrt für die Nacht.

Es war stockfinster und eisig kalt. Der Hunger biss in ihrem Magen. Sie stieß sich an den Ecken der Kirchenbänke, als sie sich zurück zu Cyril und ihrer Reisetasche tastete. Ihre suchenden Schritte hallten durch die große, leere Kirche. Ihre Füße und Hände waren taub vor Kälte. »Josiah hat gesagt, ich soll in der Hölle schmoren, aber nun erfriere ich in der Hölle«, dachte sie bitter. Während sie in der dunklen Kirche saß wie in einer tiefen Höhle, drängten sich die Ereignisse der letzten Tage wieder in ihr Bewusstsein. Der Vorfall im Pfarrhaus, der Vorfall bei Emily – warum nur war sie so niederträchtig gewesen? Josiah, trotz all seiner Schwächen, hatte so etwas nicht verdient, genauso wenig wie Emily, ihre liebste Schwester. Was war bloß in sie gefahren? So war sie nicht erzogen worden, sie hatte stets versucht, ein »gutes« Mädchen zu sein, auch wenn ihr das nicht immer gelang. Sie hatte ihre Eltern verraten, ihre Familie, ihren Glauben. Und nun wurde sie bestraft. Sie hatte kein Zuhause mehr, kein Geld, nichts – und das hatte sie ganz allein sich selbst zuzuschreiben.

Auf der Suche nach Trost tastete sie in ihrer alten Tasche nach dem billigen Eisenrahmen mit dem Bild ihrer Mutter und zog ihn hervor. Als sie klein gewesen war, waren die weiten Röcke ihrer Mutter oft genug ihr Zufluchtsort vor dem Ärger ihres Vaters gewesen. Als sie älter wurde, tröstete sie sich an ihrem großen Busen und in ihrer warmen Umarmung. Ihre Mutter hätte Zachary niemals widersprochen, sondern versuchte, sie mit sanfter Stimme davon zu überzeugen, dass Papa recht hatte und dass sie sich besser benehmen musste. Doch sie fühlte, dass ihre Mutter sie verstand und ihr vergab.

»Mama«, sagte sie leise zu dem Bild, während sie sich bemühte, das Gesicht ihrer Mutter in der Dunkelheit zu erkennen. »Ich war schlecht, aber das wollte ich nicht, glaub mir, ich wollte es wirklich nicht. Es tut mir so schrecklich leid. Die arme Emily! So etwas werde ich niemals wieder tun, das verspreche ich. Mama, bitte hilf mir!«

Dem Himmel sei Dank war ihre Mutter nicht hier und konnte sie so sehen, dachte sie, allein mit ihrem armen Sohn und vollkommen mittellos.

Was wurde aus Frauen wie ihr? Was würde geschehen, wenn sie keine Arbeit fand? Wieder überkam sie die schiere Panik. Würden sie und Cyril auf der Straße betteln müssen? Woher würden sie genug zu essen bekommen? Wäre sie gezwungen, sich zu prostituieren? Was für eine grauenhafte Vorstellung! Oder würden sie zwischen den bemitleidenswerten Menschen im Armenhaus landen, unter der strengen Aufsicht vermeintlicher Wohltäter Sklavenarbeit verrichten, hungrig, misshandelt und voller Scham?

Sie warf sich auf die Knie. Die Worte eines Psalms kamen ihr in den Sinn: »Aus der Tiefe rufe ich, Herr, zu dir.« An den Rest konnte sie sich nicht erinnern, doch sie betete: »Herr, ich gelobe, dass ich niemals, niemals wieder so etwas tun werde. Ich werde gut sein, das verspreche ich. Aber bitte, du musst mir helfen – zu überleben.«

Teil II
Eine ehrenwerte Frau?

5. Kapitel

Brentwood

»Wer sind Sie? Was tun Sie hier?«

Flo fuhr erschrocken auf. Ein schmaler Mann in grauem Anzug mit steifem, weißem Kragen stand am Ende der Kirchenbank und blinzelte sie durch stahlgerahmte Gläser an. Morgensonne ergoss sich durch die Buntglasfenster.

»Oh, Herr Pfarrer, Gott sei Dank, dass Sie da sind!«, rief Flo. »Wir wollten um Hilfe bitten, die Kirche war offen, aber niemand kam. Und dann hat man uns eingeschlossen. Wir haben nicht vorgehabt, hier zu übernachten.«

»Hier können Sie auf jeden Fall nicht bleiben«, sagte der Pfarrer. »Die Kirche ist nicht für Landstreicher.«

»Ich bin keine Landstreicherin! Ich bin eine ehrenwerte Frau!« Flo brach in Tränen aus. Der Pfarrer schien erschrocken. Linkisch streckte er den Arm aus, als wolle er sie trösten, dann ließ er ihn wieder sinken und wusste nicht, was er tun sollte.

»Was ist hier los?« Eine gedrungene, grauhaarige Frau kam zu ihnen herüber, sie trug einen Strauß Blumen und eine Vase. Sofort fiel ihr Blick auf Flos Uniform.

»Sie sind Krankenschwester?«

Flo putzte sich die Nase und nickte.

»Was ist geschehen?«

Flo begann wieder zu weinen und brachte eine wirre Geschichte hervor, ihr Mann sei gestorben, sie brauche Arbeit, habe kein Geld, könne nirgends hin. Cyril hörte schweigend zu.

»Ich hatte gehofft, jemand könnte mir weiterhelfen«, stammelte sie zwischen Schluchzen und Schniefen. »Aber es kam niemand.«

»Und wer ist dieser junge Mann?«

»Cyril«, antwortete der Junge, zog an Flos Ärmel und fügte hinzu: »Mama, ich habe Hunger.« Flo warf ihm einen warnenden Blick zu.

Die Frau schien offensichtlich überzeugt davon, die Sache in die Hand nehmen zu müssen.

»Ich bin Vera Snodgrass. Der Pfarrer ist mein Mann. Lassen Sie mich bloß eben die Blumen ins Wasser stellen, dann gehen wir ins Pfarrhaus und besprechen, was wir tun können. Und Cyril bekommt etwas zu essen.«

Sichtlich erleichtert, sich nicht mehr um das Problem kümmern zu müssen, verschwand ihr Mann und wandte sich anderen Angelegenheiten zu.

Am Küchentisch des Pfarrhauses gewann Flo ihre Fassung zurück, und während sie und Cyril sich den Bauch mit Marmeladenbroten vollschlugen, erzählte sie Mrs Snodgrass eine sorgsam bearbeitete Version ihres Dilemmas.

Mrs Snodgrass' Herz wurde weich.

»Mein armes Kind«, sagte sie. »Wie furchtbar! Was würde wohl aus mir, wenn mein lieber Arthur sterben würde? Ich weiß nicht, was ich täte. Lassen Sie uns eine Lösung für Ihr Problem finden. Ich weiß von keinem Gemeindemitglied, das eine Krankenschwester zu Hause brauchen könnte, doch ich werde mich umhören. Aber was machen wir mit diesem jungen Mann hier?«, überlegte sie. »Ich kann mir nicht vorstellen, dass jemand ein Kind mit aufnehmen würde. Das wäre sehr unüblich.«

Darüber hatte Flo nicht nachgedacht. Natürlich stand es nun außer Frage, dass Cyril bei Emily blieb. »Ich weiß nicht, vielleicht könnte ich seine Tante in Dorset fragen, ob er dortbleiben kann.« Sie sprach von Lizzie, ihrer anderen Schwester. »Doch im Augenblick habe ich nicht einmal das Geld für ein Zugticket, um ihn dort hinzubringen.«

»Vielleicht könnten wir fürs Erste die Coopers bitten, ihn in ihrem Heim für verlassene und verwahrloste Kinder aufzunehmen. Ich bin im Vorstand und bin mir sicher, sie würden mir die Bitte nicht abschlagen.«

Cyril sah nicht glücklich aus.

»Keine Sorge, junger Mann. Die Coopers sind sehr freundlich und werden sich gut um dich kümmern. Und ich bin überzeugt, es wäre nicht für lange«, versuchte Mrs Snodgrass, ihn zu beruhigen.

Wenige Minuten später war Flo sich sicher, dass der Herr ihre Gebete erhört hatte. Sie, Mrs Snodgrass und Cyril waren auf dem Weg durch die Stadt zu der Einrichtung der Coopers, als sie hörte, wie jemand ihren Namen rief. Es war Lucy Green, die Assistentin von Dr. Willoughby.

»Mrs Harris, Mrs Harris!« Lucy kam über die Straße geeilt. »Wir haben eine Patientin, die Sie dringend braucht. Die Schwester, die sich um sie gekümmert hat, ist heute Morgen ganz plötzlich gegangen. Können Sie mitkommen und mit dem Doktor sprechen?«

Flo war selig.

»Hören Sie, meine Liebe, Sie gehen gleich mit zu Dr. Willoughby«, sagte die freundliche Mrs Snodgrass. »Ich begleite Cyril zu Mr und Mrs Cooper, und später am Nachmittag treffen wir uns im Pfarrhaus wieder und Sie können Ihre Tasche holen.«

Flo dankte ihr überschwänglich und machte sich auf den Weg.

»Ich bin Schwester Harris. Dr. Willoughby hat mich geschickt«, erklärte Flo munter, als sich die Tür des rotgrauen Backsteinhauses in Warley öffnete. Vom Doktor wusste sie, dass ihre Patientin eine gewisse Laura Darnley war, eine schwangere Frau, die an Schwindsucht litt und gar nicht gut beieinander war. Es würde keine leichte Aufgabe sein, hatte der Doktor sie vorsichtig gewarnt, aber er wäre sehr dankbar, wenn sie so kurzfristig dafür zur Verfügung stünde.

»Ah, dem Himmel sei Dank, dass Sie da sind, Schwester. Und so schnell!« Erleichterung stand in dem runden, leicht geröteten Gesicht der Frau, vermutlich der Haushälterin, die sie hereinließ. Das Gesicht mit kleinen, dunklen, wachen Augen war von einem braunen Häubchen umrahmt, das die grauen Locken zurückhielt. Sie trug ein braunes Kleid und eine rote Schürze, die um eine mollige Taille gebunden war. Flo konnte sich des Gefühls nicht erwehren, von einem in die Enge getriebenen Rotkehlchen empfangen zu werden.

»Kommen Sie herein, Schwester. Ich nehme Ihre Sachen.«

Als die Eingangstür hinter ihnen ins Schloss fiel, erklang von oben ein rauer Ton wie das Krächzen eines Raben. Wer ist das, noch ein Vogel?, kicherte Flo innerlich.

»Die neue Schwester ist da, Ma'am«, rief das Rotkehlchen. Mit gesenkter Stimme fügte sie an Flo gewandt hinzu: »Sie müssen Geduld mit ihr haben, sie macht eine schwere Zeit durch.« Flo nickte und folgte der Haushälterin die Treppen hinauf ins Zimmer ihrer Herrin.

Der Raum war dunkel, heiß und beinahe unerträglich stickig. Schwere braune Samtvorhänge verdeckten die Fenster, weitere hingen girlandenartig um das altmodische Himmelbett. Dunkle Blumentapete und überladene Möbel trugen ihren Teil zu der düsteren Atmosphäre bei. Eine Lampe aus buntem Glas an der Seite des Bettes war die einzige Lichtquelle. Ihr matter Schein zeigte die blassen Züge einer jungen Frau, die einmal sehr schön gewesen sein musste und die, umrahmt von langem, dichtem, dunklem Haar, in einem Berg von Spitzenkissen lag.

»Wer sind Sie?«, krächzte sie und wurde sofort von einem heftigen Hustenanfall geschüttelt.

»Ich bin Schwester Harris, Mrs Darnley. Dr. Willoughby hat mich geschickt. Er selbst wird ebenfalls jeden Augenblick hier sein.« Geschäftig und mit einem beruhigenden Lächeln trat Flo an die Seite des Bettes, entschlossen, professionell und kompetent zu erscheinen, so, als hätte sie alle Erfahrung dieser Welt.

»Setzen wir Sie ein wenig auf, dann können Sie besser atmen«, sagte sie und trat näher, um ihre Patientin anzuheben.

»Lassen Sie mich«, fauchte Laura Darnley. »Das bringt überhaupt nichts. Ich weiß selbst am besten, was gut für mich ist. Ich habe es so satt, dass ihr Schwestern mir erzählen wollt, was ich tun soll. Nach ein paar Tagen hauen Sie auch ab, wie alle anderen, dumme Taugenichtse allesamt. Keine Ahnung habt ihr.«

Zu Flos großer Erleichterung ertönte in diesem Moment die Türglocke, das Rotkehlchen ging hinunter und erschien kurz darauf wieder mit Dr. Willoughby, einem großen, onkelhaften Mann in seinen Fünfzigern, mit hohem Kragen, buschigem Schnurrbart und einer ruhigen Art.

»Doktor, wenn Sie bitte der Schwester sagen würden, was sie tun soll und was sie nicht tun soll, sie scheint wirklich keine Ahnung zu haben.«

Flo wollte sich verteidigen, schließlich war sie gerade erst zur Tür hereingekommen, doch Dr. Willoughby machte ihr ein Zeichen, dass sie ruhig bleiben solle, und sagte: »Erst einmal untersuche ich Sie, Mrs Darnley. Wie geht es Ihnen heute?« Er öffnete seine große schwarze Ledertasche.

Nachdem er die Kranke untersucht, Fieber gemessen und festgestellt hatte, dass es ihr nicht besser ging als am Vortag, sagte er mit sanfter Stimme: »Nun, wir müssen Sie ein wenig zur Ader lassen, das wird Ihnen guttun.« Er deutete Flos erschrockenes Gesicht falsch und ergänzte: »Das mache ich selbst, keine Sorge, Schwester. Ich lasse keine Friseure in die Nähe meiner Patienten, und ich verwende auch keine Blutegel. Es ist notwendig, das Risiko einer Infektion so klein wie möglich zu halten, wenn die Damen sich in einem Zustand befinden wie Ma'am«, fügte er in Richtung seiner Patientin hinzu, deren Protest er ignorierte.

Flo kniete sich neben das Bett, eine Schale in der einen Hand, Mrs Darnleys Rechte in der anderen, während der Doktor eine Ader an ihrem linken Arm öffnete. Blut tropfte in die Schale. Flo wurde ein wenig flau, doch sie riss sich zusammen – der Doktor durfte nicht bemerken, dass es das erste Mal war, dass sie einen Aderlass sah. Sie hatte davon gehört, dass diese Praxis mittlerweile umstritten war, doch Doktor Willoughby war ganz offensichtlich ein Arzt der alten Schule. Wie dem auch sei, sie musste jedem seiner Worte Folge leisten. Das ist jetzt mein Beruf, und ich muss lernen, damit zurechtzukommen, dachte sie.

Als der Arm säuberlich verbunden war und der Inhalt der Schale entsorgt, nahm Dr. Willoughby sie zur Seite und schrieb Rezepte für ein paar Medikamente. »Sie hat ihre beinahe aufgebraucht. Ich habe Ihnen die Zeiten und Dosierungen hier aufgeschrieben«, sagte er und reichte ihr einen weiteren Zettel. »Seien Sie vorsichtig mit dem Laudanum. Nicht mehr als zwei Tropfen am Morgen und mittags sowie fünf am Abend, damit sie besser schläft. Und es ist wichtig, dass sie isst, so viel sie eben kann«, fügte er hinzu. »Geben Sie ihr viel dunkles Bier, das ist gut für Damen in ihrem Zustand. Ein wenig frische Luft, wenn möglich, allerdings«, fuhr er mit gedämpfter Stimme fort, »findet sie keinen großen Gefallen an geöffneten Fenstern.«

Sie kehrten zum Bett zurück. Mrs Darnley lag unbeweglich, die Augen geschlossen. Flo hätte nicht sagen können, ob sie ohnmächtig war, ob sie schlief oder sie einfach nicht beachtete. Der Doktor fühlte ihren Puls. »Es ist alles in Ordnung, sie muss sich jetzt einfach ausruhen«, sagte er. Und als Flo ihn draußen vor der Zimmertür der Haushälterin überließ, wandte er sich ihr noch einmal zu und sagte mit großem Ernst: »Das Baby kommt in einem Monat, und sie hat keine Kraft. Das wird nicht leicht werden.«

Behutsam öffnete Flo das Fenster einen Spaltbreit, um ein wenig Luft und Licht in den stickigen Raum zu lassen, und beschäftigte sich damit, die Flaschen mit Medizin zu säubern und zu sortieren, die ihre Vorgängerin nicht besonders ordentlich hinterlassen hatte. Plötzlich wurde die Stille von einem Kreischen aus dem Bett unterbrochen.

»Schließen Sie das elende Fenster. Es ist kalt! Wollen Sie, dass ich mir auch noch eine Lungenentzündung hole?«

Schnell schloss Flo das Fenster.

Bald war es Mittagszeit, und trotz Mrs Snodgrass' Marmeladenbroten im Pfarrhaus hatte Flo Hunger. Das Dienstmädchen brachte ein Tablett mit Mrs Darnleys Mittagessen.

»Sie hätten mich vorher fragen sollen!«, bellte die Patientin. »Bringen Sie das zurück, ich will es nicht. Bringen Sie mir einfach eine kleine Schale Brühe.«

»Aber der Doktor hat gesagt …«, protestierte Flo.

»Halten Sie den Mund, ich weiß, was gut für mich ist.« Flo sank das Herz. Wie lange würde sie es mit dieser Furie aushalten?

Die Haushälterin kam, um zu fragen, wo Flo essen wollte. Flo zögerte. Sie wusste, dass ihre Stellung als Krankenschwester, wenn auch unter der Familie, über dem Personal lag und dass die Schwestern oft allein auf ihren Zimmern aßen. Doch sie wollte unbedingt mehr über die Darnley-Familie und ihre unmögliche Patientin erfahren und sich gut mit dem Personal stellen.

»Könnte ich mit Ihnen in der Küche essen?«, fragte sie.

»Ja, gehen Sie essen und lassen Sie mich in Frieden«, sagte Mrs Darnley und drehte sich auf die Seite.

In der Küche wurde sie dem Dienstmädchen vorgestellt, einem schmächtigen Mädchen mit braunem Haar, das auf den Namen Nellie hörte und nach einem schüchternen »sehr erfreut« kein Wort mehr hervorbrachte. Das Rotkehlchen entpuppte sich als Mrs Betts und erzählte, dass sie bei den Darnleys war seit dem Tag, an dem sie nach Warley gekommen waren. Das war vor zehn Jahren gewesen. Flo musste überrascht ausgesehen haben, denn Mrs Betts beeilte sich hinzuzufügen, dass es nicht immer so gewesen sei wie jetzt: »Sie waren jung und sehr verliebt. Sie sind beide ausgesprochen musikalisch. Mrs Darnley ist Irin, ihre Familie lebt in Dublin, aber sie war für ihr Studium nach London gekommen. Sie war sehr schön und eine vielversprechende junge Sängerin mit einer wunderbaren Stimme und glänzenden Aussichten für die Zukunft. Eine richtige Primadonna, muss ich sagen. Mr Darnley hat sie von vorne bis hinten verwöhnt, sie konnte alles haben oder tun, was sie nur wollte.

Sie hat ihre Karriere aufgegeben – oder zumindest aufgeschoben –, als die Kinder kamen. Dann wurde sie so krank. Sie können hören, was das mit ihrer Stimme gemacht hat. Selbst, wenn sie wieder gesund wird, der Doktor sagt, sie wird vielleicht nie wieder singen können. Das hat sie bitter gemacht – Sie sehen ja, was aus ihr geworden ist.

Es kommt eine Krankenschwester nach der anderen, keine hält es länger als ein paar Tage aus. Aber ich könnte sie nie verlassen. Ich liebe die Kinder von ganzem Herzen, und Mr Darnley ist so ein guter Mann. Und sie tut mir leid, weil ich weiß, wie sie früher war und wie sie leidet.«

Flo war ergriffen. »Ich bin froh, dass Sie mir das erzählt haben«, sagte sie. Sie hoffte, es würde ihr helfen, mit dieser schwierigen Patientin umzugehen.

»Wann kommt Mr Darnley?«, fragte sie.

»Wahrscheinlich nicht vor Ende der Woche«, antwortete Mrs Betts. »Er ist viel unterwegs für seine Arbeit.« Dann, mit gesenkter Stimme, als ob sie gewichtige Informationen weitergab: »Er ist etwas in der Regierung, wissen Sie?«

Das klang beeindruckend.

»Über Ihre Bezahlung und alles Weitere müssen Sie mit ihm sprechen«, fuhr Mrs Betts fort. »Vorausgesetzt natürlich, dass Mrs Darnley Sie behalten möchte.« Flo war klar, dass das bedeutete, dass sie mit ihrer Patientin zurechtkommen musste, zumindest für einige Tage, wenn sie bezahlt werden wollte. So unangenehm das auch sein würde, so hatte sie doch für den Moment ein Dach über dem Kopf.

»Die Kinder kommen um vier aus der Schule«, sagte Mrs Betts. »Dann trinken sie ihren Tee und gehen zu ihrer Mutter, wenn sie die Kraft dazu hat. Danach spielen und üben sie, und um halb sieben gehen sie ins Bett.«

»Üben?«, fragte Flo verwundert.

»Mr Darnley bringt den Kindern singen bei und Klavier spielen. Sie singen wie kleine Engel. Er spielt Orgel in der Kirche und hat sogar eine kleine Orgel hier in seinem Arbeitszimmer.«

Flo ging zurück ins Krankenzimmer. Mrs Darnley hatte das Bettzeug von sich geworfen, das Bett war schweißgetränkt, und sie rang nach Luft. Flo setzte sie, in eine Daunendecke gewickelt, in einen Sessel, während sie die Laken wechselte, und brachte sie mit viel Überzeugungskunst dazu, sie waschen und ihr langes schwarzes Haar bürsten zu dürfen, bevor sie sie zurück ins Bett verfrachtete.

Sobald ihre Patientin schlief, eilte Flo nach Brentwood, um ihre Reisetasche aus dem Pfarrhaus zu holen und Mrs Snodgrass für ihre Hilfe zu danken, dann lief sie zum Kinderheim und brachte Cyril seine Sachen. Mr Cooper begrüßte sie überschwänglich. Sie war etwas verwundert, dass er sie nicht hereinbat, sondern sie bloß beruhigte, Cyril sei glücklich und finde sich gut ein. Flo nahm ihn beim Wort, sie war erleichtert, zumindest eine vorläufige Lösung für Cyril gefunden zu haben. Sie hatte gehört, dass solche Heime meist klein waren, sodass eine warme, familiäre Atmosphäre herrschte, die viele der Kinder sonst in ihren Leben nicht hatten, und Mrs Snodgrass hatte dieses Haus empfohlen. Flo wusste nicht, dass beileibe nicht alle Häuser diesen Ansprüchen gerecht wurden, und es kam ihr nicht in den Sinn, genauer hinzusehen.

Schnell kehrte sie nach Warley zurück, wo sie eine wache Patientin vorfand, die verlangte zu erfahren, wo sie gewesen sei.

Gegen halb fünf kamen die Darnley-Kinder, ein kleines Mädchen und ein älterer Junge, in Begleitung von Mrs Betts an die Schlafzimmertür. Flo hieß sie mit einem fröhlichen Lächeln willkommen. »Hallo, ihr beiden, ich bin Schwester Harris, ich bin hier, um nach eurer Mutter zu sehen. Und ihr seid …?«

»Mary«, sagte das Mädchen schüchtern.

»Ich bin Paul«, sagte der Junge.

Er schien in etwa so alt zu sein wie Cyril. »Kommt rein, meine Lieben, aber seid schön leise, eure Mama ist sehr müde.«

Auf Zehenspitzen schlichen sie hinein, gaben ihrer Mutter einen Kuss, beantworteten ihre geflüsterten Fragen über den Tag und ließen sich dann wieder in die Obhut von Mrs Betts übergeben.

Am Abend war Flo vollkommen erschöpft. Sie beschloss, sofort zu Bett zu gehen, wenn sie Mrs Darnley für die Nacht bereitgemacht hatte.

Doch ihre Patientin hatte andere Vorstellungen. Sie stand auf und begann, im Zimmer auf und ab zu gehen, forderte etwas zu essen und dass ein Feuer im Kamin entzündet würde. Sie begann, über ihren Mann zu schimpfen, der, wie sie sagte, nie da sei und dem es egal war, ob sie lebte oder starb. Erst nach einem langen Hustenanfall legte sie sich wieder ins Bett. Als sie endlich ruhiger wurde, drehte Flo die Lampe fast ganz herunter und lief auf Zehenspitzen hinüber in das kleine Zimmer auf der anderen Seite der Treppe, das man ihr zugeteilt hatte und von dem aus sie hören konnte, wenn ihre Patientin sie rief oder nach ihr klingelte. Eigentlich war es ein Lagerraum, der nur zum Teil ausgeräumt worden war, um Platz zu schaffen für ein Bett, einen kleinen Nachttisch und einen Kleiderschrank. Sie stellte das Bild ihrer Mutter auf das Tischchen. Es war ihr Glücksbringer geworden. »Mama«, flüsterte sie, »hilf mir. Bitte hilf mir.«

Es war die erste Nacht ihres neuen Lebens. Auf der klumpigen, alten, mit Wolle gefüllten Matratze war es ungemütlich, doch sie war dankbar, dass sie endlich ein Dach über dem Kopf hatte, zumindest fürs Erste, und die Aussicht, ein wenig Geld zu verdienen. Es dämmerte ihr, dass sie nicht mehr länger eine Tochter war, eine Ehefrau, ja nicht einmal mehr eine jüngere, hilfesuchende Schwester – sie war zum ersten Mal ganz allein verantwortlich für ihr Leben. Die Voraussetzungen waren nicht besonders: Sie war einer kranken, halb dementen Frau auf Gedeih und Verderb ausgeliefert – nur der Himmel konnte wissen, wie lange das gutging. Sie war eine Ausgestoßene, die ganze Gesellschaft war gegen sie, und sie hatte einen kleinen Sohn zu versorgen. Aber immerhin hatte sie Verbündete. Sie hatte sich mit Mrs Betts angefreundet, und Mrs Snodgrass war so gut zu ihr gewesen, auch sie musste ihre Freundin werden. Und dann gab es noch Lizzie, ihre andere, liebe, treue Schwester.

Und natürlich Godfrey. Ach, Godfrey! Er fehlte ihr so schrecklich, und sie war sicher, dass auch er sie und seinen Bruder verzweifelt vermisste. Wie grausam, einer Mutter ihr Kind zu nehmen! Sie musste alles versuchen, um ihn zurückzubekommen. Aber wie bloß? Wie sollte das gelingen, wenn sie sogar Cyril in andere Hände hatte geben müssen? Die Tränen liefen ihr über das Gesicht, und während sie sich verzweifelt den Kopf zerbrach, was für eine Lösung es geben könnte, schlief sie endlich ein.

Am nächsten Morgen erwachte sie mit einem leeren Gefühl, doch sie war ruhig und klar, wie die Luft nach einem Gewitter. Und merkwürdig optimistisch. »Was für ein Segen«, dachte sie, »dass ich diese Anstellung gefunden habe. Vielleicht hat der Herr mir ein Zeichen gegeben. Vielleicht gibt Er mir eine zweite Chance. Bitte, lass sie mich nicht wieder vertun!«

6. Kapitel

Was Emily gesagt hatte, war wahr: Flo, bei all ihrer Unbeständigkeit, war eine hervorragende Krankenschwester, fürsorglich, einfühlsam und fröhlich. Aber Mrs Darnley stellte ihre Geduld auf eine harte Probe. Flo versuchte, sie dazu zu bringen, von ihrem Gesang zu erzählen, und für einen kurzen Moment plauderte sie vergnügt, dann begann sie zu husten und verfiel wieder in ihre schlechte Laune und Bösartigkeit. Sie versuchte, mit ihr Karten zu spielen, Halma und andere Brettspiele. Manchmal ging das gut, doch oft genug endete es damit, dass Mrs Darnley die Karten oder Figuren in einem Zornausbruch auf den Boden fegte. Flo gab ihr Bestes, um entspannt und guten Mutes zu bleiben, aber am Ende der Woche war sie unglücklich, erschöpft und versucht, Dr. Willoughby nach einem anderen Patienten zu fragen.

An diesem Abend jedoch zeigten entzücktes Quietschen und »Papa! Papa!«-Rufe von unten Flo an, dass das Oberhaupt der Familie zurückgekehrt war. Ihrer Patientin ging es etwas besser, und sie hatte sie überzeugen können, ein wenig aufzustehen. Sie lehnte, warm in Schals und Tücher gewickelt, in einer grünen Chaiselongue vor dem Feuer in ihrem Zimmer, als er in der Tür erschien.

Francis Hunter Darnley war ein großer, schlanker Mann mit dunklem Lockenschopf und einem ungebändigten Schnurrbart, der nur halb ein vergnügtes Lächeln verbarg. Er trug einen förmlichen grauen Anzug, doch er hatte bereits den steifen hohen Kragen gelockert, in Erwartung eines gemütlichen Abends zu Hause.

»Sie müssen Schwester Harris sein«, sagte er mit einem verbindlichen Nicken. »Haben Sie vielen Dank, dass Sie so kurzfristig eingesprungen sind. Wie geht es ihr?« Und ohne die Antwort abzuwarten, ging er hinüber zu seiner Frau. Diskret verließ Flo den Raum und schloss die Tür.

Nach dem Abendessen hatte sich Mrs Betts für eine Weile mit Mr Darnley in sein Arbeitszimmer zurückgezogen, dann rief sie Flo, um ihr mitzuteilen, dass ihr Arbeitgeber sie sprechen wollte.

Er stand vor dem Feuer in einer rot-blauen, samtenen Hausjacke und mit einem dunkelroten Tuch, das er lose um den Hals gebunden hatte. Er las einen Brief. Als sie eintrat, hob er den Blick, und Flo sah in ein Paar eindrucksvolle blassgrüne Augen. Er musste Ende dreißig sein und hatte eine einnehmende, unkonventionelle Ausstrahlung, die sie an einen französischen Künstler denken ließ – nicht dass sie je einen getroffen hätte.

»Nun, Mrs Harris, ich kann Ihnen gar nicht genug dafür danken, dass Sie sich so schnell gemeldet haben, nachdem Ihre Vorgängerin uns verlassen hat – und dafür, wie wunderbar Sie sich um meine arme Frau kümmern. Ich wäre sehr glücklich, wenn Sie bei uns bleiben könnten, zumindest bis ein paar Wochen nach der Geburt. Wäre das möglich?«

Flo war erstaunt. Sie zögerte, unsicher, was sie sagen sollte.

»Bitte, sagen Sie nicht, dass Sie uns verlassen wollen«, bat Mr Darnley. »Sie werden es vielleicht nicht glauben, aber meine Frau ist zufrieden mit Ihnen, weit mehr als mit jeder anderen Schwester. Ich weiß, dass sie keine einfache Patientin ist, aber glauben Sie mir, Sie scheinen ihr sehr gutzutun, viel mehr, als Sie glauben. Sie müssen bleiben!«

Nun war Flo noch verwunderter. Doch er sah sie so flehend an, dass sie nachgab. Immerhin weiß er um das Problem, dachte sie.

»Also gut, Sir.«

»Gott sei Dank, das ist eine große Erleichterung. Ich kann Ihnen zwei Guineen die Woche anbieten. Das entspricht den Preisen, die gezahlt werden, soweit ich weiß.«

»Das tut es, Sir.« Sie einigten sich darauf, dass sie sonntags freihätte, abgesehen davon, dass sie ihrer Patientin am Morgen beim Aufstehen behilflich sein würde und am Abend beim Zubettgehen, sowie auf eine Pause zwischen zwei und vier an den anderen Nachmittagen.

»Übrigens«, fiel Flo noch ein, »muss ich morgen in die Apotheke, um Medikamente zu kaufen.«

»Mr Longfellow schreibt alles auf. Er schickt uns alle vier Wochen eine Rechnung.«

Mit einem höflichen »Gute Nacht« wurde sie verabschiedet, und sie verließ das Zimmer mit einem guten Gefühl. Ihr Arbeitgeber war ganz offensichtlich ein Gentleman. Er war freundlich und schien auf ihrer Seite zu sein. Und er war sehr attraktiv. Nicht dass das irgendwie von Interesse gewesen wäre, wie sie sich nachdrücklich versicherte.

Flo beschloss, dass jetzt, da sie Arbeit gefunden hatte, zumindest für eine Weile, der Moment war, sich bei ihrer Familie zu melden, um sich mit einigen zu versöhnen und sich anderen, falls möglich, wieder anzunähern. Ihre freie Zeit würde von nun an nicht nur Cyril, sondern auch dem Briefeschreiben gewidmet sein. Sie brauchte Papier und Umschläge.

»Sie sind also die neue Schwester bei den Darnleys«, begrüßte sie der alte Mr Longfellow in der Apotheke. Seine Augen blitzten hinter der Schildpattbrille, und er schob die alte Tablettenpresse aus Messing beiseite, um sich um die Rezepte zu kümmern. »Wie kommen Sie mit Mrs Darnley zurecht?«

Der Charakter ihrer Patientin schien kein Geheimnis zu sein, aber Flo neigte nicht zu Klatsch und Tratsch. »Gut so weit«, sagte sie.

»Das freut mich. Sie war so eine fabelhafte Frau, wenn auch ein wenig hochmütig. Was für eine Tragödie.«

Auf dem Heimweg ging Flo im Papierladen vorbei, um Schreibpapier und Briefumschläge zu kaufen. Als sie das Darnley-Haus betrat, hörte sie eine Folge von Orgeltönen aus Mr Darnleys Arbeitszimmer dringen. Sie blieb in der offenen Tür stehen, um zuzuhören. Er spielte ein schnelles, furioses, sehr komplexes Stück und schien völlig in seiner Musik aufzugehen. Sie stand dort eine ganze Weile, doch als sie sich schließlich abwandte, um weiterzugehen, ließ sie aus Versehen die Tasche mit den Medikamenten fallen. Er hörte auf zu spielen und drehte sich zu ihr um.

»Es tut mir leid, Sir, ich wollte nicht stören, bitte spielen Sie weiter. Ich wollte bloß zuhören. Was haben Sie gespielt? Es war so wunderschön.« Sie musste an die eintönigen Kirchenlieder denken, die Dave Philips in Josiahs Kapelle aus dem alten, keuchenden Harmonium herausgepresst hatte.

»Das war Bachs *Toccata und Fuge in d-Moll*«, sagte Mr Darnley. »Sie werden es kennen, es beginnt mit …« Er drehte sich um, zog eine große Anzahl von Registern und begann mit den ersten dramatischen Takten. Sogar auf seiner kleinen Hausorgel klang es beeindruckend. »O ja, ich kenne es«, sagte Flo, »doch ich habe es noch nie so wunderbar gespielt gehört. Woher können Sie das?«

»Ich habe Musik studiert und bin professioneller Organist. Ich habe sogar eine Zeitlang in der Chester Cathedral gespielt. Doch irgendwann wurde mir klar, dass es schwierig sein würde, mit dem Gehalt eines Organisten einer Frau und einer Familie ein gutes Leben zu bieten. Und so wurde ich, widerwillig, Rechnungsprüfer wie mein Vater.«

»Rechnungsprüfer?« Flo war sich nicht sicher, was das bedeutete. »Sind Sie nicht Politiker? Mrs Betts sagte, Sie seien etwas in der Regierung.«

Mr Darnley lachte herzlich. »Ich fürchte nicht! Ich

arbeite für die Zentralbehörde zur Aufsicht der Kommunalverwaltungen. Ich prüfe die Geschäftsbücher der Städte und Gemeinden, um sicherzustellen, dass öffentliche Gelder richtig verwendet werden. Die Arbeit ist langweilig, außer ich finde jemanden, der in die eigene Tasche arbeitet. Ich bin viel unterwegs. Aber dazwischen lässt es mir Zeit für meine Musik. Sind Sie musikalisch?«

»Nicht besonders, aber mein Sohn. Er hat eine schöne Stimme und war Vorsänger in unserem Chor.«

»Ihr Sohn? Wo ist er?«

»Er ist hier in Warley, im Augenblick wohnt er bei Freunden.« Sie schämte sich, die Coopers zu erwähnen.

»Er soll vorbeikommen. Er kann bei den Gesangsstunden mit Mary und Paul dabei sein. Warum bringen Sie ihn nicht mit, wenn sie heute Nachmittag aus der Schule zurück sind?«

Flo war überwältigt. Wie nett von Mr Darnley! Das würde Cyril Spaß machen, und es bedeutete auch, dass sie ihn öfter sehen konnte.

Mr Darnley wandte sich wieder der Orgel zu.

»Wer – erschoss – Cock – Robin?«, stimmte Mr Darnley gewichtig an und unterstrich die Frage mit einem klangvollen Akkord.

»›Ich‹, sagte der Spatz, ›mit meinem kleinen Pfeil und Bogen‹«, flötete die fünfjährige Mary, »›ich habe Cock Robin erschossen.‹«

»Und alle Vögel des Himmels sangen mit, klagend und schluchzend«, fielen alle drei Kinder mit ein.

»Und jetzt Cyril«, nickte Mr Darnley Cyril zu.

»›Ich‹, sagte die Fliege, ›mit meinem kleinen Auge‹«, fuhr Cyril mit seiner kräftigen, klaren Kinderstimme fort, »›ich sah ihn sterben.‹«

»Aha!«, rief Mr Darnley, wie zu sich selbst. »Als Nächstes Paul …«

Als die Kinder den Refrain zum vierten Mal gemeinsam geschmettert hatten, war Cyrils anfängliche Schüchternheit verschwunden. Und als sie gemeinsam *Bobby Shafto* zum Besten gegeben und *London's Burning* in fröhlichem Kanon gesungen hatten, genoss er es durch und durch, auch weil er merkte, dass er besser sang als die anderen.

»Ihr Sohn hat eine bemerkenswerte Stimme«, sagte Mr Darnley zu Flo, die auf dem Weg in die Küche den Kopf hereingesteckt hatte. »Ich würde gern mehr hören.« Er schickte die beiden anderen Kinder spielen und bedeutete Cyril, näher an die Orgel heranzutreten. Er ließ ihn Arpeggien singen, jedes einen Halbton höher als das vorhergegangene, um seinen Stimmumfang zu testen.

»Kannst du vom Blatt singen?« Das hatte Cyril im Gemeindechor gelernt. »Wenn jemand dich bitten würde, etwas zu singen, sagen wir für ein Konzert, was würdest du singen?«

Cyril überlegte kurz. »Vielleicht *An Sylvia*?«

Mr Darnley spielte die ersten Takte, und Cyril begann mit dem geliebten Schubertlied.

»Das ist sagenhaft«, sagte Mr Darnley, als sie geendet hatten. »Er muss in den Chor in St John's kommen, Schwester. Das ist die Kirche, in der ich spiele, wenn ich hier bin. Ich bin zwar nicht der Chorleiter, aber ich bin sicher, Mr Fields wäre begeistert von ihm. Hättest du Lust, Cyril?«

Cyril wurde rot und nickte.

»Ich habe noch eine Idee. Aber erst muss ich mit Mr Fields sprechen.«

Flo hatte entschieden, dass sie in den sauren Apfel beißen und ihrem Vater schreiben musste, dass sie nicht zu Josiah zurückkehren würde. Seit Tagen quälte sie sich damit, wie sie es ihm sagen sollte, doch schließlich setzte sie einen Brief auf, in dem sie schrieb, dass sie sich »getrennt« hätten und dass Josiah und sie sich einig darüber seien, dass sie nicht dafür gemacht war, die Frau eines Predigers und eines Pastors zu sein. Einvernehmlich hätten sie entschieden, jeder ein Kind zu nehmen. Sie hätte nun den Pfad einer Pflegerin eingeschlagen und wolle sich den Kranken annehmen. Emily und Jack erwähnte sie mit keinem Wort. Nach mehreren Versuchen entschied sie sich schließlich für die Version, die ihr am gelungensten schien, und wartete in einem Zustand dunkler Vorahnung auf die Reaktion ihres Vaters. Mehrere Tage vergingen, bis der Postbote endlich seine Antwort brachte, und ihre Hände zitterten, als sie den Umschlag aufschlitzte.

»Dass eine meiner Töchter ihren Ehemann verlässt und damit den heiligen Stand der Ehe, ist abscheulich«, hatte er in seiner krakeligen Schrift geschrieben. »Du und Deine Schwestern sind erzogen worden im Respekt für die Lehren unseres Herrn und Schöpfers, und dafür, Euren Beitrag zu leisten in der Gemeinschaft, in die Ihr hineingeboren seid. Eurer Mutter, Gott hab sie selig, würde es das Herz brechen zu erfahren, dass Du solch einer ruchlosen Sünde fähig bist. Ich gebiete Dir, umgehend zu Deinem Ehemann zurückzukehren, Dich um Versöhnung zu bemühen und Deine heiligen Pflichten als Hausfrau und Gefährtin wieder aufzunehmen. Wenn Du mir den Gehorsam verweigerst, bist Du nicht mehr meine Tochter. Ich werde Dich enterben und kein Wort mehr mit Dir wechseln. Vater«

Flo ließ den Brief sinken. Sie kämpfte mit den Tränen. Sie hatte von ihrem Vater nichts anderes erwartet, aber nun hatte sie beide Eltern verloren. So hart er auch war, so wusste sie doch, dass er sie liebte und dass es ihm sehr wehgetan haben musste, diesen Brief zu schreiben. Aber sie konnte es nicht ändern. Vielleicht, wenn Zeit verging …

Ihre nächste Aufgabe, beinahe so kompliziert wie der Brief an ihren Vater, war ein weiterer Versuch der Versöhnung mit Emily, auch wenn sie ernsthaft bezweifelte, dass sie Erfolg haben würde. Noch einmal entschuldigte sie sich demütig für ihr Verhalten: »Es war schrecklich von mir, und ich hätte es nie getan, wenn ich nicht so dumm gewesen wäre, zu viele Cocktails zu trinken, wo ich doch Alkohol nicht gewohnt bin«, schrieb sie. »Ob Du mir vergibst oder nicht, so möchte ich doch, dass Du weißt, dass ich mir selbst nie vergeben werde.«

Wie sie befürchtet hatte, kam keine Antwort von Emily.

Der Gedanke an Godfrey quälte Flo Tag und Nacht. Die Reue fraß sie auf. »Warum nur habe ich mich Josiah nicht entgegengestellt und ihn mitgenommen?«, fragte sie sich nachts, wenn sie weinend im Bett lag. »Wie konnte ich ihm bloß sagen, dass ich zurückkomme, wo ich doch wusste, dass ich das nicht tun werde? Der kleine Wirbelwind, er muss sich so verraten fühlen. Verstoßen und verraten!« Auch ihm hatte sie einen langen Brief geschrieben, ihm gesagt, dass sie ihn liebe, und gefragt, wie es ihm ergangen war, doch er hatte nicht geantwortet. Ob er ihre Post überhaupt bekommen hatte? Josiah würde es ihm sicher nicht verbieten, ihr zu schreiben.

Sie hatte den Brief an Godfrey selbst adressiert, im Hause ihrer Schwägerin Martha, deren Mann, Ezekiel, ein hochrangiger Geistlicher der Primitiven Methodisten war und einer großen Gemeinde in Aberdare in Wales vorstand, denn sie hatte – zu Recht – angenommen, dass Josiah Godfrey zu ihr gegeben hatte. Zugleich schrieb sie an Martha und bat um Auskünfte über ihn, auch wenn sie wusste, dass ihre Schwägerin genug zu tun hatte mit sieben eigenen Kindern und ihrer Arbeit in Ezekiels Gemeinde und wenig Zeit haben würde zu schreiben. Endlich bekam Flo eine schnell hingekritzelte Notiz, die bestätigte, dass Godfrey nun bei ihnen lebte, dass er gesund war und mit seinen Cousins zur Schule ging. Martha sagte nichts darüber, ob er glücklich war.

Ein langer Brief an Lizzie ging ihr leichter von der Hand. Die liebe Lizzie, schlicht und etwas plump, aber so liebevoll und fürsorglich, die bedauerlicherweise von ihrem einzigen Verehrer sitzengelassen worden war und nie geheiratet hatte. Sie konzentrierte sich also darauf, sich um ihren Vater zu kümmern, der in seinem Cottage in Dorset in der Nähe von Sturminster Newton lebte.

Auch wenn sie sicher schon durch ihren Vater davon gehört hatte, schrieb Flo ihr von der »Trennung« und erklärte, vorsichtig, dass sie Arbeit gefunden hatte, Cyril jedoch leider nicht bei sich behalten konnte. Ob Lizzie ihn aufnehmen könnte? Flo war überzeugt, dass Lizzie ihn mit Freuden nehmen würde, doch ihre Sorge war, dass der Vater etwas dagegen hatte.

Außerdem war Lizzie Godfreys Patentante, und Flo wusste, dass es wichtig war – jetzt, wo Emily ihr verlorengegangen war –, die Nähe zu ihrer zweiten Schwester zu suchen, die von nun an das Bindeglied zu Godfrey und dem Rest ihrer Familie sein würde.

Schließlich stattete Flo Mrs Snodgrass einen Besuch ab. Es gab vieles, was sie ihr nicht erzählen konnte, und sie musste achtgeben, was sie sagte, aber es war gut, jemanden zu haben, mit dem sie über ihre Schwierigkeiten mit Laura Darnley sprechen konnte. Mrs Snodgrass kannte die Darnleys kaum, war mitfühlend und überschüttete sie geradezu mit mütterlicher Fürsorge und Ratschlägen.

Flo hatte sich schon bald eine tägliche Routine bei den Darnleys angewöhnt. Um sieben Uhr stand sie auf und frühstückte in der Küche; um halb acht weckte sie Mrs Darnley, zog die Vorhänge zurück und ließ ihr von Nellie das Frühstück ans Bett bringen. Sie gab ihr die Medizin, half ihr beim Aufstehen und Waschen, kleidete sie an und setzte sie, warm eingewickelt, auf die Chaiselongue, während Nellie saubermachte und das Zimmer aufräumte. Wenn der Briefträger kam, brachte sie ihr die Post und die Zeitung, die jeden Tag in aller Frühe auf der Türschwelle landete, und Mrs Betts schaute herein, um den Haushalt zu besprechen. Im Lauf des Vormittags gab es eine Tasse Tee und vielleicht ein paar Kekse. Wenn Mr Darnley zu Hause arbeitete, schaute er auf einen kleinen Plausch vorbei. Flo bemerkte, dass er nie lange blieb. Der Doktor kam, gelegentlich auch der ein oder andere Besucher, doch Mrs Darnley schien nicht viele Freunde zu haben, zumindest nicht in Warley. Um eins gab es Mittagessen, danach legte Flo ihre Patientin zu einem Mittagsschlaf hin. In ihren beiden freien Stunden schrieb sie Briefe, ruhte sich aus, oder sie holte, wenn Mr Darnley zu Hause war, Cyril für die nachmittäglichen Singstunden mit den Darnley-Kindern.

Nachmittags trank sie Tee mit Mrs Darnley und bemühte sich, sie und die Kinder zu unterhalten, sie vertrieben sich die Zeit mit Brettspielen oder Flo ermutigte sie zu malen. Wenn ihre Patientin lesen wollte, sich unterhalten oder einfach nur ruhig im Bett liegen, saß sie bei ihr und strickte oder nähte, bis es Zeit zum Abendessen war. An guten Tagen, wenn Mrs Darnley sich dazu in der Lage fühlte, brachte Flo sie hinunter, sodass sie mit ihrem Mann im Esszimmer speisen konnte, doch oft genug musste er nach oben kommen und mit seiner Frau im Krankenzimmer essen, während Flo zu Mrs Betts und Nellie in die Küche ging. Wenn sie Glück hatte, blieb

Mr Darnley für ein oder zwei Stunden bei ihr, wenn nicht, musste sie ihr Gesellschaft leisten, bis es Zeit war, sie für die Nacht fertigzumachen.

Es war eine eintönige Routine, dachte Flo, und doch hätte sie angenehm sein können, wäre ihre Patientin eine vernünftige Person gewesen. Es war aufreibend, ihren ständig wechselnden Launen zu begegnen und mit ihren Marotten umzugehen. In einer Hinsicht hatten sich die Dinge zum Besseren gewandt, sinnierte sie, denn ihre Patientin respektierte inzwischen ihre Fähigkeiten als Schwester und ihre Kompetenz im Krankenzimmer. Doch auf der anderen Seite schien sie Flo ihr gutes Aussehen und ihren lebhaften Charme übelzunehmen, ja vielleicht war sie sogar neidisch, denn ihre eigene Schönheit verblasste mit jedem Tag mehr. Flo versuchte, sie aufzubauen, indem sie sie so attraktiv wie möglich herrichtete, vor allem, wenn ihr Mann in der Nähe war. Und in der Zwischenzeit lernte sie, sich von den Beleidigungen und bissigen Bemerkungen ihrer Patientin nicht ärgern zu lassen.

7. Kapitel

Aberdare

Ein paar Wochen zuvor hatte Godfrey in der Tür des Pfarrhauses der Primitiven Methodisten in Aberdare, South Wales, gestanden, die schmuddeligen Überreste eines Kuscheltieres fest an die Brust gedrückt, in der anderen Hand seine Schultasche, und hatte anklagend seine sieben Cousins betrachtet. Hinter ihm stand sein Vater, Josiah, mit Godfreys wenigen Habseligkeiten in einem kleinen Koffer. »Es ist so nett von dir, ihn zu nehmen, Martha«, sagte er mit einem erleichterten Seufzer zu seiner Schwester. »Ich wusste einfach nicht mehr weiter.«

An jenem schicksalhaften Morgen in Pillowell war er aus der Kapelle zurückgekehrt und hatte Flo und Cyril nicht mehr vorgefunden, wie er es verfügt hatte. Der achtjährige Godfrey war ganz allein im Haus und weinte hysterisch. »Ich will zu Mama! Wann kommt Mama zurück?«, fragte er wieder und wieder. Bei jedem Pfeifen eines Zuges rannte er zum Tor und wartete, ob sie und Cyril die Straße heraufkämen. Josiah, der vergeblich versuchte, mit seiner Arbeit zu Rande zu kommen, sich um den Jungen zu kümmern und Essen für sie beide auf den Tisch zu stellen, schrieb seiner Schwester Martha und bat sie, wie Flo es vorausgesehen hatte, Godfrey zu sich zu nehmen. Erschöpft von seinen Fragen, hatte er sich schließlich mit dem Jungen hingesetzt, ihn bei den Schultern genommen, ihm in die Augen gesehen und mit fester Stimme gesagt: »Hör zu, Godfrey. Deine Mutter hat etwas Schreckliches getan und musste gehen.«

»Was hat sie getan?«, fragte Godfrey mit großen Augen. Der bloße Gedanke, Flo könnte etwas Schlechtes getan haben, war unvorstellbar.

»Eines Tages werde ich es dir vielleicht erzählen, aber noch bist du zu jung, um das zu verstehen.«

»Also, wann kommt sie zurück?«

»Nein, mein Sohn, sie kommt nicht zurück, nie mehr.«

Fassungslose Stille. Dann eine Flut von Tränen.

»Ich bringe dich jetzt zu Tante Martha«, fuhr Josiah fort, als der Junge sich ein wenig beruhigt hatte. »Dort hast du deine Cousins zum Spielen, und Tante Martha und Onkel Ezekiel werden sich um dich kümmern, denn du weißt ja, ich bin viel unterwegs und kann dich nicht mitnehmen.«

Wieder Stille. Dann: »Was ist mit Cyril? Kommt der zurück?«

»Ich hoffe, Cyril kommt uns eines Tages besuchen, aber er wohnt bei Mama, und du wirst bei Tante Martha wohnen.«

Der fröhliche, schelmische Junge würde nie wieder derselbe sein.

»Natürlich ist Godfrey willkommen – je mehr wir sind, desto besser«, sagte Martha und schob zwei weitere Stühle an den Esstisch. Sie war eine heitere, mütterliche

Frau, ihre Kinder und die Gemeinde ihres Mannes verehrten sie. »Setz dich und iss etwas zu Mittag. Ezekiel, sprichst du das Tischgebet?«

Doch es war, als schwebe ein Geist um den Tisch, als sich die Familie zum Essen setzte. Flo, stets voller Wärme und Lebendigkeit, war das Herz und die Seele solcher Zusammenkünfte gewesen, ihr Schwager, ihre Schwägerin und die Kinder liebten sie. Martha und Ezekiel hatten ihre jüngste Tochter Florence – inzwischen Florrie – nach ihr benannt. Das Mittagessen an diesem Tag war ruhig, die Stimmung ein wenig unbehaglich, die Erwachsenen wollten die Situation nicht vor den Kindern besprechen, und die Kinder spürten, dass etwas nicht stimmte. Als sie aufgegessen hatten, sagte Martha zu ihnen: »Und jetzt raus mit euch. Nehmt Godfrey mit zum Spielen.« Ezekiel musste sich um Kirchenangelegenheiten kümmern und ließ Martha und Josiah allein.

»Erzähl, was ist passiert, Josiah?«, begann Martha. »Wo ist Flo? Du hast nichts erklärt in deinem Brief.«

»Alles, was ich sagen werde, ist, dass ich sie fortgeschickt habe. Sie ist nicht dafür gemacht, die Frau eines Pastors zu sein. Frag nicht weiter. Ich will nie wieder auch nur ein Wort über sie verlieren.«

»Aber Josiah, ich bin deine Schwester, du kannst dich mir anvertrauen!«, beharrte Martha, aber Josiah weigerte sich rundweg, mehr zu sagen. Ihr Bruder war offensichtlich zutiefst erschüttert. Sie hätte für ihr Leben gern mehr erfahren, doch sie bohrte nicht weiter. Es gab genug Menschen mit dunklen Geheimnissen, die sie niemals jemandem offenbarten, nicht einmal jenen, die ihnen am nächsten waren. Draußen versuchten die Kinder, Godfrey zu ihren Spielen zu überreden, die er bisher immer so gern mitgemacht hatte, doch er wollte für sich sein und hinter dem Holzschuppen mit den Katzen spielen. Die fünfjährige Florrie fand ihn dort, leise schluchzend. »Wein nicht, Godfrey«, sagte sie und fragte unbefangen: »Wo ist deine Mama?«

»Ich habe keine Mama«, antwortete er trotzig.

»Doch, hast du! Und wir lieben sie alle, so doll, dass sie mich Florence genannt haben, wie sie!«

»Hab ich nicht mehr. Sie ist weggegangen.«

Florrie, verwirrt, aber bewegt von Godfreys Unglück, nahm ihn voll Mitgefühl in den Arm. »Macht nichts, Godfrey, unsere Mama kann auch deine Mama sein, und dann sind wir Bruder und Schwester.«

Doch Godfrey ließ sich nicht trösten.

8. Kapitel

Warley

Wie Mr Darnley vorausgesagt hatte, war Mr Fields, der Chorleiter, begeistert von dem begabten neuen Sopran in seinem Chor. Und die Coopers ließen Cyril gern an den Proben teilnehmen, sie waren stets bemüht um gute Beziehungen mit den Gemeinden in der Umgebung. Flo hatte Cyril vorgewarnt, dass es in der Anglikanischen Kirche ein bisschen anders zugehen würde als bei den Primitiven Methodisten seines Vaters, beginnend bei der roten Soutane des Priesters und dem Chorrock, den er selbst tragen würde, dass er jedoch einfach Augen und Ohren offen halten und tun sollte, was immer die anderen taten. Sie begann, selbst den Sonntagsgottesdienst in St John's zu besuchen, um ihn moralisch zu unterstützen, aber auch, weil sie die methodistische Kapelle mied, aus Angst, Emily und Jack zu begegnen.

St John's war tatsächlich ganz anders. Die Leute waren anders, gediegen, zufrieden, bürgerlich, gesünder und viel besser angezogen als die Berg- und Landarbeiter und arbeitslosen Armen aus Josiahs Gemeinde. Der Pfarrer sprach ruhig und getragen. Seine Herde musste den Lehren Christi folgen und Geld für Angelegenheiten spenden, die dessen würdig waren, aber ansonsten, so schien es Flo zumindest, war alles, wie es sein sollte in der Welt. Flo fand wenig Gutes an den fundamentalistischen Lehren der Primitiven Methodisten, die erst ihr Vater, dann Josiah ihr aufgezwungen hatten. Hier ging es ermutigender zu, weniger fordernd. Außerdem hatte sie das Gefühl, dass sie mit St John's gesellschaftlich aufgestiegen war. Vielleicht war sie nun Teil des Mittelstandes. Sie musste lächeln, als sie daran dachte, wie schmerzlich bewusst es Josiah gewesen war, dass die Primitiven Methodisten, und besonders ihre Geistlichen, gemeinhin als derb und ungebildet galten, und wie der arme Mann seine gesamte Freizeit damit zugebracht hatte, Latein und Hebräisch zu lernen, um zu beweisen, dass er so kultiviert und gebildet war wie seine anglikanischen Kollegen.

Cyril war erst seit wenigen Wochen im Chor, als Mr Darnley Flo nach dem Abendessen in sein Zimmer bat.

»Edmund Fields sagt, dass Cyril eine Bereicherung für den Chor sei, und er will ihn Soli singen lassen. Er wird seine Sache bestimmt sehr gut machen, aber wir denken, er könnte sich noch mehr zutrauen. Wir sind der Ansicht, Sie sollten sich um einen Platz für ihn in der Chorschule von Westminster Abbey bewerben.«

»Die Chorschule von Westminster Abbey?« Flo schnappte nach Luft. »Denken Sie wirklich, er hätte eine Chance?«

»Ich bin mir sicher, er hätte eine, und Edmund sieht es genauso. Ein Freund von mir – wir haben gemeinsam Musik studiert – lehrt an der Schule und könnte ein gutes

Wort für Cyril einlegen. Er würde dort eine sehr gute Ausbildung bekommen.«

»Oh, wie fantastisch!«, rief Flo und klatschte vor Vergnügen in die Hände. Das wäre eine wundervolle Lösung für Cyril, und so viel besser, als bei ihrem Vater und Lizzie aufzuwachsen. Das Herz ging ihr auf. Mr Darnley hatte es deutlich gemacht, dass er eine erstklassige Ausbildung erhalten würde, die sie selbst ihm niemals ermöglichen könnte und die ihm alle Chancen eröffnete. Außerdem, dachte sie dankbar, würde das bedeuten, dass die meiste Zeit des Jahres für ihn gesorgt wäre, das Kinderheim wäre Vergangenheit. Sie musste nur noch eine Möglichkeit finden, wo er die Ferien verbringen konnte. Vielleicht doch Lizzie.

Dann allerdings entglitten ihr die Gesichtszüge, und sie ließ die Arme hängen. »Ach nein, das könnte ich mir niemals leisten. Eine solche Schule kostet sicher ein Vermögen«, jammerte sie.

»Den Großteil der Kosten trägt die Abbey. Die Eltern müssen nur für Unterbringung und Verpflegung aufkommen, aber es gibt Stipendien für diejenigen, deren Eltern auch das nicht können. Ich rate Ihnen dringend, sich für ein solches zu bewerben.«

»O Mr Darnley, was für eine großartige Idee, Sie sind so freundlich! Wie kann ich Ihnen jemals danken?«

»Schwester, es ist mir wirklich eine Freude, einem begabten Jungen zu helfen, sein Talent entwickeln zu können – aber nun müssen wir erst einmal einen Platz und ein Stipendium für ihn bekommen.« Und umgehend diktierte er ihr den Brief, den sie an die Leitung der Chorschule schicken sollte. Dann schrieb er selbst ein paar Zeilen an seinen Freund. Beide Umschläge reichte er Flo, um sie aufzugeben.

Ostern näherte sich, und am Ostersonntag würde der Chor Händels *Messias* in der Kirche darbieten. Cyril würde zwei Soli singen, Mr Darnley säße an der Orgel. Er widmete dem Jungen viel Zeit, sie übten in der Kirche oder mit seiner kleinen Heimorgel.

Als der Tag endlich da war, zog Flo ihr apricotfarbenes Kleid an und setzte den eleganten passenden Hut auf ihr in modischer Manier aufgetürmtes Haar. Es war ungewöhnlich warm, und so genügte ein Umschlagtuch, und ihr abgetragener blauer Umhang blieb im Schrank. Als Mutter eines Solisten wollte sie sich von ihrer besten Seite zeigen.

»Sie haben sich aber aufgebrezelt«, hatte Mrs Darnley spitz bemerkt, als sie ein letztes Mal nach ihr sah, bevor sie zur Kirche aufbrach, doch das machte Flo nichts aus. Als sie zu dem Platz geführt wurde, der für sie in der ersten Bank reserviert war, bemerkte sie mit großer Freude, dass Köpfe sich nach ihr umdrehten und die Leute sich fragend zuflüsterten.

Die mit Frühlingsblumen dekorierte Kirche war gut gefüllt, die Aufführung ein voller Erfolg, und Mr Fields und Mr Darnley, der Solist und der Chor bekamen Standing Ovations. Flo war so stolz.

Nach dem Gottesdienst kam Cyril, nun in seinem Matrosenanzug, vor der Kirche zu ihr gelaufen. Alle wollten ihm gratulieren – und ihr. »Meine Liebe, Sie müssen so stolz auf ihn sein!«, rief Mrs Snodgrass, die es zu diesem Anlass geschafft hatte, sich von der Gemeinde ihres Mannes loszueisen. Mr Longfellow, der Apotheker, war da, ein paar Verkäufer, die sie kannte, doch auch Fremde, die neugierig waren, diese entzückende Rothaarige kennenzulernen, die zu ihrer Gemeinde gestoßen war.

»Gut gemacht, Cyril«, erklang Mr Darnleys Stimme hinter ihren Bewunderern. Er machte ein paar Schritte auf sie zu und strubbelte Cyril durchs Haar. Sein Blick wanderte weiter und blieb an Flo hängen. Zuerst schien er sie nicht zu erkennen, doch dann erstarrte er. »Madame«, sagte er schließlich mit einer tiefen Verbeugung, »ich darf Ihnen zu Cyrils beeindruckender Leistung gratulieren.« Flo schenkte ihm ein strahlendes Lächeln.

Von diesem Tag an schien Mr Darnleys Verhalten ihr gegenüber sich verändert zu haben. Es war schwer zu greifen. Er war genauso höflich, freundlich und korrekt wie zuvor. Doch er schien nun auch etwas anderes in ihr zu sehen. Vielleicht nicht nur die Angestellte, sondern vielleicht – die Frau.

Ein Brief kam, eine Einladung für Cyril zu einem Vorsingen in der Chorschule von Westminster in der folgenden Woche. »Viel früher, als ich es erwartet hätte«, sagte Mr Darnley. »Ich begleite Sie, wenn ich darf. Ich würde gern meinen alten Freund Tom Peters wiedersehen.« Flo war dankbar. Sie war nicht ganz sicher, ob sie in der Lage war, ihren Sohn allein zu solch einer angesehenen Einrichtung zu begleiten.

Sie fuhren im gleichen Zug, den sie auch mit Jack genommen hatte. Es fühlte sich an, als sei diese Reise Jahre her und nicht bloß ein paar Wochen, doch sie schob die beschämenden Erinnerungen zur Seite, um sich auf Cyril zu konzentrieren, der, blitzblank in seinem Matrosenanzug, ganz bleich war und vor Aufregung zitterte.

Cyril war begeistert von der Idee, auf die Chorschule zu gehen. Er liebte es zu singen, das war es, was er am besten konnte. Doch vor allem hoffte er mit ganzem Herzen, dass er einen Platz bekommen würde und die Coopers verlassen konnte. Mr Cooper schien nur aus Lächeln und Freundlichkeit zu bestehen, wenn er mit seiner Mutter sprach, mit Mrs Snodgrass oder anderen Erwachsenen, doch es blieb Cyril nicht lange verborgen, dass er und seine Frau hinter ihren Rücken eine Schreckensherrschaft führten. Nach dem alten Spruch »Wer sein Kind liebt, der züchtigt es« beantworteten sie das kleinste Fehlverhalten, ob wirklich oder vermeintlich, mit Schlägen, die Kinder mussten ohne Abendessen ins Bett oder wurden allein in den dunklen Keller gesperrt. Cyril blieb von solchen Behandlungen verschont und fragte sich, ob die Coopers Angst hatten, er würde Mrs Snodgrass oder seiner Mutter davon erzählen. Schon an seinem zweiten Tag war er Zeuge geworden, wie Mrs Cooper einen kleinen Jungen schlug, mit dem er sich angefreundet hatte, nur weil er aus Versehen einen Krug umgestoßen hatte. Mr Cooper nahm ihn zur Seite. »Jedes Kind muss lernen, sich zu benehmen. Die meisten hier kommen aus schrecklichen Umständen, und wir müssen ihnen beim Lernen helfen. Um ihnen die Schande zu ersparen, erzählen wir aber niemandem außerhalb dieses Hauses davon, was wir tun müssen, um ihnen zu helfen. Sollte jemand diese Regel brechen«, und der Ausdruck auf seinem Gesicht und der Klang seiner Stimme wurden bedrohlich, »bekommt er ernsthafte Schwierigkeiten.« Cyril verstand. Er erzählte seiner Mutter nicht, was wirklich im Heim vor sich ging, erst lange Zeit, nachdem er nicht mehr dort war.

Es stand also viel auf dem Spiel, und dementsprechend nervös war Cyril, als er mit seiner Mutter und Darnley im Zug saß. »Keine Sorge, Cyril, du wirst das wunderbar machen«, versuchte Mr Darnley, ihn zu beruhigen, und fing an, ihm lustige Geschichten zu erzählen, die er und sein Freund als Musikstudenten erlebt hatten. Es funktionierte, langsam begann Cyril sich zu entspannen und freute sich sogar ein wenig auf das Vorsingen.

»Vermutlich wird Sir Frederick Bridge das Vorsingen leiten, der Cheforganist und Chorleiter«, erzählte Mr Darnley. »Aber du musst keine Angst vor ihm haben, er ist ein sehr freundlicher Mann. Er hat wahre Wunder vollbracht und die Musik in der Abbey auf ein ganz neues Niveau gehoben. Er hat den Chor umgestaltet, eine neue Orgel einbauen lassen, und wie ich höre, will er eine brandneue Chorschule bauen. Er ist außerordentlich gut darin, junge Stimmen auszubilden.«

Flo begriff, warum eine neue Schule gebraucht wurde, als sie an der bestehenden ankamen: Die engen Bauten gleich hinter der Abbey schienen zu klein, um die dreißig Chorknaben unterzubringen, aber Darnley erklärte, dass viele von ihnen nicht im Internat lebten, sondern bei ihren Familien in den angrenzenden Bezirken Londons.

Sie wurden herzlich empfangen von Tom Peters, dem gemütlichen, heiteren Freund Darnleys, der als zweiter Organist und Lehrer an der Schule angestellt war. »Kommt direkt in den Proberaum, Sir Frederick muss bald zu einem Treffen und möchte sich vorher diesen jungen Mann anhören«, sagte er und schob Cyril hinein.

»Ma'am«, sagte er, an Flo gewandt, »würde es Ihnen etwas ausmachen, draußen zu warten? Für die Jungen ist es leichter, wenn die Eltern nicht mit im Raum sind.«

Folgsam nahm Flo auf einem Stuhl im Korridor Platz. Auf Darnleys Empfehlung trug sie ihre Schwesterntracht, samt Haube und Umhang, um ihre Bedürftigkeit für ein Stipendium zu unterstreichen, auch wenn er betont hatte, dass der entscheidende Faktor Cyrils Gesang sein würde.

Während sie die etwas heruntergekommene Umgebung betrachtete, konnte sie hören, wie Cyril durch die Übungen geführt wurde, die er so oft mit Darnley gesungen hatte. Nach einem etwas zitterigen Beginn schien er sich sehr gut zu schlagen.

Nach einer Weile streckte Tom Peters den Kopf aus der Tür. »Mögen Sie hereinkommen, Ma'am?«

Sie trat ein und sah ein kleines Gremium, bestehend aus drei Männern, ganz offensichtlich Lehrern oder Prüfern, Tom und Cyril standen neben dem Klavier, Darnley lehnte etwas abseits an der Wand. Der mittlere der drei Männer, ein wenig krumm, bebrillt und grauhaarig und mit einem auffälligen Schnurrbart, der bis zu seiner Unterlippe reichte, war offensichtlich Sir Frederick.

Er erhob sich, kam auf sie zu und schüttelte ihr herzlich die Hand: »Madam, ich möchte Ihnen gratulieren. Ihr Sohn hat eine himmlische Stimme, er hat das Zeug dazu, einer unserer besten Chorknaben zu werden. Ich freue mich, Ihnen sagen zu können, dass wir ihn sehr gern bei uns aufnehmen wollen zum Beginn des nächsten Schuljahres, bis dahin ist es ja bloß noch ein Monat. Ich bin mir sicher, es wird ihm hier gefallen.«

Flo konnte es kaum fassen, sie dankte ihm überschwänglich und nahm den strahlenden Cyril in den Arm.

Dann verabschiedete sich der bedeutende Mann und überließ es Tom, alle weiteren Fragen mit ihnen zu klären. Darnley, der sich in diesem Umfeld weit mehr zu Hause fühlte, ließ sich erläutern, welche Art von Kleidung Cyril mitbringen sollte, wie es um die Besuchsregelungen bestellt war und andere Einzelheiten. Wie er da, noch immer in seinem langen grauen Mantel, vollkommen entspannt am Klavier lehnte, das Stipendium verhandelte und Fragen für sie stellte, schien er eine wunderbare Verwandlung durchzumachen. Gebannt starrte sie ihn an. Er sah aus wie immer, gleichzeitig strahlte er eine ungeheure Kraft aus, wie Starkstrom. Ihr Herz schlug laut. Sie blickte zu Tom hinüber, um herauszufinden, ob auch er etwas bemerkt hatte, und es war ihr unbegreiflich, warum er weitersprach, als wäre nichts geschehen.

»Soll ich dir zeigen, wo du unterkommen wirst?«, fragte Tom Cyril. Flo folgte wie in Trance, als Tom, Cyril und Darnley durch die kleinen Schlafräume schlenderten, den Speisesaal und die Klassenzimmer, und schließlich in die Abbey selbst. Wie magnetisch angezogen wanderte ihr Blick dabei immer wieder zu Darnley – Darnley, der sich über das geschnitzte Chorgestühl beugte, Darnleys Lockenkopf umrahmt von den steinernen gotischen Verzierungen dahinter, Darnley, wie er zu den eleganten Orgelpfeifen hinaufsah. Als sie seinem Blick folgte, die schlanken, aufstrebenden Säulen hoch über ihnen entlang, war es Flo, als könne sie fliegen, hoch hinauf zu dem prächtigen Fächergewölbe des Daches und hinaus aus dem riesigen Buntglasfenster in den Himmel. Sie war wie berauscht. Was geschieht mit mir?, rätselte sie.

Und dann, mitten im Hauptgang der Westminster Abbey, begriff sie mit einem Mal, dass sie verliebt war.

Unruhig warf sie sich in dieser Nacht auf ihrer klumpigen Matratze hin und her, durchlebte voll Verzücken wieder und wieder den Augenblick, der ihr Leben verändert hatte. Dazwischen quälte sie sich mit Gedanken an ihre Rückfahrt. Sie und Darnley hatten sich, wie auf der Hinfahrt auch, im Abteil gegenübergesessen, doch sie war so aufgewühlt und durcheinander gewesen, dass sie kaum ein Wort herausgebracht hatte. Sie konnte ihm nicht in die Augen sehen, aus Angst, er würde den Aufruhr in ihrem Inneren bemerken. Alles, was sie tun konnte, war, sich überschwänglich bei ihm zu bedanken – zu überschwänglich?, zu oft? –, dass er das Vorsingen in die Wege geleitet und Cyril so gut darauf vorbereitet hatte. Hatten ihre Antworten auf seine Fragen albern geklungen? Hielt er sie nun für dumm? Um ihre Verwirrung zu verbergen, hatte sie sich die ganze Zeit um Cyril gekümmert, auf eine Weise, wie sie es sonst nie tat und die dem Jungen nicht gefiel, wieder und wieder sagte er: »Mama, nicht.«

So etwas hatte sie noch nie erlebt. Als Mädchen und junge Frau hatte sie geflirtet, hatte Vergnügen an ihren Verehrern empfunden, sich an ihrer Bewunderung geweidet. Doch jetzt erfüllte sie große Ehrfurcht für diesen Mann, so groß, dass sie beinahe Angst vor ihm hatte. Und es gab eine Sache, die ihr, in höchster Ekstase und tiefster Qual, absolut klar war: Er durfte es nie erfahren. Niemand durfte es erfahren. »Er ist mein Arbeitgeber, ich bin nicht viel mehr als eine Dienstmagd. Ich kümmere mich um seine Frau! Es ist alles vollkommen unmöglich!« Die Erinnerung daran, wie sie zuerst aus dem Pfarrhaus, dann aus Emilys Haus hinausgeworfen worden war, brannte in ihrer Seele. Sie hatte einen Schwur geleistet. Niemals wieder dufte so etwas geschehen. Nie.

Fest entschlossen, die Kontrolle über ihre Gefühle zu behalten, nahm sie am nächsten Morgen ihre Pflichten wieder auf. Aber nichts war mehr wie vorher. Mr Darnleys Besuche im Krankenzimmer versetzten sie in peinliche Aufregung. Der Klang des Öffnens und Schließens der Haustür, wenn er ging, und der Schlüssel im Schloss, wenn er heimkehrte, wurden zu den wichtigsten Ereignissen des Tages. Die Klänge der Orgel, wenn er spielte, beförderten sie in den siebten Himmel. Wie durch ein

Wunder berührten die Schikanen und Beleidigungen von Mrs Darnley sie nicht mehr, sie schien über allem zu schweben. Sie war fast sogar glücklich darüber, dass Darnleys Frau so wenig angenehm war. Wie schrecklich, wenn sie nett wäre, dachte sie. Sie begann, über das Verhältnis zwischen ihrem Arbeitgeber und seiner Frau nachzudenken. Üblicherweise heirateten Menschen und blieben für den Rest ihres Lebens zusammen – sie war eine seltene Ausnahme –, und es kam ihr sonst nicht in den Sinn, sich zu fragen, ob sie glücklich waren oder warum sie sich füreinander entschieden hatten. Sie traute sich nicht, das Thema mit Mrs Betts zur Sprache zu bringen, aus Angst, sich zu verraten. Doch eines Tages brachte Mrs Betts selbst ein wenig Licht in die Sache, als sie bemerkte, dass Mr Darnley »früher« – in den ersten Jahren seiner Ehe – so wenig wie möglich unterwegs gewesen sei und oft Berge von Dokumenten heimgebracht hatte, um daran zu arbeiten, wohingegen es ihr nun so schien, als ob er so oft und so lange fort war, wie es nur eben ging.

»Und tatsächlich«, fügte sie hinzu, »wird er bald wieder gehen.«

Flo war wie vor den Kopf geschlagen von diesen Neuigkeiten, wenn auch zugleich erleichtert, dass sie für eine Weile nicht ständig in der Sorge leben musste, sich zu verraten.

An diesem Abend steckte Darnley den Kopf ins Zimmer seiner Frau hinein und winkte Flo in den Flur hinaus. »Ich muss morgen nach Norwich«, sagte er. »Es gefällt mir nicht, Mrs Darnley so kurz vor dem erwarteten

Geburtstermin allein zu lassen, doch ich weiß sie in sehr guten Händen. Und Norwich ist nicht besonders weit, sollte es irgendwelche Probleme geben, rufen Sie mich bitte sofort. Auf meinem Schreibtisch habe ich Informationen hinterlassen, wie Sie mich erreichen können.«

»Keine Sorge, Sir, ich werde mich um sie kümmern. Ich bin mir sicher, es wird ihr gutgehen«, antwortete Flo. Er lächelte dankbar und ging hinein, um seiner Frau die Nachricht zu überbringen, während Flo sich an den Türrahmen lehnte aus Sorge, die Knie würden unter ihr nachgeben.

»Das kannst du nicht tun! Du kannst mich nicht alleinlassen! Ich werde sterben, ich weiß es! Wie kannst du mir das antun?«, hörte sie Mrs Darnley kreischen. Flo ging in ihr Zimmer, doch auch dort hörte sie Darnley, wie er sie zu beruhigen versuchte: »Ich muss fahren, ich kann doch meine Arbeit nicht im Stich lassen. Aber es dauert nicht lange, und ich bin nicht weit weg. Schwester Harris ist hier, also mach dir keine Sorgen und ruh dich aus.« Doch Mrs Darnley schrie und weinte weiter hysterisch, und Flo fragte sich, ob sie nicht zu ihr gehen und ihr ein paar Tropfen Laudanum geben sollte, doch dann verlor auch ihr Mann, der sonst so sanft und kontrolliert war, die Beherrschung und begann zu schreien. Flo blieb, wo sie war.

Die flammende Auseinandersetzung endete damit, dass er aus dem Zimmer stürmte und die Tür hinter sich zuschlug. Wenig später begann er, Orgel zu spielen, aber diesmal klang es bitter, qualvoll, krachende Akkorde jagten sich mit wilden Läufen. Flo war bereits wieder im Zimmer ihrer Patientin, versuchte, sie zu beschwichtigen, und zählte Laudanumtropfen ab, doch beim Klang der Musik wurde Mrs Darnley erneut hysterisch. »Dieser Liszt macht mich verrückt!«, krächzte sie. »Sagen Sie ihm, er soll aufhören! Gehen Sie runter und sorgen Sie dafür, dass er aufhört!«

Folgsam ging Flo hinunter und klopfte an der Tür des Arbeitszimmers. Niemand antwortete, also öffnete sie vorsichtig die Tür und trat ein. Sie stand neben der Orgel, doch tief vergraben in seine peinigende Musik, schien er sie noch immer nicht wahrzunehmen, und so legte sie ihm die Hand auf den Arm. Er hörte auf zu spielen und sah sie an. Seine Augen glänzten wild, er sah unendlich unglücklich aus. »Sir, Ihre Frau lässt fragen, ob Sie bitte aufhören könnten, dieses Stück zu spielen«, sagte sie leise. »Sie beruhigt sich gerade wieder etwas.«

Er schwieg.

»Kann ich Ihnen auch etwas zur Beruhigung bringen, Sir?«, fragte sie. »Vielleicht einen Kamillentee?«

Er entspannte sich und lächelte. »Vielen Dank. Aber ein Glas Whisky ist eine gute Idee.«

»Ich hole Ihnen eins«, sagte Flo. Sie ging zu dem Dekanter, der auf einem Tischchen beim Kamin stand, und goss ihm ein kleines Glas ein. Er nahm einen ordentlichen Schluck. »Ich hätte nicht wütend werden dürfen«, gestand er. »Sie ist krank, ich sollte mehr Geduld mit ihr haben.«

»Das ist nicht leicht, Sir«, sagte Flo teilnahmsvoll. Sie fühlte sich sicher in der Rolle der sich kümmernden

Krankenschwester. Auch er brauchte jemanden, der ihn beruhigte, und das konnte sie.

»Warum spielen Sie nicht etwas Besänftigendes?«, schlug sie vor. »Das wird Ihnen beiden guttun, und vielleicht hilft es ihr beim Einschlafen.«

Er überlegte, dann drehte er sich zu den Tasten, verstellte ein paar Register und begann mit einigen ruhigen Arpeggien auf der einen Klaviatur mit der linken Hand, dann mit der rechten, auf der darunter, und suchte die schönste, friedlichste Melodie aus. Sie klang, als würde sie von einer Flöte gespielt.

»Das ist die *Meditation*, ein Intermezzo aus einer zeitgenössischen Oper, der Komponist ist Franzose und heißt Massenet«, erklärte er, während er spielte. »Er hat es für Sologeige und Orchester geschrieben, aber mir gefällt, wie es auf der Orgel klingt.«

»Es ist wunderschön«, stimmte Flo zu. Ein paar Augenblicke lauschte sie, dann machte sie widerstrebend einen Schritt in Richtung Tür.

»Bleiben Sie ein bisschen, Schwester«, bat er sie mit einem Lächeln. Flo zögerte. Sie sehnte sich danach zu bleiben, doch sie spürte die Gefahr. »Entschuldigen Sie, Sir, aber ich muss wirklich gehen und nach Mrs Darnley sehen. Gute Nacht«, sagte sie und ging wieder nach oben. Die Musik folgte ihr.

Den ganzen Abend lang hörte sie ihn immer dieselbe Melodie spielen, und sie fragte sich, ob das vielleicht eine geheime Botschaft an sie war. Dann drängte sie den Gedanken zur Seite. Unmöglich, schalt sie sich. Sei nicht so albern.

Kurz nach Mr Darnleys Abreise begann der Zustand seiner Frau sich rapide zu verschlechtern. Flo war ernsthaft beunruhigt. Das Gesicht ihrer Patientin, das so hager geworden war, begann aufzuquellen, und ihre Hände schwollen an. Sie litt unter schlimmen Kopfschmerzen und beklagte sich über den kleinsten Lichtstrahl. Düstere Vorahnungen und Furcht vor der nahenden Geburt schienen sich in ihr auszubreiten.

Widerspenstig wehrte sie sich dagegen, dass Flo Dr. Willoughby rief. »Er ist nutzlos, er kann ohnehin nichts tun. Ich werde sterben«, stöhnte sie. Doch eines Abends, nachdem sie begonnen hatte, sich zu übergeben, überging Flo ihren Protest, weckte Nellie und schickte sie eilig nach dem Doktor. Beim Anblick seiner Patientin war der gute Mann sichtlich erschrocken. Er bat Flo, Nellie möge den Apotheker aufwecken, er solle dringend eine bestimmte Medizin anmischen. Er würde unterdessen einen Kollegen hinzurufen, einen Spezialisten aus London. Flo dürfe Mrs Darnley unter keinen Umständen allein lassen – beim kleinsten Anzeichen eines Anfalls müsse sie sofort nach ihm schicken. Flo holte ihre Matratze und ihr Bettzeug und richtete sich auf dem Boden des Krankenzimmers ein. Von da an blieb sie ohne Unterbrechung an der Seite ihrer Patientin.

Spät am nächsten Tag kam der Spezialist aus London, ein jüngerer, flachsblonder Waliser mit einer seltsamen Apparatur, einer Art Manschette, die er um Mrs Darnleys Arm legte und mit Hilfe einer Gummiblase aufpumpte, während er mit dem Stethoskop ihren Herzschlag abhörte. Als er fertig war, sprach er leise mit

Dr. Willoughby. Flo hörte das Wort »Präeklampsie«, das sie nicht verstand, und – zu ihrem Erschrecken – »Kaiserschnitt«, was sie sehr wohl verstand.

Dr. Willoughby bedeutete ihr, ihm in den Flur zu folgen, und erklärte mit gesenkter Stimme, dass Mrs Darnley an einer Krankheit leide, die sehr gefährlich für werdende Mütter sei, und je früher das Baby zur Welt komme, desto besser. Die nächsten Tage würden entscheidend sein. Sie müsse ständig bei ihr bleiben, und sie brauche Chloroform und Desinfektionsmittel aus der Apotheke. Er würde am nächsten Morgen wiederkommen.

»Soll ich Mr Darnley Bescheid geben?«, fragte Flo beklommen.

»Auf jeden Fall.«

Flo war klar, dass sie es war, die die Situation in die Hand nehmen musste. Die liebe Mrs Betts, so tüchtig sie in ihrer Haushaltsroutine war, schien wie gelähmt von dem Gedanken an die drohende Krise. Sie wussten nicht, wann Mr Darnley zurückkehren würde, dem sie sofort telegrafiert hatten. Es gab keine Verwandten in der Nähe. Es gab nur sie.

Ein freundlicher Nachbar ließ sich überzeugen, die Kinder zu nehmen, sodass sie außer Hörweite waren. Sie fragte Dr. Willoughby nach dem Namen der besten Hebamme der Gegend und ließ sie benachrichtigen, dass sie bald gebraucht würde. Ihren Schlafplatz rollte sie am Tag zusammen, und behutsam stellte sie die Möbel im Krankenzimmer so, dass es mehr Platz um das Bett der Patientin herum gab.

Keinen Tag zu früh. In der Morgendämmerung riss Mrs Darnleys Schreien und Keuchen sie aus dem Schlaf. Mit zwei Schritten war sie am Bett ihrer Patientin und fand sie, das Bettzeug von sich geworfen, schweißgebadet und sich windend vor Schmerzen. Sie zählte einige Tropfen Laudanum ab und brachte sie sanft dazu, die Tropfen zu schlucken, wischte ihr das Gesicht mit einem feuchten Tuch ab, deckte sie wieder zu und versuchte verzweifelt, sie zu beruhigen. Doch nach einer kurzen Ruhepause kam der nächste Anfall, sie schien wie besessen.

Waren es Tage oder bloß Stunden? Alles verschmolz zu einem Strom aus Krämpfen, Schreien, Erbrechen, Fieberwahn, der Doktor zog eine Spritze auf, Operationsmesser wurden geordnet, mehr Schreie, der süßliche Krankenhausgeruch von Chloroform, der Gin im Atem der Hebamme, Blut und mehr Blut. Mrs Betts eilte mit sauberen Leintüchern herbei, Nellie schleppte Krüge mit heißem Wasser heran. Mr Darnley drückte sich, in Hemdsärmeln, blass und fahrig vor der Tür herum. Nach einer gefühlten Ewigkeit entstieg dem Chaos ein kleines Wesen, das leise wimmerte, es wurde gewaschen, eingewickelt und Flo in die Arme gelegt. Erschöpft, zerzaust, verschwitzt, ihre Tracht blutbeschmiert, brachte sie das Wesen zu seinem Vater. Da stand er, sah das Baby nicht an, seine grünen Augen hefteten sich stattdessen wie hypnotisiert an ihr Gesicht. Flo wusste nicht, was sie sagen sollte. Schließlich stammelte sie hilflos: »Es – er – ist ein Junge.«

Endlich schaute Darnley auf das Baby hinab und

strich ihm über die winzige Wange. »Luke«, sagte er. Und: »Danke, Schwester.«

Sie drehte sich um und sah Laura Darnley bewegungslos auf dem Bett liegen, die Augen halb geöffnet. Einen Augenblick fürchtete Flo, sie wäre tot. Der Doktor, der offenbar denselben Gedanken hatte, fühlte ihren Puls. Er nickte. »Sie schläft. Sie ist erschöpft, aber wir konnten sie retten. Gott sei Dank. Sie wird ruhig bleiben, lassen Sie sie einfach schlafen. Ich komme morgen früh wieder.« Zusammen mit der Hebamme verließ er das Haus.

Als das Baby in seiner Wiege lag und das Zimmer wieder sauber und ordentlich war, schickte Flo Mrs Betts und Nellie zu Bett. Sie selbst ging ebenfalls in ihr Zimmer, schlüpfte aus ihrer Schwesterntracht, öffnete ihr Haar und zog ihr Nachthemd an. Sie war unendlich müde, doch die Anspannung dieses langen Tages saß ihr in den Knochen, und sie sehnte sich nach einem entspannenden Glas warmer Milch. Alles war ruhig, die anderen würden längst schlafen, und so schlug sie sich bloß ein Tuch um und ging hinunter in die Küche.

Die Tür, die von der Küche in den Garten führte, war angelehnt. »Mrs Betts muss vergessen haben, sie zuzumachen«, dachte sie. Sie lehnte sich an den Türrahmen und sog den nächtlichen Duft irgendeiner Blume ein, den die warme Sommerluft zu ihr herantrug. Als die Milch fertig war, nahm sie das Glas und trat hinaus in den dunklen Garten.

»Eine wundervolle Nacht«, sagte eine Stimme hinter

ihr. Flo fuhr herum, das Glas fiel zu Boden und sie stolperte.

»Mr Darnley! Sie haben mich erschreckt.«

»Das tut mir leid, Schwester, es war nicht meine Absicht.«

»Mir tut es leid – ich hatte nicht damit gerechnet, dass noch jemand auf ist.« Peinlich berührt zog sie ihr Tuch fester um sich und wollte hineingehen.

»Gehen Sie nicht, Schwester, Sie haben sich ein wenig Entspannung verdient, Sie hatten einen langen Tag. Warum setzen Sie sich nicht und genießen ein wenig die Nachtluft?« Er hob das zerbrochene Glas auf und wies auf einen kleinen weißen Tisch mit zwei kunstvoll verzierten Stühlen, die sie in der Dunkelheit kaum ausmachen konnte. Sie spürte seine Hand am Ellbogen, die sie sanft zu dem Tischchen führte. »Kommen Sie, Schwester, wir plaudern ein wenig. Auch ich kann etwas Ablenkung gut gebrauchen.«

Sie gehorchte. Ein anderer Geruch fiel ihr auf, fremd und aromatisch, und aus dem kleinen glühenden Pünktchen in seiner linken Hand schloss sie, dass er eine türkische Zigarette rauchte. Sie sprachen über die Geburt, und er dankte ihr nochmals aus tiefstem Herzen.

Es wurde etwas heller. Der Mond war über die Wipfel der Bäume am Ende des Gartens gestiegen. »Was für eine Nacht«, sagte Darnley mit sanfter Stimme. »Mögen Sie Gedichte?« Und ohne auf eine Antwort zu warten, hob er an:

»›Der Mond scheint hell. In solcher Nacht wie dieser,
Als süßer Wind die Bäume liebreich küsste

Und gar kein Rauschen war, in solcher Nacht
Stieg Troilus, dächt ich, auf die Mauern Trojas
Und seufzte seine Seele hin zum Griechenlager
Wo Cressid lag zur Nacht.‹«

»Wie zauberhaft!«, rief Flo. »Von wem ist das?«

»Shakespeare. *Der Kaufmann von Venedig*. Fasst es eine Nacht wie diese nicht in Vollendung?«

»Unbedingt. Was ist das für ein großartiger Duft, woher kommt er?«

»Das sind vermutlich die nachtduftenden Stöcke dort drüben«, gab er zurück und begann wieder zu rezitieren:

»›Ich kann nicht sehn, was mir zu Füßen blüht,
noch, welch ein Weihrauch von den Zweigen hängt …‹«

Flo war entzückt. Seine grünen Augen ruhten auf ihr mit einer Intensität, die sie aus der Fassung brachte. Sie hätte die ganze Nacht so dasitzen und ihm zuhören können, doch sie fühlte, wie ihr das Tuch von der Schulter glitt, und jäh wurde ihr wieder peinlich bewusst, dass sie nur ihr Nachthemd trug. Und dass er ihr Arbeitgeber war. Und dass er mit ihrem Schützling verheiratet war. Und dass sie einen Schwur geleistet hatte …

Er sprach noch immer, doch der Lärm in ihrem Inneren übertönte seine Worte. Was sollte sie bloß tun?

Sie hörten einen zarten Schrei aus dem Haus. »Das Baby ist wach. Ich muss gehen!« Sie sprang auf. Sie stolperte über den Saum ihres Nachthemdes und geriet ins Wanken. Sofort war er bei ihr und gab ihr Halt, indem er ihre Schultern umfasste. Er hielt sie für einige Sekunden, sah ihr tief in die Augen. Sie dachte, er würde sie küssen. Doch dann löste er sich sanft von ihr.

»Er schläft sicher bald wieder ein. Gute Nacht, Schwester.«

»Gute Nacht, Sir.«

9. Kapitel

»Beruf des Vaters?« Es war der erste Tag des Schuljahres, ein Lehrer trug die Informationen zu den neuen Schülern in ein großes Buch ein. Fragend sah er Flo und Cyril durch seine Brille an.

»Mein Mann ist verstorben«, antwortete Flo zögerlich.

Cyril war verwirrt. Soweit er wusste, war sein Vater noch ziemlich lebendig. Warum sagte seine Mutter ständig Dinge, die nicht stimmten? Sein Vater hatte ihm beigebracht, dass man das nicht durfte, aber wenn seine Mutter es tat, war es vielleicht doch nicht so schlimm?

»Alter?«

»Zehn.«

»Wohnhaft?«

Flo gab die Adresse der Darnleys an.

Der Abschied war herzzerreißend. Cyrils Vorfreude auf die Chorschule war Panik gewichen. Noch eine Trennung: Er war aus seinem Elternhaus gerissen worden, dann aus Tante Emilys Haus, abgeladen in einem grauenvollen Kinderheim – und nun verließ seine Mutter ihn schon wieder. Er hatte grässliche Angst, allein gelassen zu werden unter lauter Fremden. Er gab sich große Mühe, vor dem Lehrer und den anderen Jungen nicht in Tränen auszubrechen, doch er klammerte sich verzweifelt an Flos Umhang, als sie Anstalten machte zu gehen.

Flo war verwundert. Sie verstand nicht, was sich plötzlich geändert hatte. »Aber Liebling, es wird dir hier gefallen! Du kannst singen, du bekommst eine gute Ausbildung, und du wirst viele Freunde finden«, rief sie, während sie seine Finger von ihrem Umhang löste. »Und ich komme dich bald besuchen. Es ist nicht weit. Sei tapfer!«

Als sie im Zug zurück nach Brentwood saß, glücklich, dass es das Schicksal so gut mit Cyril gemeint hatte, wanderten ihre Gedanken wehmütig zu ihrem verlorenen jüngeren Sohn. »O Godfrey! Wenn doch nur auch ihm solch ein Wunder geschehen könnte. Wenn ich ihn nur wiederhaben könnte!« Wie gern würde sie ihn wenigstens sehen, bloß ein paar Worte mit ihm wechseln. Sie schrieb ihm häufig, doch er beantwortete ihre Briefe nie. Die gutherzige Martha schrieb, aus Mitleid mit ihrer geliebten Schwägerin, dass sie die Briefe aufbewahrte, sollte Godfrey eines Tages seine Meinung ändern und sie lesen wollen. So manches Mal war Flo versucht gewesen, Josiah zu schreiben und ihn zu bitten, ihr den Sohn zurückzugeben, aber sie wusste, das wäre sinnlos. Selbst wenn Josiah einlenken würde – was er niemals tun würde –, was für ein Leben hatte sie dem Jungen zu bieten? Das Kinderheim? Er hatte nicht Cyrils göttliche Stimme, er war vollkommen unmusikalisch, an der Chorschule brauchte sie es erst gar nicht zu versuchen. Sie seufzte und blickte aus dem Abteilfenster. Draußen dämmerte es bereits. Der Verlust von Godfrey, grübelte sie, war noch schmerzlicher als die Verbannung aus ihrem Zuhause.

Cyril biss die Zähne zusammen und dachte an die Worte seiner Mutter, als er mit dem Gesicht nach unten im Matsch auf dem Rugbyfeld lag. Der Schmerz in seinem linken Bein nach einem boshaften Tritt und einem Schubser im Gedränge war kaum auszuhalten, und er fragte sich, ob es gebrochen war. Der Tritt war mit Absicht geschehen, das wusste er. Schon nach wenigen Tagen in der Schule war ihm klar gewesen, dass die Gefahr nicht von den Erwachsenen ausging, wie bei den Coopers in Brentwood, sondern von anderen Jungen. Die Lehrer waren streng, doch sie waren gerecht, fair und gutgelaunt.

Cyril war seit zwei Wochen an der Schule und hoffnungslos unglücklich. Von Anfang an fühlte er sich als Außenseiter, auch wenn er nicht wusste, warum. Zwar stammten einige der Jungen offensichtlich aus reichen, privilegierten Familien, doch die meisten kamen aus ganz und gar unterschiedlichen Verhältnissen, manche davon waren wie bei ihm sehr bescheiden. Warum mochten andere Jungen ihn nicht leiden? Warum hatte es Gekicher und sogar Stöße in die Rippen gegeben, als er erwähnte, dass er früher in einer methodistischen Kapelle gesungen hatte? War das etwas, wofür man sich schämen musste? Oder lag es daran, dass er knallrot geworden war und keinen Piep mehr hatte sagen können, als sie ihn gefragt hatten, was sein Vater tat, wo er lebte oder auf welcher Schule er zuletzt gewesen war? Er konnte mit niemandem über seinen Schmerz sprechen, dem Zuhause entrissen und von seinem Bruder getrennt worden zu sein, oder über die schrecklichen Vorfälle bei Tante Emily oder die noch schrecklichere Nacht in der Kirche in Brentwood. Würden sie sich jemals vorstellen können, wie es war, hungrig zu sein und ohne ein Dach über dem Kopf, oder die Scham und das Grauen eines Kindes im Heim? Er blieb stumm, wurde mürrisch und zurückgezogen.

Jemand packte ihn am Kragen, zog ihn buchstäblich aus dem Dreck und stellte ihn auf die Füße. Es war Tom Peters. »Die Hausmutter soll sich dein Bein anschauen«, sagte er. »Und dann schrubb dich, und zwar schnell, in einer halben Stunde proben wir für ein besonderes Konzert, und ich möchte, dass du dabei bist.«

Tom hatte Cyril seit seinem ersten Schultag im Auge behalten, nicht nur, weil er ein Freund von Darnley war, sondern weil der Junge eine seltene Stimme hatte und er beginnen wollte, mit ihm zu arbeiten. Noch war Cyril ein Probekandidat, ganz unten in der Rangordnung des Chors und mit wenig Gelegenheit zu glänzen. Doch Tom probte mit einer kleinen Gruppe, einem halben Dutzend Jungen, Madrigale für ein Konzert mit Renaissance- und Barockmusik, und er wusste, das war seine Chance.

Es entpuppte sich als Segen. Schnell verstand Cyril, dass sein Weg zu Anerkennung darin bestand, ein erstklassiger Chorjunge zu werden, und mit Tom Peters' Hilfe arbeitete er hart an seinem Gesang. Als sich der Erfolg zeigte, und als Sir Frederick ihn mit ersten Soli betraute, wuchs seine Selbstsicherheit, und die Schikanen nahmen ab. Langsam gewöhnte er sich an die Schulroutine, ein zeitiges Frühstück gefolgt von Chorproben, dann Unterricht, wobei der Anteil der Religionsstunden so groß war, dass er sich schließlich ganz von der Religion abwandte. Dann Spiele und mehr Unterricht, wieder Chorproben, Abendandacht. Eine Messe an Sonn- und anderen Feiertagen, besondere Proben für besondere Anlässe, darunter das Unvergesslichste: der Gesang mit anderen großen Chören bei der Krönung König Edwards VI. Stück für Stück lebte er sich ein und begann, sich tatsächlich zu Hause zu fühlen.

10. Kapitel

Ein heftiger Kampf tobte in ihr. Flo wusste, dass sie das Haus der Darnleys verlassen musste, wenn sie eine weitere Katastrophe verhindern wollte. Aber allein der Gedanke, Darnley nicht wiederzusehen, ihn nicht mehr spielen zu hören oder einfach nur in seiner Nähe zu sein, war unerträglich. Sie war kaum in der Lage zu essen, jeden Abend lag sie wach und quälte sich mit Gedanken darüber, was sie tun sollte. Am Ende siegte ihr Verstand, und sie beschloss, zu gehen. Sie nahm all ihren Mut zusammen und machte sich auf den Weg zu Dr. Willoughby.

Ich sage einfach, ich kann nicht mehr für Mrs Darnley arbeiten, beruhigte sie sich. Er weiß, wie sie ist, er wird es verstehen.

Und der gute Doktor verstand. »Es tut mir wirklich leid, dass Sie gehen. Sie haben Mrs Darnley gutgetan, auch wenn sie das nie zugeben würde. Ich habe einen anderen Patienten, der dauerhafte Betreuung benötigt, einen älteren Herrn, der einen schweren Herzinfarkt erlitten hat. Ich fürchte, er wird dieser Welt nicht mehr lange erhalten bleiben, aber es wäre eine gute Anstellung für den Moment und mit Sicherheit einfacher als Ihre derzeitige.« Das waren genügend Informationen. Flo willigte ein, am folgenden Montag zu beginnen.

An diesem Abend, nachdem sie Mrs Darnley für die

Nacht zurechtgemacht hatte und sicher war, dass sie tief und fest schlief, ging sie nach unten und klopfte nervös an die Tür des Arbeitszimmers. Sie hatte eine kleine Rede einstudiert: Sie würde sagen, dass sie kündigen wolle, und sollte er sie nach einem Grund fragen, würde sie diplomatisch erwidern, sie habe den Eindruck, Mrs Darnley sei nicht zufrieden mit ihr.

Er saß da und starrte ins Feuer. Sein nachdenkliches Gesicht hellte sich auf, als er sie sah.

»Mr Darnley«, begann sie mit zitternder Stimme. »Ich möchte kündigen. Ich bleibe noch bis Freitag.«

»Wie bitte?« Er sprang auf und kam auf sie zu. »Warum? Das können Sie nicht tun! Weshalb?«

»Ich kann nicht bleiben …« Alles, was sie sich zurechtgelegt hatte, schien wie weggeblasen. Sie schlug die Hände vors Gesicht und begann zu schluchzen. »Ich kann nicht bleiben!«

Darnley ging zur Tür und drehte den Schlüssel im Schloss. Er nahm ihre Hände und zog sie sanft von ihrem Gesicht. »Was ist los? Was ist passiert? Hat Mrs Darnley Sie gekränkt?«

Stumm schüttelte sie den Kopf.

»Hat Ihnen jemand eine bessere Anstellung angeboten?«

Sie schüttelte wieder den Kopf.

»Sind Sie nicht glücklich hier?«

Stotternd begann sie: »Sie waren so gut zu mir, aber …« Wieder brach sie ab.

»Aber was?«

Stille.

Langsam ließ er ihre Hände sinken, ging zum Feuer und sah in die Flammen. Dann kam er zurück und ergriff erneut ihre Hände.

»Florence …« Nie zuvor hatte er sie beim Vornamen genannt. »Sie sind der Engel dieses Hauses. Ich brauche Ihnen nicht zu sagen, was Sie alles für meine arme Frau getan haben. Aber was Sie nicht wissen, ist, was Sie für mich getan haben. Mein Leben, mein Glück waren nur mehr ein Haufen Asche, und Sie haben mir Freude zurückgebracht, Schönheit, Licht, … Ich denke jeden Moment an Sie, am Tag und in der Nacht. Ich muss zugeben: Ich könnte es nicht ertragen, wenn Sie gingen.«

Erstaunt sah Flo zu ihm auf. »Ich – denke auch an Sie«, stammelte sie. Nach einer kurzen Pause fügte sie hinzu: »Immerzu. Deshalb muss ich gehen.« Sie hielt wieder inne, dann brach es aus ihr heraus: »Sie sind verheiratet!«

Er schwieg. »Ja, ich bin verheiratet«, sagte er schließlich, langsam und unglücklich. »Diese Last muss ich tragen, ich kann nichts dagegen tun. Aber bitte, gehen Sie nicht, ich muss Sie in meiner Nähe wissen, ich muss Sie sehen, Ihre Stimme hören – bleiben Sie, Florence, nur noch eine Weile.«

Er hatte ihr Gesicht mit den Händen umschlossen. Er hatte ihr die Haube abgestreift und streichelte ihr wirres Haar. Ihr ganzer Körper schien zu brennen. Er neigte den Kopf, um sie zu küssen – und in dem Moment erklangen die Glocke und ein schreckliches Kreischen von oben. »Schwester! Schwester! Wo sind Sie?«

Beide standen wie versteinert. »Ich muss gehen.« Sie machte einen Schritt rückwärts, dann rannte sie zur Tür.

»Wo waren Sie?«, schnappte Mrs Darnley. »Wo ist Ihre Haube?«

»Was ist los, Ma'am? Können Sie nicht schlafen?«, fragte Flo, die ihre gesamte Aufmerksamkeit dem Bettzeug widmete und die Fragen ignorierte.

»Wo waren Sie? Sie waren nicht in Ihrem Zimmer!«

»Ma'am, ich hatte schon begonnen, mich bettfertig zu machen, aber dann bin ich noch einmal nach unten gegangen, um ein Glas heiße Milch zu trinken. Haben Sie Schmerzen?«

»Wo ist mein Mann?«

»Das weiß ich nicht, Ma'am, aber ich habe Licht in seinem Arbeitszimmer gesehen.«

Laura Darnley sagte nichts mehr, doch Flo war beunruhigt. Ein leiser Verdacht schien in ihrer Patientin zu keimen. Sie musste wirklich gehen, es wurde gefährlich.

Nach einer gefühlten Ewigkeit schlief Mrs Darnley schließlich wieder ein, und Flo schlich hinüber in ihr Zimmer. Auf ihrem Kissen lagen ihre Haube und eine Notiz: »Bitte bleib. Ich liebe Dich.«

Sie war zu verlegen, um es ihm selbst zu sagen, und so schickte sie Nellie am nächsten Tag mit einem Brief zu Dr. Willoughby, in dem sie ihm mitteilte, sie habe sich überzeugen lassen, noch ein wenig bei den Darnleys zu bleiben, und sich für mögliche Unannehmlichkeiten entschuldigte.

Sie hatte ernsthafte Bedenken, was ihre Entscheidung betraf, doch sie hatte sich selbst das Wort gegeben, dass sie ihrer Patientin nicht den geringsten Anlass bieten würde, sie zu entlassen.

Auch Darnley war äußerst vorsichtig, im Beisein seiner Frau oder der Angestellten nicht den kleinsten Hinweis darauf zu geben, was zwischen ihnen vorgefallen war. Ein paar Tage später betrat er das Zimmer seiner Frau, als Flo ihr gerade das frisch gebadete Baby in die Arme legte, damit sie ihm einen Gutenachtkuss geben konnte, und sagte: »Es tut mir leid, meine Liebe, doch ich habe gerade die dringende Anweisung erhalten, eine besondere Einsichtnahme auf der Isle of Man durchzuführen – ausgerechnet. Ich werde drei oder vier Wochen unterwegs sein und kaum an den Wochenenden nach Hause kommen können. Es tut mir so leid, Laura, doch ich weiß dich bei Schwester Harris in besten Händen.«

Eine nicht enden wollende Flut aus Tränen, Vorwürfen und Beschuldigungen brach aus Mrs Darnley hervor, unter der das arme Baby in schrilles Weinen ausbrach. Während Darnley seine Frau zu beruhigen versuchte, nahm Flo ihr den Säugling aus dem Arm, trug ihn behutsam in ihr Zimmer und redete ihm gut zu. Es kostete sie all ihre Kraft, nicht selber über die Nachricht von Darnleys Abreise in Tränen auszubrechen und sich zu verraten.

Nach dem Abendessen schickte Mr Darnley Mrs Betts in aller Form zu ihr, mit der Aufforderung, in sein Arbeitszimmer zu kommen, um ihre Bezahlung in der Zeit seiner Abwesenheit zu regeln. Als sie allein waren, fragte er leise: »Wirst du am Sonntag in die Abbey gehen?«

An ihren freien Sonntagen fuhr Flo häufig nach London, um Cyril und den Chor die Messe singen zu hören. Wenn sie Mrs Darnley für den Tag bereitgemacht hatte, eilte sie zum Bahnhof. Sie traf dann gerade rechtzeitig zum Elf-Uhr-Gottesdienst ein. Sie aß mit Cyril zu Mittag, und die beiden machten einen kleinen Spaziergang, bevor er zurückmusste. Bei schönem Wetter lief sie noch ein wenig durch den St James's Park, ging ins Museum oder machte einen Schaufensterbummel, bevor sie den Zug zurück nach Brentwood nahm.

Sie nickte.

»Dann treffen wir uns am Nordeingang, gegenüber dem Parliament Square, um fünf vor elf.«

»Aber – Sie sagten doch, Sie müssten auf die Isle of Man?«, fragte Flo irritiert.

»Ich erkläre dir alles am Sonntag. Und natürlich: kein Wort zu niemandem.«

Der Zug hatte ein paar Minuten Verspätung, und so kam Flo außer Atem am verabredeten Treffpunkt an. In einem eleganten Gehrock stand er vor dem großen gotischen Portal und sah unruhig auf die Uhr. Sichtlich erleichtert zog er den Hut, verneigte sich und presste ihre behandschuhte Hand an seine Lippen. »Komm«, sagte er, »lass uns reingehen. Tom hat uns gute Plätze reserviert.«

Es blieb ihnen keine Zeit zu reden. Die Musik, eine Palestrina-Messe und eine Motette von William Byrd, gefolgt von einem Präludium und einer Fuge von Bach auf der Orgel, war göttlich. An Darnleys Seite in der ersten

Reihe fühlte Flo sich wie in einem Traum, und ihr Herz flog, nicht zum ersten Mal, dem großartigen Fächergewölbe der Decke entgegen. Nach dem Gottesdienst plauderten sie kurz mit Tom Peters, dann lud Darnley Flo und Cyril zum Mittagessen in ein gutes Restaurant ein. Nachdem sie Cyril zur Abendandacht zurück in die Abbey gebracht hatten, waren sie endlich allein. Sie spazierten zum Ufer der Themse, und Flo konnte ihrer Neugier Luft verschaffen. »Ich dachte, Sie wären auf der Isle of Man!«

Er nahm ihren Arm. »Liebe macht jeden Mann zum Lügner. Nein, die Arbeit, von der ich gesprochen habe, ist eigentlich hier in London, ein großer Fall am Gericht. Aber ich habe den abgelegensten Ort in unserem Bezirk gewählt, der mir einfallen wollte, in der Hoffnung, die Sonntage nicht in Warley zu verbringen, sondern hier in London, mit dir.«

Flo schnappte nach Luft. »Aber, Mr Darnley …!«

»Francis. Bitte nenn mich Francis. Und bitte sieh in mir nicht mehr deinen Arbeitgeber, sondern einfach einen Mann, der sich leidenschaftlich in dich verliebt hat und der alles geben würde, um in deiner Nähe zu sein, dich sehen und mit dir sprechen zu können, für ein paar kostbare Stunden.«

Flo sagte nichts. Sie war stehen geblieben und lehnte sich an die Granitwand des Uferdamms, sie atmete heftig und ihr Herz raste. Sie schlang die Arme um ihren Oberkörper und ließ den Blick über die graue Themse schweifen, blind für die Schiffe, die vorbeituckerten. Sie hatte einen Schwur geleistet. Doch das konnte sie ihm nicht erzählen – und schon gar nicht durfte er erfahren, was der Grund dafür war.

»Francis …«, begann sie nach einer Weile und brach wieder ab. »Francis …«, versuchte sie es erneut. »Wäre das doch möglich! Ich kann mir nichts Wundervolleres vorstellen. Aber es geht nicht! Wenn deine Frau es je herausfinden würde – wenn sie nur den kleinsten Verdacht hätte –, würde sie mich sofort hinauswerfen, das weißt du. Die Schande für mich wäre unermesslich. Ich kann das nicht, Francis, es geht nicht«, schluchzte sie. »Ich bin eine ehrenwerte Frau.«

Darnley gab ihr sein Taschentuch. »Natürlich bist du eine ehrenwerte Frau, Florence. Und es ist nichts Schändliches daran, zufällig deinem Arbeitgeber über den Weg zu laufen, wenn du sonntags in die Abbey gehst, um deinen Sohn singen zu hören. Vielmehr bin ich es, der sich nicht ehrenwert verhält, wenn ich behaupte, an einem Ort zu sein, an dem ich gar nicht bin.«

Flo lachte. »Aber dich kann sie nicht rauswerfen!«

»Nein, meine Liebe, das kann sie nicht. Aber mach dir keine Sorgen, sie wird nie davon erfahren. Sie hat keine Freunde oder Verwandten in London, und du weißt ja, dass sie überhaupt kaum jemanden trifft. Wir sind sicher. Komm, ich habe gehört, dass die Gärten an der Promenade wunderschön sein sollen. Lass sie uns ansehen.«

Flo zögerte noch immer. »Komm!«, bat Darnley.

Sie wird nie davon erfahren, sagte Flo zu sich selbst. Und es ist nichts Schlechtes daran.

Ihre Bedenken in den Wind schlagend, machte sie sich an Darnleys Arm auf den Weg. Nach und nach verschwand ihre Befangenheit, sie lachten und flirteten fröhlich, während sie durch die Gärten spazierten, Vögel fütterten und sich plaudernd auf den Bänken niederließen. Und als der Moment des Abschieds gekommen war, weil sie sich widerstrebend auf den Weg zum Bahnhof machen musste, umarmten sie sich in der Droschke und verloren sich in langen, leidenschaftlichen Küssen.

Die ganze Woche ging sie wie auf Wolken, zählte die Tage und Stunden bis zum nächsten Sonntag, sang und summte, während sie ihren Pflichten nachging.

»Was gibt es für einen Grund, plötzlich so fröhlich zu sein?«, fragte Mrs Darnley launisch.

»Es muss das Wetter sein«, gab Flo unbekümmert zurück. »Die Sonne scheint, die Vögel singen, es ist wunderbar draußen, Mrs Darnley. Das hebt die Laune. Wenn Sie mir doch bloß erlauben würden, Sie hinauszubringen, selbst wenn es nur ein paar Minuten im Garten wären, das würde Ihnen so guttun!«

»Seien Sie nicht albern, das würde mich umbringen. Vielleicht ist es ja das, was Sie wollen.«

»Ma'am, wie können Sie so etwas sagen!« Flo war ehrlich schockiert.

Laura Darnley erholte sich langsam von der Geburt des kleinen Luke, doch sie war noch sehr schwach. Sie hatten eine Amme für das Baby angestellt, das zum Glück wenig weinte und sie selten in der Nacht aufweckte. Flo hatte vorgeschlagen, einen Rollstuhl zu kaufen, sodass sie mit ihr und dem Baby im Viertel spazieren gehen konnte, doch Mrs Darnley hatte nichts davon hören wollen. Die Vorstellung, jemand könnte sehen, wie sie in einem Rollstuhl herumgeschoben wurde wie eine alte Dame, entsetzte sie. Flo durfte jedoch das Baby bei schönem Wetter in seinem Wagen ausfahren, was eine willkommene Abwechslung zum Rest des Tages war, den sie mit ihrer Patientin in dem dunklen, stickigen Krankenzimmer verbrachte. Nur selten durfte sie etwas Tageslicht hereinlassen, und noch seltener frische Luft.

Am folgenden Sonntag war Flo außer sich vor Freude, mehr noch als am vorangegangenen. In der Abbey und später beim Mittagessen mit Cyril kostete es sie alle Mühe – Darnley schien es nicht anders zu gehen –, sich wie Arbeitgeber und Angestellte zu verhalten. Sie fragte sich, ob Cyril etwas bemerkte.

Später, als sie im St James's Park auf einer Bank saßen und den vielfarbigen Enten Brotkrumen zuwarfen, griff Darnley in seine Innentasche und zog ein kleines Päckchen hervor. »Florence, das soll eine Erinnerung an diese wundervollen gemeinsamen Stunden sein und an meine unsterbliche Liebe zu dir – egal, was geschieht.«

Flo öffnete das Päckchen. Es enthielt ein wunderschönes goldenes Medaillon, in dessen Vorderseite ein elegantes doppeltes »F« eingraviert war. »Francis und Florence«, murmelte sie. Freudentränen stiegen ihr in die Augen. »Wie kunstvoll! Ich werde es immer tragen, sogar unter meiner Tracht.« Und zwischen den erhobenen Augenbrauen der Passanten schlang sie die Arme um ihn und küsste ihn.

»Ich muss dein Bild hineinlegen«, rief sie, indem sie

sich von ihm löste. »Nein, vielleicht doch nicht«, fuhr sie fort, »das könnte gefährlich sein. Aber eine Haarsträhne. Wirst du mir beim nächsten Mal eine mitbringen?« Darnley versprach es.

Am dritten Sonntag war es vorbei mit dem warmen, sonnigen Wetter, es war kalt und trüb geworden. Als Flo in London ankam, sah sie unheilvolle schwarze Wolken tief über den Türmen und spitzen Dächern der Westminster Abbey hängen und verwünschte sich dafür, nicht an einen Regenschirm gedacht zu haben. In der Abbey war sie beunruhigt, Cyril nicht an seinem angestammten Platz im Chorgestühl zu sehen, und ihr fiel auf, dass es insgesamt weniger Chorknaben waren als gewöhnlich. Darnley warf Tom Peters, der einige Reihen weiter saß, einen fragenden Blick zu, der seine Hand an die Stirn legte, um anzudeuten, dass Cyril Fieber habe. Aus der Reihe hinter ihnen flüsterte ihnen ein anderes Elternteil zu, dass mehr als ein Dutzend Jungen die Grippe hatten. Sie wurden von den anderen isoliert, damit sich nicht alle ansteckten, und die Eltern wurden gebeten, ihre Söhne nicht zu besuchen. In diesem Moment hörte man draußen Donner grollen, der mit der Orgel zu wetteifern schien, und noch einen, und noch einen. Als der Gottesdienst vorüber war, hatte ein wahrer Platzregen eingesetzt. Mit vielen anderen warteten sie und Darnley im Eingang darauf, dass es nachließ, doch der Regen wurde immer stärker. Flo war schrecklich enttäuscht. »Was sollen wir tun?«, fragte sie Darnley zitternd. »Du frierst ja«, gab Darnley besorgt zurück. »Ich überlege. Meine

Unterkunft ist nur ein paar Minuten von hier, in Old Queen's Gate. Wenn du bereit bist für einen kurzen Lauf, könnten wir dort Zuflucht suchen und uns aufwärmen.«

Es schien länger als ein paar Minuten, auch wenn sie beinahe rannten. Darnleys Regenschirm klappte um, und nass bis auf die Haut erreichten sie schließlich das große schlichte Haus.

»Gib mir deinen Umhang«, sagte er, als sie die Wohnung betraten, und hängte ihn neben seinen eigenen Mantel. Flo sah sich um. Die Wohnung lag im zweiten Stock, sie war geräumig und wohnlich eingerichtet, aber unpersönlich. Und es war kühl. »Sie gehört einem alten Freund und Kollegen, der unten wohnt«, erklärte Darnley. »Er vermietet sie an Kollegen, die in London zu tun haben.« Er kniete vor dem Kamin und zündete ein Feuer an. »Gott sei Dank sorgt das Hausmädchen dafür, dass immer Holz aufgeschichtet ist, falls man es einmal braucht.«

Flo klapperte immer noch mit den Zähnen. »Dein Kleid ist völlig durchnässt!«, rief er, als er sich erhob.

»Genau wie meine Schuhe«, ergänzte Flo. »Wäre es sehr unhöflich von mir, sie auszuziehen?«

»Einen Moment bitte.« Darnley verließ das Zimmer und kehrte mit einem dicken Morgenrock zurück. »Warum gehst du nicht ins Bad und ziehst den hier an, solange deine Sachen trocknen? Sonst erfrierst du uns noch.«

Flo gehorchte. Lachend kam sie zurück und stolperte dabei über den Morgenrock, der viel zu groß für sie war. »Mein Haar ist auch ganz nass«, sagte sie, löste die Nadeln und setzte sich auf den Boden vor das Feuer.

Darnley, nun ebenfalls im Bademantel, ließ sich neben ihr nieder.

»Das ist alles sehr ungebührlich«, bemerkte sie mit gespielter Missbilligung.

»Aber sehr angenehm«, lachte er.

»Du hast mir eine Haarsträhne für das Medaillon versprochen«, erinnerte sie ihn. Er holte eine Schere, und sie schnitt eine Locke aus seinem Haar, nahm ihr Medaillon ab, und er legte die Strähne hinein. Als er es in ihrem Nacken wieder geschlossen hatte, streichelte er ihren Hals, er streichelte und küsste ihr Gesicht, dann ihre Schultern und wanderte langsam mit den Händen unter den Mantel zu ihren nackten Brüsten, und tiefer und tiefer …

11. Kapitel

Pfarrhaus, Aberdare

Das Ende von Cyrils erstem Halbjahr in der Chorschule von Westminster nahte – und brachte die Frage mit sich, wo er die Ferien verbringen sollte. Auch wenn Darnley ihn noch so gern in Warley bei der Familie gehabt hätte, so wussten doch er und Flo, dass seine Frau das niemals zulassen würde. Cyril hatte Flo inständig gebeten, ihn nicht zurück zu den Coopers zu schicken. Nach einem Wust von Briefen in beide Richtungen war es schließlich beschlossene Sache, dass er Martha und Ezekiel in Aberdare besuchen würde, wo er wieder mit Godfrey zusammen wäre, zum ersten Mal, seit er und Flo ihr Zuhause verlassen hatten. Lizzie, Godfreys Patentante, die ihr Patenkind abgöttisch liebte, würde Cyril von London aus begleiten.

Cyril hatte sich unbändig darauf gefreut, seinen Bruder wiederzusehen, seinen geliebten Spielpartner und Komplizen. Doch als er und seine Tante im Pfarrhaus ankamen, Cyril noch in seiner Schuluniform, strahlend und vergnügt, warf Godfrey ihm nur einen kurzen Blick zu und schloss sich oben im Kinderzimmer ein. Alle Versuche, ihn herauszulocken, schlugen fehl, erst eine strenge Order von Ezekiel brachte ihn wieder nach unten, wo er sich mit finsterem Blick zum Abendessen setzte.

Es waren nur wenige Monate vergangen, doch die Ereignisse an jenem Morgen und ihre Folgen hatten beide verändert. Sie sahen sich immer noch sehr ähnlich, große, gutaussehende Jungen, mit der gleichen auffälligen hellbraunen Lockentolle in der Stirn, die sie angeblich von Zachary geerbt hatten, auch wenn Zachary, inzwischen fast kahl, nicht mehr genug Haar auf dem Kopf hatte, um das zu beweisen. Noch verstand keiner von beiden den Grund, warum ihre Mutter und Cyril von zu Hause verstoßen worden waren, doch die unheilvolle Stille, die das Geschehene umgab, war traumatisch genug. Es hatte tiefe Wunden hinterlassen.

Später konnte niemand mehr sagen, wie alles begonnen hatte, doch am nächsten Morgen drangen Gebrüll, das Geräusch von Schlägen und »Bastard«-Schreie aus dem Zimmer der Jungen. Die älteren Cousins fanden die Brüder in einer heftigen Keilerei. Cyrils Nase blutete, sein Auge war geschwollen, Godfrey lag zusammengekrümmt auf dem Boden und schnappte nach Luft. Der geschlossene Waffenstillstand war nicht von langer Dauer – Raufereien, Beleidigungen und Streitigkeiten brachen immer wieder aufs Neue aus, bis die entnervten Erwachsenen sich schließlich darauf einigten, dass die beiden getrennt werden mussten.

»Meine geliebte Schwester«, schrieb Lizzie an Flo, »ich bin sehr bekümmert, Dir mitteilen zu müssen, dass Deine beiden Jungen, einst so liebevolle Gefährten, eine erbitterte Feindschaft entwickelt haben, so weitreichend, dass sie es nicht ertragen, unter demselben Dach zu sein. Wir haben alles in unserer Macht Stehende getan, um sie zu beruhigen und eine Versöhnung herbeizuführen, doch vergebens. Ich erspare Dir die Beschreibung ihrer Kämpfe, der Verletzungen und Beleidigungen, die sie einander zugefügt haben, doch Martha, Ezekiel und ich haben beschlossen, dass sie – um der Familie und um ihrer selbst willen – unverzüglich getrennt werden müssen. Daher werde ich, ohne Deine Zustimmung abzuwarten, morgen früh mit Cyril nach Sturminster aufbrechen, wo er mit Vater und mir für den Rest der Ferien bleiben kann. Ich weiß, dass Du, wärest Du hier, voll und ganz mit uns übereinstimmen würdest, dass dies der einzige Weg ist.

Es hat sich als unmöglich erwiesen, aus einem der Jungen einen schlüssigen Grund für ihr Zerwürfnis herauszubekommen, doch aus ihren Beleidigungen und den Erzählungen der anderen Kinder haben Martha und ich geschlossen, dass Godfrey in Dir – geliebte Schwester, ich bin so verzweifelt, Dir das sagen zu müssen – eine boshafte Frau sieht und Dir vorwirft, Cyril mitgenommen, ihn aber zurückgelassen zu haben, mit dem falschen Versprechen zurückzukehren. Wir gehen davon aus, dass Cyril seinerseits das Gefühl hat, sein Vater habe ihn zurückgewiesen und zu einem Leben ohne Wurzeln und ohne Zuhause verdammt, während Godfrey immerhin die Wärme und Sicherheit einer Familie bleibt.

All das ist schrecklich bedauerlich, doch ich kann Dir versichern, dass Cyril bei uns in guten Händen ist, wie natürlich auch Godfrey bei Martha.«

Am folgenden Tag machten Lizzie und Cyril sich auf den Weg nach Sturminster Newton, wo Zachary ihn, so erstaunlich das war, herzlich empfing. Cyril war das einzige Kind in der Familie, das ernsthaftes Interesse an seinen Geschichten über Deutschland gezeigt hatte und sogar etwas von der Sprache hatte lernen wollen. »*Komm, mein Kind*«, sagte er freundlich auf Deutsch, legte Cyril die Hand auf die Schulter und lenkte ihn nach draußen zu einem kleinen Schuppen neben dem Hühnerstall. Er entriegelte die morsche Holztür. Verblüfft starrte Cyril hinein. Der Schuppen war vollgestopft mit Büchern über das Land, das Zachary aus so rätselhaften Gründen als junger Mann verlassen hatte. Bilder und Landkarten von Deutschland bedeckten die Holzwände. Zeichnungen von Fokker-Flugzeugen, Zeppelinen, Heißluftballons und riesigen Kampfschiffen stapelten sich auf einem Schemel. »Die werden dir gefallen«, sagte sein Großvater und reichte ihm einen kleinen Stapel Karl-May-Bücher, einige auf Deutsch, einige auf Englisch. »Wirklich aufregende Abenteuergeschichten, der Wilde Westen, die Sahara …« Der Junge war wie gefesselt und verbrachte von nun an viel Zeit in Zacharys Schuppen, wo, in beinahe konspirativer Art und Weise, der Großvater ihn an dem klapprigen Holztisch mit Anekdoten aus der deutschen Geschichte erfreute, ihm Bilder zeigte, von berühmten Orten erzählte und ihm deutsche Wörter und Sätze beibrachte. Er stimmte ein Loblied auf den großen Kaiser an, der Deutschland mächtiger machen würde als England und der eines Tages die Welt regieren würde. Wenn die Briten so dumm wären, sich nicht mit dieser neuen großen Macht zusammenzutun, würde es unausweichlich zu einem Krieg kommen. Wäre es nicht wundervoll, wenn stattdessen Deutschland und das Vereinigte Königreich ihre Kräfte bündelten und die Welt führten, mit ihrer Kultur, ihrer Wissenschaft und all ihren anderen wunderbaren Gemeinsamkeiten? Wie ein Schwamm sog Cyril alles auf. Er war glücklich, dass er seine ganzen Ferien bei Lizzie und Zachary verbringen konnte.

Was Godfrey anging, so erschütterte Lizzies Beschreibung seiner Verbitterung Flo bis ins Mark. Sie versuchte, Josiah die Verantwortung zuzuschieben, aber in ihrem tiefsten Herzen wusste sie, dass sie es sich selbst zuzuschreiben hatte. Würde es je Hoffnung für eine Aussöhnung mit dem armen Jungen geben? Mit schmerzendem Herzen musste sie sich eingestehen, dass die Chancen dafür nicht gut standen.

12. Kapitel

Warley

Der Fall, an dem Darnley gearbeitet hatte, war zu Ende, und er kam zurück nach Warley. Mrs Darnleys körperliches Befinden schien sich verbessert zu haben; sie war zwar noch sehr schwach, aber sie konnte immer häufiger nach unten in den Salon gehen, wo sie vor dem Feuer saß und lustlos durch Zeitschriften und Magazine blätterte. Doch ihr Gemütszustand begann Flo Sorgen zu machen, er schwankte zwischen fieberhafter Erregung, Verwirrtheit und vollkommener Klarheit, aber auch Aggressivität. Leichenblass und beängstigend dünn wandelte sie ohne erkennbaren Grund durchs Haus wie ein Geist.

Flo und Darnley trauten sich kaum, auch nur wenige Minuten Zweisamkeit zu stehlen. Eines Tages jedoch, als er sicher war, dass seine Frau in ihrem Sessel tief und fest schlief, holte er Flo in sein Arbeitszimmer und flüsterte ihr zu, dass er bald wieder nach London müsse, da der Fall nun in Berufung ginge. Flo begann sofort, von einem weiteren gemeinsamen Sonntag zu träumen, als ein Schrei aus dem Salon zu ihnen drang, der durch Mark und Bein ging. »Francis! Francis! Du Lügner! Du elender Halunke!«

Darnley eilte in den Salon. »Du hast mir erzählt, du warst auf der Isle of Man, du …«, schrie sie und fuchtelte mit einer Ausgabe der *Times* vor seinem Gesicht herum. »Aber du warst in London, als Zeuge vor Gericht!«

Darnley griff nach der Zeitung. Der Artikel berichtete von einem Bürgermeister und einer Handvoll Stadträten aus Leicestershire, die Berufung gegen eine Gefängnisstrafe für das Abschöpfen öffentlicher Gelder eingelegt hatten. Er erwähnte eine Zeugenaussage des Buchprüfers Francis Hunter Darnley.

»Ja, das war ich«, sagte er ruhig.

»Aber du hast gesagt, du wärst auf der Isle of Man!«

»Ich *war* auf der Isle of Man, Liebes«, log er. »Aber sie haben mich für ein paar Tage zurückgeholt, um vor Gericht auszusagen. Danach bin ich direkt hierhergekommen. Ich habe dir nicht davon erzählt, weil ich weiß, dass du dich nicht für meine Arbeit interessierst. Was ich dir«, fügte er mit einem verständnisvollen Lächeln hinzu, »nicht übelnehme.«

Seine Frau war noch immer rasend, doch sie schien die Erklärung zu akzeptieren. Zwei Wochen später machte sich Darnley wieder auf die Reise, diesmal vorgeblich ins walisische Llandudno, und Florence begann die Stunden zu zählen, bis sie ihn in London treffen würde.

In dieser Nacht erwachte sie von seltsamen Geräuschen. Sie fuhr aus dem Bett und machte Licht, ihr Herz raste. Es war Mrs Darnley, die in ihrem Spind herumstöberte.

»Sie haben mich erschreckt, Ma'am! Wonach suchen Sie?«

Schlafwandelte sie? Flo stand auf und nahm sie am Ellbogen, um sie sanft zurück in ihr Bett zu führen.

Doch die Frau zog ihren Arm weg: »Fassen Sie mich nicht an!«

Sie stöberte weiter. »Wo haben Sie mein blaues Abendkleid hingelegt?«

»Ihre Kleider sind nicht hier, Ma'am, sie sind alle in dem großen Schrank an der Treppe, wo sie hingehören.«

Sie wandelte nicht im Schlaf, das war Flo nun klar, doch sie schien verwirrt. Sie sah sich in dem kleinen Raum um und berührte Flos persönliche Sachen. Dann entdeckte sie Darnleys Medaillon, das in seinem geöffneten Kästchen auf dem Nachttisch lag. Sie nahm es in die Hand.

»Es ist sehr hübsch. Wieso habe ich es noch nie an Ihnen gesehen? Von wem haben Sie es?«

»Es hat meiner Mutter gehört«, gab Flo zurück und versuchte Mrs Darnley abzulenken, doch deren Blick fiel nun auf das Kästchen mit dem Namen eines Londoner Juweliers. Sie öffnete das Medaillon, betrachtete die Locke darin und ließ es wieder zuschnappen.

»Sehr hübsch«, wiederholte sie und ließ sich zurück in ihr Bett führen.

Am nächsten Tag aß Flo wie gewöhnlich mit Mrs Betts und Nellie in der Küche, als ein schrilles Kreischen von oben ertönte, Gegenstände wurden herumgeworfen. »Hure! Miststück!«, schrie Mrs Darnley. »Ich bring dich um!«

»Begleiten Sie mich«, bat Flo Mrs Betts, und sie eilten hinauf. Flos Kleider flogen aus ihrem Zimmer auf den

Treppenabsatz, gefolgt von ihren Stiefeln, ihrer Bibel und ihrer Reisetasche. Drinnen war ihre Patientin, schreiend und wütend wie eine Besessene. »Raus mit dir, du Hure! Hau ab, und zwar sofort!«

Flo ahnte den Grund ihres Ausbruchs, doch sie sagte in gefasstem Ton zu Mrs Betts: »Sie hat einen hysterischen Anfall, wir müssen sie beruhigen.« Dann wandte sie sich besänftigend an die Tobende: »Es ist alles in Ordnung, Mrs Darnley, machen Sie sich keine Sorgen. Wir sind bei Ihnen. Wir bringen Sie in Ihr Zimmer, und ich gebe Ihnen etwas zur Beruhigung.«

Doch die Frau warf sich ihr entgegen, mit glühenden Augen, und machte Anstalten, ihr das Gesicht zu zerkratzen. »Du Schlampe, du hast meinen Mann verführt! Denkst du, ich weiß nichts davon? Jetzt ist alles klar – das Medaillon – von deiner Mutter – dass ich nicht lache! Es ist neu, das Kästchen ist neu, du warst mit meinem Mann in London. Denkst du, ich weiß das nicht?«

»Das ist Unsinn«, sagte Flo und gab sich alle Mühe, ruhig und professionell zu bleiben. »Sie bilden sich etwas ein. Legen Sie sich wieder hin.«

»Einbilden! Das sieht doch ein Blinder: FF – Francis und Florence! Schauen Sie!« Sie hielt das Medaillon in der Hand. »Das Haar darin ist eine Locke.«

»Meine Mutter hatte Locken, und sie hieß Faith«, sagte Flo. »Kommen Sie …«

Die Frau griff nach der Fotografie ihrer Mutter. »Locken? Das sind Locken?« Flos Mutter trug ein Spitzenhäubchen auf der Aufnahme, doch das Haar, das an den Seiten zu sehen war, war mit Sicherheit nicht lockig.

Mrs Darnley schleuderte das Bild in die Zimmerecke, sodass das Glas zerbrach.

Da explodierte Flo. »Es reicht!« Sie entriss der Frau das Medaillon, packte sie so fest am Arm, dass sie aufschrie, und zog sie über den Treppenabsatz in ihr Zimmer, schlug die Tür zu und verriegelte sie von außen. »In meinem ganzen Leben bin ich nicht so beleidigt worden!«, rief sie durch die Tür. »Wie können Sie es wagen? Ich gehe, und zwar sofort!«

Sie gab Mrs Betts den Schlüssel mit den Worten: »Es tut mir leid, aber nach diesem Vorfall kann ich nicht bleiben. Es wird immer schlimmer mit ihr, ich fürchte, von nun an wird jemand anders sich um sie kümmern müssen.« Mrs Betts schlang verzweifelt die Arme um sie. »Gehen Sie nicht, ich bitte Sie, Schwester. Was sollen wir denn ohne Sie machen?«

Bebend vor Ärger hob Flo das Bild ihrer Mutter auf. Die Fotografie war heil geblieben, doch der dünne Metallrahmen war verbogen und das Glas zersplittert. Sie legte das Bild und den Rahmen in ihre Reisetasche, sammelte den Rest ihrer Habe zusammen und packte alles ein, dann warf sie ihren Umhang über und setzte den Hut auf. Traurig sagte sie Mrs Betts und Nellie Lebewohl, die beide wild schluchzend darum baten, sie möge ihre Meinung ändern. Sie ging zur Tür, immer noch außer sich vor Wut, doch auch ein wenig erleichtert, dass die Frauen glaubten, sie sei das unschuldige Opfer ihrer Patientin, die auf dem Weg war, verrückt zu werden.

Das ist jetzt das dritte Mal, dachte sie, als sie auf die Straße trat. Das dritte Mal, dass sie für Ehebruch aus dem Haus geworfen wurde. Der Gedanke war so schmerzlich, dass sie sich weigerte, länger bei ihm zu verweilen. Sie hatte ihren Schwur gebrochen. Und doch war es diesmal anders. Sie liebte Francis aufrichtig, und er liebte sie. Sie musste zu ihm. Er würde sie retten, er würde einen Weg wissen.

»Florence! Was tust du denn hier?« Erleichtert drehte Flo sich um. Sie hatte ratlos vor der Tür des Hauses in Old Queen's Gate gestanden, denn es gab nur eine Klingel. Es stand kein Name daran, doch es war mit Sicherheit nicht seine. »Francis, dem Himmel sei Dank, dass du hier bist! Es ist passiert. Deine Frau …«

»O nein! Was ist passiert?« Er stellte seine Aktentasche ab, und während er nach seinem Schlüssel kramte, blickte er sie bestürzt an. »Komm rein, du musst mir alles erzählen.« Er sah sehr vornehm aus in dem förmlichen Anzug, den er am Gericht getragen hatte. Oben brach es in Schüben aus ihr heraus, und sie erzählte in aller Ausführlichkeit, was am Nachmittag geschehen war. »Es ist vorbei, Francis. Ich hatte solche Angst, dass es geschehen würde, und nun ist es so weit«, schloss sie, in Tränen aufgelöst. »Was soll nur aus mir werden?«

Darnley zog sie an sich und hielt sie fest, minutenlang, ohne ein Wort. Schließlich sagte er: »Liebste, hab keine Angst. Ich werde eine Lösung finden, die es uns möglich macht, uns so viel wie möglich zu sehen, bis … bis wir endlich zusammen sein können.«

Noch nie hatte einer von ihnen es ausgesprochen, nicht einmal zwischen den Zeilen, dass Laura Darnley ihre Krankheit nicht überleben würde.

Darnley ging zurück nach Warley, und sehr bald stellte sich heraus, dass sie einander nicht so häufig in London würden sehen können, wie sie geplant hatten.

»Liebste«, schrieb er, »Lauras Zustand hat sich sehr verschlechtert. Sie ist Opfer wildester Halluzinationen, und auch wenn sie sehr schwach ist, so wandert sie doch Tag und Nacht durchs Haus, wütet wirr gegen die Welt im Allgemeinen, die Angestellten und ganz besonders gegen Dich und mich. Baby Luke weint eigentlich immer. Die erste Schwester ist nach nur einem Tag gegangen, die jetzige kann das alles kaum bewältigen und wird sicher auch nicht mehr lange bei uns sein. Ich weiß nicht, wo mir der Kopf steht, doch ich kann mich nicht überwinden, sie in eine Einrichtung zu geben. Dr. Willoughby hat ein besonders starkes Beruhigungsmittel bestellt, ich bete zu Gott, dass es hilft. Doch im Augenblick kann ich sie nicht alleinlassen. Bete für mich, mein Augenstern, Du weißt nur zu gut, wie ich leide. Ich liebe Dich und sehne mich jede Stunde des Tages und der Nacht nach Dir. Dein Francis«

Es brach Flo das Herz, doch mit der Zeit fand sie einen gewissen Trost darin, dass ihr Alltag nun viel ruhiger und angenehmer war als in Warley. Darnleys Kollege, der Besitzer der Wohnung in Old Queen's Gate, war begeistert von ihr und beschäftigte sie als eine Art Pflegerin und Gefährtin für seine alte, beinahe blinde Mutter. Flo zog zu ihr in die kleine Wohnung, die in derselben Straße lag. Ihre Aufgaben waren leicht und ein wenig langweilig, doch zwei Wochen später machte sie eine Entdeckung, die sie gleichermaßen erschreckte und erfreute. Sie war schwanger.

Weniger als ein Jahr war vergangen, seit sie Pillowell verlassen hatte, und schon wieder wurde ihr Leben komplett umgekrempelt. Doch diesmal war sie seltsam gelassen, sie vertraute Darnley vollkommen. Sie schrieben sich fast jeden Tag, aber sie beschloss, ihm noch nichts zu erzählen, er hatte genug zu bewältigen. Sie fühlte, dass all ihre Probleme sich lösen würden, es war nur eine Frage der Zeit. Unterdessen war ihr aktuelles Leben, ruhig und abgeschieden, unterbrochen nur von Besuchen in Westminster Abbey, genau das Richtige für ihren Zustand. Sie richtete sich ein und wartete.

Ein halbes Jahr später bekam sie eine dringende, eilig hingekritzelte Nachricht von Darnley: »Liebste, Laura hat eine schlimme Lungenentzündung. Sie ist mitten in der Nacht aus dem Haus gegangen, wir haben sie im strömenden Regen auf der Straße eingesammelt, weil sie den Weg nach Hause nicht finden konnte. Der Doktor ist hier. Für immer Dein, F.«

Drei Tage lang hörte sie nichts. Dann traf ein Telegramm ein. »Laura ist letzte Nacht gestorben.«

Zwei Monate nach Laura Darnleys Tod brachte Florence Ada Harris in einer Londoner Einrichtung für Damen, die höchste Diskretion wünschten, einen Jungen zur Welt.

Sie tauften ihn auf den Namen Francis Hunter Harris – wenn er schon nicht den Familiennamen seines Vaters tragen konnte, so doch immerhin seine Taufnamen. Sie nannten ihn Frank.

TEIL III
Ein Sturm braut sich zusammen

13. Kapitel

Littlehampton, Sussex 1910

Rückblickend schien es, als wären all diese Jahre ein einziger langer Sommer gewesen. Littlehampton war inzwischen ein angesagter und blühender Kurort. Elegante Herren mit Strohhüten und Damen in langen Röcken, mit ausladenden Hüten und Sonnenschirmen flanierten die Pier Road hinunter zum Strand.

Kapellen spielten auf der Promenade für die Urlauber. Familien versammelten sich am Kai gegenüber des Nelson and Victory Pubs, die Kinder schwatzten aufgeregt durcheinander, während die Eltern Fahrkarten für einen Tagesausflug nach Frankreich auf der *Worthing Belle* kauften. Andere ließen Schiffchen in dem ehemaligen Austernbecken schwimmen. Die Brise trug einen Hauch von Austern und Fisch von den Buden der Fischer herüber, von Teer und den Gerüchen der Boote vom Fluss. Die Möwen schrien und zogen ihre Kreise über der Reihe aus Badekarren am Strand, während die mutigeren Besucher sich für ein kurzes Bad wappneten und Kinder mit weichen Sonnenhüten Muscheln sammelten oder im Sand schaufelten und Burgen und Festungsgräben bauten. Draußen in der Welt mochte sich etwas zusammenbrauen, doch hier in Littlehampton genossen die Urlauber ungetrübt den Sommer am Meer.

Gegen fünf Uhr, an einem Nachmittag im Juli, lief eine Gestalt in der sauberen blau-weißen Tracht einer Krankenschwester die Stufen der Pier Road 31 hinab und eilte in Richtung Strand. Man kannte Schwester Harris in Littlehampton, sie verabreichte Spritzen, versorgte Wunden, pflegte die Bettlägerigen und gab acht, dass die Älteren ihre Medikamente nahmen, wobei sie immer Vorsicht walten ließ, nicht in die Befugnisse der Ärzte einzugreifen, auf deren Billigung und Empfehlungen sie angewiesen war. Rothaarig, lebhaft, um die vierzig, aber immer noch außergewöhnlich attraktiv, war sie als Witwe bekannt, wobei manch einer in der Nachbarschaft über die Rolle des hochgewachsenen Herrn mit dem Lockenschopf tratschte, der mehr als ein gelegentlicher Besucher zu sein schien und den ihre vier kleinen Kinder offensichtlich vergötterten. Mancher fragte sich auch, wie sie die Besitzerin des Hauses 31 hatte werden können, bedachte man, was ihre Fürsorge ihr einbrachte. Doch ihre Tracht und ihre Rolle als Engel der Barmherzigkeit legten den Schluss nahe, dass sie eine respektable Frau war und jeder Argwohn über ihr Privatleben fehl am Platz.

An der Promenade hielt sie sich links und entdeckte bald ein Häuflein Kinder, die sich um eine bereits wieder zerfallende Sandburg scharten.

»Auf geht's, es ist Kaffeezeit, und wisst ihr was? Mr Darnley ist hier!«

»Dada, Dada!« Fröhlich sprangen die Kinder auf, schnappten ihre Eimer und Schaufeln und flitzten – ohne Zeit damit zu verlieren, in ihre Sandalen zu schlüpfen – nach Hause.

Die Arme voll sandiger Schuhe folgte Flo ihnen. Nie zuvor schien ihr das Leben so schön gewesen zu sein. Sie könnte nicht glücklicher sein, dachte sie, oder genauer: Unter den gegebenen Umständen könnte sie nicht glücklicher sein. Darnley und sie hatten vier entzückende Kinder und liebten einander immer noch, obwohl – oder vielleicht weil – sie nicht zusammenleben konnten.

Das war nicht immer so gewesen. Sie dachte nicht gern an den Moment zurück, als er ihr einen Antrag gemacht hatte und sie zugeben musste, keine Witwe zu sein. Er war zutiefst schockiert, obwohl er den wahren Grund, weshalb sie Pillowell verlassen musste, nicht kannte, und eine Zeitlang hatte sie befürchtet, er würde sie verlassen. Doch er erholte sich von dem Schrecken und ersann eine Möglichkeit, wie sie einander nah sein konnten. Es war nicht so außergewöhnlich für einen Herrn, heimlich eine zweite Familie zu unterhalten, aber Darnley war sich darüber im Klaren, dass seine Stellung als Verwaltungsbeamter ernsthaft in Gefahr wäre, wenn bekannt würde, dass er eine Geliebte und uneheliche Kinder hatte. Und so kümmerte er sich alle paar Jahre, wenn er in eine neue Stadt versetzt wurde, um eine Unterkunft in der Nähe für sie und die Kinder – nah genug, um sich häufig zu sehen, und zugleich weit genug entfernt, um keinen Verdacht zu erregen. Doch Verdacht wurde erregt, wie Flo schmerzlich herausfand, häufig und nicht gerade hinter vorgehaltener Hand.

Sie war in einer schwierigen Situation. Als ein Baby nach dem anderen das Licht der Welt erblickte, konnte sie schwerlich bei ihrer Geschichte bleiben, sie sei Witwe, und wenn die Situation es erforderte, so sprach sie von Mr Darnley als »mein Ehemann«. Die Kinder nannten ihn »Dada«, »Papa« war nicht möglich, schon wegen ihrer unterschiedlichen Familiennamen, und tatsächlich wuchsen sie mit Zweifeln darüber heran, wer ihr wirklicher Vater war. Es gab wenig Bürokratie, nur selten musste sie Papiere vorweisen, was ein Glück war, denn sogar die Geburtsurkunden der Kinder waren gefälscht. Ihr Vater war dort als Francis Harris aufgeführt, seine Tätigkeit wahlweise als »Beamter« oder »Rechnungsprüfer«. Ihren Mädchennamen gab sie mit Isobel Wyles oder Wylie an.

Trotzdem vermutete irgendwann der eine oder die andere, dass nicht alles so war, wie es hätte sein sollen; Nachbarn begannen, sie zu meiden, Frauen tratschten – wie sie eines Tages zufällig mitbekam –, sie sei »von zweifelhafter Moral« oder sogar »eine gefallene Frau«.

Sie ignorierte die wissenden Blicke und abfälligen Bemerkungen und hatte bissige Erwiderungen parat für den Fall, dass jemand beleidigend wurde. Doch sie konnte die Kinder nicht davor schützen, in der Schule oder beim Spielen von anderen schikaniert zu werden, und es schmerzte sie, wenn sie weinend nach Hause kamen, weil jemand sie »Bastard« genannt hatte. Mehr als einmal forderten ihre Vermieterinnen sie empört auf zu gehen. Dann wieder wurden sie so feindlich behandelt, dass Flo mit ihrer Familie aus freien Stücken das Weite suchte. Das Nomadenleben war ihr nicht unbekannt, in ihrer Kindheit hatten sie oft umziehen müssen, wenn die rechthaberische und zänkische Natur ihres Vaters seinem Arbeitgeber zu viel wurde. Doch mit ihrer wachsenden Kinderschar wurden die häufigen Adresswechsel immer anstrengender.

Mehr denn je sehnte sie sich nach Stabilität. Wann immer sich die Möglichkeit bot, nahm sie Arbeit als Pflegerin und in der Ersten Hilfe an. So konnte sie immerhin halbtags eine Haushälterin beschäftigen, und die Schwesterntracht verlieh ihr Seriosität und sogar Autorität.

Im Jahr 1908 war Darnleys Vater gestorben, und Francis hatte einen ansehnlichen Teil seines Erbes darauf verwendet, ihr dieses neue Reihenhaus in der Pier Road zu kaufen. Es war etwas weiter von Worthing entfernt, als es praktisch gewesen wäre, doch er dachte, ein Leben an der Küste würde den Kindern guttun. »Ich möchte, dass ihr ein eigenes Zuhause habt«, sagte er. »Das gibt dir Sicherheit, falls mir etwas zustoßen sollte.«

Flo gefiel es sehr, ein eigenes Haus zu haben, und sie begann zu glauben, dass sie endlich die langersehnte Stabilität in ihrem Leben und einen guten Ruf erlangt hatte. Doch es war auch nicht zu übersehen, dass Darnleys Besuche im letzten Jahr weniger und kürzer geworden waren. Er sagte, er sei befördert worden und habe nun viel mehr Arbeit. Er schien oft abgelenkt, und wenn er sie wieder verließ, um zurück zu seiner Arbeit und zu seinen Kindern zu gehen, drehte er sich nicht mehr um und winkte ihr, wenn sie am Fenster stand.

Sie gab sich große Mühe, nicht misstrauisch zu sein. Das war ganz normal, versuchte sie sich zu beruhigen.

Sie kannten einander nun seit zehn Jahren, sie wurden älter, ihre Beziehung veränderte sich zwangsläufig. Doch es war eine stabile Beziehung, und sie war gut versorgt. Sie war sicher und musste nicht länger Angst vor der Zukunft haben. Der Blindflug, der mit dem rabiaten Stoß aus der Haustür in Pillowell begonnen hatte, hatte hier ein sanftes und glückliches Ende gefunden, und sie war wie auf einem Kissen gelandet. Oder etwa nicht?

Als sie zu Hause ankam, fand sie in der Küche ein wildes Durcheinander vor: Die Kinder rannten um Darnley herum, um ihm von ihren jüngsten Abenteuern zu berichten, und Margie, ihre Hilfe, war hoffnungslos überfordert damit, sie im Zaum zu halten. »Stopp, stopp, stopp!«, erhob sich Flos Stimme über den Tumult. »Margie, bringen Sie diesen Haufen nach oben und schauen Sie, dass sie sich waschen und vernünftig anziehen.« Die kleine Herde trampelte lärmend die Treppe hinauf.

»Wo ist Cyril?«, fragte Darnley, als wieder Ruhe eingekehrt war.

14. Kapitel

Cyril war auf der anderen Seite des Flusses und auf der Flucht. In dem kleinen Boot, das Darnley den Kindern geschenkt hatte, war er hinübergerudert, sein Ziel war der Golfplatz. Sein Leben war wieder einmal an einem Wendepunkt angekommen, seine Gedanken und Gefühle waren in Aufruhr, und Darnleys Anwesenheit, zu dem ganzen Chaos, das seine jüngeren Geschwister hervorriefen, war zu viel für ihn. Er brauchte Ruhe, um darüber nachzudenken, wie es weitergehen sollte. Er musste eine Arbeit finden und sich ein normales Leben aufbauen, falls das überhaupt möglich war.

Damals hätte er das nicht für möglich gehalten, doch wenn er jetzt an seine Jahre in der Chorschule dachte, so schienen sie ihm die glücklichste und ruhigste Zeit seines Lebens, seit er entwurzelt und dem Haus seiner Kindheit entrissen worden war. Es war die reine Freude gewesen, seinen klaren, kräftigen Sopran weit hinauf in das Kreuzgewölbe der riesigen Kirche zu schicken, Lob und Bewunderung zu ernten. Er war nie besonders beliebt bei den anderen Jungen gewesen, doch er hatte seine Unsicherheiten hinter der eingebildeten Fassade eines Besserwissers zu verstecken gewusst. Im vierten Jahr, als er auf dem Zenit seines Könnens als Chorknabe angekommen schien, geschah dann die Katastrophe.

Es war Aschermittwoch, und die Tradition wollte es, dass der Chor Allegris erlesenes *Miserere* sang. Es war eins der schönsten, aber auch anspruchsvollsten Chorstücke, denn einer der Soloparts beinhaltete mehrere hohe C, im Grunde die höchste Note in der Chormusik, und es gab jedes Jahr viel freundliches Wetteifern darum, wer diesen Part singen durfte. Cyril war die vorigen Male bereits im Rennen gewesen, und da es sein letztes Jahr an der Schule war, war dies seine letzte Chance. Sie hatten viel geprobt in den vergangenen Wochen, und endlich, beinahe in letzter Minute, gab Sir Frederick den Namen des Auserwählten bekannt: Cyril.

Cyril bekam, wie so oft, Gänsehaut, als der Chor anhob: »Miserere mei, Deus …«, während die Gemeinde sich schweigend zur Kommunionbank begab, wo ein Priester jedem ein Aschekreuz auf die Stirn zeichnete. Er liebte dieses Stück, auch wegen der Geschichte, die besagte, dass es zuerst nur in der Sixtinischen Kapelle in Rom gesungen wurde, weil die Päpste es so schön fanden, dass sie das Verbot aussprachen, es niederzuschreiben, damit es nirgendwo anders gesungen werden konnte. Mozart jedoch hörte es bei einem Besuch in Rom, als er vierzehn Jahre alt war – so alt wie Cyril –, und zurück in seiner Unterkunft, schrieb er es auf. Ein paar Tage später kehrte er noch einmal in die Kapelle zurück, um sicherzustellen, dass er alles richtig notiert hatte.

Cyril war aufgeregt, doch voller Selbstvertrauen. Seine Stimme erklomm einmal, dann noch einmal den überirdischen Ton und kletterte wieder hinab. Doch beim dritten Mal erklang statt des hohen C ein komischer, reibender Laut. Cyril erstarrte. Die anderen Jungen sahen, wie er erblasste. Sir Frederick, der dirigierte, hielt für den Bruchteil einer Sekunde inne, dann schenkte er ihm ein aufmunterndes Lächeln und bedeutete ihm, dennoch weiterzumachen. Trotz der Panik, die ihn ergriffen hatte, zwang Cyril sich weiterzusingen. Zum Glück schaffte er es ohne ein weiteres Missgeschick bis zum Ende, doch er zitterte und hatte Angst zu ersticken. Nach dem Gottesdienst floh er in die Waschräume und weinte bitterlich. Er kam in den Stimmbruch. Seine ruhmreichen Tage würden bald vorbei sein. Bald wäre er wieder ein Niemand.

»Harris! Harris!« Tom Peters fand ihn. Er holte ihn aus der Kabine und setzte ihn in eine ruhige Ecke. Er holte ihm eine Tasse Tee aus dem Lehrerzimmer. »Ich weiß nicht, was passiert ist. Das hat sie noch nie gemacht«, heulte Cyril. »Ich konnte nichts dagegen tun.«

»Nimm es nicht so schwer, Harris, das kann jedem passieren«, versuchte Tom ihn aufzumuntern. »Überleg mal, wenn du jetzt in den Stimmbruch kommst: Wie viele Leute auf dieser Welt können von sich behaupten, dass der mitten bei einem hohen C in der *Miserere* begonnen hat?« Cyril hatte keine Lust auf Scherze und weinte nur noch lauter.

»Harris, es war einfach verdammtes Pech, dass es in dem Moment passiert ist«, versuchte Tom Peters es noch einmal. »Aber gib nicht auf, du kannst nach wie vor im Chor singen. Du bist sehr musikalisch und ein brillanter Sänger, und wenn wir uns um deine Stimme kümmern und sie sorgfältig ausbilden, kannst du ein sehr guter Tenor werden.«

»Ich will kein Tenor werden«, schluchzte Cyril. »Ich will einfach nur gehen. Ich will weg von hier.«

Nur mit Mühe konnten Tom, Flo und Darnley ihn davon überzeugen, noch bis zum Ende des Schuljahres zu bleiben, wenn er die Chorschule ohnehin verlassen würde. Nun mussten sie entscheiden, was er als Nächstes tun sollte. Auch wenn er mehrere Instrumente gelernt hatte, so hatte er doch kein Interesse an einer Zukunft, die mit Musik zu tun hatte, er wollte nicht mehr singen, und der Gedanke, eines Tages selbst in diesem Bereich zu unterrichten, erfüllte ihn mit Abscheu. Seine Noten waren nicht gut genug, um ihn für eine weiterführende Schule anzumelden, und so oder so wäre Flo nicht in der Lage gewesen, sie zu bezahlen. Er würde einen Beruf lernen müssen. Auf Darnleys Vorschlag hin ging er als Matrose zur Marine.

Sein Großvater Zachary war rasend, als er das hörte. »Wie konntest Du so etwas tun?«, schrieb er wütend an Cyril. »Wenn Du für die königliche Marine zur See fährst, wirst Du wahrscheinlich bald gegen Deutschland kämpfen, mich verraten und alles, was ich Dir über Dein wunderbares Erbe erzählt habe. Du musst sofort kündigen und Dich nach einer anderen Ausbildungsstelle umsehen.« Doch es war zu spät, und außerdem hatte Cyril kein Interesse daran, die Marine zu verlassen, selbst wenn er gekonnt hätte. Er lernte ein nützliches Handwerk – Elektriker, und er wusste, dass er damit auch außerhalb der Marine immer Arbeit finden würde, weil Fabriken, Züge, Häuser und ganze Städte überall elektrifiziert wurden. Als er achtzehn wurde, verzichtete er darauf, sich für zehn weitere Jahre zu verpflichten. Er hatte nun eine gute Ausbildung, und es war an der Zeit, sich seiner Zukunft anzunehmen.

Cyril wusste, dass Darnley bei seinem Besuch mit ihm darüber sprechen wollte, und versuchte, ihm auszuweichen. Seine Gefühle Darnley – und tatsächlich auch seiner Mutter – gegenüber wurden immer vielschichtiger. Er wusste, dass er Darnley zu Dank verpflichtet war, dafür, dass er ihn in die Chorschule gebracht hatte, und für all seine Freundlichkeiten. Zugleich nahm er es ihm übel, dass er seinen Platz im Leben und im Herzen seiner Mutter eingenommen hatte. Auch seiner Mutter brachte er nicht mehr die Bewunderung und das bedingungslose Vertrauen entgegen wie als kleiner Junge. Tatsächlich betrachtete er sie mittlerweile mit einer Art zärtlichem Zynismus. Je älter er wurde, desto klarer wurde sein Blick auf das Netz aus Geheimnissen und Lügen, das sie und die Familie umgab. Ihm war mittlerweile bewusst, dass er ein uneheliches Kind war und in der Gesellschaft geächtet. Er hatte verstanden, weshalb er und seine Mutter an jenem Morgen das Haus in Pillowell verlassen mussten, und auch Emilys Haus. Geprägt von den strikten moralischen Lehren seines Vaters und seines Großvaters, hatte er das Gefühl, in Sünde geboren und davon umgeben zu sein. Tief in seinem Unterbewusstsein wurzelte ein Gefühl des Fremdseins in dieser Welt.

Dann gab es die Horde von Halbgeschwistern. Die waren nervig wie ein Wurf Hundewelpen, mit ihren kindischen Späßen und ihrem Unvermögen, ihm den Respekt zu zollen, den er, ein großer, gutaussehender junger Mann, schließlich verdiente. In der Pier Road 31 war es einfach zu voll und zu laut. Es war der richtige Moment, um die zerstörte Festung zu erkunden, die auf der anderen Seite des Flusses in einer Ecke des Golfplatzes lag und über die niemand etwas zu wissen schien, außer dass sie für militärische Zwecke niemals besonders nützlich gewesen war, nicht einmal in ihrer Blütezeit.

Als er über die von Unkraut überwucherten Ruinen der alten Festung kletterte, entdeckte er, dass ein Teil davon noch gut erhalten war, vermutlich die ehemaligen Kasernen, und dass in ihrem Inneren etwas vor sich ging. Im Hof standen zwei große Vorrichtungen aus Holz und Segeltuch, die er zu seiner Verwunderung als Flugzeuge erkannte. Zwei junge Männer arbeiteten daran. Er kletterte in den Hof hinab und spähte durch die glaslosen Fenster in das schmuddelige Gebäude. Drinnen herrschte das Chaos. Unordentlich gestapelte Holzstöße, Werkzeuge, Tapeziertische, Rollen von Segeltuch. Hängematten hingen von den Dachsparren, leere Bierflaschen, Papiertüten und angebissene Brötchen lagen in einer Ecke. Dazwischen stand ein stämmiger Mann mit Bart in Kniebundhosen, der einen leichten Akzent hatte und das Sagen zu haben schien. Er war in eine Diskussion mit einem sehr viel jüngeren Mann vertieft.

Einer der Männer, die an dem Flugzeug arbeiteten, hatte Cyril entdeckt. »Hallo«, rief er. »Suchst du was?«

»Bauen Sie Flugzeuge?«, fragte Cyril verlegen, die Frage kam ihm albern vor.

»Wir bauen sie zusammen«, sagte der Mann. »Dieses hier ist Elsie.« Er zeigte auf das näher stehende. »Und das ist Sylvia. Wenn alles klappt, probieren wir Elsie morgen früh am Strand aus.«

»Ooooh!«, rief Cyril. »Kann ich vielleicht helfen?«

Der Mann kratzte sich am Kopf und sah die anderen an.

»Hast du ein Boot?«, fragte der Ältere.

Cyril nickte.

»Dann pass auf«, sagte der Mann und fischte ein paar Münzen aus der Tasche. »Kannst du rüberfahren und uns einen Kasten Bier besorgen, Würstchen, Brötchen und was du sonst noch für ein Abendessen findest? Wir campen hier, und unsere Vorräte gehen zur Neige.«

Cyril, begeistert, mithelfen zu dürfen, machte sich sofort auf den Weg. Als er zurückkam, schwankend unter der Last der Besorgungen, dämmerte es bereits, im Hof brannte ein Feuer und drum herum lagen Decken.

»Wo du die Sachen schon besorgt hast: Willst du mitessen?«, fragte der jüngere Mann. »Ich bin übrigens Fred – Fred Handley Page. Der Chef«, fügte er mit einem sympathischen Lächeln hinzu, »ist Herr Weiss. Und das hier sind Gerald, Eric und Gordon.«

Gerald begann, mit der Bratpfanne zu hantieren, und schon bald stürzten sie sich auf Würstchen und Bier.

Im Schein des Feuers fanden Cyril und Fred heraus, dass sie beide ausgebildete Elektriker waren. »Aber ich mache das nicht mehr«, sagte Fred. »Ich habe meine eigene Firma gegründet und werde Flugzeuge bauen.«

»Du bist mutig«, bemerkte Cyril.

»Ich hatte eigentlich keine Wahl«, lachte Fred. »Ich wurde entlassen, weil ich mit Luftfahrttechnik experimentiert habe, statt das zu tun, wofür ich angestellt war. Und so habe ich beschlossen, mich selbstständig zu machen und Flugzeuge zu bauen – mit ein paar von José Weiss' Erfindungen.«

José Weiss, erklärte er, sei gebürtiger Franzose – »seine Familie kommt ursprünglich aus dem Elsass« –, doch er lebe schon seit vielen Jahren in England und sei britischer Staatsbürger.

»Eigentlich ist er Landschaftsmaler, sogar ein ziemlich berühmter, aber sein großes Hobby ist es herauszufinden, wie man Dinge zum Fliegen bringt. Am Anfang hat er Vögel nachgebaut, dann Modelle – Segelgleiter. Immer wenn er ein neues bauen und damit experimentieren wollte, hat er ein oder zwei Bilder verkauft. Sie sind immer größer geworden, und jetzt habe ich ihn überzeugt, Maschinen einzubauen und jemanden reinzusetzen, um sie zu steuern. Morgen ist Gerald dran.

Das Kriegsamt hat Interesse geäußert, sie schicken immer wieder jemanden, um zuzuschauen. Sie glauben, dass Flugzeuge nützlich sein können, falls ein Krieg ausbricht. Aber jedes Mal, wenn sie kommen, regnet es, das Segeltuch an den Flügeln zieht sich zusammen und sie verformen sich. Bisher ist nichts daraus geworden.«

Es war schon spät, als Cyril glücklich zurück zu seinem Boot stolperte, doch früh am nächsten Morgen war er wieder da, um das große Ereignis mitzuerleben.

Vorsichtig half er den Männern, das Flugzeug an den

Strand zu schieben, der bei Ebbe glatt und fest vor ihnen lag. Gerald nahm den Platz an den Steuerknüppeln ein, die anderen kümmerten sich um letzte Details an der Maschine. Plötzlich gab es ein Getöse, und eine Rauchwolke stieg aus dem Auspuff empor. Der Propeller brummte. Alle traten zurück, und das Flugzeug machte auf wackeligen Rädern einen Satz nach vorn. Langsam hob es vom Boden ab und flog nur wenige Fuß über dem Sandboden einige hundert Meter, bevor es polternd wieder aufsetzte. Cyril und die Männer waren begeistert.

Weiss und Handley Page nahmen verschiedene Anpassungen vor, Gerald machte einige weitere Versuche. Dann übernahm Eric die Steuerknüppel, doch als das Flugzeug durch den Sand raste, drehte es überraschend zur Seite ab, überschlug sich und landete auf dem Dach. Eric war in seinem Sitz eingeklemmt. Sie eilten hinzu, um ihn zu befreien, zum Glück hatte er außer einer großen Schürfwunde im Gesicht keine Verletzungen, aber das Flugzeug sah nicht gut aus.

Es entbrannte eine lange Diskussion über den Zwischenfall.

»Was ist schiefgegangen?«, fragte Cyril.

»Nicht stabil genug, wir müssen das Fahrgestell verbreitern«, sagte Mr Weiss. »Das wird ein paar Tage dauern.«

Cyril beeilte sich, nach Hause zu kommen, er konnte es nicht erwarten, allen von seinen Erlebnissen zu erzählen, und trotz des Unfalls glühte in ihm die Idee, seine Zukunft dem Fliegen zu widmen. Fred hatte ihm angeboten, bei ihm mitzuarbeiten, doch er hatte auch klargemacht, dass es keine Bezahlung geben würde, bis das ja noch im Entstehen begriffene Unternehmen begann, Geld zu generieren – wenn das je der Fall sein sollte.

Zu Hause angekommen, fand er einen Brief von einem Kollegen vor, mit dem er die Ausbildung bei der Marine gemacht hatte. Die London United Tramways Company, die ihre elektrischen Straßenbahnen mittlerweile in der gesamten Hauptstadt einsetzte, suchte Elektriker. »Ich habe mich beworben, willst Du nicht auch?«, schrieb er. »Mach das, so bald wie möglich. Wir sehen uns dort!«

Er erzählte Darnley und Flo von Weiss' Experimenten und wie gern er bei Handley Page anheuern und Flugzeuge bauen würde. »Das kann ich verstehen«, sagte Darnley nach einer kurzen Pause und zog an seiner Pfeife. »Das ist sehr aufregend, aber wovon würdest du leben? Dieses Fluggeschäft ist hochriskant und sehr teuer, keiner weiß, ob es eine Zukunft hat. Handley Page muss Geld im Rücken haben, aber ich fürchte, deine Mutter und ich könnten dich nicht unterstützen. Cyril, wenn ich du wäre, würde ich mich bei der Tramways Company bewerben. Sie wachsen enorm und werden immer fähige Elektriker brauchen. Das wäre so viel sicherer.«

Cyril fühlte sich vollkommen ernüchtert. Grimmig legte er sich ins Bett, doch bereits am nächsten Morgen hatte er Darnleys Standpunkt eingesehen. Er brauchte eine sichere, dauerhafte Anstellung. Er schrieb an die Straßenbahngesellschaft und bewarb sich.

15. Kapitel

Derby, 1912

»Herrgott, nur dieses eine Mal, Godfrey! Gib dir einen Ruck und sag deiner Mutter, dass du nach Australien gehst. Ist dir klar, dass es deine letzte Möglichkeit sein könnte, sie zu sehen?«

»Ich will sie nie wiedersehen! Sie wollte mich niemals sehen. Sie hat nie versucht, mich zurückzuholen. Sie hat mich im Stich gelassen, so sieht es aus. Und jetzt hat sie einen Haufen unehelicher Kinder von diesem Mann. Was mich betrifft, so existiert sie überhaupt nicht.«

»Dann schreib ihr wenigstens und erzähl ihr, dass du auswanderst. Das ist das Mindeste.«

»Nein, Tante Lizzie! Nein, nein, nein!« Er schrie jetzt. »*Du* kannst ihr schreiben und es ihr erzählen. Ich werde es nicht tun.«

Godfrey mochte Lizzie sehr, seine Tante und Patin, aber sie konnte einen auch zur Verzweiflung bringen, dachte er. Sie hatte die Hoffnung nie aufgegeben, ihn eines Tages mit seiner Mutter zu versöhnen, und hier waren sie wieder, gefangen in der Endlosschleife ihrer Auseinandersetzung. Sie hätte mittlerweile wissen müssen, dass es ein hoffnungsloser Fall war. Er würde Flo nie vergeben, ihn verlassen und Cyril mit sich genommen zu haben, außerdem lehnte er ihren Lebenswandel ab –

der nach allem, was man hörte, äußerst sittenwidrig war und den Prinzipien der Primitiven Methodisten, und damit der Familie, ganz und gar entgegenstand. Er wollte nie wieder etwas mit ihr zu tun haben.

Lizzie war entsetzt gewesen, als sie einen Brief von Godfrey erhielt, in dem er seine Auswanderungspläne ankündigte. Sie hatte sich umgehend in den Zug nach Derby gesetzt, wo er mit Ezekiel und seinen Cousins lebte. Tränenreich hatte sie versucht, ihn von seinem Entschluss abzubringen – wie konnte er seine Familie verlassen, seinen Vater, sie selbst, wissend, dass er sie vielleicht nie mehr wiedersehen würde? Hatte er nicht an den Schmerz gedacht, den er ihnen zufügte? Und seine arme Mutter? Nur langsam und widerstrebend hatte sie sich auf Godfreys Sicht der Dinge eingelassen, dass Australien ein besseres Leben für ihn bereithalten würde, als er es sich in England je erhoffen durfte, dass es das Land der Zukunft sei, wohin tausende junge Briten wie er auswanderten, als Reaktion auf eine Kampagne der australischen Regierung, die Aussiedler anlocken sollte. Die Regierung würde seine Reise zahlen, ihm Land zur Verfügung stellen und ihm helfen sich einzurichten. Er würde Landwirt werden. Mit riesigen Ländereien! Vielleicht würde er sogar reich werden!

»Aber du hast keine Ahnung von Landwirtschaft, du dummer Junge«, hatte sie eingewandt. »Und du kennst keine Menschenseele dort.«

»Ich kann lernen, Land zu bewirtschaften, Tante Lizzie, das kann nicht so schwierig sein. Und wusstest du nicht, dass wir Verwandte dort haben? Die Schwester von Onkel Jack, Tante Emilys Mann, lebt in Brisbane, und noch andere Teile seiner Familie, und sie haben versprochen, mich zu unterstützen.«

Auch wenn sie sich schließlich überzeugen ließ, so war Lizzie doch todunglücklich. Sie liebte Godfrey mehr als all ihre anderen Neffen und Nichten, nicht bloß, weil er ihr Patenkind war, sondern auch, weil er ihr leidtat und sie auf eine besondere Weise brauchte. Wer wusste, ob sie ihn jemals wiedersehen würde? »Könnte ich nur mit dir gehen«, sagte sie wehmütig, auch wenn in diesem Moment keiner von ihnen diese Bemerkung ernstnahm.

Schweren Herzens nahm sie an diesem Abend ihren Stift in die Hand und schrieb, mit tränenüberströmtem Gesicht, einen Brief an Flo, in dem sie ihr von Godfreys herzzerreißenden Plänen berichtete.

Godfrey konnte es nicht erwarten, England zu verlassen und ganz von vorn anzufangen, weit weg, wo niemand ihn kannte. Wie Cyril, so war auch er in dem Gefühl aufgewachsen, irgendwie nicht dazuzugehören. Es stimmte, dass er mit seinen Cousins ausgekommen war, doch er hatte sich nie wirklich als Teil der Familie gefühlt. Die warmherzige Martha war wie eine Mutter zu ihm gewesen, doch als er vierzehn Jahre alt war, war sie auf tragische Weise an Krebs gestorben. Ezekiel hatte sehr bald wieder geheiratet, damit der Haushalt und die große Familie versorgt waren. Bertha, die neue Frau, war nur ein paar Jahre älter als Godfrey, in keiner Weise mütterlich und nicht in der Lage, mit dem scheuen und sensiblen Jungen umzugehen. Josiah war pflichtbewusst zu Besuch gekommen, ihre Beziehung war korrekt, aber nicht herzlich. Nach der Schule hatte Godfrey eine Lehre als Büchsenmacher absolviert, um sich dann, im Windschatten der zunehmenden Gerüchte über einen drohenden Krieg mit Deutschland, als Freiwilliger bei der Landwehr zu melden. Dort erfuhr er von den Möglichkeiten in Australien. Voller Begeisterung, und ohne mit irgendjemandem darüber zu sprechen, hatte er sich für die Auswanderung beworben. Seine Zukunft war wichtiger als ein Krieg. Er freute sich unbändig auf sein neues Leben.

16. Kapitel

Littlehampton, 1912

Darnley musste wieder aufbrechen. An diesem Abend, als die Kinder warm zugedeckt in ihren Betten lagen, schlenderten er und Flo die Pier hinab. Am Ende blieben sie stehen und betrachteten, an das Geländer gelehnt, den Mond und die Straße aus Licht, die er über das Meer in Richtung Frankreich zeichnete. Der Abend war mild, es wehte eine sanfte Brise.

»Ich bin so unendlich glücklich«, murmelte sie. »Ich glaube, es ist unmöglich, noch glücklicher zu sein.«

Darnley legte den Arm um sie.

»Du hast alles Recht der Welt, glücklich zu sein, Liebste«, sagte er. »Aber ich habe nachgedacht … Für den Fall, dass mir etwas zustößt …«

»Was sollte dir zustoßen, mein Schatz?«, unterbrach ihn Flo. »Du bist gesund, es geht dir gut …«

Aber Darnley bestand darauf. »Du weißt, dass ich dir das Haus gekauft habe, damit du und die Kinder ein eigenes Heim haben. Doch wenn mir etwas zustößt, könntest du Geld verdienen, indem du zwei oder sogar drei Zimmer an Urlauber vermietest. Die Kinder könnten auf dem Dachboden schlafen, er ist groß genug für sie alle und Margie.«

»Rede doch nicht so«, sagte Flo wieder. »Du machst

mir Angst! Was soll dir denn passieren? Du bist nicht krank, oder? Glaubst du, dass es einen Krieg geben wird?«

»Ja, ich glaube immer mehr daran, dass es einen Krieg geben wird, Flo. Aber mach dir keine Sorgen, ich bin zu alt, um eingezogen zu werden. Es ist einfach nur … Man weiß nie, was kommt.«

Verstört von Darnleys Bemerkung über einen Krieg, begann Flo, sich stärker für die Welt jenseits ihres Hauses, ihrer Familie und ihrer Arbeit zu interessieren. Seit sie in Littlehampton war, war ihr vage bewusst gewesen, dass über eine wachsende Gefahr aus Deutschland geredet wurde, das Frankreich als potentieller Feind abgelöst hatte. Es war ihr nie in den Sinn gekommen, dass wirklich etwas passieren könnte. Was auch immer ihr Vater sagen mochte, sie fühlte sich nicht ansatzweise deutsch. Sie erinnerte sich kaum an ein Wort, genauso wenig wie an die Lieder und Märchen, die sie als kleines Mädchen gehört hatte; wie ihr primitiv methodistischer Glaube waren das Dinge, die ihr in jungen Jahren von ihrem Vater eingetrichtert worden waren, die sie jedoch nur zu gern mit ihrem alten Leben abgestreift hatte. Doch jetzt hielt sie ihre Augen und Ohren offen und bemerkte, dass es wahr war: In den Geschäften und Teestuben, den Wartezimmern der Ärzte und an den Stränden sprach man über die Gefahr aus Deutschland – und durch die Deutschen selbst, von denen viele in England lebten. Die Leute schienen sich sicher zu sein – Deutschland wollte im Vereinigten Königreich einfallen und es erobern.

»Sie werden die Macht übernehmen und uns zu Sklaven machen!«, geriet eine ältere Patientin beinahe in Panik, als Flo zu ihr kam, um ihr eine Spritze zu geben.

Vor einiger Zeit hatte Darnley ihr ein Buch mitgebracht, *Das Rätsel der Sandbank*. Es war sehr bekannt, doch da sie keine begeisterte Leserin war, hatte sie es ins Regal gestellt und dort vergessen. Jetzt holte sie es hervor und begann zu lesen. Es war ein Spionageroman, die großartige und ergreifende Geschichte zweier junger Engländer, die während eines Segelurlaubs an der norddeutschen Küste auf geheime Vorbereitungen für einen großangelegten Einfall an der englischen Ostküste durch eine Invasionsflotte treffen. Es schien alles sehr glaubhaft. Könnte es Wahrheit werden? Könnte so etwas wirklich geschehen?

Sie lieh das Buch ihrem Nachbarn, Klaus Frantzen, einem freundlichen, älteren deutschen Uhrmacher, den die Kinder verehrten, nicht zuletzt wegen der großzügigen Versorgung mit Süßigkeiten, die über den gemeinsamen Gartenzaun hinweg sichergestellt wurde. Frantzen war als junger Mann nach England gekommen, um für einen Onkel zu arbeiten, der ein Juweliergeschäft in Hatton Gardens in London führte, hatte sich in ein englisches Mädchen verliebt und, nachdem er sein Handwerk gelernt hatte, einen kleinen Juwelierladen in Littlehampton eröffnet, der Heimatstadt seiner Frau. Beinahe dreißig Jahre lang hatte er den Menschen im Ort Verlobungs- und Hochzeitsringe verkauft, ihre Taschen- und Standuhren repariert. Nahezu jeder kannte ihn. Seine Frau, June, schlug ihm immer wieder vor, die britische Staatsbürgerschaft zu beantragen, doch das wies er zurück. Dafür gab es keinen Grund, fand er.

»Eine wunderbare Geschichte, meine Liebe, aber kompletter Unsinn«, lautete sein Urteil über das Buch. »Stellen Sie sich vor, wie die Königliche Marine und unsere Küstenwache tausende Männer in hunderten Schiffen übersehen sollten, die von Schleppern den ganzen Weg durch die Nordsee gezogen werden! Der Kaiser ist sicher ein gefährlicher Mann, der gefährliche Dinge tut, um Deutschland als Rivalen gegen England in Stellung zu bringen. Aber ich bin mir sicher, die Navy ist in der Lage, eine Invasion abzuwehren.«

Sie begann, die *Daily Mail* zu lesen, die voller Karikaturen monströser Deutscher mit Pickelhauben war, Artikel über die »deutsche Bedrohung« und die »versteckte Hand Berlins«, die zu allem fähig sei, von heimlichen Plänen zur Zerstörung des Empires und zur Erlangung der Weltherrschaft bis zur Verwendung schrecklicher Substanzen in deutschen Bratwürsten, um englische Konsumenten zu vergiften.

Eines Tages fiel ihr Blick auf ein Plakat vor dem Zeitungsladen, das eine Lesung mit dem Titel »Die deutsche Bedrohung« eines gewissen William Le Queux ankündigte. »Ist das der Mann, der *Die Invasion von 1910* geschrieben hat, die in der *Daily Mail* erschienen ist?«, fragte sie den Zeitungsverkäufer. »Genau der«, antwortete er. »Das wird interessant, schauen Sie es sich an.«

»Ich bin neugierig, ich denke, das werde ich«, sagte Flo.

Der Saal war voll an diesem Abend. Obwohl sie früh dran war, fand Flo nur einen Platz weit hinten, und selbst das mit einigen Schwierigkeiten. Die Leute diskutierten darüber, wie der Name des Vortragenden auszusprechen sei, einige dachten, es sollte »Le Kö« sein, mehr oder weniger französisch, andere »Le Quex«. Als er schließlich das Podium betrat, nannte ihn derjenige, der ihn einführte, »Le Kiu«.

»Wir haben die Ehre, diesen herausragenden Schriftsteller, Reisenden, Diplomaten und Experten in internationalen militärischen Belangen hier bei uns in Littlehampton empfangen zu dürfen. Fast gänzlich allein öffnet er seinen Landsleuten die Augen für die schrecklichen Gefahren, die sie erwarten und gegen die ihre Regierung nichts unternimmt«, erklärte er. »Tausende deutsche Spione, Agenten und Saboteure halten sich in England versteckt und bereiten hier alles für die deutsche Invasion vor. Viele von Ihnen werden sein brillantes Buch *Die Invasion von 1910* gelesen haben, das als Fortsetzungsgeschichte in der *Mail* erschienen ist, in siebenundzwanzig Sprachen übersetzt und über eine Million Mal verkauft wurde. Er ist heute hier, um uns persönlich vor der massiven Gefahr zu warnen, die unserem Land bevorsteht.«

Le Queux war ein Gentleman mit Schnurrbart und Monokel, den eine Aura der Autorität umgab.

»Meine Damen und Herren, geschätzte Landsleute«, begann er. »Als Engländer und Patriot würde ich alles lieber tun, als heute Abend hier vor Ihnen zu stehen.« Unruhe kam unter den Zuhörern auf.

»Ich muss Sie warnen, dass unser Land in die größtmögliche Gefahr hineinschlafwandelt. Deutschland bereitet sich auf einen Einmarsch vor. Tausende Soldaten werden bald unsere Ostküste erreichen, um von dort aus die Kontrolle im Land zu übernehmen. In der Vorbereitung hat Deutschland ein gewaltiges Netzwerk aus mindestens fünftausend Spionen und Agenten installiert, die in ganz England unterwegs sind, Informationen sammeln und die Sabotage unserer strategischen Anlagen vorbereiten, um dem Ansturm durch ihre Horden Hilfestellung zu leisten.« Die Menschen im Publikum schnappten nach Luft. Auch wenn sie solche Warnungen bereits gehört hatten, aus dem Mund einer derartigen Autorität klangen sie so viel realer.

Le Queux erklärte, dass er ausgedehnte Reisen auf dem Kontinent unternommen und vor Königen und Ministerpräsidenten gesprochen habe, dass er viele Freunde und Bekannte auf höchster Ebene in Deutschland habe, außerdem sei er durch England gereist und habe sich selbst ein Bild gemacht. Und nun sei er im Besitz einer erstaunlichen Sammlung von Dokumenten, die das alles zweifelsfrei bewiesen. Deutschland schmiede ein »kluges und niederträchtiges Komplott«, um England zu erobern.

Er habe persönlich Mitglieder des britischen Kabinetts gewarnt, doch die Regierung wolle nichts hören, erklärte er. »Sie sagen, Deutschland würde es niemals wagen, einen Krieg anzuzetteln. Der Kaiser ist halb englisch, spricht Englisch wie ein Brite, der König ist sein Cousin. Aber dennoch – ich habe ihnen berichtet, dass ich im Besitz eines geheimen Gutachtens aus dem Herzen der deutschen Regierung bin. Deutschland will die Weltherrschaft übernehmen. Zuerst muss der Kaiser England und Frankreich erobern, dann steht ihm die Welt offen. Doch unsere gewählten Repräsentanten, unsere führenden Zeitungen wollen das nicht sehen. Sie stecken die Köpfe in den Sand wie Straußenvögel.

Seine Spione sind überall. Wie sonst sollten sie wissen, wie viele Pferde sich in einem bestimmten Gebiet aufhalten? Wie es um die Futtervorräte bestellt ist? Die Verläufe der Telegrafendrähte? Die Lage bestimmter Eisenbahnweichen und -tunnel, die in die Luft gesprengt werden sollen? Besonders an der Küste, in Orten wie Littlehampton genauso wie in großen Marinehäfen, skizzieren sie unsere Befestigungsanlagen, beobachten unsere Schiffe und machen des Nachts Meldung von unseren Klippen und Stränden aus. Und niemand hält sie auf.

Oberst Mark Lockwood, der für Epping im Parlament sitzt, hat im Unterhaus die Frage gestellt, ob die Regierung über Spione im Bilde sei, die in Essex operieren. Er wurde nicht angehört.«

Die größte Gefahr von allen, warnte Le Queux, sei ein Deutscher namens Steinhauer, den er als Kopf des deutschen Spionagesystems und engen Freund des Kaisers beschrieb. Steinhauer, »der Mann mit den hundert Verkleidungen«, sei ebenso ein Mann »mit charmanten Umgangsformen, von hoher Bildung, zweifellosem Können und unbestrittenem Mut«. Er habe keine Kosten gescheut, ein umfangreiches Netzwerk aus Spionen der Marine und des Militärs in jeder Marinestation und jeder

Garnisonsstadt zu verankern. »Jede Stadt an der Küste hat einen oder mehrere Agenten, die von ihm rekrutiert worden sind.«

Flo lief es kalt den Rücken herunter.

»Und wer sind diese Spione?«, fragte er. »Die meisten von ihnen, wenn auch nicht alle, sind Deutsche.« Es gebe tausende Deutsche in England, sagte er, Ladenbesitzer, Friseure, Kellner, Handwerker, Kinderfräulein in den Häusern höhergestellter Herrschaften, außerdem Geschäftsleute, Lehrer, Ärzte. Viele seien mit Engländern oder Engländerinnen verheiratet. Viele lebten seit Jahren hier, genössen in ihren Gemeinden Vertrauen, seien sogar eingebürgert. Doch all dies mache keinen Unterschied.

»Das Herz eines Deutschen wird immer deutsch sein, egal welche Dokumente er unterschreibt«, erklärte er. »Jeder deutsche Mitbürger muss als Spion angesehen werden, jederzeit bereit, sein Vaterland zu unterstützen.

Nehmen Sie sich in Acht!«, schloss Le Queux. »Bleiben Sie wachsam! Die Spione sind überall. Verantwortungsbewusste Bürger müssen sie aufspüren und melden, bevor es zu spät ist.«

Gott sei Dank weiß niemand hier, dass ich zur Hälfte deutsch bin, dachte Flo. Am Ende würden die Leute noch glauben, sie sei eine von ihnen!

Als Flo sich auf den Weg machen wollte, entdeckte sie den Tisch, auf dem Le Queux' Bücher zum Verkauf ausgelegt waren. Besonders ein Buch weckte ihr Interesse: *Spione des Kaisers*. Auf dem Umschlag war eine attraktive junge Frau abgebildet, die über eine Art Radio oder Telegrafen die Bewegungen eines Kampfschiffes durchgab, das sie von ihrem Fenster aus sehen konnte. Eine Spionin!

An diesem Abend, sie war gerade im Begriff einzuschlafen, riss ein lauter Knall sie aus dem Dämmerzustand, Glas splitterte, dann wieder Stille. Sie warf sich ihren Morgenmantel über und lief aus dem Haus. Draußen traf sie auf die Frantzens, ebenfalls in Nachthemden. Sie standen unter Schock. Jemand hatte einen dicken Stein durch ihr großes Wohnzimmerfenster geworfen. Glassplitter lagen überall auf den Möbeln und dem Teppich. »RAUS MIT DEN DEUTSCHEN« war quer über die Fassade geschrieben. June Frantzen schluchzte. »Wie können sie, wie können sie nur! Bloß, weil Klaus in Deutschland geboren ist!«

17. Kapitel

An Bord der Sirene, *Kieler Förde, Juni 1911*

Die großartige Regattawoche, die *Kieler Woche*, war soeben zu Ende gegangen. Hunderte Segel waren durch Schichten von Sprühnebel geflogen, Trophäen waren verteilt, Bälle gefeiert und bekrönte Häupter gesichtet, Admiräle begrüßt worden. Der Kaiser schrumpfte auf dem Deck der Staatsyacht *Hohenzollern* zu einem kleinen Punkt zusammen, als sie die Förde hinauf in Richtung Ostsee dampfte. Sein bärtiger jüngerer Bruder, Prinz Heinrich, Großadmiral und Schirmherr des Kieler Yachtclubs, verabschiedete sich in seiner Sommerresidenz im Schloss von wichtigen Gästen. Herren in weißen Leinenhosen und Damen mit spitzenbesetzten Sonnenschirmen trafen Vorbereitungen für die letzten Partys oder für die Heimreise.

An einem ruhigen Küstenabschnitt lag einsam eine schnittige Yacht vor Anker, die *Sirene*. Auf dem Deck standen zwei Männer, gegerbt vom Wind und Sonnenschein dieser Woche. Der eine war der Besitzer, ein hochrangiger Admiral, der andere sein Gast aus London. Sie sahen zwei Männern entgegen, die – beide wie sie in ziviler Kleidung – von einem jungen Marinematrosen mit einer Barkasse zum Schiff gebracht wurden. »Willkommen an Bord!«, begrüßte der Admiral sie jovial. »Kennen Sie Kapitän Handke, unseren Attaché aus London?« Das taten sie. Hände wurden geschüttelt, und sie begrüßten einander kameradschaftlich. »Bitte setzen Sie sich. Benningsen«, wandte der Admiral sich an den Matrosen, »bringen Sie uns jede Menge Bier und Brezeln, oder was auch immer Sie haben, und dann können Sie für ein Stündchen verschwinden.«

Kommandant von Schiller, Kopf des militärischen Geheimdienstes der kaiserlichen deutschen Marine, der *Nachrichten-Abteilung*, von Eingeweihten einfach als »N« bezeichnet, und sein Stellvertreter, Kapitän zur See Böhnke, setzten sich auf die Leinenstühle, die an Deck standen, und zündeten ihre Pfeifen an. Auch der Admiral und der Attaché nahmen Platz.

»Meine Herren, ich muss mich entschuldigen, Sie um diese Zeit und auf diese höchst ungewöhnliche Weise herzubitten«, begann der Admiral. »Zum Glück ist unser Dienst jünger, und so sind wir nicht auf die gleiche Weise an Traditionen gebunden – ich sage nicht: von Traditionen erdrückt – wie unsere Kameraden bei der Armee. Ich weiß, Sie haben Besseres zu tun, als Bier mit Ihrem Vorgesetzten zu trinken.« Abwehrendes Murmeln der Gäste. »Doch ich habe ein heikles Problem mit Ihnen zu besprechen, ›N‹ betreffend, das bisher noch nicht die nötige Aufmerksamkeit bekommen hat, das jedoch grauenhafte Konsequenzen für unsere Streitkräfte und unser Land haben könnte. Ich dachte, ich ergreife die Gelegenheit, es abseits von Berlin zu diskutieren, so informell und unauffällig wie möglich, während wir die Anwesenheit von Kapitän Handke nutzen, der für die Regatta aus London gekommen ist.

Bald werde ich es in den zuständigen Kreisen offiziell zum Thema machen müssen, doch die vielfältigen – nun, wie soll ich sagen – Spannungen und … Empfindlichkeiten zwischen der Regierung und dem Oberkommando der Marine, deren wir uns alle bewusst sind, machen es schwierig, die Sache in der Offenheit zu diskutieren, die ihr gebührt.« Er schwieg für einen Moment, während Benningsen das Bier brachte, zurück auf die Barkasse kletterte und davonfuhr.

»Ich frage Sie also, liebe Kollegen und Mitverantwortliche«, fuhr er fort, »ob ich auf Ihre ehrliche, unverblümte Meinung zählen kann, sodass ich, wenn die Zeit reif ist, so effektiv wie möglich handeln kann. Ich gehe davon aus, dass – unter uns Ehrenmännern – kein Wort aus diesem Treffen oder über das Treffen selbst dieses Schiff verlässt.«

Ein gemurmelter Chor aus »natürlich« und »das versteht sich von selbst« erhob sich zwischen den Spiralen aus Pfeifenrauch.

»Ich bin sehr stolz darauf, in diesen Zeiten den Admiralstab zu leiten, und ich bin mir sicher, dass wir es bald mit der großartigsten Marine der Welt aufnehmen können – der unserer Freunde hier«, und er deutete mit seiner Pfeife in Richtung der grauen Hecks dreier britischer Kriegsschiffe, die nach einem Freundschaftsbesuch die Förde hinauf verschwanden.

»Wie Sie wissen, war es Teil der Pläne, dass unsere neue, starke Marine ein Netzwerk an Geheimdiensten aufbauen sollte. Die Armee hat ein solches Netzwerk, und Sie werden zustimmen, dass es unverzichtbar ist, dass auch die Marine eigene Augen und Ohren hat, sonst wird sie nicht in der Lage sein, Pläne für einen Krieg auszuarbeiten, geschweige denn einen zu führen. Ich muss wohl kaum hinzufügen, dass dies am nötigsten ist in dem Land, das für uns von größter Wichtigkeit ist und unser Feind in einem künftigen Krieg sein könnte – England. Es genügt nicht, die englischen Zeitungen zu lesen!« Seine Gäste lachten zustimmend.

»Dreimal hat der Kaiser meine Pläne für eine entsprechende Einheit bewilligt, aber leider wurden sie wiederholt von anderen, nun, Abteilungen durchkreuzt« – seine Zuhörer wussten genau, dass er auf seinen Erzrivalen anspielte, den übermächtigen Admiral von Tirpitz –, »und es ist nur seinem Eingreifen zu verdanken, dass wir die Sache überhaupt aufziehen konnten. Doch in der ganzen Zeit haben wir nur eine Handvoll Agenten rekrutieren können, und noch weniger brauchbare. Wenn es Krieg gibt, und es ist sehr wahrscheinlich, dass dies bald der Fall sein wird, würden wir nahezu mit verbundenen Augen kämpfen.«

»Das sehen die Briten anders, Sir!«, lachte der Attaché. »Sie sind überzeugt, dass es im Land nur so wimmelt von deutschen Spionen und Geheimagenten, die den Moment vorbereiten, in dem wir vermeintlich mit einer gewaltigen Invasion von Osten her aufwarten. Die Zeitungen schüren grenzenlose Hysterie im Volk. Und Bücher. Ein lächerlicher Autor namens Le Queux macht ein Vermögen mit Büchern voller reißerischer Panikmache.«

»Vielleicht ist es gar nicht schlecht, wenn sie Angst haben«, spekulierte Kapitän Böhnke.

»Im Gegenteil«, widersprach der Attaché. »Dahinter stecken ein paar Generäle im Ruhestand und einige konservative Politiker, die überzeugt sind, dass das britische Volk zu selbstzufrieden und das Land nicht auf einen Krieg vorbereitet ist. Sie schlagen Alarm – und es funktioniert. In der Regierung sitzen Leute, die die Lage richtig einschätzen, die wissen, dass ihre Propaganda reiner Unsinn ist, doch der öffentliche Druck ist enorm. Sie wollen nicht diejenigen sein, die untätig sind. Sie sind bereits dabei, eine eigene Spionageeinheit aufzubauen, um unseren Landsleuten auf die Finger zu schauen.«

»Wie dem auch sei, es bleibt dabei, dass unser Informationsnetzwerk in England erbärmlich ist«, sagte der Admiral. »Wir müssen es beträchtlich erweitern, auf jede nur erdenkliche Weise. Wir haben keine Zeit zu verlieren. Was schlagen Sie vor, Herr Kommandant?«, fragte er, an den Direktor von »N« gewandt.

»Es wird Sie nicht überraschen, Sir, dass das größte Problem das Geld ist«, sagte von Schiller geradeheraus. »Ohne ausreichende Mittel ist es unmöglich, ein effektives Netzwerk an Informanten aufzubauen. Wie Sie wissen, arbeiten wir mit weniger als einem Drittel des Budgets, das Sie angefragt haben, und selbst das wird systematisch jedes Jahr gekürzt.«

Der Admiral nickt grimmig.

»Die Leute riskieren ihr Leben – für einen Hungerlohn. Natürlich hatten wir die Hoffnung, dass unsere Marineattachés auf der ganzen Welt uns dabei helfen würden, entsprechende Netzwerke in ihren Ländern zu installieren. Sie sind vor Ort, das hätte uns zumindest

Geld gespart«, sagte der Kommandant mit einem vielsagenden Blick auf den Attaché.

»Von Berlin aus gesehen erscheint das logisch«, erwiderte der Attaché und gab es für einen Moment auf, seine Pfeife wieder anzuzünden. Er kannte dieses Argument nur zu gut. »In der Praxis sind die Dinge nicht so einfach. Als Botschaftsangehörige müssen wir uns für Kooperation und Freundschaft mit unserem Gastgeberland einsetzen, nicht hinter seinem Rücken Ränke schmieden, um einen Krieg vorzubereiten. Würde das herauskommen, gäbe es einen riesigen Skandal, und London würde womöglich die diplomatischen Beziehungen abbrechen. Mein Botschafter ist wenig begeistert, wenn ich unterwegs bin, um Kontakte in wichtigen Häfen zu knüpfen.«

»Aber gibt es nicht viele Deutsche dort, die aus reinem Patriotismus gern für uns arbeiten würden?«, fragte der Admiral.

»Es gibt sicher jede Menge Deutsche in England – wir gehen von etwa 60 000 aus, viele leben allerdings an Orten, wo sie für uns nicht von Nutzen sind. Das Hauptproblem ist jedoch, dass die meisten voll integriert sind. Sie sind mit Briten verheiratet, haben ihre Geschäfte in England, manche haben sogar aus politischen Gründen Zuflucht dort gesucht. Es ist extrem schwer, sie davon zu überzeugen, das Land zu verraten, das ihre Heimat geworden ist. Wir hatten bisher sehr wenig Erfolg.

Und drittens«, fuhr er fort, »selbst wenn es mir gelingen würde, ein schönes kleines Spionagenetzwerk aufzubauen: Lassen Sie uns nicht vergessen, dass ich bei Ausbruch eines Krieges umgehend nach Berlin zurückbeordert würde. Was wäre dann? Wer würde die Leute bezahlen? An wen würden sie ihre Informationen weitergeben?«

»Trotzdem haben wir einige wenige Leute – Spione – in England«, hielt der Admiral dagegen. »Haben Sie die rekrutiert? Und wenn nicht Sie, wer dann?«

»Die meisten wurden von Steinhauer angeworben. Er ist selbst ein Mann der Marine und ein bemerkenswerter Charakter, sehr egozentrisch, sehr überzeugt von sich selbst. Er nutzt die erstaunlichsten Verkleidungen und Geschichten, um seine Identität zu verschleiern – man könnte ihn für eine Figur aus einem Kinderbuch halten. Viele seiner Kniffe hat er in der Pinkerton's Detective Agency in Chicago gelernt. Er spricht sehr gutes Englisch und kennt das Land wie seine Westentasche.

Er ist erfolgreicher im Anwerben von Spionen als jeder andere, vor allem bei Leuten, die weder deutsch noch englisch sind, auch wenn ich sagen muss, dass einige ziemlich zwielichtige Charaktere darunter sind. Und es sind noch nicht mehr als ein paar Dutzend. Er sammelt auch selbst viele brauchbare Informationen. Er hat eine Weile als Bodyguard des Kaisers gearbeitet, und Seine Kaiserliche Hoheit hält große Stücke auf ihn.«

»Wo ist Steinhauer jetzt?«, fragte der Admiral.

»Auf dem Rückweg von Schottland«, gab der Attaché zurück.

»Gibt es keine andere Lösung? Haben Sie keine anderen Ideen, meine Herren?« Seine Gäste tauschten einen unbehaglichen Blick, dann schüttelten sie die Köpfe.

»Dann bleibt uns nichts anderes, als Steinhauer zurückzuschicken und ihn zu bitten, seine Anstrengungen zu verdoppeln. Ich bestehe darauf: Wir brauchen ein umfassendes Spionagenetzwerk, das auch in Kriegszeiten funktionsfähig ist. Das ist unverzichtbar! Es ist mir egal, ob er fragwürdige Gestalten rekrutiert, solange sie die richtigen Informationen beschaffen. Er könnte sogar Frauen anwerben, unter den gegebenen Umständen hätte ich nichts dagegen, vermutlich würden sie weniger Verdacht erregen. Wir brauchen dringend mehr Leute. Ich werde versuchen, den höheren Mächten mehr Gelder abzupressen, aber Steinhauer wird noch erfinderischer werden müssen.

Meine Herren, nehmen Sie noch ein Bier.«

18. Kapitel

Hereford/Littlehampton 1912

Es war eine Hochzeit von »beträchtlicher Bedeutung« für die Stadt, wenn man der *Hereford*-Zeitung Glauben schenkte. Leider Gottes, so meldete sie, zeigte das Wetter sich von seiner schlechtesten Seite, doch der strömende Regen hatte eine große Anzahl der Stadtbewohner nicht davon abhalten können, sich in der St Mary's Church zu versammeln, um an dem Gottesdienst mit »großem Chor« im blumengeschmückten Kirchenschiff teilzunehmen. Die Braut, Tochter des Organisten und »hoch geschätzt für ihre Arbeit für die Kirche und die Sonntagsschule«, strahlte in einem elfenbeinfarbenen Satinkleid, einem Kranz aus orangefarbenen Blüten und einem Schleier aus alter Brüsseler Spitze. Sie trug einen Diamantring und ein Bouquet parfümierter weißer Blumen, beides Geschenke des Bräutigams. Die beiden Brautjungfern trugen blassblaue Seide. Die Liste der Hochzeitsgeschenke war endlos, Silbervasen, Serviettenringe, Tafelgeschirr. Das glückliche Paar fuhr in die Flitterwochen nach »Shakespeare Country«. Die Braut war Henrietta Robson, 22. Der Bräutigam, ein Organisten-Kollege ihres Vaters, war Francis Hunter Darnley, 46.

»Bitte entschuldigen Sie, Schwester Harris geht es nicht gut. Es tut ihr sehr leid, sie kann nicht kommen«, musste Margie mehrmals am Tag zu den Abgesandten von Patienten sagen, die Spritzen, Massagen und andere Dienste benötigten. In der Pier Road 31 war es, als sei jemand gestorben. Die Hausherrin hatte sich in ihrem Zimmer eingeschlossen, wollte nichts essen und niemanden sehen. Die Kinder, ängstlich und verwirrt, schlichen auf Zehenspitzen durchs Haus, die älteren, Frank und Mollie, behielten den Überblick, während die jüngeren oft selbst in Tränen ausbrachen.

Sie wussten, dass eine Art Bombe explodiert war, als ein eingeschriebener Brief das Haus erreichte. Flo, verwundert, hatte unterschrieben, ihn geöffnet, gelesen und war um ein Haar in Ohnmacht gefallen.

»Liebste, dies ist der schmerzhafteste und schwierigste Brief, den ich in meinem ganzen Leben Grund hatte zu schreiben«, begann er. »Ich habe mir lange den Kopf darüber zerbrochen, doch ich bin zu dem Schluss gekommen, dass es keine schonende Weise gibt, die Neuigkeit zu verkünden. Ich würde alles geben, um Dir den Schmerz zu ersparen, den sie Dir bereiten wird: Es ist meine Pflicht, Dir mitzuteilen, dass ich morgen den heiligen Bund der Ehe eingehen werde, mit einer Dame, die ich liebe und schätze und die aus einer Familie stammt, die ich gut kenne und außerordentlich respektiere.

Ich danke Dir vom Grunde meines Herzens für die Liebe, die Du mir in den vergangenen Jahren geschenkt hast, für all die schönen Zeiten, die wir gemeinsam verbracht haben, und für unsere vier wunderbaren Kinder. Es betrübt mich ungemein, mich von Euch allen zu trennen, und glaube mir, das ist kein Schritt, den ich leichtfertig gegangen bin. Aber vielleicht wirst Du verstehen, dass es wünschenswert für meine Kinder ist, besonders für den kleinen Luke, jemanden zu haben, der ihnen eine Mutter sein wird, und wieder als vollständige Familie zu leben, ein Weg, der uns auf tragische Weise verwehrt blieb. Es ist unerlässlich für ihr zukünftiges Glück, dass sie nie von Deiner Existenz oder der unserer Kinder erfahren.

Ich hoffe, Du wirst verstehen, dass ich, im Hinblick auf meine neuen familiären Verpflichtungen, leider nur noch die Hälfte der gewohnten Unterstützung für den Unterhalt unserer Kinder leisten kann. Ich tröste mich mit dem Wissen, dass Du das Haus hast und mögliche Einkünfte, die Du mit seiner Hilfe generieren kannst, wie wir es besprochen haben. Die Geldsendungen laufen weiter, bis die Kinder alle ein Alter erreicht haben, in dem sie ihren eigenen Lebensunterhalt verdienen können, doch sie werden sofort unterbleiben, sollten Du oder sie jemals meine neue Frau kontaktieren oder sie in irgendeiner Weise über Deine und ihre Existenz in Kenntnis zu setzen versuchen.

Meine Liebste, es lässt mein Herz bluten, diese Zeilen schreiben zu müssen. Ich bete darum, dass Du mir eines Tages vergeben wirst und nur die Erinnerung an unsere Liebe in Deinem Herzen trägst. Mögest Du wieder das Glück finden, das Du verdienst. Francis«

Ihr Leben war zu Ende. Nach Stunden hysterischen Schluchzens griff Flo nach ihrer Phiole mit Laudanum und wollte gerade den gesamten Inhalt in ihren Hals schütten, als das Flüstern der Kinder vor der Zimmertür sie innehalten ließ. Nein. Sie schleuderte das Fläschchen quer durch das Zimmer und warf sich wieder auf ihr tränendurchweichtes Kissen.

Wie konnte er nur? Szenen ihrer gemeinsamen Jahre schwirrten durch ihren Kopf – wie er sie nach der Geburt des kleinen Luke angesehen hatte, ihre Treffen in London, ihr sinnliches, leidenschaftliches Liebesspiel, seine Liebe zu den Kindern, sein Lächeln, als er ihr die Urkunden für das Haus übergab, das er für sie gekauft hatte. Das Haus – zumindest das blieb ihr. Jetzt verstand sie, warum er darüber gesprochen hatte, als sie sich das letzte Mal sahen.

Wie lange hatte er geplant, sie zu verlassen? Sie quälte sich mit der Frage, was sie falsch gemacht hatte, warum seine Liebe erkaltet war, warum er so etwas Schreckliches hatte tun können. Wie sollte sie ohne ihn leben?

Zwei Tage später um die Mittagszeit tauchte Flo schließlich wieder auf, blass, erschöpft, die Augen geschwollen und das Haar ungepflegt. Schwach setzte sie sich an den Küchentisch und bat Margie, ihr eine Tasse Tee zu machen, essen wollte sie nichts. Die kleine Joanna kletterte auf ihren Schoß, die anderen betrachteten sie in erwartungsvoller Stille.

»Hört zu, meine Lieblinge, ich muss euch zwei Dinge

sagen. Mr Darnley wird uns nicht mehr besuchen kommen.«

»Aber warum nicht?«, fragte Frank erschrocken. Darnley hatte ihren Erstgeborenen besonders gern, und der ihn. Joanna begann zu weinen.

»Er hat jetzt anderes zu tun. Ich werde euch alles erklären, wenn ihr älter seid und es verstehen könnt«, sagte Flo. »Das Zweite ist, dass wir von nun an Gäste haben werden, Besucher, die hier Urlaub machen. Ihr alle werdet mit Margie auf dem Dachboden schlafen. Ihr müsst ruhig sein und euch gut benehmen und sehr nett zu unseren Gästen sein.«

Die Kinder riefen alle durcheinander. Frank und Mollie waren nicht glücklich darüber, ihre Betten an Fremde abgeben zu müssen, doch Prue und Joanna, die jüngeren, fanden den Gedanken aufregend, oben auf dem Dachboden zu schlafen, unter dem schrägen Dach, das einen Hauch von Geheimnis und Abenteuer versprühte.

»Wann kommen die Gäste?«, fragte Prue.

»Bald, hoffe ich, aber ich muss erst eine Anzeige in der Zeitung aufgeben.«

So fügte sich Flo grollend in die Reihen von Littlehamptons Pensionswirtinnen ein. Es galt als respektable Weise für Frauen, ein Einkommen zu erzielen, und nach dem Tod ihrer Ehemänner nahmen viele Witwen Urlauber auf, um über die Runden zu kommen. Littlehampton wurde als Urlaubsort immer beliebter, und so herrschte kein Mangel an Kunden.

Mit Margies Hilfe machte Flo sich an die Arbeit und

räumte das Haus um. Aus drei Schlafzimmern machten sie Schlaf-Wohn-Räume, stellten Frühstückstische in eine Ecke der Stube und bauten Feldbetten für die Kinder auf dem Dachboden auf. Von nun an würde die Familie einen Großteil ihrer Zeit in der Küche im Souterrain verbringen müssen.

Flo war gerade auf dem Sprung, um Pier Road 31 als Privatpension registrieren zu lassen, als ein weiterer Brief eintraf. Er war von ihrem Vater. Flo traute ihren Augen kaum.

»Was kann er bloß wollen? Ich kann mich jetzt nicht mit ihm auseinandersetzen – ausgerechnet jetzt!«

Flo hatte seit Jahren nichts von ihrem Vater gehört. Lizzie zufolge hatte er nie aufgehört, über sie zu wettern, weil sie Josiah verlassen hatte – auch wenn er zum Glück nie den wahren Grund herausgefunden hatte –, und war empört darüber, dass sie Kinder von einem Mann hatte, mit dem sie nicht verheiratet war. Er war inzwischen über achtzig und offenbar noch immer sehr lebhaft, trotz seines Holzbeins. In seinem Brief kam er ohne Umschweife zur Sache.

»Ich werde nächsten Dienstag um 15.30 Uhr in Littlehampton ankommen, wo ich für ein oder zwei Tage zu bleiben beabsichtige. Ich vertraue darauf, bei Dir unterzukommen. Ich muss Dir eine Sache von großer Wichtigkeit unterbreiten.«

Was konnte diese »Sache von großer Wichtigkeit« sein? Er hatte sie bereits verstoßen und aus seinem Testament gestrichen, es war höchst unwahrscheinlich, dass er seine Ansichten geändert hatte – so willkommen das auch in dieser Lage wäre, dachte sie mit einem ironischen Lächeln.

Sie verbrachte eine weitere schlaflose Nacht, weinte über Darnleys Verrat, zerbrach sich den Kopf darüber, wie sie über die Runden kommen würden, fürchtete sich vor der Ankunft ihres Vaters und fragte sich, was um alles in der Welt der Anlass sein konnte.

Am Morgen kam noch ein Brief. Diesmal von Lizzie.

»Meine liebste Schwester,

Papa hat mir gerade erzählt, dass er Dich besuchen wird, und ich bin genauso erstaunt wie Du vermutlich auch. Alles, was ich weiß, ist, dass seine Entscheidung die Folge eines Treffens mit seinen deutschen Freunden zu sein scheint – solche Dinge müssen in diesen Zeiten streng geheim passieren, wie Du Dir vorstellen kannst. Als ich ihn nach dem Grund fragte, wollte er zuerst nichts sagen, dann murmelte er etwas von ›ein alter Mann‹ sein und dass er nicht wisse, ob er Dich jemals wiedersehen würde. Doch ich kann Dir versichern, dass er sich trotz seines Alters bester Gesundheit erfreut.

Liebe Schwester, Du kennst sein Temperament – und Dein eigenes. Ich bitte Dich, sei nachsichtig. Wenn irgend möglich, bemühe Dich um Versöhnung. Reize ihn nicht, lass Dich nicht reizen und vermeide jeden Streit. Sei nett zu ihm, letzten Endes ist er das Opfer seines eigenen Charakters.

Deine Dich liebende Schwester, Lizzie«

Flo warf ihren Umhang über, setzte ihren Hut auf und ging hinaus für einen Spaziergang auf der Pier. Lizzies Brief und die frische Seeluft beruhigten sie und klärten ihre Gedanken. Die gute Lizzie, dachte sie, so liebevoll und warmherzig. Die Einzige unter ihren engsten Angehörigen, die treu geblieben war. Und so vernünftig – das war guter Rat. Sie würde tun, was Lizzie vorschlug. Nein, besser noch, sie würde ordentlich Wirbel um ihren Vater machen.

Der verlorene Vater kommt heim, lachte sie innerlich.

Sie machte einen Umweg über das Postamt und telegrafierte: »Du bist herzlich willkommen.«

Der ältere Herr mit dem schütteren Haar und den weißen Koteletten, der mit ziemlicher Mühe aus dem 15.30-Uhr-Zug stieg, war zuerst überrascht, dann amüsiert und ein wenig verdutzt über das Grüppchen, das ihn am Bahnsteig erwartete. Drei kleine Mädchen in Sonntagskleidern überreichten ihm Sträußchen, die sie selbst gepflückt hatten, knicksten und sagten ihre Namen. Der Junge, ein wenig älter, verbeugte sich und nannte ihn »Sir«. Dann trat eine immer noch attraktive rothaarige Frau in Schwesterntracht vor, küsste ihn und sagte: »Es ist so schön dich wiederzusehen, Papa. Wie war deine Reise?«

Der Junge nahm seine Tasche, und gemeinsam ging die kleine Gruppe in die Pier Road, die Mädchen plauderten und wechselten sich dabei ab, seine Hand zu halten, von Flo im Vorhinein mit dem Gedanken gelockt, dass sie einen eigenen Großvater aus Fleisch und Blut haben würden, genau wie die anderen Kinder. Sie waren fasziniert von seinem Holzbein, doch sie vermieden tapfer, es anzustarren, da Flo sie gewarnt hatte, das sei unhöflich.

Nach dem Tee zeigten die Kinder ihm das Haus, dann brachten sie ihn hinaus in den Garten. Über die niedrige Mauer sahen sie Mr Frantzen, der sich um seine geliebten Rosen kümmerte. Zachary wurde vorgestellt, und als er den Namen des Nachbarn hörte, sagte er in seiner Muttersprache: »Guten Tag. Sind Sie Deutscher?«

»Nun, ich bin in Deutschland geboren«, gab der Nachbar auf Englisch zurück. »Doch ich bin nun schon so viele Jahre hier, dass man sagen könnte, ich bin inzwischen englischer als die Engländer. Ich habe keine Verbindung mehr nach Deutschland, nicht einmal mehr nahe Verwandte dort.«

»Hmmm«, sagte Zachary nachdenklich. »Herrliche Rosensträucher haben Sie da«, fügte er über die Schulter gewandt hinzu, als die Kinder ihn davonzogen und darauf bestanden, dass er mitkommen und sich das Meer ansehen müsse.

»So weit, so gut«, dachte Flo, als sie ihren Vater dabei beobachtete, wie er den Kindern am Strand Eis kaufte. »Bitte, lieber Gott, lass es so weitergehen«, betete sie.

Doch nach dem Abendessen, als die Kinder im Bett waren, änderte sich seine Stimmung.

»Mir vorzustellen, dass ich, der ich ein rechtschaffenes, gottesfürchtiges Leben geführt habe, eine Tochter haben soll, die wenig besser ist als eine Prostituierte, und vier uneheliche Großkinder, so süß und unschuldig sie auch sein mögen«, knurrte er. »Es ist ein Segen, dass deine fromme Mutter diese Schande nicht mehr erleben musste.«

Flo biss die Zähne zusammen und zwang sich, ruhig zu bleiben. »Papa, du sagtest, du hättest eine Sache von großer Wichtigkeit zu besprechen. Wenn das alles ist, was du mir zu sagen hast, dann werde ich nun zu Bett gehen und du kannst gleich morgen früh zurückfahren. Ich habe hart gearbeitet, um mir in dieser Stadt eine respektable Stellung zu verschaffen und meinen Kindern ein gutes Zuhause bieten zu können. Es gibt nichts, wofür ich mich schämen müsste, und ich möchte nie wieder solche Reden hören.«

Zachary sah aus, als würde er explodieren, doch er schien sich sichtlich zusammenzureißen. Nach einigen Momenten der Stille erhob er sich und sah auf sie herab. »Es gibt einen Weg, wie du dein sündhaftes Leben wiedergutmachen kannst. Es wird nicht mehr lange dauern, bis England und Deutschland Krieg führen …«

»Papa, denkst du das wirklich?«

»Ich weiß es. Ich habe Freunde, die bestens darüber informiert sind, was hinter den Kulissen vor sich geht. Es wird Krieg geben. Deutschland muss gewinnen, die Herrschaft über diese dekadente und gottverlassene Insel übernehmen, Ordnung und seine großartige *Kultur* nach England bringen und es endlich zu einem wahrhaft großen Land machen. Ich tue, was ich kann, doch ich bin zu alt, um wirklich von Nutzen zu sein. Du hingegen, mit dem deutschen Blut, das in deinen Adern fließt, du musst dafür arbeiten, dieses große Ziel zu erreichen.«

»Papa! Wovon redest du? Wie könnte ich das tun? Selbst wenn ich wollte« – was ich niemals würde, dachte sie.

»Nein, du musst. Als dein Vater verlange ich es.«

»Aber was um alles in der Welt sollte ich tun? Ich bin nichts weiter als eine Mutter und eine Krankenschwester, was könnte ich bewegen?«

»Hör mir zu. Sicher hast du viel Gerede über eine mögliche deutsche Invasion gehört. Die mit Sicherheit kommen wird, doch zuerst muss Deutschland England auf dem Wasser besiegen. Die deutsche Marine wird schon bald so mächtig sein wie die britische, mit neuen Fürchtenichtsen, Kampfschiffen und so weiter. Doch sie braucht nicht bloß großartige Schiffe, sie braucht Wissen, Informationen über die Bewegungen der Navy, Häfen, Ausrüstung.

Du lebst in einem dieser Häfen. Tatsächlich konnte ich dein Glück kaum fassen, als mir klar wurde, dass du nahe der Flussmündung lebst, gleich hinter dem Büro des Hafenmeisters, und alle Schiffe ein- und ausfahren siehst. Du musst Wache halten und Bericht erstatten.«

»Papa, ich soll Spionin werden?! Aber es sind doch schon tausende deutscher Spione im Land, die auf den Kriegsfall warten. Warum sollten sie mich brauchen?«

»Das ist alles Unsinn. Die reine Hysterie, geschürt von diesem Le Queux und anderen. Es gibt all diese Spione nicht, und wir brauchen Leute, die in aller Stille Informationen über Schiffsbewegungen weitergeben …«

»Aber ich weiß nichts von Schiffsbewegungen! Und was, wenn ich erwischt werde! Denk an die Kinder!«

»Du würdest nicht erwischt. Wer würde eine Krankenschwester und Hausfrau verdächtigen? Weiß irgendjemand hier, dass du deutsch bist?«

»Halb deutsch«, verbesserte Flo. »Nur Mr Frantzen nebenan, und ich denke nicht, dass der es irgendwem erzählen würde.«

»Na bitte. Denk an die Ehre, die dir zuteilwürde, wenn die Deutschen an der Macht sind! Du wärst eine Heldin!« Diese Aussicht schien so absurd, dass Flo beinahe lachen musste.

»Nein, Papa. Ich kann es nicht tun. Es wäre zu gefährlich. Ich bin sicher, die Deutschen kommen sehr gut ohne mich zurecht.«

»Du musst. Du würdest auch Geld verdienen. Ich schicke dir jemanden, der alles arrangiert und dir beibringt, was zu tun ist. Mach dir keine Sorgen, du bist absolut sicher und – denk doch nur: Du dienst dem Vaterland!«

Er wird niemals verstehen, dass »das Vaterland« für uns nicht dasselbe bedeutet wie für ihn, dachte Flo müde. Sie musste an seine Bemühungen denken, ihnen Deutsch beizubringen, als sie klein waren. Ihre liebliche, sanfte Mutter, eine Frau aus Dorset durch und durch, hatte dabei nichts zu sagen. Doch weil niemand, den sie kannten, Deutsch sprach und niemand je ein Wort darüber verlor, nach Deutschland zu fahren, schienen die Übungen nutzlos, und Flo hatte schon lange das meiste vergessen. Nun, dass sie dabei auch Geld verdienen konnte … brauchen könnte sie es. Aber nicht zu jedem Preis, entschied sie. Das war Unfug.

Ihr Vater jedoch wollte ein Nein nicht akzeptieren, und so versuchte sie, ihm nach dem Mund zu reden.

»Ich werde darüber nachdenken«, sagte sie.

»Ich werde auch Cyril schreiben. Er muss sich ebenfalls einbringen, sag ihm das.«

»Ja, Papa«, antwortete sie pflichtschuldig, in dem Wissen, dass sie nichts dergleichen tun würde.

Schon bald hatte Flo Gäste, manchmal Männer, die beruflich im Ort zu tun hatten, zumeist jedoch Urlauber aus den Städten, die sich hocherfreut zeigten von ihrer Unterbringung und Margies Dienstleistungen sowie auch vom Reiz Littlehamptons. Unter ihnen war ein älteres Pärchen aus Birmingham, die Frau litt an Asthma, und ihr Mann erholte sich von einer schweren Bronchitis. Flo kümmerte sich um ihre Gesundheit. Bald darauf nahm der Doktor sie beiseite: »Schwester Harris, was hielten Sie davon, aus Ihrem Haus ein kleines Pflegeheim zu machen? Menschen, die sich von einer Lungenentzündung erholen oder Asthma haben wie die Dame hier, brauchen die Meeresluft und würden sich glücklich schätzen, von einer erfahrenen Krankenschwester betreut zu werden. Und sie würden besser zahlen als einfache Touristen.«

»Ein Pflegeheim! Darüber habe ich niemals nachgedacht.«

»Natürlich müssten Sie sich registrieren und gewisse Vorgaben erfüllen, doch das wäre nicht allzu kompliziert. Und Sie bräuchten einen Arzt, um die medizinische Betreuung sicherzustellen, falls nötig, aber wenn Sie möchten, könnte ich das übernehmen.«

»Das klingt nach einer wunderbaren Idee, Doktor! Ich werde es mir durch den Kopf gehen lassen.«

Mit dem wenigen Geld, das Darnley noch schickte, ihren Pflegediensten im Ort und dem Einkommen durch die Gäste kam sie gerade so über die Runden. Doch wenn sie in der Pier Road 31 ein Pflegeheim einrichtete, konnte sie mehr verlangen und darüber hinaus das ganze Jahr über geöffnet bleiben, anstatt bloß in der Feriensaison.

Sie machte sich auf den Weg zum Rathaus, um die nötigen Formalien zu erfragen, und als sie zurückkehrte, traf sie Margie an der Tür, die erklärte, ein Mr Reimers habe sich erkundigt, ob er bei ihnen unterkommen könne. »Ich habe ja gesagt, weil die beiden dicken Damen gerade abgereist sind und das hintere Schlafzimmer frei ist. Soll ich es für ihn fertigmachen?«

»Ja, meine Liebe. Wo ist er jetzt?«

»Er macht einen Spaziergang zum Hafen.«

»Zum Hafen?« Wie seltsam, dachte Flo. Die meisten Neuankömmlinge gingen auf dem direkten Weg zum Strand.

Der neue Gast entpuppte sich als jüngerer, ein wenig beleibter Herr mit frischem Teint, Augen, die auf eine Weise zusammengekniffen waren, die ihn stets ein wenig amüsiert erscheinen ließ, und einem dunklen, buschigen Schnurrbart. Er schien heiter, strahlte Selbstvertrauen aus und sprach mit amerikanischem Akzent.

»Guten Tag, werte Dame. Reimers mein Name«, sagte er unbekümmert und gab ihr seine Karte.

Flo sah, dass er Handelsreisender für optische Geräte war.

»Was für ein charmanter Ort, genauso charmant wie die Hausherrin«, bemerkte er, als sie ihn in sein Zimmer begleitete. Sie spürte, dass er sie genauer betrachtete als die Umgebung, und das, trotz seiner Worte, nicht auf eine Weise, die ihr schmeichelte.

Reimers machte sich im Haus schnell beliebt, flirtete mit Margie, plauderte mit den anderen Gästen und spielte mit den Kindern. Letztere berichteten, sie hätten ihn bei den Schiffsbauern gesehen, als sie von der Schule kamen. Und einmal dachte Flo, sie hätte ihn drüben bei der alten Festung entdeckt.

Eines Tages kam Reimers in die Küche und schwärmte, er habe aus seinem Fenster gesehen, was für wunderschöne Rosen der Nachbar habe. Er sei selbst ein Rosenliebhaber, ob er wohl in den Garten gehen könne, um diesen Nachbarn kennenzulernen. Durch das Fenster sah sie, wie er mit Mr Frantzen Freundschaft zu schließen schien, und nach einigen Gesprächen wurde er zum Tee eingeladen.

Nach einer Weile hörte Flo, die im Garten nach dem Rechten schaute, die Tür der Frantzens laut zuschlagen und sah Reimers zurückkommen. Er schien aufgewühlt und ärgerlich und ging direkt hinauf in sein Zimmer.

Flo beschäftigte sich nicht viel damit, was ihre Gäste taten, doch dieser Vorfall verblüffte sie. »Er ist wirklich seltsam«, dachte sie. »Ich frage mich, was er hier macht.«

Spät an diesem Abend, als sie in der Küche saß und einen Berg Kindersocken stopfte, klopfte es an der Tür. »Darf ich hereinkommen?«

Es war Reimers. In den Händen eine Flasche Portwein und zwei Gläschen, die er auf den Küchentisch stellte.

»Würden Sie mir wohl bei einem Schlummertrunk Gesellschaft leisten, werte Dame?«, fragte er. »Wenn ich reise und weit weg von zu Hause bin, so gibt es für mich nichts Tröstlicheres als ein gemütliches Gespräch und ein Glas irgendwas, bevor ich mich aufs Ohr lege.«

Flo wurden die einsamen Abende in der Küche oft lang, und so machte das plötzliche Auftauchen des rätselhaften Herren sie sogleich munter. »Was für eine wunderbare Idee! Bitte setzen Sie sich doch.«

Reimers goss zwei Gläser Portwein ein und stellte eines vor Flo. Er trank einen kleinen Schluck auf ihre Gesundheit, doch Flo ließ ihr Glas unberührt. Seit der Alkohol sie in Warley in den Ruin getrieben hatte, war sie vorsichtig geworden.

Er machte es sich am Tisch gemütlich, als gehöre er zur Familie, und während er sich nach vorn lehnte, sah er ihr tief in die Augen, mit einem kleinen Lächeln auf dem Gesicht. »Mrs Harris – oder darf ich Florence sagen?«, begann er. Flo, überfordert von seinem Blick und der plötzlichen Intimität, bemerkte, wie sie nickte.

»Dann Florence«, fuhr er fort. »Ich muss Ihnen etwas Wichtiges erzählen. Ich bin nicht der, der ich zu sein scheine. Ich bin hier mit einem Auftrag, und dieser Auftrag richtet sich an Sie.« Sein Lächeln wurde breiter, ganz offensichtlich genoss er es, den Geheimnisvollen zu spielen.

»An mich? Um was geht es denn?«

»Ich bin kein Handelsreisender oder irgendetwas in der Art. Ich bin ein Gesandter des Kaisers.«

Flo sah ihn ungläubig an, sie musste sich bemühen, nicht zu lachen.

»Nein, das ist die Wahrheit. Wir wissen, dass Sie aus einer Familie mit tiefen deutschen Wurzeln stammen, und ich bin hier im Namen des Kaisers, um Sie zu bitten, dem Vaterland zu helfen.«

Vater hat gesagt, er würde jemanden schicken, und ich habe ihn nicht ernst genommen, dachte Flo. Was soll ich jetzt tun?

»Ich habe den Kaiser einmal gesehen. Er hat mir zugelächelt und gewunken«, sagte sie, in dem Versuch, das Thema zu wechseln.

»Tatsächlich? Wann war das?« Jetzt war es an Reimers, überrascht auszusehen.

»Das war, als er hier war, um Queen Victoria zu besuchen, kurz vor ihrem Tod.« Sie erzählte, wie sie damals in London beinahe vor seinen Wagen gestolpert wäre und er ihr zugewunken hatte.

»Aha!«, sagte er, und seine Augen leuchteten. »Bei diesem Besuch habe ich ihn begleitet. Und ich kann wohl von mir sagen, dass ich auf dieser Reise maßgeblich dazu beigetragen habe, sein Leben zu retten.«

»Sein Leben zu retten?«

»In der Tat. Ich habe mich um die Leibwache des Kaisers gekümmert, und kurz nach meiner Ankunft traf ich mich mit meinem alten Freund William Melville, damals Leiter des Geheimdienstes von Scotland Yard, um die

Sicherheitsvorkehrungen zu besprechen. Er berichtete mir von Gerüchten über Anarchisten, die planten, während des Staatsbegräbnisses ein Attentat auf den Kaiser zu verüben, doch er bat mich, nicht ein einziges Wort davon zum Kaiser oder seinem Gefolge durchdringen zu lassen. ›Der Prinz von Wales sorgt sich, dass, sollte der Kaiser von den Plänen erfahren, er möglicherweise nicht an dem Begräbnis teilnehmen wird, was schwerwiegende Konsequenzen für Englands Beziehungen zu Deutschland haben würde‹, erzählte er mir.

Die Queen starb am darauffolgenden Tag. Während wir noch in Osborne House waren und das Begräbnis vorbereiteten, bekam Melville eine Nachricht von seinem Büro in London. Sichtlich aufgewühlt, sagte er: ›Heute Nacht werde ich drei der gefährlichsten Anarchisten in Europa festnehmen. Ich möchte dich bitten, mich zu begleiten, das ist nichts, was man Untergebenen überlässt. Aber kein Wort zum Kaiser, der neue König hat es ausdrücklich verboten.‹

Wir machten uns auf den Weg nach London, und im Zug erzählte er mir, dass drei russische Anarchisten kürzlich dort eingetroffen seien und sich im Londoner East End versteckten, wo sie ihren Angriff planten. Wir gingen zuerst in sein Büro, er gab mir eine Pistole, auch wenn ich bereits eine trug, und einen schwarzen Schal, um meinen weißen Kragen zu verdecken, der in der Dunkelheit sichtbar sein würde.

Melville war ein zurückhaltender, wortkarger Mann, der nicht zu Übertreibungen neigte, doch er fragte mich, ob ich mein Testament aufgesetzt habe – was ich getan hatte –, und sagte, er habe einen Brief geschrieben, der erst im Moment seines Todes geöffnet werden sollte. Er legte mir nahe, das Gleiche zu tun, und ich befolgte seinen Rat. Er witzelte sogar herum, der Kaiser würde mir eine Statue aufstellen lassen, wenn die Dinge schlecht ausgingen.«

»Hatten Sie keine Angst?«, fragte Flo, mitgerissen von der Geschichte.

»Ich muss zugeben, ich hatte große Angst. Doch wie dem auch sei, um elf Uhr machten wir uns an diesem Abend in einer Droschke auf den Weg zu einer Adresse nahe der London Bridge Station, wo Melville ausstieg und kurz darauf mit einer Frau zurückkam – einer Italienerin, wie sich herausstellte –, die einen dunklen Regenmantel trug. Sie brachte uns in einen armen, schmutzigen Teil Londons, der mir unbekannt war. Die Droschke stoppte in einer dunklen Gasse, und sie führte uns durch ein Labyrinth aus düsteren, muffigen Straßen – wir immer ein paar Schritte hinter ihr – zu einem Haus. Sie ging hinein, kam zurück, gab uns ein Zeichen, ihr zu folgen. Es war stockdunkel, ich konnte nichts sehen, doch ich hörte, wie sie die Treppen hinaufstieg. Wir umklammerten unsere Pistolen.

Plötzlich ein Blitz, dann ein Schuss und der Schrei einer Frau. Man schoss auf uns. Wir feuerten zurück, ein weiterer Schrei ertönte und der dumpfe Aufschlag eines Körpers, und die Schüsse hörten auf. Wir eilten die Stufen hinauf. Es gab kein Licht, doch wir konnten auf dem Boden die Umrisse zweier Körper erkennen, der eine gehörte der Frau, der andere einem der Anarchisten, beide stöhnten vor Schmerzen. Die anderen waren verschwunden – offensichtlich waren sie aus dem Fenster gesprungen, das offen stand. Melville legte dem Mann Handschellen an, und wir stürzten hinaus. Wir dachten, wir hätten die Flüchtigen in eine Droschke springen sehen, doch der Fahrer sagte, nur einer sei eingestiegen und kurz darauf wieder hinausgesprungen, während der andere sich allein aus dem Staub gemacht hatte.

Es war aussichtslos, sie weiter zu verfolgen. Wir gingen zu dem Haus zurück – wo sich unterdessen eine Menge angesammelt hatte, alarmiert von den Schüssen – und fanden das Zimmer leer vor! Die Übeltäter waren offensichtlich zurückgekehrt, hatten ihren Komplizen befreit und waren mit ihm und der Frau abgehauen.«

»Haben Sie sie gefunden?«

»Nein, sie blieben verschwunden. Später erzählte mir allerdings ein Kollege der russischen Geheimpolizei in Berlin, dass ein paar russische Anarchisten gehängt wurden, die zuvor in London gewesen waren. Es klang, als könnten es dieselben gewesen sein.«

»Und die Frau?«

»Sie war Melvilles Informantin gewesen. Sie hatte eine Affäre mit einem der Russen gehabt, und er hatte sie verlassen. Sie wollte sich rächen, also ging sie zu Scotland Yard. Sie hat einen hohen Preis gezahlt. Ihre Leiche wurde in der Themse gefunden.«

Flo schauderte. »Davon habe ich nie gehört.«

»Niemand hat davon gehört. Wir haben dafür gesorgt, dass die Presse keinen Wind davon bekam. Sie sind eine der wenigen, denen ich davon erzählt habe.«

Flo fühlte sich sehr geschmeichelt und zugleich so, als sei sie nun Teil der Verschwörung.

»Haben Sie dem Kaiser davon erzählt?«

»Natürlich – aber erst nachdem er wieder sicher zurück in Berlin war. Er wusste das sehr zu schätzen und wird Melville und mich dafür auszeichnen. ›Wir brauchen Helden wie Sie‹, hat er gesagt.«

Er leerte sein Glas und goss sich ein neues ein.

»Da wir gerade von Helden sprechen, Florence«, fuhr er fort, »hier haben Sie eine wundervolle Möglichkeit, zur Heldin zu werden. Der Kaiser braucht Ihre Augen und Ihre Ohren hier in Littlehampton, seine Marine muss über ankommende und ausfahrende Schiffe informiert werden, über etwaige Manöver, die Sie im Ärmelkanal beobachten könnten, Truppenbewegungen, sogar das Auftauchen von Flugzeugen oder Luftschiffen.«

»Also wird es wirklich Krieg geben?«, fragte Florence mit einem Zittern in der Stimme.

»Ich hoffe nicht«, sagte Reimers. »Der Kaiser will keinen Krieg, niemand will das. Die Gerüchte über eine geplante Invasion sind kompletter Unfug. Aber er baut eine großartige Marine auf, die es bald mit der Royal Navy aufnehmen kann. Jede Marine braucht Informationen darüber, was die andere tut. Und Sie sind am perfekten Ort, um ihn hierbei zu unterstützen.«

Flo schwieg einen Moment. Dann: »Mr Reimers, wollen Sie eine Spionin aus mir machen?«

»Nein, keine Spionin«, sagte Reimers beruhigend. »Wir sind nicht im Krieg. Sagen wir – eine Quelle der Information.«

»Hören Sie«, sagte Flo mit fester Stimme. »Sie können sich nicht vorstellen, was für eine Panik hier herrscht in Bezug auf deutsche Spione. Ich habe vor kurzem einen Vortrag eines Mr Le Queux gehört, und er warnte uns, dass sich tausende von ihnen hier verstecken und den Weg für eine Invasion freimachen. Leute werden angezeigt und eingesperrt, einfach weil sie Deutsche sind. Sogar der arme Mr Frantzen nebenan hat ein paar scheußliche Momente erlebt.«

»Dieser Le Queux erzählt völligen Blödsinn, Sie sollten ihm kein Wort glauben«, gab Reimers scharf zurück. »Er ist ein gefährlicher Schwindler und das alles ein Produkt seiner Einbildungskraft. Ich kann Ihnen versichern, denn ich kenne den Kaiser und seine Streitkräfte gut, dass es weder ein Heer von Spionen gibt noch irgendwelche Pläne für eine Invasion.«

»Es ist wahr, dass ich zur Hälfte deutsch bin«, fuhr Flo fort. »Aber ich bin auch zur Hälfte englisch, dies hier ist mein Land, ich habe mein ganzes Leben hier verbracht. Warum sollte ich es verraten?

Außerdem«, sie zeigte auf den Berg Socken auf dem Tisch, »habe ich vier kleine Kinder – und tatsächlich auch noch zwei ältere. Ich kann kein solches Risiko eingehen. Was würde aus ihnen, wenn ich erwischt würde?«

Reimers bestand, wie schon ihr Vater, darauf, dass niemand eine Frau verdächtigen würde, die Engländerin, Mutter und Krankenschwester war. »Ich habe versäumt zu sagen«, fügte er hinzu, »dass Sie sehr gut entlohnt würden. Nicht fürstlich, aber doch in nicht zu verachtender Höhe.«

Wieder schwieg Flo einen Moment. Sie erhob sich. »Es tut mir wirklich leid, aber das können Sie nicht von mir verlangen. Es ist zu gefährlich. Das kann ich nicht machen.«

Reimers erkannte, dass er hier nichts mehr ausrichten konnte. Doch er blieb sitzen, zog einen Stift aus der Tasche, riss eine Seite aus einem dünnen Notizblock und begann zu schreiben.

»Zuallererst geben Sie mir Ihr Wort, dass Sie niemandem von unserem Gespräch heute Abend erzählen werden?«

Flo nickte.

»Und Florence, vielleicht ändern Sie eines Tages Ihre Meinung. Dann melden Sie sich bei diesem Herrn. Er wird Ihnen genau sagen, was Sie zu tun haben und wie. Außerdem wird er dafür sorgen, dass Sie großzügig bezahlt werden. Er wird wissen, wer Sie sind. Vertrauen Sie ihm.« Er reichte Flo das Papier.

Sie warf einen Blick darauf. Da standen der Name Peter Hurst und eine Adresse in Forest Gate bei Epping, Essex. Sie zuckte mit den Schultern und schob es hinter die Uhr auf dem Kaminsims. »Ich werde darüber nachdenken.«

»Sagen Sie ihm, Steinhauer hat Sie geschickt.«

»Steinhauer?« Flo schnappte nach Luft. Alles, was Le Queux gesagt hatte, machte plötzlich Sinn.

»Gustav Steinhauer, zu Ihren Diensten, Ma'am.« Zackig schlug er die Hacken zusammen, verbeugte sich, küsste ihr die Hand, drehte sich um und verließ den Raum.

»Ist dieser fürchterliche Deutsche abgereist?« Klaus Frantzen, der sie am folgenden Tag besuchen kam, schien aufgewühlt.

»Sie meinen der, der sich Reimers nennt?«, fragte Flo und goss ihm eine Tasse Tee ein.

Frantzen hatte ihr ein paar seiner Prachtrosen mitgebracht, und es war offensichtlich, dass er mehr wollte als einen kleinen Plausch unter Nachbarn.

»Heute Morgen. Weshalb fragen Sie?«

»Das ist ein sehr gefährlicher Mann«, sagte Frantzen. »Er ist ein deutscher Geheimagent. Er wollte mich überreden, für sie zu spionieren. Er sagte ›einmal Deutscher, immer Deutscher‹, und dass es meine Pflicht sei, die deutsche Marine mit Informationen über die Bewegungen der Navy hier zu versorgen. Dieser Lump!«

»Was haben Sie gesagt?«

»Ich habe ihn abblitzen lassen. Ich habe ihm gesagt, dass ich in meinen kühnsten Träumen nichts so Unehrenhaftes tun würde. Niemals würde ich meine Wahlheimat verraten. Ich war Offizier in der Armee. Wenn es einen Krieg gibt, dann sieht ein Soldat – nein: jeder anständige Deutsche – es als seine Pflicht an, dem Feind die Stirn zu bieten und falls nötig im Kampf zu sterben. Nicht im Schatten herumzuschleichen, ein doppeltes Spiel zu spielen, zu stehlen und das Land zu verraten, das man liebt.«

»Das haben Sie richtig gemacht«, sagte Flo und fragte sich, ob sie ihm erzählen sollte, dass Steinhauer bei ihr das Gleiche versucht hatte. Sie hatte versprochen, es niemandem zu sagen, aber wie viel war ein Versprechen an einen ausländischen Geheimagenten wert? Wie dem auch sei, Frantzen hatte bisher nicht danach gefragt.

»Es bricht mir das Herz«, seufzte ihr Nachbar. »Seit über dreißig Jahren lebe ich jetzt in Littlehampton, die Menschen hier haben mich willkommen geheißen und mir vertraut, und, wenn ich das so sagen darf, sie mochten mich. Ich war einer von ihnen. Nie hat jemand etwas gegen mich verlauten lassen, weil ich in Deutschland geboren bin – bis jetzt, wo diese Leute anfangen, ihre giftige Propaganda zu verbreiten. Jetzt denken sie plötzlich, ich sei der Feind. Viele, sogar manche meiner langjährigen Kunden, wenden sich von mir ab. Sie kommen nicht mehr in meinen Laden, sie sprechen nicht mehr mit mir. Sie grüßen nicht einmal mehr meine arme Frau.«

»Es ist so ungerecht. So unchristlich«, sagte Flo. »Aber ich habe den Vortrag dieses Le Queux neulich gehört, und er hat den Leuten wirklich Angst gemacht. Er war so überzeugend.«

»Er ist ein schrecklicher Mann! Es ist unglaublich, wie er die Hysterie schürt«, sagte Mr Frantzen. »Ich gehe davon aus, die Regierung weiß, dass er dummes Zeug redet, aber wie sollten sie ihn aufhalten?«

»Wie dem auch sei, Mr Frantzen«, sagte Flo und legte ihm eine Hand auf den Arm, »Sie wissen, dass Sie in uns gute Freunde haben. Wir kennen Sie, wir vertrauen Ihnen, und das werden wir immer tun.« Frantzen legte die Hand auf ihre und lächelte schief.

Doch ganz unrecht hatte er nicht, überlegte sie. Nach Le Queux' Vortrag hatte selbst sie begonnen, sich Gedanken über ihren Nachbarn zu machen. Die Erinnerung an

Steinhauers wütendes Gesicht, nachdem er bei ihm gewesen war, ließ keinen Zweifel daran, dass Frantzen die Wahrheit sagte.

Sie wusste nicht, warum, aber irgendetwas hielt sie zurück, ihm von ihrem Gespräch mit Steinhauer zu erzählen.

Sie hatte auch nicht vor, ihrem Vater davon zu schreiben. Er würde sie drängen, Steinhauers Angebot anzunehmen – oder noch schlimmer, sie vielleicht erneut besuchen und nicht in Frieden lassen, bis sie es tat. Doch diese Befürchtung sollte sich nicht bewahrheiten. Einige Tage später erhielt sie eine Nachricht von Lizzie, dass ihr Vater einen Schlaganfall erlitten habe und im Krankenhaus sei.

Flo überlegte, ob sie die Kinder bei Margie lassen und zu ihm fahren sollte, doch Frank klagte über Ohrenschmerzen, die sich als Mumps herausstellten. Am nächsten Morgen waren alle vier Kinder krank, sie musste bleiben. »Alle haben Mumps. Alles Liebe und die besten Wünsche für Vater«, telegrafierte sie.

Das Telegramm überkreuzte sich mit Lizzies. »Vater ist letzte Nacht gestorben.«

Teil IV
Krieg

19. Kapitel

Littlehampton 1913

Im März des folgenden Jahres begann Flo, sich ernsthafte Sorgen über Geld zu machen. Jetzt, da Darnleys Zuwendungen beträchtlich geringer geworden waren, musste sie sich auf ihr kleines Pflegeheim verlassen, um den Fehlbetrag auszugleichen. Trotz ihrer Verbitterung über seine Hochzeit hatte sie doch seine Weitsicht zu schätzen gelernt, ihr das Haus zu überschreiben. Aber es hatte ihre Probleme nicht lösen können, wie sie es sich gewünscht hätte. Auch wenn die Meeresluft im Winter als noch heilsamer galt als im Sommer, so blieben doch nur wenige Patienten längerfristig, wenn der Himmel dunkel war, das Meer aufgewühlt und der Regen auf die Promenade niederprasselte. Sie hatte in den belebten Sommermonaten Geld zur Seite zu gelegt. Doch nun ging es langsam zur Neige, und sie kämpfte, um genug für Essen und Kleidung für die vier heranwachsenden Kinder zusammenzubekommen. Von Margie, deren Hilfe unverzichtbar war, konnte sie sich nicht trennen.

Die Zuwendungen kamen pünktlich zum Beginn jeden Monats. Am 2. April ging sie wie gewöhnlich zur Bank, um das Geld abzuholen, doch diesmal kratzte sich Mr Stopes, der alte Schalterbeamte, am Kopf und blätterte in seinen Papieren. »Es scheint noch nicht da zu sein,

Schwester.« Er ging ins Hinterzimmer und sah noch einmal nach. »Nein, es ist nicht da. Sicher kommt es morgen.«

Flo kam am nächsten Tag wieder, und am nächsten, und am nächsten. Am Ende der Woche war sie ernsthaft beunruhigt. Sie war frustriert, weil sie sich nicht mit Darnley in Verbindung setzen konnte, er war sehr darauf bedacht gewesen, ihr seine Adresse nicht mitzuteilen, nicht einmal seinen Aufenthaltsort. Alles, was sie wusste, war, dass das Geld von einer Bank in Stafford kam. Als er ihre wachsende Sorge sah, schlug der freundliche Mr Stopes vor, Mr Fawcett, den Leiter der Bank, darum zu bitten, sich bei der Filiale in Stafford zu erkundigen. »Ich sehe, was ich tun kann. Kommen Sie Ende nächster Woche wieder, Schwester, vielleicht haben wir dann Neuigkeiten«, sagte Mr Fawcett.

Am folgenden Freitag ging sie erneut zur Bank. Mr Stopes schien in irgendwelche Unterlagen versunken. Mr Fawcett winkte sie mit ernster Miene in sein Büro, schloss die Tür hinter ihr und bat sie, Platz zu nehmen.

»Ich habe eine Nachricht von meinem Kollegen in Stafford erhalten«, begann er. »Es tut mir sehr leid, Ihnen sagen zu müssen, dass ich die Information erhalten habe, dass der Absender Ihrer Überweisungen, Mr Francis Hunter Darnley, verstorben ist.«

Florence erblasste.

»Mein Kollege bat mich zu betonen, dass alles, was ich Ihnen hier sage, nicht offiziell ist und nur für Sie bestimmt. Er glaubt, dass die Todesursache eine Lungenentzündung war. Und der Herr hat alles, was er besitzt, seiner Frau und seinen drei Kindern vermacht.«

Sie war wie erstarrt, der Kopf leer.

»Geht es Ihnen gut, Schwester?«, fragte Mr Fawcett besorgt. »Es tut mir so leid, Ihnen diese Nachricht überbringen zu müssen. Möchten Sie ein Glas Wasser? Kann ich irgendetwas für Sie tun?«

Flo hörte ihn nicht. Langsam stand sie auf, drehte sich um und verließ auf wackligen Beinen das Büro.

Wie in Trance lief sie geradewegs hinunter zur Promenade, setzte sich auf eine Bank und starrte auf die Linie am Horizont, wo die graue See auf den grauen Himmel traf.

Francis war tot. Die Liebe ihres Lebens, Vater ihrer vier kleinen Kinder. Der Mann, der ihr so viel Glück geschenkt hatte, wie es für eine Frau in ihrer Lage nur möglich war. Tot. Der Schmerz und die Bitterkeit, die seine zweite Heirat in ihr ausgelöst hatte, schmolzen plötzlich dahin unter den Erinnerungen an die Jahre mit ihm. Sein Lachen, seine Locken, seine Musik, seine Freundlichkeit …

Dann versetzte ihr der Gedanke an die Zukunft einen Schlag in den Magen. Keine Zuwendungen mehr. Wovon sollten sie leben? Die schwarze, beinahe in Vergessenheit geratene Angst war wieder da: Wieder hatte sie das scheußliche Gefühl, nackt und hilflos zu sein, wie damals in der Küche in Pillowell, wie damals in der Kirche in Brentwood.

Nein, nein!, schrie es in ihr. Nicht noch einmal!

Sie hätte nicht sagen können, wie lange sie so dort saß –

dann fiel ihr endlich ein, dass sie ja noch das Haus hatte und ihre Einkünfte aus dem Pflegeheim. Doch die würden niemals reichen, um sie alle durchzubringen. Sie würde weitere Pflege übernehmen müssen, wenn sie welche fand, vor allem im Herbst, wenn die Feriensaison zu Ende ging.

Der nahende Sommer jedoch brachte Anfragen künftiger Patienten mit sich. Bald hatte sie wieder zu tun, die Einnahmen hielten sie erst einmal über Wasser, und ihre Sorgen wurden ein wenig leichter. Sie hatte nicht viel Zeit, um die Nachrichten zu verfolgen. Die Tafeln vor dem Zeitungsladen verkündeten Neuigkeiten über die immer stärker werdenden Forderungen der Iren nach einer autonomen Selbstverwaltung ihres Landes, Streiks und das skandalöse Verhalten der Suffragetten. Flo hätte gern mehr über die Suffragetten erfahren, doch sie hatte weder die Zeit noch das Geld, hineinzugehen und eine Zeitung zu kaufen. Und die Nachricht von der Hinrichtung eines ausländischen Erzherzogs durch einen glutäugigen Serben in einem entfernten Ort namens Sarajevo interessierte sie auch nicht weiter.

Ihre Patienten jedoch begannen, sich Sorgen zu machen. Kapitän zur See Tillotson, ein stattlicher Marineoffizier im Ruhestand mit rotem Gesicht und großem weißen Schnurrbart, hatte es sich zur Aufgabe gemacht, Zeitungen zu kaufen und sich beim Frühstück über den Aufruhr auszulassen, den das Attentat in den europäischen Botschaften ausgelöst hatte.

»Österreich wird Vergeltung gegenüber Serbien üben müssen, und das wird den Russen nicht gefallen. Sie werden ihre Truppen mobilisieren, es wird Krieg geben. Und dann hat Deutschland jede Entschuldigung, sich dazuzugesellen.«

Die Frau des Kapitäns, eine blasse, ausgemergelte Dame, die sich von einer beinahe tödlichen akuten Lungenentzündung erholte, rang nervös die Hände. »Liebling, bitte sag so etwas nicht, du machst uns allen Angst.«

Die Bowker-Schwestern am Nachbartisch, zwei unverheiratete Frauen in ihren Vierzigern, sahen mehr als ängstlich aus. »Sie sagen, dass die Deutschen einen Einmarsch planen und dass tausende deutscher Spione nur darauf warten, unsere Brücken und Bahnschienen in die Luft zu jagen. Was soll nur aus uns werden?«, keuchte Agatha, die ältere Schwester, und ließ nervös ihre lange Kette aus schwarzem Bernstein durch die Finger laufen.

»Sorgen Sie sich nicht, Mrs Bowker, der Hunne wird niemals zu uns kommen, das können Sie mir glauben«, beruhigte sie der Kapitän. »Die Marine würde einen solchen Unsinn sofort unterbinden. Wenn England einen Krieg führt, dann kämpfen wir auf dem Kontinent, und das wäre eine gute Sache. Es wird Zeit, dass jemand dem Kaiser eine blutige Nase verpasst, die Deutschen werden langsam größenwahnsinnig.«

»Mein Sohn kann es gar nicht erwarten, sich zu melden«, kam eine tiefe Stimme vom dritten Tisch. Sie gehörte Mrs Robinson, einer großen, liebenswerten, aber außerordentlich hässlichen Witwe aus Wolverhampton mit einem Gesicht, das – wie jedem auffiel, auch wenn niemand es in ihrer Gegenwart aussprach – genauso aussah wie das des kleinen Mopses, den sie immer mit sich herumtrug.

»Er meint, es würde ein großes Abenteuer, doch ich kann nicht behaupten, dass ich seine Begeisterung teile. Er könnte ums Leben kommen.«

Flo, die hereingekommen war, um ihren Patienten ihre mannigfaltigen Dosen von Medikamenten zu geben, blieb stehen. Junge Männer, die sich freiwillig für den Kampf meldeten? Die das Risiko eingingen, ihr Leben zu lassen? Plötzlich wurden die Reden über den Krieg, die ihr noch abstrakter erschienen waren als die Frage der irischen Selbstverwaltung, realer. Was war mit Cyril und Godfrey? Würden sie kämpfen müssen?

Dann übernahm ihr Krankenschwestern-Instinkt, ihre Patienten zu beruhigen. »Ich an Ihrer Stelle würde mir keine Sorgen machen, ich bin mir sicher, es wird sich alles in Wohlgefallen auflösen. Warum gehen Sie heute Nachmittag nicht alle zu dem Konzert an der Strandpromenade? Es ist so ein schöner Tag, der Spaziergang wird Ihnen guttun.«

Im Lauf des Sommers stieg die Anspannung. Flo und Margie setzten sich beim Frühstück zu ihren Gästen, um Kapitän Tillotsons Zusammenfassung der Vorkommnisse des vergangenen Tages zu lauschen. Sogar Frank durfte zuhören. Österreich hatte sich dazu entschlossen, das Attentat zu rächen, Russland rüstete auf, um die Serben zu unterstützen, Deutschland hatte Russland und Frankreich den Krieg erklärt. Dann, im Juli, brach der Damm. Deutsche Truppen marschierten in das neutrale Belgien ein, unterwegs nach Frankreich. Der Premierminister, Mr Asquith, stellte den Deutschen ein Ultimatum: aufhören, oder das Vereinigte Königreich erklärt den Krieg. »Recht so«, erklärte der Kapitän. »Lehrt die Hunnen ihre Lektion.«

Die Bowker-Schwestern waren nahezu hysterisch, ob vor Aufregung oder Angst, konnten die anderen – und auch sie selbst – nicht sagen. »Wir müssen sofort nach Hause«, verlangte Prudence, die jüngere. »Bitte, liebe Schwester Harris, könnten Sie uns schnell unsere Rechnung vorbereiten?«

»Bedenken Sie, dass heute Bankfeiertag ist, vielleicht fahren nicht alle Züge«, wandte Mrs Robinson ein.

»Ich will kämpfen gehen!«, forderte Frank.

»Nichts wirst du tun«, fauchte seine Mutter.

»Sie nehmen dich nicht, Kleiner, du musst achtzehn sein, um zum Militär zu gehen«, sagte Kapitän Tillotson. Frank sah niedergeschlagen aus.

Der Bankfeiertag, so ließ der Kapitän sie wissen, wurde um drei Tage verlängert. Drei Tage! Der Grund war, dass viele Leute ihr Geld abhoben und die Banken eine Krise befürchteten, erklärte er.

Flo hatte kein Erspartes, das sie hätte abheben können.

Am nächsten Morgen erschien der Kapitän nicht zum Frühstück. Er war früh aus dem Haus gegangen, um eine druckfrische Zeitung zu erstehen. Vor dem Zeitungsladen warteten bereits viele zutiefst beunruhigte Menschen. Endlich kamen die Zeitungen, und er kehrte mit den Nachrichten zurück in die Pier Road. »Wir haben Krieg.«

Einige von Flos Freunden und Nachbarn machte die Aussicht auf einen Krieg geradezu euphorisch. In Littlehampton standen die jungen Männer Schlange, um sich freiwillig zu melden. Andere wiederum, vor allem Händler und Pensionsinhaber, hatten Sorge, ob ihre Geschäfte das überstehen würden.

Mrs Robinson war die nächste Patientin, die sich auf den Weg machte. »Es tut mir so leid, Schwester, aber ich muss zurück und meiner verheirateten Tochter zur Hand gehen. Ihr Mann ist in der Armee, und sie beginnen mit der Mobilmachung. Sie wird solche Angst um ihn haben. Aber ich bin sicher, ich komme im nächsten Jahr wieder.«

Ihre Patienten waren nicht die Einzigen, die abreisten. Die Menge der Urlauber auf der Promenade war deutlich kleiner geworden. Der Kapitän jedoch war noch immer in Hochstimmung und genoss seinen täglichen Weg zum Zeitungsladen für die neuesten Nachrichten. Zwei Tage später, als er die jüngsten Entwicklungen darlegte, erwähnte er in einem Nebensatz, dass einundzwanzig deutsche Spione verhaftet und eingesperrt worden waren, direkt nachdem der Premierminister den Krieg erklärt hatte. Flo war fassungslos. Beiläufig fragte sie den Kapitän, ob sie einen Blick in eine seiner Zeitungen werfen dürfe. Es stimmte. Auf Anordnung des Innenministers hatte die Polizei Razzien in Häusern in den wichtigsten Hafenstädten durchgeführt und einundzwanzig Spione festgenommen, darunter eine Frau.

Sie eilte hinauf in ihr Zimmer und schloss sich dort ein, um sich von dem Schock zu erholen. Was für ein Segen, dachte sie, dass sie nicht auf Steinhauers Angebot eingegangen war. Dann wäre sie jetzt vielleicht im Gefängnis. Und würde unter Umständen sogar der Todesstrafe ins Auge sehen!

Es war Frank, der die Boote der Marine entdeckte, die vor der Küste mit irgendetwas beschäftigt waren. Er erzählte dem Kapitän davon. »Was tun sie, Sir?«, fragte er. Der Kapitän lief hinunter zur Pier, um sich selbst ein Bild zu machen, dann ging er ins Büro des Hafenmeisters.

»Sie verlegen Minen. Sie verlegen Minen, damit keine deutschen Schiffe herkommen können«, erklärte er bei seiner Rückkehr.

»Minen, hier?«, japste seine Frau. »Der Krieg kommt hierher?«

Der Kapitän bestand darauf, dass die Minen den Krieg davon abhielten, nach Littlehampton zu kommen, doch sie steigerte sich so in diesen Gedanken hinein, dass sie nicht mehr essen oder schlafen konnte. Sie bekam einen schlimmen Husten und forderte, dass sie sofort abreisten. Der Kapitän hatte keine Wahl.

Flo blieb zurück, ohne Patienten, ohne Zimmerbuchungen und mit vier kleinen Kindern, für die sie sorgen musste. Schweren Herzens bat sie Margie zu gehen.

20. Kapitel

Hauptquartier des Admiralstabs, Königgrätzer Straße 70, Berlin

»Sie sind also wieder da, Steinhauer«, knurrte Kapitän Böhnke, als der Meisterspion die Nachrichten-Abteilung betrat, frisch zurück von einer Reise nach Dänemark. »Machen Sie sich auf etwas gefasst. Hier ist die Hölle los. Sie sollten froh sein, dass Sie am Montag nicht hier waren.«

»Was um alles in der Welt könnte bloß los sein?«, fragte Steinhauer sarkastisch, stellte seine Reisetasche auf den Boden des Kapitänsbüros und nahm seine Mütze ab. »Ich kann es mir überhaupt nicht vorstellen.«

»Ach, weiter nichts«, gab der Kapitän im gleichen Tonfall zurück. »Außer dass Ihr komplettes Netzwerk in England aufgeflogen ist und alle Ihre Agenten ins Gefängnis gesteckt wurden – pünktlich zu Asquith' Kriegserklärung! Außer dass ein komplettes britisches Expeditionskorps aufgebrochen ist, den Ärmelkanal überquert hat und in Frankreich gelandet ist, ohne, dass wir etwas davon wussten – ganz zu schweigen davon, dass wir eine Möglichkeit gehabt hätten, das zu unterbinden. Jetzt muss die Armee ihre gesamten Pläne überdenken. Der Kaiser hat ein Treffen auf höchster Ebene im Kriegsministerium abgehalten. Er war außer sich vor Wut.

Wie ich bereits gesagt habe, war es gut, dass Sie nicht anwesend waren. Er wütete beinahe zwei Stunden lang, nannte uns inkompetent und nutzlos. ›Bin ich von lauter Tölpeln umgeben?‹«, ahmte der Kapitän bellend den Kaiser nach. »›Warum hat mir niemand gesagt, dass wir keine Spione in England haben? Wer trägt die Verantwortung?‹«

»Hat jemand ihm gesagt, dass es der Fehler von Sie-wissen-schon-wem war, der uns nicht mit genügend Geld ausgestattet hat, um einen vernünftigen Geheimdienst aufzubauen?«

»Natürlich nicht. Wir saßen alle da mit langen Gesichtern, haben mit den Füßen gescharrt und darauf gewartet, dass er fertig war. Endlich schloss er mit einem ›Wir brauchen ein Netzwerk aus erstklassigen Spionen in England, Deutsche, auf deren Vaterlandsliebe Verlass ist‹.«

»Als ob das so einfach wäre«, schnaubte Steinhauer. »Ich habe Sie alle seit langer Zeit gewarnt, dass unser Netzwerk in England zusammenbrechen könnte, wenn der Krieg erklärt wird. Das hätte ich auch dem Kaiser gesagt, wenn ich anwesend gewesen wäre – mit dem gebotenen Respekt, selbstverständlich. Ich hätte ihm gesagt, dass man keinen professionellen Geheimdienst in einem anderen Land aufbauen kann ohne ausreichende Mittel. Doch die Leute, auf die er hört«, er senkte die Stimme beinahe zu einem Flüstern, »sind Speichellecker, aufgeblasene, rechthaberische Arschlöcher, die ihm bloß das erzählen, was er hören will. Machen wir uns nichts vor«, fügte er gedankenverloren hinzu, »Seine Majestät hat die Wahrheit noch nie besonders zu schätzen gewusst.

Nun soll ich also diese ›erstklassigen Spione‹ aus dem Hut zaubern, Gott allein weiß wie. Aber es gibt noch ein oder zwei Agenten in England, die nicht festgenommen worden sind, und denen werde ich in die Stiefel helfen. Und wir brauchen einen besseren, sichereren Weg, wie wir an die Informationen kommen.«

»Es hat der Sache nicht geholfen, dass sie alle ihre Berichte an ein paar deutsche Friseure in London geschickt haben«, beschwerte sich der Kapitän. »Denen waren die Engländer lange vor der Kriegserklärung auf der Spur, sie haben nur auf den Moment gewartet, sie alle hochzunehmen.«

»Nun, ich konnte sie die Berichte schlecht an Adressen außerhalb Englands schicken lassen, oder? Das hätte noch mehr Verdacht erregt. Was hätte ich tun sollen? Hätten wir das Geld gehabt, hätten wir Funksender kaufen können – wer weiß, wir hätten vielleicht sogar U-Boote genutzt. Und wir hätten höherwertige Agenten anwerben können.«

»Der Chef wird Sie wissen lassen, dass wir, auf welche Weise auch immer, Leute finden müssen, die nicht nur aus den großen Marinehäfen berichten, sondern auch über weitere Truppenbewegungen über den Ärmelkanal. Das Königreich kann gar nicht anders, als viel mehr Soldaten zum Kämpfen herüberzuschicken, und unsere Armee muss die Zahlen kennen, mit denen sie zu rechnen hat.«

»Ich sehe, was ich tun kann, aber es ist ein wenig spät

jetzt. Sie hätten lange schon über diese Dinge nachdenken sollen. Ist der Chef da?«

»Ja, und er möchte Sie sehen.«

21. Kapitel

Littlehampton 1914

Nachdem ihre Patienten abgereist waren, ging Flo zu Dr. Richards, dem Arzt, der sie damals auf die Idee gebracht hatte, das Pflegeheim zu eröffnen, und schüttete ihm ihr Herz aus. Dr. Richards verstand sie.

»Ich weiß, das sind schwere Zeiten. Ich denke, im Augenblick werden Sie keine eigenen Patienten finden, wir werden ohnehin weniger Urlauber haben und damit auch viel weniger, die der Pflege bedürfen«, sagte er. »Doch wir haben Krieg, ich fürchte, es wird Verwundete geben, und so werden Krankenschwestern sehr gefragt sein. Das Rote Kreuz hat bereits begonnen, ein Krankenhaus hier in Littlehampton aufzubauen, Sie sollten mit der Oberin sprechen. Das Freiwillige Hilfskommando wird ebenfalls eingesetzt – es besteht natürlich zum Großteil aus Freiwilligen, doch sie haben auch einige qualifizierte, bezahlte Krankenschwestern. Es sollte nicht schwer für Sie sein, Arbeit zu finden.«

Hoffnungsfroh machte sich Flo in ihrer frisch gewaschenen und gebügelten Schwesterntracht auf den Weg zur Segelschule, in der Krankenschwestern und Helfer dabei waren, Betten aufzustellen. Der Raum war winzig, nur fünf oder sechs Betten, und sie fragte sich, wie viele

Krankenschwestern hier wohl gebraucht wurden. Die Oberin, eine jüngere, streng aussehende Frau mit einem pferdeartigen Gesicht und dunklem Haar, das unter ihre gestärkte Haube gekämmt war, warf einen Blick auf ihre Tracht und fragte als Erstes: »Wo haben Sie gelernt?«

Flo hatte sich vor dieser Frage gefürchtet, doch sie hoffte, eine gute Antwort parat zu haben.

»Ich habe bei Dr. Alfred Willoughby in Warley bei Brentwood gelernt, und hier bei Dr. Richards; ich habe viel Erfahrung dabei gesammelt, ihre Patienten zu behandeln. Insbesondere habe ich monatelang eine schwindsüchtige Dame gepflegt, die eine Eklampsie entwickelt hat, doch sie hat ein gesundes Kind zur Welt gebracht, und sie hat überlebt. Bis der Krieg ausbrach, habe ich mein eigenes Pflegeheim in der Pier Road geführt. Dr. Richards und Dr. Willoughby würden sicher für mich bürgen.«

»Sie sind also nie in einem Krankenhaus ausgebildet worden?«

»Nein, Ma'am. Als ich anfing, war das nicht üblich, außerdem war mein Mann ganz plötzlich verstorben, und ich musste unverzüglich beginnen zu arbeiten, um meine Kinder ernähren zu können.«

»Nun, ich fürchte, unsere Organisation ist nicht begeistert von Hauskrankenschwestern wie Ihnen«, war die barsche Antwort. »Meine Vorgesetzten sind überzeugt davon, dass viele von Ihnen unseren Stand in Verruf bringen und setzen sich für ein Erfassungssystem ein, nach dem sich nur noch Frauen mit einer richtigen Ausbildung und einem entsprechenden Abschluss Krankenschwester nennen dürfen.« Die Oberschwester schien der Ansicht zu sein, dass sie zu scharf gewesen war, denn sie fuhr etwas milder fort: »Es tut mir leid, Sie haben sicher jede Menge Erfahrung, vermutlich mehr als die Mädchen, die gerade ihre Ausbildung abgeschlossen haben, aber ich kann Ihnen hier keine Arbeit anbieten, es wäre gegen die Regeln.«

Flo war am Boden zerstört. Sie hatte so darauf gehofft, hier eine Anstellung zu finden. Sie ging zurück zu Dr. Richards und bat ihn um eine schriftliche Empfehlung, die sie bei ihrem nächsten Vorstellungsgespräch vorzeigen könnte.

»Ich habe davon gehört, dass es eine große Debatte in der Krankenpflege über Qualifikationen und Registrierungen gibt«, sagte der Doktor. »Aber ich hätte es nicht für möglich gehalten, dass es so weit kommen könnte.« Umgehend setzte er sich an den Schreibtisch und verfasste ein entsprechendes Schreiben, in dem er sich lobend über ihre Fähigkeiten und Erfahrung äußerte. Er reichte ihr den Brief mit den Worten: »Sprechen Sie auch mal mit den Freiwilligen. Viel Glück!«

Im Büro der Freiwilligen herrschte eine vollkommen andere Atmosphäre. Gut gekleidete Frauen mit kultiviertem Tonfall sortierten geschäftig Papiere, Uniformen, Verbandsmaterial und andere Ausrüstung. Lady Grenville, eine ältere Frau in hochgeschlossener Spitzenbluse und grauem Rock, die offensichtlich die Verantwortung trug, war bei weitem sympathischer als die Rot-Kreuz-Oberin.

»Frauen wie Sie suchen wir, Sie haben offensichtlich viel Erfahrung«, sagte sie und lächelte ermutigend, als sie Dr. Richards' Empfehlung las. »Das Rote Kreuz eröffnet Hilfskrankenhäuser und Pflegeheime überall im Land, und wir brauchen dringend Freiwillige.«

»Freiwillige?«, wiederholte Flo beunruhigt. »Ich bin professionelle Krankenschwester.«

Lady Grenville sah wieder auf Dr. Richards' Brief. »Der Doktor sagt aber gar nichts über Ihre Ausbildung. Haben Sie irgendwelche Abschlüsse?«

Flo war gezwungen, das Argument zu wiederholen, das schon beim Roten Kreuz durchgefallen war.

»Meine Liebe, es tut mir wirklich leid, natürlich haben wir bezahlte Krankenschwestern unter unseren Beschäftigten, aber die müssen eine Ausbildung haben. Das sind die Regeln. Was wir brauchen – und Sie wären perfekt geeignet –, sind Freiwillige, die ihnen assistieren, Pflegerinnen, die Verbände wechseln und Ähnliches.«

Flo sank das Herz.

»Lady Grenville, ich bin Witwe und habe vier kleine Kinder, die ich durchbringen muss. Ich kann mir einen Freiwilligendienst nicht leisten, ich brauche eine bezahlte Arbeit.« Sie griff nach ihren Handschuhen und ihrer Tasche und ging, mit Lady Grenvilles besten Wünschen und dem Versprechen, dass sie jederzeit als Freiwillige willkommen sei, sollte sie es sich anders überlegen.

Es mir anders überlegen!, dachte Flo, als ob es so einfach wäre; sie hat ja keine Ahnung.

Alles, was sie noch hatte, war das Geld von ihren letzten Patienten, und das würde kaum länger als ein paar Wochen reichen. Sie wandte sich mit Anfragen an alle Apotheker und Ärzte in der Stadt, doch ohne Ergebnis. Freiwillige, ja, bezahlte Krankenschwestern, nein.

Der Krieg hatte ihr Leben auf den Kopf gestellt. Und nicht nur das ihre. Sie begann, über ihre beiden älteren Söhne nachzudenken, die einberufen werden konnten.

Gott sei Dank ist Godfrey in Australien, dachte sie. Lizzies Brief, in dem sie erfahren hatte, dass Godfrey auf der anderen Seite der Welt leben würde, war ein weiterer schrecklicher Stich ins Herz gewesen – bedeutete es doch, dass sie ihn niemals wiedersehen würde. Sie hatte Lizzie noch am selben Tag telegrafiert, dass sie nach Derby kommen und auf ein Treffen bestehen werde, doch postwendend kam die Antwort, dass es zu spät war. Godfrey war bereits abgereist. Nun war er wenigstens in Sicherheit, tröstete sie sich.

Aber sie machte sich Sorgen um Cyril. Sie musste ihm unbedingt schreiben.

Der Aufwand blieb ihr erspart. Als sie nach Hause kam, war Cyril da, unangekündigt wie immer, und prahlte vor Frank mit irgendetwas.

»Cyril wird Soldat, Mama!«, gab Frank neidisch bekannt.

»Was ist los?«, fragte Flo, deren Herz rascher schlug.

»Ich habe mich freiwillig gemeldet«, sagte Cyril. »Wie viele der Jungs von der London Tramways. Anwerbungsoffiziere von den London Electrical Engineers sind vorbeigekommen und sagten, sie bräuchten ausgebildete

Elektriker. Wir werden Suchscheinwerfer bedienen. Alle hatten großes Interesse.«

Flo setzte sich und versuchte, das Gehörte zu verdauen.

»Heißt das, du wirst in den Krieg geschickt? Wirst du kämpfen müssen?«

»Mach dir keine Sorgen, Ma. Wir haben den Auftrag, die Häfen hier zu verteidigen und nach feindlichen Schiffen Ausschau zu halten. Wir werden riesige Suchscheinwerfen haben, du kannst dir gar nicht vorstellen, wie groß die sind, sie können Schiffe auf dem Meer erfassen, die meilenweit entfernt sind.«

»Dem Himmel sei Dank, dass du nicht in den Kampf ziehst«, sagte Flo, unendlich erleichtert. »Wann geht es los?«

»Wir werden jetzt eingewiesen und in zwei oder drei Wochen in verschiedene Einheiten aufgeteilt. Mit etwas Glück bin ich gar nicht weit weg von hier.«

Spät an diesem Abend kam Cyril nach einem Bier mit ein paar alten Freunden aus dem Pub und fand seine Mutter noch wach über ihren Haushaltsbüchern.

»Du siehst besorgt aus, Ma«, sagte er. »Ist alles in Ordnung?«

»Nein, ist es nicht«, gab Flo zurück. Sie hatte nicht vorgehabt, Cyril mit ihren Kümmernissen zu belasten, doch plötzlich sprudelten ihre Nöte nur so aus ihr heraus.

»Wie du siehst, habe ich keine Patienten mehr im Haus. Und seit Francis' Tod fehlt das Geld an allen Ecken und Enden. Ich habe versucht, Arbeit als Schwester in den

Häusern zu bekommen, die sie für verwundete Soldaten aufbauen, aber sie nehmen nur noch Krankenschwestern mit diesen neumodischen Abschlüssen.«

»Könntest du nicht wieder als Pflegekraft bei jemandem einziehen?«, fragte Cyril.

»Na ja, das könnte ich. Sie werden gesucht, aber wer würde auf die Kleinen achtgeben? Ich könnte sie nicht mitnehmen, und jemanden zu bezahlen, der nach ihnen sieht, würde vermutlich mehr kosten, als ich verdiene.«

»Ich könnte dich unterstützen, aber es würde niemals ausreichen – falls wir beim L. E.E. überhaupt bezahlt werden.«

»Musstest du dich unbedingt freiwillig melden, Cyril? Hättest du nicht bei deiner Stelle als Elektriker bei der London Tramways bleiben können?«

»Hätte ich, aber es wurde irgendwie von uns erwartet. Alle in meinem Alter machen mit. Und außerdem, Ma, dachte ich, es ist besser, dort zu sein und im Land zu bleiben, als vielleicht später einberufen zu werden und auf dem Kontinent gegen die Deutschen kämpfen zu müssen.«

Flo sah ihn an. Das war sehr aufschlussreich, dachte sie. Cyril hatte immer sehr an seinem Großvater gehangen. Sie fragte sich, ob Zachary ihm damals vielleicht geschrieben und vorgeschlagen hatte, er könne für Deutschland spionieren, doch sie zögerte, ihn direkt zu fragen.

»Du warst schon immer ein besserer Schüler von Großvater als ich«, lachte sie. »Du hast sogar mehr Deutsch gelernt als ich. Hat er jemals mit dir über die Möglichkeit eines Krieges gesprochen?«

»Ja, tatsächlich, und er wäre natürlich auf der deutschen Seite gewesen«, antwortete Cyril. »Er hätte gewollt, dass die Deutschen die Macht übernehmen und das Land führen, wie er denkt, dass es geführt werden sollte. Du weißt ja, wie er war.«

»Und was denkst du?«

»Unter uns, ich denke, er hatte recht. Vieles in diesem Land ist morsch. All meine Kumpels sind so patriotisch und so wild darauf, für den König und das Land zu kämpfen, aber warum eigentlich? So viele Leute sind hoffnungslos arm – denk nur an die Mitglieder von Papas Gemeinden. Sogar wer Arbeit hat, kann seine Familie kaum ernähren, während die Reichen ihr Geld spazieren tragen.

Ich weiß, dass viele geschockt sind, dass Deutschland in Belgien einmarschiert ist und Frankreich angreift. Aber Deutschland ist umgeben von Feinden, vor allem Russland und Frankreich, und hätte es nicht angegriffen, wäre es früher oder später selbst angegriffen worden.«

»Ich sehe schon, Großvater muss dir einen ordentlichen Vortrag gehalten haben«, versuchte Flo es ein bisschen nachdrücklicher. »Wollte er, dass du – etwas dagegen unternimmst?«

Cyril schwieg. »Er …«, begann er und stockte.

»Er … was?«

»Na ja, wenn du es unbedingt wissen musst: Er hat mir geschrieben und vorgeschlagen, dass ich etwas in der Richtung tue«, gab er zu.

»Um Himmels willen, Cyril, das darfst du nicht!«, rief Flo. »Es wäre viel zu gefährlich. Du könntest die fürchterlichsten Schwierigkeiten bekommen. Und sag solche Dinge wie eben niemals zu irgendjemand anderem, die Leute sind schrecklich misstrauisch in diesen Zeiten.«

»Natürlich nicht, Mama, ich bin doch nicht dumm. Ich halte einfach den Kopf unten und tue, was mir gesagt wird.«

Es war das längste und offenste Gespräch, das sie je mit Cyril geführt hatte, und sie hatte das Gefühl, dass es sie einander nähergebracht hatte. Cyril war immer schon ein schwieriger Junge gewesen – oder genauer gesagt, er war schwierig gewesen, seit sie ihn in Brentwood in das Kinderheim gegeben hatte und dann in die Chorschule von Westminster. Er hatte keine einfache Kindheit gehabt, war von einem Ort zum anderen geschoben worden, das musste sie zugeben. Die vier jüngeren Kinder hatten viel fröhlichere, sonnigere Naturen. Sie war ziemlich sicher, dass er zu vernünftig war, um den Wünschen seines Großvaters Folge zu leisten.

22. Kapitel

Enoggera-Baracken, Brisbane, Australien

»Was ist dein Beruf, Kumpel?« Der Anwerber musterte eingehend den jungen Farmer, der den Kopf der langen Schlange aus Freiwilligen erreicht hatte, die anstanden, um mit der neugebildeten Australian Imperial Force in den Krieg zu ziehen.

»Ich war Büchsenmacher in England«, antwortete Godfrey. »Jetzt bin ich Landwirt.«

»Wann sind Sie hergekommen?«

»Vor zwei Jahren.«

Geburtsort und -datum, Erfahrungen beim Militär, falls vorhanden, Vorstrafen, falls vorhanden, Religionszugehörigkeit? Der Mann ratterte mechanisch seine Fragen herunter. Dann: »Nächste Angehörige?«

Godfrey schwieg.

»Vater? Mutter?« Der Funktionär wurde ungeduldig.

»Keine Mutter. Mein Vater ist vor kurzem nach Kanada emigriert, und ich weiß nicht, wo er ist.«

»Wen soll ich dann aufnehmen?«

»Schreiben Sie Kapitän Angus Sinclair, Prospect Terrace, Brisbane. Er ist mein Onkel.«

Nun ja, so eine Art Onkel, sagte er sich später, als er erneut in einer Schlange stand, diesmal für die medizinische Untersuchung. Sinclair, der Kapitän eines Verteidigungsschiffes der Marine in Queensland gewesen war, als diese noch in den Kinderschuhen steckte, war verschwägert mit Jack Norton, Tante Emilys Ehemann. Der Kapitän, sein einziger Kontakt in Australien, hatte ihm bei seiner Ankunft einen herzlichen Empfang bereitet, ihn in seine Familie aufgenommen und ihm dabei geholfen, sich in Milmerran niederzulassen, etwa zweihundertfünfzig Kilometer westlich von Brisbane. Er würde bestimmt nichts dagegen haben, als naher Verwandter bezeichnet zu werden.

Flo hatte die Lage falsch eingeschätzt: Zwar befand Godfrey sich auf der anderen Seite der Welt, aber trotz seines sehnlichen Wunschs, in Australien ein neues Leben zu beginnen, fühlte er doch wie viele Siedler eine starke Verbindung zum »alten Land«, und als der Krieg erklärt wurde, entschied er, ohne zu zögern, sich für den Kampf zu melden. Sich freiwillig zu melden, löste jedoch auch ein Problem für ihn: Der Ackerbau machte ihm Spaß, aber nach einer Weile musste er zugeben, dass es nicht gut lief. Es fiel ihm schwer, sich an das heiße Klima in Queensland zu gewöhnen, und in seiner Unerfahrenheit hatte er viele Fehler gemacht und Geld verloren. Zurückhaltend, wie er war, scheute er sich, die Nachbarn um Rat zu fragen. Sich zu melden bedeutete, dieses Problem fürs Erste zu vertagen.

Aufgrund seiner Ausbildung als Büchsenmacher wurde er sofort zum Waffenmeister ernannt, und drei Monate später befand er sich auf einem Truppentransporter auf dem Weg nach England für eine Übung auf Salisbury Plain. Doch unterwegs änderten sich die Pläne, und die

Queenslander gingen im ägyptischen Alexandria von Bord, fuhren mit dem Zug nach Kairo und marschierten in die Wüste, wo in aller Eile ein großes Camp errichtet wurde. »Du wirst es nicht glauben, Tante Lizzie«, schrieb er ein paar Tage später, »wenn ich aus unserem Zelt schaue, sehe ich die Pyramiden von Gizeh und die Sphinx. Sie sind unglaublich! Soldat werden und die Welt sehen! Das Training hier ist wirklich hart, meilenweit durch den Sand marschieren, mit voller Ausrüstung und schweren Rucksäcken, Gräben buddeln, Angriffe üben, sechs Tage die Woche. Und es ist heiß. Eine Menge Neuseeländer sind zu uns gestoßen, wir können es nicht erwarten, in den Kampf zu ziehen!«

Doch Godfrey wurde bald enttäuscht, als ihm dämmerte, dass er trotz all des Trainings nicht am Kampf beteiligt sein würde. Als Waffenmeister würde er mit der Beschaffung, Verteilung, Pflege und Reparatur von Pistolen und Gewehren befasst sein, und das zumeist im Hauptquartier. Er lernte alles über die Verwaltung von Lagerbeständen und Ausrüstung, doch er war zutiefst frustriert. Seine Hoffnung lebte wieder auf, als sie den Befehl erhielten, erneut auf ein Schiff zu gehen – nicht Richtung Europa, wie sie erwartet hatten, sondern nach Gallipoli in der Türkei. Ihre Mission war es, die australischen und neuseeländischen Truppen zu verstärken, die an der Seite des Königreiches kämpften, um die strategisch wichtige Halbinsel und damit die Dardanellen unter ihre Kontrolle zu bringen, die Meerenge, die den Kriegsschiffen ihrer russischen Verbündeten die Zufahrt vom Schwarzen Meer ins Mittelmeer ermöglichen würde.

Hier wurde er für den Nachschub abgestellt – eine weitere Enttäuschung, auch wenn er bald herausfand, dass das beinahe so gefährlich war, wie oben auf den felsigen Bergkämmen zu kämpfen. Kiste um Kiste mit Granaten, Handgranaten, Munition nahm er in Empfang, verstaute und verteilte er, oft genug mitten in der Nacht, meist unter betäubendem Artillerie-, Gewehr- und Heckenschützenfeuer und stets in dem Wissen, dass eine einzige Panne alles in den Himmel pusten konnte, ihn eingeschlossen. Das war also Krieg – der widerwärtige Gestank verwesender Leichen, die Fliegenschwärme, der Durst, die Krankheiten, die Gräber, der Schlafmangel, die unzureichenden und kaum genießbaren Essensrationen. Nach ein paar Monaten durfte er endlich zu seiner Einheit, und in den Fußstapfen eines Führers schleppte er seinen Seesack und seinen Werkzeugkasten halsbrecherische Ziegenpfade hinauf und durchquerte Labyrinthe von Schützengräben, bis er endlich bei ihr ankam.

Sie hatten sich verändert, seit sie in einem Hagel türkischen Gewehrfeuers hier angekommen waren. Die Haut verbrannt zu einem dunklen Leder, die armseligen Rationen und wiederholte Durchfälle hatten sie ausgezehrt. Sie waren widerstandsfähige Soldaten geworden, aber sie waren müde und desillusioniert nach den bitteren Kämpfen in der prallen Sonne, die die Alliierten am Ende nirgendwohin gebracht hatten. Godfrey wurde schnell klar, dass er hier nur noch eine Handvoll Männer kannte, viele seiner jungen, eifrigen Kameraden aus Queensland waren von türkischen Kugeln oder Bajonetten gefällt worden.

Der Herbst war da. Die Kämpfe hatten ein wenig nachgelassen, doch Godfrey war immer noch damit beschäftigt, ihre verklemmten oder zerbrochenen australischen Lee-Enfield-Gewehre, Bajonette und Pistolen zu reparieren. Der Schmutz, die Fliegen, der Matsch, die Kälte, die ständigen Sperrfeuer machten das Leben an der Front in Gallipoli noch schlimmer als das an den ungeschützten Stränden.

Der Horror und die Vergeblichkeit dieser Schlacht wurden schließlich in London bemerkt, und zum Ende des Jahres, voll Trauer um die toten Kameraden, die sie zurückließen, doch auch mit unermesslicher Erleichterung, kam der Moment, in dem sie sich bei Nacht und Nebel davonstehlen und auf die wartenden Schiffe schleichen durften. Niemand konnte sich vorstellen, als sie zurück nach Ägypten segelten, dass die Hölle, die sie in Gallipoli zurückgelassen hatten, nichts war im Vergleich zu dem, was sie in Frankreich erwartete.

23. Kapitel

Littlehampton 1914

»Sie machen Witze, Mr Meadows. Acht Pence für einen Laib Brot? Das ist fast doppelt so viel wie letzte Woche!« Flo war erbost.

Mr Meadows, der Bäcker, suchte kurz nach Worten, dann erwiderte er: »Es ist Krieg, Schwester. Das Mehl ist knapp. Ich muss viel mehr dafür zahlen als vorher.«

»Unsinn!«, brüllte eine große Dame, die neben Flo stand. »Der Stadtrat hat uns versprochen, dass es ausreichend Vorräte für Monate gibt – vielleicht sogar, um uns durch den kompletten Krieg zu bringen. Sie wollen doch nicht, dass wir Sie der Wucherei verdächtigen, Mr Meadows?«

Mr Meadows bekam einen roten Kopf und machte einen Schritt zurück, als habe ihn etwas getroffen.

»Sie wissen, dass ich so etwas nie tun würde, Mrs Barlow. Viele Ladenbesitzer müssen jetzt die Preise anheben.«

»Und profitieren damit vom Krieg«, setzte die respekteinflößende Mrs Barlow ihren Angriff fort. »Es ist ein Skandal. Wir müssen mit dem Stadtrat sprechen.«

Sie, Flo und zwei weitere Kundinnen verließen das Geschäft und fanden sich draußen zu einem kleinen Knäuel der Entrüstung zusammen.

»Sie haben recht, Mrs Barlow, sie profitieren. Es ist himmelschreiend«, sagte eine der Frauen. »Und was mich so wütend macht, ist, dass Leute mit Geld haufenweise Lebensmittel horten, falls es später Knappheiten geben sollte. Was bedeutet, dass für uns nichts übrig bleibt.«

»Das muss aufhören«, erklärte Mrs Barlow. »Ich werde mit dem Bürgermeister sprechen.« Sie stürmte Richtung Rathaus davon.

Die vierte Frau, Sally Hines, war Witwe und betrieb eine Pension. Wie Flo war sie durch das Ausbleiben der Gäste in finanziellen Schwierigkeiten.

»Es wird nichts bringen, sich zu beschweren«, sagte sie zu Flo, als die beiden sich auf den Rückweg in die Pier Road machten. »Wir haben dem Rat gesagt, dass wir nicht länger ohne Gäste zurechtkommen, und sie behaupten, der Stadtdirektor habe dem Kriegsministerium geschrieben und vorgeschlagen, dass Soldaten in den Pensionen hier kaserniert werden könnten. Nicht das Gleiche wie Urlauber natürlich, aber besser als nichts. Aber nichts ist passiert. Die Armee hat sich für andere Küstenstädte entschieden.«

»Ich weiß einfach nicht, was ich tun soll«, vertraute Flo ihr an. »Ich muss für vier heranwachsende Kinder sorgen.«

Sie verzweifelte langsam. Alle schienen sich sicher zu sein, dass der Krieg in wenigen Monaten vorbei wäre, spätestens Weihnachten, doch sie hatte sich ausgerechnet, dass das Geld von ihren Gästen und das wenige, das sie nun mit pflegerischen Aufgaben verdiente, nicht einmal so lange ausreichen würde. Es brach ihr das Herz, als sie das goldene Medaillon, das Darnley ihr geschenkt hatte, zum Pfandhaus trug. Sie wusste, sie würde es wohl nie auslösen können. Der Erlös brachte sie kaum durch eine Woche. Sie schickte Frank nach der Schule mit einem Freund zum Fischen, und die beiden brachten tatsächlich ein paar kleine, aber hochwillkommene Fische nach Hause. Doch dann mussten sie das Ruderboot verkaufen, und die Fische, die die Jungs vom Flussufer aus fingen, waren weniger und noch kleiner.

Unter der Anleitung ihres Nachbarn hatte sie ihren Garten umgegraben und Gemüse gepflanzt, aber es war schon zu spät im Jahr, als dass noch viel dabei abfiel, und es war ein magerer Trost, als Frantzen ihr versicherte, im folgenden Jahr würden die Erträge großartig sein.

»Nach all diesen Jahren bin ich wieder da, wo ich mit Josiah war«, quälte Flo sich, wenn sie nachts schlaflos lag, ihr Kissen und Taschentuch nass vor Tränen. Nie waren sie wohlhabend, doch sie war sicher gewesen, dass sie und ihre Kinder nie wieder würden hungern müssen.

Im September wurde zu ihrem Entsetzen die kleine Joanna krank. Ihr Hals war schrecklich entzündet, sie hatte Fieber und einen leuchtend roten Ausschlag am ganzen Körper und im Gesicht. Waren es Masern, Windpocken oder gar Scharlach, der furchtbare Killer? Flo legte sie in eins der Gästezimmer und verbot den anderen, zu ihr zu gehen. Sie versuchte, ihr ein paar Schlückchen Suppe aufzuschwatzen, doch das Kind stieß sie von sich. Als Joanna am zweiten Tag kaum noch bei Bewusstsein war, fällte Flo einen Entschluss. Sie musste Dr. Richards anrufen.

»Scharlach, Schwester«, lautete das unerbittliche Urteil. Er brauchte ihr nicht zu erzählen, wie viele Kinder jedes Jahr an der gefürchteten Krankheit starben.

»Es gibt ein Serum, das sich in vielen Fällen als wirksam erwiesen hat«, fuhr der Doktor fort. »Aber jetzt im Krieg weiß ich nicht, ob es möglich sein wird, es zu beschaffen, und selbst wenn, wird es sehr teuer sein.«

»O bitte, Doktor, versuchen Sie es«, flehte sie. »Bitte, bitte versuchen Sie es.« Flo wusste nicht, wie sie dafür bezahlen sollte, doch um das Leben des Kindes zu retten, würde sie sogar das Haus verkaufen.

Der Doktor versprach, zu tun, was er konnte, und nach zwei angstvollen Tagen kam endlich die erlösende Nachricht.

Das Serum half, und Dr. Richards erklärte Joanna für außer Gefahr, doch sie war noch sehr krank, und er warnte, dass der Genesungsprozess lang und schwierig sein würde. Er verlangte kein Geld für seine Dienste, aber das Serum kostete beinahe alles, was Flo noch hatte.

In dieser Nacht träumte sie, dass sie Mr Fawcett von der Bank um einen Kredit anflehte, den sie jedoch nicht zurückzahlen konnte, und im nächsten Moment fand sie sich in einem Schuldnergefängnis wieder. Sie musste das Haus verkaufen, sie und die Kinder schliefen nun unter einer Brücke. Sie hatte einen Job in einer Fabrik angenommen, und als sie von der Arbeit kam, waren alle Kinder verschwunden. Als sie erwachte und die Realität sie einholte, schien sie ihr beinahe so bedrohlich wie der Traum. Flo setzte sich auf, schlüpfte in ihre Hausschuhe, ging hinunter in die Küche und öffnete die Hintertür, um ein wenig Luft hereinzulassen. Sie trank ein Glas Wasser, füllte es noch einmal und setzte sich an den Tisch.

Alles, was ihr noch blieb, war das Haus. Sie könnte versuchen, es zu verkaufen – aber wer würde in diesen Zeiten ein Haus kaufen? Der Krieg hatte das Leben auf den Kopf gestellt. Viele Männer waren weg, die Leute hatten wenig Geld. Und was würde geschehen, wenn der Erlös aus dem Hausverkauf aufgebraucht war? Nein, beschloss sie, die Pier Road 31 war ihr Fels, ihr Anker, die einzige Konstante in ihrem Leben. Und es war nicht bloß ihr Zuhause, es konnte auch wieder eine Einkunftsquelle sein, wenn jemals wieder Normalität einkehrte.

Stundenlang saß sie da und zerbrach sich den Kopf. Das erste Tageslicht fiel bereits durch die Hintertür, als sie schließlich aufstand und den Zettel mit der Adresse, den Steinhauer ihr gegeben hatte, hinter der Uhr auf dem Kaminsims hervorfischte. Dabei fiel ihr Blick auf die ausgeblichenen Sepiatöne der Fotografie ihrer Mutter. Sie betrachtete das Bild einen Moment lang. »Ich habe keine Wahl, Mama«, sagte sie. »Was hättest du getan?«

Sie nahm ein Blatt Papier, Feder und Tinte und begann zu schreiben.

24. Kapitel

Als sie am folgenden Tag vom Postamt zurückkam, sah sie schon aus der Ferne vier oder fünf Polizisten, die vor ihrem Haus zu stehen schienen. Besorgt ging sie schneller und war erst einmal erleichtert, als sie feststellte, dass sie nebenan bei den Frantzens waren. Doch dann sah sie zu ihrem Entsetzen, wie Klaus Frantzen abgeführt wurde. Sie rannte hin und griff einen der Polizisten am Arm. »Was tun Sie da? Das ist Klaus Frantzen, der Juwelier. Sie kennen ihn! Sie können ihn nicht mitnehmen.«

»Sorry, Ma'am.« Dem Polizisten schien die Sache unangenehm zu sein. »Wir haben unsere Befehle. Ausländerverfügung. Feindliche Ausländer müssen interniert werden. Er kann Beschwerde einlegen, aber fragen Sie mich nicht, bei wem.«

June Frantzen stand in der Tür und weinte bitterlich. Flo ging zu ihr und nahm sie tröstend in den Arm. »Wir holen ihn zurück. Das ist doch albern! Kommen Sie.« Sie schleppte June auf eine ermüdende Tour durch Büros, zur Polizei, ins Rathaus und in das örtliche Hauptquartier der Armee, aber niemand konnte ihnen helfen. Zumindest brachten sie in Erfahrung, dass Klaus mit ziemlicher Sicherheit in ein Camp bei Frimley in Surrey gebracht worden war und dass June ihm vermutlich Kleidung und Essen bringen oder schicken konnte.

Junes Bruder, ein wohlhabender Unternehmer in Littlehampton, hatte ein offenes Lagonda-Automobil, und am nächsten Tag machten sie sich zu dritt auf die Achtzig-Kilometer-Reise nach Frimley, mit einem Koffer warmer Sachen und Decken und einer Tasche voll mit Klaus' Lieblingsschokolade und -keksen. Als sie kurz vor Frimley Frith Hill hinauffuhren, trauten sie ihren Augen nicht. Furchteinflößende Stacheldrahtzäune, mit Wachen, die auf Aussichtsplattformen postiert waren, umgaben ein riesiges Areal Heidelandschaft, Menschen liefen zwischen zahllosen Reihen weißer Zelte, Hütten und Lagerfeuern hin und her. In einem Bereich sahen sie Männer in Militäruniformen, offensichtlich deutsche und österreichische Kriegsgefangene, während in einem anderen Teil die Insassen Zivilkleidung trugen, viele von ihnen standen am Zaun und sprachen mit den Leuten, die sich zahlreich um das Areal herum versammelt hatten. »Wie furchtbar. Es sieht aus wie ein Zoo!«, sagte Flo zu June, als sie zu ihnen hinübergingen, um nach einem Klaus Frantzen zu fragen. Ein junger Mann, der noch wenige Tage zuvor Kellner in Camberley gewesen war, rannte los und fand ihn. Winkend rief Frantzen ihnen zu, sie sollten seine Sachen zum Eingang bringen, wo man sie hinüberreichen konnte.

Ein freundlicher Aufpasser erlaubte ihnen, nach einem flüchtigen Blick in Koffer und Tasche, sich zu unterhalten. Frantzen wollte seine Frau beruhigen. »Ich muss sagen, ich fühle mich hier sicherer als in Littlehampton in den letzten Wochen«, witzelte er. »Es ist ein bisschen wie im Pfadfinderlager, wenn ich jünger wäre, würde es richtig Spaß machen. Die anderen in meinem Zelt sind gute Typen. Hans Schwarz ist da – ihr wisst schon, der Doktor – und ein paar Musiker. Wir hoffen, sie spielen für uns, wenn sie sich ihre Instrumente schicken lassen können. Aber wenn das Wetter schlechter wird, werden wir es hier nicht mehr so gut haben.«

»Aber wann lassen sie euch wieder raus?«, sorgte sich June.

»Ich habe schon einen Antrag gestellt, und du musst auch einen stellen, Liebling. Hier ist die Adresse«, sagte er und kramte in seinem Geldbeutel. »Hör zu: vierzig Jahre Wohnsitz, mit dir verheiratet, ein Sohn bei der Marine. Aber der vielleicht wichtigste Punkt – nicht vergessen – ist mein Alter. Sie internieren nur Leute bis fünfundfünfzig, und ich bin vierundfünfzig, wenn also alles nichts bringt, dann werde ich spätestens zu meinem nächsten Geburtstag …« Er hielt beide Hände mit gekreuzten Fingern in die Höhe.

»Aber der ist erst im Mai«, jammerte June. Währenddessen wurde eine lange Kolonne Kriegsgefangener an ihnen vorbei in das Camp geführt, und in dem Durcheinander wurden die drei aufgefordert zu gehen.

»Warum bloß?«, wurde June nicht müde zu klagen, während sie zurück nach Littlehampton fuhren. »Klaus liebt England. Er hat nichts falsch gemacht. Warum? Warum? Warum?«

25. Kapitel

»ANFRAGE EINZELZIMMER FÜNF NÄCHTE AB DIENSTAG 30STEN STOP HURST«

»Die Antwort ist bezahlt«, sagte der Junge vom Telegrafenamt, der endlich Feierabend machen wollte.

»Einen Augenblick«, bat Flo, schrieb »BUCHUNG BESTÄTIGT« auf sein Formular und gab ihm eine Münze.

Er kam also. Steinhauers Mann. Flo graute es, doch es war ihre einzige Hoffnung.

»Mama, da ist ein Herr für dich«, rief Frank durch die offene Tür. Die drei älteren Kinder hatten auf den Stufen vor dem Haus gespielt, als ein hochgewachsener Mann mit weißem Haar und Schnurrbart die Straße heraufkam und fragte, ob hier Mrs Harris lebe.

»Peter Hurst, guten Tag«, stellte er sich Flo vor, als sie sich an der Tür trafen. »Sind das Ihre Kinder?«

Flo spürte sofort, dass er nicht bloß aus Höflichkeit fragte, doch sie antwortete mit einem Lächeln: »Ja, das hier ist Frank, das Mollie, und das ist Prue.« Die Mädchen standen auf und knicksten. »Meiner Jüngsten, Joanna, geht es nicht gut im Augenblick. Lassen Sie mich Ihnen Ihr Zimmer zeigen.«

Aus der Nähe konnte sie sehen, dass der Mann jünger war, als sein weißes Haar ihn auf den ersten Blick erscheinen ließ. Er hatte blaue Augen, glatte Haut und war offensichtlich einmal sehr blond gewesen. Er war viel direkter als Steinhauer. Sobald die Kinder außer Hörweite waren, sagte er: »Wir müssen reden. Aber wir müssen wirklich unter uns sein.«

»Gegen halb acht sind die Kinder im Bett. Möchten Sie hier zu Abend essen oder lieber auswärts?« Zu ihrer großen Erleichterung sagte er, er wolle sich ein wenig in der Stadt umsehen und einen Ort zum Essen finden. Ihre Speisekammer war so gut wie leer, genau wie ihr Geldbeutel.

»Ich bin sehr froh, dass Sie sich endlich gemeldet haben«, begann Mr Hurst. Die Kinder lagen sicher in ihren Betten, und sie saßen am Küchentisch, genau wie damals mit Steinhauer.

»Von Gustav Steinhauer weiß ich, dass Sie an einem wunderbaren Ort leben, um uns behilflich zu sein, und dass Ihre Schwesterntracht und Ihre Tätigkeit als Pflegerin Ihnen ein erstklassiges Alibi geben.« Irgendetwas war seltsam an seiner Sprache, dachte Flo. Sie war perfekt und fehlerlos, aber irgendwie nicht ganz englisch.

»Sind Sie Deutscher?«, fragte sie.

»Sagen wir, ich bin Däne«, antwortete er ausweichend. Er sah mit Sicherheit skandinavisch aus. Er war sehr charmant, doch sie spürte, dass es ein Charme war, den er an- und ausknipsen konnte, wie es ihm passte. Da war etwas in seinen kalten blauen Augen und in seiner Stimme, das einen eisernen Willen vermuten ließ.

»Aber ich habe in meiner Jugend viele Jahre hier verbracht. Deshalb hat Steinhauer mich gebeten zurückzukommen: Ich kenne das Land und die Leute. Offiziell bin ich Handlungsreisender einer dänischen Bierfirma, das macht es mir möglich, mich hier frei zu bewegen, ohne Misstrauen zu erregen.

Ich weiß, dass Sie deutsches Blut haben und dem Vaterland wohlgesinnt sind. Sind Sie sicher, dass Sie mit uns arbeiten wollen? Sie müssen nichts Gefährliches tun, nur ein paar Informationen sammeln, für organisatorische Zwecke. Wären Sie bereit, einen Treueeid auf den Kaiser zu schwören?«

»Zuerst würde ich gern ein bisschen mehr darüber hören, was ich tun müsste«, sagte Flo, ein wenig stolz auf ihre neugefundene Vorsicht.

»Sicher, Ma'am. Sehen Sie, wir …« In diesem Moment öffnete sich die Haustür, und eine Männerstimme rief: »Hallo, ist jemand zu Hause? Ich bin zurück!« Cyril!

Schritte kamen näher. Cyril erschien in der Küchentür und präsentierte eine brandneue khakifarbene Uniform. Flo sank das Herz.

»Freust du dich gar nicht, mich zu sehen?«, fragte Cyril, ein wenig irritiert, dass man ihm nicht den Empfang bereitete, den er erwartet hatte. »Was ist hier los?« Misstrauisch sah er in die Runde.

Flo stand auf und küsste ihn. »Cyril! Ich habe nicht mit dir gerechnet. Und diese Uniform – heißt das, du bist jetzt in der Armee?« Dann besann sie sich auf ihre Manieren: »Mr Hurst, darf ich vorstellen, das ist Cyril, mein ältester Sohn. Cyril, das ist Mr Hurst, unser – neuer Gast.«

Ihr Besucher, der merklich ungehalten auf die Unterbrechung reagiert hatte, schien plötzlich wieder voll da. Er sprang auf, schüttelte Cyril die Hand und betrachtete voller Bewunderung seine Uniform. »Welches Regiment?«, fragte er und schielte auf die Schulterklappen.

»Kein Regiment – die London Electrical Engineers«, antwortete Cyril. »Eine Freiwilligeneinheit. Viele von der Straßenbahngesellschaft haben sich gemeldet. Wir werden als Spezialisten für Suchscheinwerfer ausgebildet. Meine Einheit wird nach Dover verlegt, um nach feindlichen Schiffen Ausschau zu halten.«

»Nach Dover! Ist das wahr?«, rief Hurst begeistert. »Das ist großartig! Wann gehen Sie?«

»Übermorgen«, sagte Cyril. »Ich wollte dir bloß Bescheid geben, Mama, und ein paar Sachen holen. Ich sage dir, wie du mich erreichen kannst. Morgen früh muss ich zurück.«

Alle Aufmerksamkeit des Besuchers ruhte auf Cyril. Während Flo ihm eine Tasse Tee machte und zwei Scheiben Brot mit Margarine als Abendessen, begann Hurst, ihn mit Fragen zu löchern, doch plötzlich stöhnte Cyril auf und schlug sich vor die Stirn. »Entschuldigung, aber mir ist gerade wieder eingefallen – wir dürfen gar nicht darüber sprechen. Es ist geheim. Ich hätte Ihnen nicht einmal erzählen dürfen, dass ich nach Dover geschickt werde. Bitte sagen Sie es niemandem, sonst bekomme ich Schwierigkeiten.«

Hurst war still geworden und beobachtete Cyril, der sein dürftiges Abendbrot aß. »Er bemerkt genau, dass wir so gut wie nichts zu essen haben«, dachte Flo.

Sie hörten aufgeregte Kinderstimmen von oben.

»Kannst du nachsehen, was los ist, Cyril?«, fragte Flo. »Ich hoffe, Joanna ist nicht aufgewacht. Ihr geht es nicht gut, weißt du.«

Als Cyril hinaufgegangen war, flüsterte Hurst Flo zu: »Steinhauer hat mir nichts von Ihrem Sohn erzählt. Eine Suchscheinwerfer-Einheit – und auch noch in Dover! Meinen Sie, er würde mit uns zusammenarbeiten? Überlegen Sie es sich, wir könnten Ihnen das Doppelte zahlen«, fügte er mit einem Blick auf Cyrils leeren Teller hinzu.

Flo wusste nicht, was sie sagen sollte. Sie hatte Angst um Cyril, mehr noch als um sich selbst. Aber auf der anderen Seite war da das Geld … »Da müssen Sie ihn fragen«, antwortete sie unverbindlich.

Cyril kam zurück. »Eine Fledermaus hatte sich auf den Dachboden verirrt, sie hatten Angst. Ich habe sie hinausgescheucht, und sie haben sich beruhigt.« Er setzte sich wieder an den Tisch.

»Cyril, darf ich«, begann Hurst. »Ich verspreche, Ihr Geheimnis ist bei mir in guten Händen. Doch im Gegenzug möchte ich, dass auch Sie ein Geheimnis bewahren, das ich Ihnen jetzt erzählen werde.«

»Ja, natürlich«, antwortete Cyril zögernd.

»Ich bin hier mit einer besonderen Mission aus Deutschland. Ich denke, Ihr Großvater wird Ihnen beigebracht haben, dass die Deutschen nicht die Monster sind, zu denen sie die Journaille und gewisse Propagandisten machen. Wir sind eine großartige und kultivierte Nation, sehr fortschrittlich in Wissenschaft und Technologie und werden zu einer großen Weltmacht, die es mit dem Königreich aufnehmen kann. Wir haben keine andere Möglichkeit, als diesen Krieg zu kämpfen, auch wenn wir es lieber nicht täten. Jeder, der uns hilft, trägt dazu bei, dass früher wieder Frieden einkehrt, und ich bitte Sie, uns bei diesen Bemühungen zu unterstützen. Wenn alles vorbei ist, das kann ich Ihnen versichern, werden unsere Helfer als Helden verehrt werden und eine glorreiche Zukunft haben.

Ihre Mutter hat zugestimmt, mit uns zu arbeiten, und wir haben eine wichtige Rolle für sie im Kopf. Sie werden Zugang zu militärischen Informationen haben – werden Sie sich ihr anschließen und dabei helfen sicherzustellen, dass dieser Krieg so schnell und schmerzlos vorbeigeht wie möglich?«

Cyril starrte auf den Tisch und schwieg.

»Ich kann Ihnen versichern, dass Sie beide mit einer hübschen Summe entlohnt werden.«

Cyril stellte die Beine nebeneinander und überkreuzte sie wieder. Langsam, den Blick nach wie vor auf die Tischplatte geheftet, begann er: »Ich habe kein Problem damit, für Deutschland zu arbeiten. Ich bin stolz darauf, dass meine Mutter und ich deutsches Blut haben. Aber Sie schlagen mir vor, ein Spion zu werden, nicht wahr?« Cyrils haselnussbraune Augen trafen Hursts kalte blaue, ohne zu blinzeln. »Sie wissen, dass ich als Soldat vor das Militärgericht gestellt und erschossen werden kann.«

Flo schnappte nach Luft. »Dann darfst du das nicht tun, Cyril. Auf keinen Fall.«

»Keine Sorge. Es ist absolut sicher, niemand wird je davon erfahren«, bemühte sich Hurst, sie zu überzeugen.

»Sie müssen wissen, dass die englischen Obrigkeiten davon ausgehen, unser Netzwerk zerstört zu haben, indem sie bei Kriegsbeginn einundzwanzig Mitglieder festgenommen haben. Sie ahnen nicht, dass einige von uns noch immer aktiv sind und dass wir bald mehr sein werden.

Außerdem haben wir aus den Fehlern gelernt. Unsere Methoden haben sich stark verbessert. Steinhauer, unser Boss, hatte alle gebeten, ihre Berichte an bestimmte Mittelsmänner zu schicken, und hat sich dann gewundert, wieso sie hochgenommen wurden. Meine Leute machen das nicht. Cyril, für den Anfang würde ich darauf bestehen, dass Sie ab jetzt keinen direkten Kontakt mehr zu mir haben, sondern dass Sie alle Informationen, die Sie bekommen, mündlich Ihrer Mutter weitergeben. Schreiben Sie niemals etwas auf. Niemand kann wissen oder auch nur ahnen, was zwischen Mutter und Sohn besprochen wird.«

»Aber Dover ist weit weg von hier. Wie oft würde ich überhaupt nach Littlehampton kommen?«, wandte Cyril ein.

»Nun, das bringt mich zu meinem Plan für Ihre Mutter, der ausgezeichnet mit Ihrem zusammenpasst. Was für ein erstaunlicher Glücksfall! Sehen Sie, Ma'am, ursprünglich hatten wir vor, Sie über Schiffsbewegungen von Littlehampton Richtung Frankreich berichten zu lassen – Waffen, Munition, Versorgung im Allgemeinen. Doch meine Runde durch den Hafen heute Nachmittag hat meinen Verdacht bestätigt, dass ein Außenseiter – vor allem, weil das Hafengebiet zur militärischen Sperrzone erklärt worden ist – wohl kaum an Informationen darüber kommen würde, was die Fracht enthält, die direkt von den Zügen auf die Schiffe geladen wird. Dafür bräuchten wir einen Insider.

Nein. Was Berlin am dringendsten wissen muss, ist die Anzahl der Soldaten, die zum Kämpfen über den Ärmelkanal geschickt werden. Und einer der Häfen, die dafür hauptsächlich genutzt werden, ist Folkestone. Wie weit ist das von Dover? – Keine zwanzig Kilometer, denke ich. Es sollte nicht schwierig für Sie beide sein, sich zu treffen.«

»Folkestone!« Flo schnappte nach Luft. »Ich soll nach Folkestone gehen? Wo soll ich wohnen? Und was ist mit den Kindern?«

»Dazu wollte ich als Nächstes kommen«, gab Hurst zurück. »Aber es ist spät geworden. Ich schlage vor, dass ich zuerst Cyril Anweisungen gebe, auf was er achten soll, was wir wissen müssen, wie er vorsichtig sein kann und so weiter. Und morgen besprechen wir, was Ihre Aufgabe sein wird.«

Während er und Cyril sprachen, ging Flo nach oben, um nach Joanna zu sehen. Die Stirn des kleinen Mädchens war etwas kühler, doch sie sah so blass, dünn und krank aus, dass Flo in Tränen ausbrach.

»Was sollen wir nur tun?«, flüsterte sie verzweifelt und streichelte zärtlich den Arm des Kindes. »Wie kann ich euch bloß alle retten?«

Als sie wieder nach unten kam, erzählte Cyril Hurst gerade von seinem Zusammentreffen mit José Weiss und Fred Handley Page. »Flugzeuge werden in diesem Krieg eine wichtige Rolle spielen«, sagte Hurst. »Lassen Sie uns alles wissen, was Sie diesbezüglich in Erfahrung bringen können: Flugplätze, die gebaut werden, die Anzahl der Flugzeuge dort und alles über neue Typen, sollten Sie welche sehen. Und alles, was Sie über den Royal Flying Corps hören und den – wie heißt er noch mal? – RNAS, die Lufteinheit der Navy, und über ihre Kriegspläne …«

Flo entschuldigte sich und ging zu Bett.

Am nächsten Morgen hatte Flo ihre Entscheidung gefällt: Sie konnte nicht nach Folkestone gehen. Was würde mit den Kindern passieren?

»Es geht einfach nicht«, teilte sie Hurst mit. »Wo sollen wir denn wohnen? Ich müsste etwas mieten, hier haben wir immerhin unser eigenes Haus, die Kinder haben ihre Schule, ihre Freunde, ich habe ein paar Patienten, auch wenn ich nicht genug damit verdiene, dass wir alle davon leben könnten.«

Hurst bedeutete ihr, sich zu beruhigen. »Machen Sie sich keine Sorgen, Mrs Harris. Hören Sie mir einfach zu.« Und er umriss seinen Plan.

Sie sollte als Pflegerin in einen Haushalt in Folkestone ziehen. Er zog ein Exemplar des Magazins *The Lady* aus seiner Aktentasche und reichte es ihr. »Es gibt zwei Anzeigen für Stellen in Folkestone, beide nicht weit vom Hafen. So könnten Sie leicht die Anzahl der Soldaten im

Auge behalten, die sich auf den Weg nach Frankreich machen.

Ich würde vorschlagen, dass Sie ihnen gleich schreiben, mit all Ihren Erfahrungen, die Sie bisher in der Pflege gesammelt haben. Und hier«, seine Hand verschwand wieder in seiner Tasche, »ist eine Karte von Folkestone, die Ihnen gute Dienste leisten wird.«

»Aber die Kinder …?«, jammerte Flo.

»Eine der Folgen aus den Festnahmen im letzten Monat ist, dass wir jetzt mehr Geld für unsere verbliebenen Mitarbeiter zur Verfügung haben. Ich kann Ihnen zehn Pfund die Woche anbieten. Wenn Cyril auch etwas beitragen kann, wird es natürlich mehr. Sie können es unter sich ausmachen, wie viel Sie an ihn weiterreichen.«

Zehn Pfund! Zusätzlich zu dem, was sie als Pflegerin verdienen würde! Flo konnte es kaum glauben. Das löste all ihre Probleme, vermutlich würde sie sogar etwas für die Zukunft zur Seite legen können.

»Also sind wir uns einig?«

Sie zögerte.

»Ja.«

»Dann müssen Sie nun dem Kaiser einen Treueeid schwören und versprechen, dass Sie niemals etwas ausplaudern werden, das zwischen uns gesagt wurde, nichts über Ihre Unternehmungen im Interesse des Vaterlandes oder über irgendjemanden, der Ihnen bei Ihren Aufgaben behilflich ist. Ihr Sohn hat diesen Eid schon abgelegt. Danach bringe ich Ihnen bei, was zu tun ist.«

»Was habe ich getan?«, dachte Flo, als sie die Bibel zurück ins Regal stellte. »Ich habe geschworen, dem Feind dieses Landes zu dienen. Vater wäre stolz auf mich, aber ich fühle mich grässlich. Andererseits, das Geld …«

Hurst ließ ihr keine Zeit zum Nachdenken. »In Ihrem Arbeitsvertrag müssen Sie sicherstellen, dass Sie jeden Tag ein wenig Freizeit haben, in der Sie das Haus verlassen können. Die Einheiten, die nach Frankreich verschifft werden, sammeln sich auf The Leas, einer Promenade oberhalb des Strandes. Notieren Sie die Regimente und schätzen Sie die Anzahl so genau Sie können. Dann – und das könnte schwieriger sein – müssen Sie ihr Ziel in Belgien oder Frankreich herausfinden. Es kann gut sein, dass sie das selbst nicht kennen.

Prägen Sie sich die Details so präzise wie möglich ein, das wird Ihnen nicht schwerfallen. Auf keinen Fall darf jemand sehen, wie Sie etwas aufschreiben, denken Sie daran. Dann müssen Sie uns diese Informationen übermitteln.«

»Und wie soll ich das tun?«, fragte Flo.

»Wir haben einen absolut sicheren und verlässlichen Weg eingerichtet, auf dem Ihre Berichte Deutschland erreichen können. Aber lassen Sie mich Ihnen zuerst alles beibringen, was Sie brauchen.

Zuallererst müssen Sie lernen, wie man mit …«, er machte eine dramatische Pause, wie in Erwartung einer begeisterten Reaktion, »… unsichtbarer Tinte schreibt.«

»Oh, Sie meinen Zitronensaft?«, fragte Flo. »Frank und seine Freunde haben das aus einer Kinderzeitschrift gelernt.«

»Zitronensaft.« Hurst spuckte das Wort verächtlich aus. »Wie primitiv! Wenn die britischen Spione so etwas verwenden, verlieren sie den Krieg innerhalb von Wochen. Nein, unsere deutschen Wissenschaftler haben sehr viel diffizilere Stoffe entwickelt, die für den Feind schlechterdings unmöglich zu lesen sind, solange sie nicht wissen, welche Chemikalien verwendet wurden. Ich werde Ihnen nicht einen, sondern zwei solcher Stoffe geben, die beide den Vorteil haben, perfekt in die Ausstattung einer Krankenschwester zu passen.«

Er nahm eine kleine Phiole aus seiner Tasche und gab sie ihr. Auf dem Schild stand »Abführmittel. Fünf Tropfen vor dem Zubettgehen«.

»Hier drin ist ein Mittel, das – ob Sie es glauben oder nicht – relativ sicher als Abführmittel angewendet werden kann«, sagte er. »Natürlich werden Sie es nicht dafür gebrauchen, doch sollte es je in Frage gestellt werden … Und sollten Sie aus irgendeinem Grund nicht in der Lage sein, das zu nutzen, habe ich eine Alternative für Sie. Dafür bräuchte ich einen Ihrer weißen Kragen oder Hauben. Dieses Kleidungsstück werde ich mit verschiedenen Chemikalien behandeln, unter anderem mit Bleiche. Es wird sich äußerlich kein bisschen von Ihren anderen unterscheiden, aber sollten Sie einen Plan B benötigen, ist alles, was Sie tun müssen, es in ein wenig Wasser einzuweichen. Die Lösung können Sie dann als unsichtbare Tinte verwenden.«

»Unglaublich!«, rief Flo. »Und – nutze ich eine normale Schreibfeder?«

»Besser nicht. Eine Stahlfeder könnte Kratzer auf dem

Papier hinterlassen. Ein abgestumpfter Zahnstocher oder sogar ein Streichholz würden bessere Dienste leisten.«

»Ich habe einen kleinen Zahnstocher aus Elfenbein, den ein Gast hiergelassen hat. Wäre das etwas?«, fragte Flo.

»Genau das Richtige. Und nutzen Sie billiges, raues Schreibpapier, das nimmt die Flüssigkeit besser auf.

Wenn Sie fertig sind, dämpfen Sie das ganze Blatt Papier zum Beispiel über einem Teekessel. Das macht es für den Feind noch schwieriger, die Schrift freizulegen.

Und jetzt Ihre Nummer. Sie ist S 7F. Das S steht für Süden – Südengland –, das F für Folkestone. Vergessen Sie sie nicht. Stellen Sie sie jeder Nachricht voran.«

»Wer sind die anderen sechs? Oder acht oder wie viele auch immer?«, fragte Flo.

»Halten Sie sich damit nicht auf. Sie müssen nichts über unser Netzwerk wissen oder über irgendjemanden daraus außer mir. Und jetzt das Wichtigste: Sie dürfen diese Briefe nicht mit der Post schicken.«

»Wie verschicke ich sie dann?«

»Aufgrund des Krieges ist die zivile Kommunikation über den Kanal sehr eingeschränkt und auch unsicher. Aber die Fähren zwischen Folkestone und Vlissingen in Holland fahren noch ziemlich regelmäßig.«

»Vlissingen?«, fragte Flo zweifelnd. »Davon habe ich nie gehört.«

»Ach nein«, Hurst korrigierte sich. »Hier nennen Sie es Flushing. Ich erzähle Ihnen mehr über diesen Punkt, wenn Sie sich in Folkestone eingerichtet haben.

Das wär's dann«, schloss er. »Hier sind fünfundzwanzig Pfund, um Ihnen durch die ersten Tage zu helfen. Sie müssen jetzt so schnell es geht nach Folkestone.«

»Aber die Kinder! Was mache ich mit ihnen?« Der Gedanke an das Geld hatte Flo so abgelenkt, dass sie ihre größte Sorge vergessen hatte.

Hurst sah verärgert aus. Er hatte sie ganz offensichtlich auch vergessen. »Mrs Harris, Sie müssen schnellstens eine Lösung für die Kinder finden. Der Krieg wird nicht auf Sie warten. Es gibt keine Zeit zu verlieren.«

Flo fühlte sich elend. Ihre vier geliebten Kleinen, sie konnte es nicht ertragen, von ihnen getrennt zu werden. Sie zermarterte sich verzweifelt den Kopf nach einer Lösung. Lizzie, das wusste sie, würde sich nicht um sie kümmern können. Selbst mit dem Tod des Vaters verarmt, würde sie bald einen Posten als Haushälterin in einer Familie in Dorset annehmen. Die Frantzens nebenan nahmen die Kinder oft für ein paar Stunden – Klaus war nach ein paar Monaten in Frimley wieder zu Hause –, aber June hatte ein schwaches Herz und würde nicht in der Lage sein, mit vier lebhaften Mädchen und Jungs zurechtzukommen, Tag für Tag, Woche für Woche. Margie war längst in einem anderen Haushalt untergekommen. Ein Internat für alle vier stand selbst mit ihrem neuen Einkommen außer Frage. Genauso natürlich Kinderheime und ähnliche Einrichtungen – als Cyril ihr endlich von dem Terrorregime bei den Coopers erzählt hatte, war sie entsetzt gewesen und hatte sich geschworen, dass, welches Schicksal auch immer sie ereilen sollte, keines ihrer Kinder jemals wieder an einem solchen Ort leben sollte.

Voller Verzweiflung schlich sie auf den Dachboden und öffnete leise die Tür. Im fahlen Mondlicht, das durch die Dachluke fiel, konnte sie die Umrisse der drei schlafenden Kinder ausmachen. Da lag, ausgestreckt unter seiner Decke, Frank, ihr Herzenssohn. Was für ein sonniges, großzügiges Gemüt, so anders als Cyril, der ihr immer problematischer erschien, ganz zu schweigen von Godfrey … Und, eingerollt auf der anderen Seite, Prue und Mollie – Prue kam nach ihr und würde einmal die Schönheit in der Familie sein, Mollie mit ihrem dunklen Haar und dem runderen Gesicht sah Francis ähnlich. Sie waren ruhige, folgsame Mädchen, halfen im Haushalt und machten keinen Ärger. Sie waren alle so jung, so wehrlos. Was würde bloß aus ihnen werden?

Mit brechendem Herzen tappte sie leise nach unten, um nach Joanna zu sehen, der jüngsten, lebhaftesten und klügsten. Sie tastete sich zum Bett und berührte die Stirn des Kindes. Sie fühlte sich kühl an, dem Himmel sei Dank, doch sie war noch immer sehr schwach, und der Doktor hatte sie gewarnt, dass ihre Genesung ein langer Weg sein würde.

Als sie zurück in die Küche schlich, musste Flo plötzlich an die freundliche Mrs Snodgrass denken, die ihr in Warley eine gute Freundin gewesen und mit der sie in Kontakt geblieben war, Weihnachtskarten und gelegentliche Neuigkeiten ausgetauscht hatte. Mrs Snodgrass war Mitglied vieler wohltätiger Gremien, fiel ihr ein, und wusste viel über die Welt der Philanthropie. Sie setzte sich und verfasste in aller Eile einen Brief an sie, in dem sie erklärte, dass ihr »zweiter Mann« gestorben sei und sie die Pflege hatte wiederaufnehmen müssen, um die Kinder versorgen zu können. Ob sie vielleicht eine passende Einrichtung kenne, wo man für eine Zeit auf sie achtgeben könne, und sie betonte »liebevoll und freundlich«?

Eine Antwort kam postwendend. Mrs Snodgrass sprach ihre Anteilnahme und ihr Bedauern über den Tod von Flos Ehemann und ihre Notlage aus. Sie schlug vor, Flo möge ein neues Waisenhaus im Norden Englands in Betracht ziehen, von dem sie gehört habe und das sehr vielversprechend klang. Gründer und Betreiber seien der energetische schottische Tischler und Menschenfreund James Dixon und seine Frau Jane, die der Anblick der Misere der notleidenden Kinder in den trostlosen Industriestädten des Nordens erschüttert hatte und die nicht nur Vollwaisen aufnahmen, sondern auch Kinder, bei denen der überlebende Elternteil nicht in der Lage war, für sie zu sorgen. Es scheine dort sehr menschlich zuzugehen, wie sie gehört habe, nicht wie an gewissen anderen Orten, die sie nennen könnte. Den Kindern ginge es gut, sie besuchten die örtliche Schule, und wenn sie die Einrichtung mit vierzehn verließen, setzte man sie nicht einfach wieder auf die Straße, wie das so oft geschah, sondern fand Anstellungen für sie, die Jungen wurden Lehrlinge in guten Unternehmen, die Mädchen meist Hausmädchen in angesehenen Häusern. »Es ist sehr modern«, schrieb sie, »ich habe nur Gutes über die Arbeit der Dixons gehört.«

Doch das Waisenhaus war in Lancashire, in einem Ort namens Blackburn, weit, weit weg. Wie würde sie die

Kinder dort jemals besuchen können? Die Unentschiedenheit bereitete ihr Schmerzen. Wenn es dort jedoch wirklich besser war als in den näher gelegenen, aber unwirtlichen Waisenhäusern an der Südküste, von denen sie gehört hatte, war es nicht die beste Lösung? Sie hatte keine Zeit für weitere Nachforschungen, sie musste sich entscheiden. Mit zitternder Hand schrieb sie den Dixons einen Brief, fragte, ob sie Frank und die beiden größeren Mädchen aufnehmen könnten, und erklärte, dass ihr Vater gestorben sei und sie Vollzeit in die Pflege zurückkehren müsse, um für sie alle sorgen zu können.

Mrs Dixon antwortete umgehend, dass sie gern ihre drei Kinder aufnehmen würden, sie könnten kommen, wann immer es passend sei. Doch wie konnte sie die drei dorthin bringen? Hurst hatte geschrieben, er bestand darauf, dass Flo unverzüglich nach Folkestone aufbrach. In ihrer Verzweiflung schickte Flo Lizzie ein Telegramm und fragte, ob sie, bevor sie ihren Haushälter-Job begann, die Kinder nach Blackburn begleiten könne. Lizzie, Gott segne sie, stand am nächsten Tag auf der Schwelle.

Der Abschied am Bahnhof war kaum zu ertragen. »Es ist nur für kurze Zeit, meine Lieblinge«, versuchte Flo, sie wieder und wieder durch ihre Tränen zu beruhigen. »Es wird euch dort gefallen, das wird ein Abenteuer.« Vor allem die Mädchen waren untröstlich. Alles, was der freundliche Schaffner tun konnte, war, sie davon zu überzeugen, in den Zug zu steigen, und Flo, am Gleis stehen zu bleiben, sodass er die Tür des Waggons schließen und in seine Pfeife blasen konnte.

Blieb das noch herzzerreißendere Problem mit Joanna. Doch Flo hatte eine Idee. Auf ihrem Heimweg vom Bahnhof klopfte sie an die Tür von Anna Marks, einer verheirateten ehemaligen Krankenschwester, die – selbst kinderlos geblieben – ein paar Pflegekinder aufgenommen hatte, um das Einkommen ihres Mannes aufzubessern. Annas feuchte Schürze, die hochgekrempelten Ärmel und das verschwitzte Gesicht, als sie die Tür öffnete, ließen darauf schließen, dass sie gerade mit der Wäsche beschäftigt war, doch sie bat Flo für einen Plausch herein. Über einer Tasse Tee erzählte Flo Anna von ihren Nöten und der schmerzhaften Trennung von den Kindern und bat sie verzweifelt, sich der kleinen Joanna anzunehmen. Wenigstens so lange, bis sie wieder bei Kräften war und dann zu ihren Geschwistern ins Waisenhaus könnte.

Anna dachte kurz nach. »Selbstverständlich kann ich das, meine Liebe«, beschloss sie dann. »Aber wissen Sie«, fügte sie clever hinzu, »weil sie ja noch eine Weile gepflegt werden muss, wird Nick, mein Mann, darauf bestehen, dass ich den doppelten Preis berechne. Vorkasse.« Der doppelte Preis! Flo geriet kurz aus der Fassung, doch ihr war klar, dass sie keine Wahl hatte. Hursts fünfundzwanzig Pfund schwanden schnell dahin, und sie hatte Littlehampton noch nicht einmal verlassen.

Flos letzte Erinnerung an Littlehampton waren Bilder davon, wie sie das kranke Kind zu Annas Haus trug – sie beide weinten bitterlich –, Bilder von einem weiteren herzerweichenden Abschied.

Konnte es etwas Schlimmeres geben als die Trennung von einem Kind?

26. Kapitel

Im London and North Western Railway

Die Kinder lümmelten auf ihren Sitzen, still und erschöpft, und schwankten mit dem Schlingern des Zuges hin und her. Das Tageslicht schwand langsam. Mollie und Prue auf den Fenstersitzen starrten betroffen in die trostlose Landschaft. Dunkle, unwirtliche Moore, nur gelegentlich unterbrochen von einem Dorf aus schwarzen Steinhäusern. Tante Lizzie döste im matten Licht des Waggons, die Handtasche in ihrem Schoß fest umklammert, die Brille rutschte ihr von der Nase. Frank, blass und ungewohnt trübsinnig, blätterte lustlos durch eine Kinderzeitschrift, die er schon viele Male gelesen hatte.

Dreizehn Stunden waren seit dem zerreißenden Abschied am Bahnhof in Littlehampton vergangen. Alle waren in Tränen aufgelöst gewesen, auch Flo, die nur knapp der Versuchung widerstand, alles abzublasen und die Kinder bei sich zu behalten. Nur mit der Erinnerung an ihr erbärmliches Frühstück und dem Wissen, dass sie nichts mehr übrig hatte, was sie ihnen hätte zu essen geben können, hatte sie sich für den Abschied wappnen können.

Lizzie und die Kinder mussten dreimal umsteigen, in London, Manchester und Preston. In London hatten sie sogar den Bahnhof wechseln müssen. Jedes Umsteigen hatte sie weiter von Flo entfernt, von ihrem Zuhause, ihren Freunden. Und von ihrer geliebten Schwester Joanna, die so schwach war, dass sie sich kaum hatte aufsetzen können, um sich zu verabschieden.

Mollie und Prue hatten den ganzen Weg bis London geweint, dann hatte die Droschkenfahrt von der Victoria Station nach Euston sie für eine Weile abgelenkt. Jetzt ließ der Anblick der öden, sich verdüsternden Landschaft Prues Tränen wieder fließen.

»Wo fahren wir hin? Ich habe Angst. Ich will zu Mama«, schluchzte sie.

»Mach dir keine Sorgen, mein Liebling«, sagte Tante Lizzie beruhigend, »es kann nicht mehr weit sein. Es wird euch gefallen, wenn ihr erst dort seid.«

Es dauerte noch eine weitere Stunde, bis sie endlich zitternd vor einer großen, schweren Holztür standen, während Tante Lizzie an einer lauten Glocke zog, die durch das Haus hallte. In der Dunkelheit konnten sie nur die Umrisse eines riesigen Steinhauses ausmachen, das über ihnen aufragte. Die Tür öffnete sich. »Eee, ihr seid spät«, sagte eine Frau in einem fremden Dialekt, wie sie ihn noch nie gehört hatten. »Ein Bursche, zwei Mädels, ist das die Harris-Bande?« Tante Lizzie musste eine Menge Formulare ausfüllen, während die Kinder heiße Milch bekamen, dann wurden sie zu einer Kammer gebracht, wo sie kleine Kleiderstapel bekamen – lange dunkle Kleider mit weißen, ärmellosen Schürzen für die Mädchen, schwarze Kniebundhosen und Jacken mit weißen Kragen für Frank. Nach einem tränenreichen Abschied von ihrer Tante ließen sie sich wie benommen davonführen,

Mollie und Prue in einen Mädchenschlafsaal, Frank in einen für Jungen, in denen die anderen Kinder bereits schliefen.

Das Blackburn-Waisenhaus lag ein paar Kilometer außerhalb der rauchgeschwärzten Baumwollstadt in einem Dörfchen namens Wilpshire. Es war kalt und spartanisch, und zunächst fürchtete Mollie, die *Jane Eyre* gelesen hatte, sie wären an einem Ort wie Lowood gelandet. Sie hatte Angst, sie würden den gleichen Quälereien und Demütigungen ausgesetzt sein wie Jane. Sie hätte sich keine Sorgen zu machen brauchen. Wenn auch ausgesprochen asketisch, so war es doch, wie Mrs Snodgrass Flo geschrieben hatte, deutlich menschlicher. Die Kinder mussten Böden wischen und in der Küche arbeiten, aber sie besuchten die Schule im Ort und hatten ansehnliche Anlagen, um darin zu spielen. Die Dixons waren freundlich, doch wenn sie nicht da waren, gab es Angestellte, bei denen der Rohrstock noch immer auf diejenigen wartete, die sich nicht benehmen konnten.

27. Kapitel

Folkestone 1914

Eine turbulente Szene erwartete Flo, als sie in Folkestone aus dem Zug stieg. Blasse, verwirrt scheinende Menschen, die fremde Sprachen sprachen, liefen umher, manche in Lumpen, manche gut gekleidet, manche schleppten große Bündel mit sich, andere lebendige Hühner und Hunde, Mütter legten die Arme um weinende Kinder. An einem großen Tisch, der an der Seite aufgestellt war, verteilten Frauen aus der Stadt Sandwiches und Becher mit heißem Tee und versuchten, in lautem, langsamem Englisch oder gebrochenem Französisch, die Menschen willkommen zu heißen und zu organisieren. Männerstimmen mit irischen, schottischen und nördlichen Akzenten erhoben sich über den Lärm, als Gruppen junger Soldaten in khakifarbenen Uniformen, ihre Seesäcke über die Schulter geworfen, sich durch die Menge wanden, während Reisende versuchten, sich die kaum verständlichen Ansagen zusammenzureimen, die aus den Bahnhofslautsprechern dröhnten. Flo kaufte schnell zwei Ansichtskarten und eilte aus dem Bahnhof auf der Suche nach einem ruhigen Ort, an dem sie jemanden nach dem Weg Richtung The Leas fragen konnte.

Sie hatte Antworten auf beide Bewerbungen als Pflegerin bekommen und war zu Gesprächen eingeladen worden. Doch die eine, unterschrieben von einer Matilda Lawson, fand sie besonders interessant, denn die Adresse war direkt an The Leas, wo sich Hurst zufolge die Truppen sammelten, bevor sie sich für den Kontinent einschifften. Als sie dort ankam, sah sie, dass es sich um eine breite und elegante Promenade handelte, unterhalb derer die Küste steil zum Meer abfiel, mit einem Musikpavillon, Gärten und großen Hotels. Das Haus, weitläufig, weiß und sehr hübsch, hatte einen fantastischen Blick über das Meer und den unten liegenden Hafen. Eine lange Reihe Soldaten marschierte singend vorbei auf den Hafen zu. »Da sind sie!«, dachte sie verblüfft. Sie konnte ihr Glück kaum fassen. »Oh, wie sehr ich hoffe, diese Leute nehmen mich!«

Sie atmete tief durch, dann zog sie an der Glocke.

»Schwester Harris? Ich bin Matilda Lawson.« Eine hochgewachsene Frau mittleren Alters schritt entschlossen in den Salon, wo Flo wartete. Sie trug die Tracht einer Krankenschwester. Flo war erstaunt, als sie die ausgestreckte Hand schüttelte.

»Ich bin vom Freiwilligen Hilfskommando«, erklärte Matilda Lawson. »Tatsächlich leite ich unsere Ortsgruppe, und unter anderem deshalb brauchen wir jemanden, der sich um unsere Mutter kümmert. Wir haben genug damit zu tun, wie Sie sich vorstellen können, den armen belgischen Flüchtlingen zu helfen.«

»Belgische Flüchtlinge«, rief Flo, die zu verstehen begann. »Ich habe eine Menge von ihnen am Bahnhof gesehen.«

»Ja, die Armen. Am Hafen sind sogar noch mehr – tausende und abertausende. Sie brauchen alles, Nahrung, Kleidung, ein Dach über dem Kopf. Wir haben großes Mitleid mit ihnen, sie haben so schlimme Dinge erlebt, ich ertrage es gar nicht, darüber nachzudenken. Eben haben wir eine Familie hergebracht, die bei uns wohnen kann, im Obergeschoss, Bekannte, tatsächlich, deshalb müssen James und Dora und die Hausmädchen die Zimmer umräumen. Aber ich bin vielleicht nicht mehr lange hier, vielleicht wird unsere Gruppe hinübergeschickt, um sich irgendwo in Belgien um die verwundeten Soldaten zu kümmern. Mein Bruder und sein Regiment sind schon drüben.

Das Problem ist, dass meine Mutter immer gebrechlicher wird, sie braucht ständig jemanden bei sich, nicht zuletzt als moralische Unterstützung – sie macht sich fürchterliche Sorgen um meinen Bruder, und um mich vermutlich auch, sollte ich rübergeschickt werden. Sie leidet an starkem Rheuma. Ich habe in Ihrem Brief gelesen, dass Sie sehr erfahren sind.«

Flo öffnete ihre Handtasche und zog ihre Empfehlungsschreiben hervor, von Darnley, Dr. Willoughby und Dr. Richards, die alle ihre Fertigkeiten als Krankenschwester priesen, sowie das Zertifikat mit der Qualifikation, ein Pflegeheim führen zu dürfen.

»Das sieht sehr vielversprechend aus«, sagte Mrs Lawson, als sie die Papiere durchgesehen hatte. »Wir hatten ein paar Bewerberinnen hier, die gar keine Erfahrung hatten. Ich konnte sie nicht in die Nähe meiner Mutter lassen.«

Sie warf einen Blick auf Flos Tracht. »Haben Sie nie darüber nachgedacht, sich beim Freiwilligen Hilfskommando zu melden?«

»Das hätte ich gern getan«, gab Flo zurück, »aber ich kann mir eine ehrenamtliche Tätigkeit nicht leisten. Mein Mann ist im April gestorben und hat mich mit unseren vier kleinen Kindern und ohne Einkommen zurückgelassen.«

»Das tut mir leid«, sagte Matilda in weicherem Ton. »Wo sind die Kinder jetzt?«

Tränen stiegen Flo in die Augen. »Ich musste sie in ein Heim geben, ein Waisenhaus«, sagte sie mit erstickter Stimme und suchte nach einem Taschentuch.

»Oh, meine Liebe«, sagte Matilda beruhigend und beugte sich vor, um ihre Hand zu streicheln. »Sie Arme, das tut mir sehr leid. Das Herz muss Ihnen brechen. Ihre armen Kinder!«

Matilda schien zufrieden mit Flos Empfehlungen und erklärte, sie würde sie gern als Pflegerin und Begleiterin für ihre Mutter anstellen, zur Probe für einen Monat – »natürlich unter der Voraussetzung, dass meine Mutter zustimmt. Kommen Sie, wir gehen zu ihr.«

Mrs Clementine Appleby, die es sich in einem Korbstuhl auf der Veranda mit Blick auf den wunderschön gepflegten Garten gemütlich gemacht hatte, war so einnehmend, wie Laura Darnley abscheulich gewesen war. Sie war dünn, krumm und sehr schwerhörig, doch sie hatte leuchtende, lebendige Augen und ein reizendes Lächeln.

»Schwester Harris hat viel Erfahrung, sich um Menschen zu kümmern. Ihr Mann ist vor kurzem gestorben, und sie muss wieder arbeiten. Wenn du möchtest, kommt sie für einen Probemonat zu uns, und wir sehen, wie ihr euch versteht«, rief ihre Tochter ihr ins Ohr.

»Willkommen, meine Liebe«, sagte die alte Dame lächelnd zu Flo. »Wenn meine Tochter Sie mag, bin ich mir sicher, Sie werden mir ebenfalls gefallen.«

Die drei wurden sich schnell einig über die Bezahlung sowie über die freie Zeit – Sonntage und die übliche Zeit zwischen zwei und vier am Nachmittag. Flo wurde Dora vorgestellt, der ebenso vollbusigen wie tüchtig wirkenden Haushälterin, und James, dem bejahrten Hausdiener, der ihr ihr Zimmer zeigte – eine umgewandelte Abstellkammer im Untergeschoss, nun, da die Räume im Dachgeschoss das Domizil der Flüchtlinge waren. Flo musste lächeln; sie fühlte sich an ihr Zimmer bei den Darnleys erinnert, ebenfalls eine ehemalige Abstellkammer.

Mrs Applebys Bedürfnisse waren keine besondere Belastung. Sie benötigte Hilfe beim Ankleiden und Baden und wenn sie von einem Zimmer ins andere wollte. Flo musste darauf achten, dass sie ihre wenigen Medikamente pünktlich und korrekt einnahm, doch ihre Hauptaufgabe schien es zu sein, der alten Dame Gesellschaft zu leisten. Flo freute sich zu hören, dass sie es liebte, in ihrem etwas sperrigen, ledernen Rollstuhl spazieren gefahren zu werden – so hoffte sie, gut und unauffällig erkunden zu können, was in der Stadt vor sich ging.

»Ich hoffe, Sie essen heute Abend mit uns«, sagte Mrs Appleby zu Flos großem Erstaunen. »Wenn wir Glück haben, ist mein Sohn Oscar auch da. Er geht morgen mit seinem Regiment an die Front. Und die Janssens kommen. Wir möchten, dass sie sich hier möglichst heimisch fühlen. Nun, da wir im Kriegszustand sind, meine Liebe, müssen wir unsere Leben entsprechend anpassen.«

Die Stimmung zu Beginn des Dinners war düster. Bei den belgischen Gästen handelte es sich um eine wohlhabende Familie aus Antwerpen, die vor der deutschen Armee geflohen war.

»Mrs Janssens Ehemann«, sagte Matilda leise zu Flo und deutete auf die ältere Dame zur Rechten von Mrs Appleby, »war Schiffsbesitzer wie mein verstorbener Vater.« Sie nickte in Richtung des großen Ölportraits über dem Kamin, das einen vornehmen Herrn mit kahlem Kopf und buschigem Bart zeigte. »Sie waren Geschäftsfreunde, und so war es selbstverständlich, dass Mrs Janssen uns kontaktierte, sobald sie in Folkestone eingetroffen waren.

Die Dame neben Ihnen, ebenfalls Mrs Janssen, ist ihre Schwiegertochter, und das sind ihre Kinder.« »Das« waren ein Mädchen von vielleicht sechzehn Jahren, blass und mit etwas im Gesicht, das aussah wie blaue Flecken, die sich nicht für Essen zu interessieren schien, und ein junger Mann von etwa neunzehn in einer Uniform, die sie nicht zuordnen konnte.

»Gerrit ist Offizier in der belgischen Armee und ist mit einigen Männern seiner Einheit entkommen, als Antwerpen fiel. Er hatte keine Ahnung, wo seine Familie war, bis er sie durch Zufall hier im Hafen traf. Ist das nicht unglaublich!«, fügte Matilde hinzu, jetzt etwas lauter, sodass ihre belgischen Gäste es hörten.

»Und er geht zurück, sobald er kann, um gegen die Deutschen zu kämpfen«, fiel Gerrit in exzellentem Englisch ein.

»Neiiin, Gerrit, neiiin!«, flehte seine Mutter und protestierte auf Flämisch weiter.

Offensichtlich hatten die Belgier den Gastgebern bereits von ihren Erlebnissen berichtet, und niemand schien geneigt, sie Flo zuliebe zu wiederholen. Die Konversation beschränkte sich auf Diskussionen über die Organisationen, die entstanden, um den Flüchtlingen zu helfen, und wie die um den Tisch Versammelten sich einbringen konnten.

Plötzlich öffnete James mit einem breiten Lächeln die Tür, und herein kam, mit einem unbekümmerten »Guten Abend, alle zusammen«, Oscar Appleby. Mit einem fröhlichen Winken, das sich an alle Anwesenden wandte, einem kameradschaftlichen Schulterklopfen für Gerrit und einem liebevollen Kuss für seine hocherfreute Mutter, setzte er sich auf den freien Stuhl. Er war pausbäckig, mittelgroß, doch ein wenig plump, und ein geborener Komiker mit einem ansteckenden Lächeln, das alles, was er sagte, amüsant erscheinen ließ. Oscar war viel jünger als Matilda, er war zur Welt gekommen, lange nachdem seine Eltern die Hoffnung auf einen männlichen Erben aufgegeben hatten, und der Liebling seiner Mutter. Er war Leutnant bei den Buffs, dem East Kent Regiment, doch seiner Uniform zum Trotz schien er für jedermann einfach der fröhliche, sorglose junge Sohn des Hauses zu sein. Es verging nicht viel Zeit, und er hatte alle, sogar das stille, lustlose Mädchen, das auf den Namen Antje hörte, zum Lachen gebracht. Er gefiel Flo sehr.

Später, nachdem sie Mrs Appleby beim Auskleiden geholfen und sie bettfertig gemacht hatte, zog Flo sich in ihr Zimmer zurück und holte die Postkarten hervor, die sie am Bahnhof gekauft hatte. Es waren Ansichten des Hafens in Folkestone. Eine adressierte sie an Cyril bei seiner Einheit in Dover und schickte ihm ihre neue Adresse. Auf die andere schrieb sie: »Das Wetter ist wunderbar. Ich wünschte, Du wärst hier.« Darunter schrieb sie, mit ihrem elfenbeinernen Zahnstocher, sorgfältig die Adresse des Appleby-Hauses in unsichtbarer Tinte. Sie würde sie am nächsten Tag in ihrer freien Zeit zur Post bringen.

28. Kapitel

»Sie werden sich auf eine Affäre mit dem ersten Steuermann der Fähre nach Flushing einlassen«, sagte Hurst mit gedämpfter Stimme und legte lächelnd eine Pause ein, um die Reaktion auf seine Eröffnung abzuwarten. Flo war vollkommen perplex.

»Wie meinen Sie das? Was denken Sie, wer ich bin? Ich bin eine ehrenwerte Frau!«, rief sie empört.

»Sprechen Sie leise, auch hier.« Er ließ den Blick schweifen, um festzustellen, ob auf den umliegenden Booten jemand war, der mitgehört haben konnte.

Sie saßen in der winzigen Kabine eines kleinen Fischerbootes, das im Hafen festgemacht war. Es roch nach Teer und Pfeifenrauch, aber nicht nach Fisch, auch wenn überall Stapel von Netzen lagen. Es sah aus wie all die anderen Fischerboote, die Flo im Hafen gesehen hatte. Im Heck gab es ein ordentlich gemachtes Stockbett, ein sauberer Becher stand auf einem Regal, doch es gab keine persönlichen Dinge oder irgendetwas, das darauf hinwies, wem das Schiff gehörte. Auch Hurst sah in seinem derben dunkelblauen Pullover und der abgetragenen blauen Hose, die er in die Gummistiefel gesteckt hatte, aus wie jeder beliebige Fischer.

»Ist das Ihr Boot?«, fragte sie.

»Sagen wir, ich nutze es gelegentlich«, antwortete Hurst brüsk und erstickte damit jede weitere Frage zu dem

Thema im Keim. Er kam auf die Aufgabe zurück, die vor ihr lag. »Sie brauchen sich keine Sorgen zu machen«, fuhr er ruhig fort. »Sie müssen bloß so tun als ob. Dan Schuil ist ein respektabler verheirateter Mann – glücklich verheiratet, wie ich denke – mit Kindern in Holland. Aber er arbeitet für uns und ist darauf vorbereitet, seinerseits so zu tun, als habe er eine Affäre mit einer Frau hier – mit Ihnen.

Sie werden sich mit ihm treffen, wenn er hier ist, etwas trinken gehen, spazieren, was auch immer, und ab und zu werden Sie gemeinsam ein kleines Hotel aufsuchen. Dort müssen Sie selbstverständlich gar nichts tun, doch sollte jemand Sie oder ihn beobachten, würde das die ganze Sache noch überzeugender machen.

Und nun: Wie kommen die Nachrichten zu uns? Das ist nicht so einfach, weil es auf den Fähren von britischen Spionen nur so wimmelt, die sowohl das Schiff als auch Crew und Passagiere sehr, sehr gründlich durchsuchen.«

Er kramte in seiner Tasche und holte zwei halbe Kronen hervor. Eine der Münzen legte er auf den kleinen Tisch und zog ganz vorsichtig mit den Fingern beider Hände an der anderen, bis sie sich öffnete wie ein kleines Kästchen. Innen war sie hohl, mit ein paar winzigen Punkten dunklen Metalls, die an der Innenseite klebten.

»Das sind Bleistückchen, damit sie ihr gewöhnliches Gewicht behält«, erklärte er. »Sie schreiben Ihre Nachrichten auf kleine Stücke Seidenpapier – haben Sie Seidenpapier?«

Flo nickte. Es gab jede Menge bei den Applebys.

»Wenn die Tinte trocken ist, falten Sie es so klein wie

möglich, ohne es zu beschädigen, stecken es in die Münze und schließen sie … so.

Dan wird Ihnen Ihren Lohn mitbringen, in Raten, in Pfund, Shilling und Pence – nicht in holländischen Gulden, keine Sorge. Sie geben ihm eine dieser halben Kronen mit Ihrer Nachricht darin. Das ist natürlich für den Fall gedacht, dass irgendjemand diesen Austausch beobachtet, doch Sie sollten aufpassen, dass das nicht der Fall ist. Sollte Dan auf dem Schiff durchsucht werden, würde es niemals auffallen.

Das Schiff, die *Mecklenburg*, kommt zweimal die Woche nach Folkestone, dienstags und freitags, jeweils frühmorgens. Zumindest im Augenblick, der Krieg macht die Dinge sehr viel komplizierter. Wenn Sie sie an den entsprechenden Morgen nicht im Hafen sehen, gehen Sie im Betriebsbüro am Kai vorbei. Dort werden die Ankunftszeiten angeschlagen sein.

Ihr erstes Treffen ist um halb drei da drüben im Mole-Café. Dann wird er Sie in ein kleines Hotel bringen, das er kennt, Sie geben ihm das Geldstück mit Ihrer Nachricht, und in Zukunft werden Sie die Münzen einfach austauschen. Und Sie können den Ort für das nächste Treffen vereinbaren. Es wäre ratsam, sich stets an anderen Orten zu treffen. Außerdem, ganz wichtig, wird er Ihnen sämtliche Nachrichten von unserer Seite übermitteln.

Sollte irgendetwas schiefgehen, kontaktieren Sie mich umgehend per Post. Aber nicht an die bisherige Adresse. Nehmen Sie diese«, sagte er, zog ein kleines, zusammengefaltetes Stück Seidenpapier hervor, legte es in eine der

Münzen und gab sie ihr. »Lernen Sie sie auswendig und verbrennen Sie das Papier, sobald Sie zu Hause sind.

Und zu guter Letzt, sollten Sie erwischt werden – was höchst unwahrscheinlich ist, da Sie eine hervorragende Geschichte haben –, müssen Sie alles abstreiten. Ganz egal, welche Beweise sie gegen Sie haben mögen – abstreiten, abstreiten, abstreiten.«

29. Kapitel

Es war nicht einfach für Flo, sich wieder daran zu gewöhnen, angestellt zu sein, nach all den Jahren als Chefin des kleinen Pflegeheims, Besitzerin ihres eigenen Hauses, Arbeitgeberin mindestens eines Hausmädchens und Mutter einer ansehnlichen Familie. Oftmals musste sie sich auf die Zunge beißen, um die Gepflogenheiten ihrer Arbeitgeber und des Haushalts hinzunehmen, ohne zu versuchen, sie zu verändern. Sie musste sich daran erinnern, wie dankbar sie sein konnte, dass Mrs Appleby ein so reizendes Wesen hatte und dass James, Dora und die Hausmädchen anständige, vernünftige Leute waren. Ihre größte Sorge war im Augenblick, wie sie die Aufgaben erfüllen sollte, die Hurst von ihr einforderte.

Doch das war schließlich einfacher, als sie gefürchtet hatte.

Sie kam gut mit Matilda Lawson zurecht, die sie offensichtlich schätzte und gleich vorgeschlagen hatte, dass sie an ihren freien Nachmittagen unten im Hafen half, wo sie und ihre Einheit sich um die belgischen Flüchtlinge kümmerten, die mit Booten ankamen. Flo war begeistert, das gab ihr eine gute Gelegenheit, den Hafen im Blick zu behalten, wo gleichzeitig tausende Soldaten an Bord von Schiffen gingen, die sie auf den Kontinent bringen würden. Sobald sie konnte, ging sie hinunter zum Hafen und war zufrieden mit ihrer ersten Entdeckung:

dass Polizei und andere Ordnungskräfte sie mit einem Blick auf ihre Uniform überall durchließen. Das würde sehr hilfreich sein.

Am Bahnhof war es ruhig gewesen, im Vergleich zu dem scheinbaren Chaos an den Kais, wo Schwärme von Menschen ankamen, dicht gedrängt in Fischkuttern, privaten Segelboten, Schuten, die von Schleppern gezogen wurden, lebensgefährlich überladenen Dampfern – allem, was schwamm. Sie waren mitleiderregend, viele weinten um ihre Lieben, die sie hatten zurücklassen müssen, andere waren verletzt und trugen bloß noch Fetzen am Leibe, wer konnte sagen, welcher Gewalt sie entkommen waren, darunter immer wieder Kinder, allein und traumatisiert. Manche hatten ihre Tiere dabei, Bettzeug, Haushaltsgeräte. Und es gab viele Soldaten, häufig verwundet.

Die Bewohner der Stadt waren – wie alle im Land – entsetzt über den deutschen Einmarsch in das tapfere kleine Belgien, und trotz der Aufrufe, sich fernzuhalten, waren sie in Scharen zum Hafen gekommen, um den Ankömmlingen Essen und Trinken zu bringen, Spielzeug, Blumen, und vor allem, um sie in ihre Häuser einzuladen. Die freiwilligen Helfer mühten sich noch immer damit ab, ein System aufzubauen, nach dem die Ankommenden Essen bekamen und betreut wurden, während ihre Bedürfnisse eingeschätzt und Unterkünfte gefunden werden konnten. Die Bemühungen wurden dadurch erschwert, dass wenige der Helfer Französisch sprachen und noch weniger Flämisch.

In der Nähe kümmerte sich ein Grüppchen um Kranke und Verletzte. Schlimme Fälle wurden in die zahlreichen Krankenhäuser gebracht, die in Hotels, Pflegeheimen und nahegelegenen großen Landhäusern eingerichtet wurden, während man kleinere Verletzungen gleich an Ort und Stelle versorgte. Flo sprang dem Grüppchen zur Seite und begann, verletzte Gliedmaßen zu waschen und zu verbinden und verwundete, weinende Kinder zu beruhigen, während sie die Soldaten im Auge behielt, die von dem langen Ausläufer des Hafens abfuhren, dort, wo Schienen und eine Straße bis hinaus aufs Wasser führten – weit hinter den Bereichen, in denen die kleineren Fahrzeuge festmachten – und wo Züge die Passagiere direkt zu den Schiffen brachten. Sie sah die Soldaten, viele junge, hastig ausgebildete Rekruten mit ihren Gewehren und schweren Seesäcken in Reihen auf dem langen Kai stehen, manchmal holten sie sich Tee und Kekse am Mole-Café, um sich dann auf umfunktionierte Ärmelkanal-Dampfer zu drängen, deren Besatzung schon vor dem Krieg Reisende zum Kontinent und zurück befördert hatte. Sie sah, wie die Pferde auf einem anderen Weg auf die Schiffe gelangten, und dass einige der Menschen, die an Bord gingen, Krankenschwestern oder Freiwillige in Zivil waren, darunter viele Frauen, die als Fahrdienste oder Ähnliches Unterstützung leisten würden, um den Truppen den Rücken für den Kampf freizuhalten. Dann und wann legte ein Dampfer mit verwundeten Soldaten an und manchmal auch mit gut bewachten Gruppen von Männern in fremden Uniformen – deutsche Kriegsgefangene.

Flo beschloss, jeden Nachmittag, an dem sie sich nicht

mit Dan traf, zum Hafen zu kommen und zu helfen, so hätte sie gute Sicht auf die abfahrenden Truppen. Zu Beginn schien alles sehr verwirrend, doch langsam gelang es ihr, indem sie die Soldaten, die sie The Leas entlangmarschieren sah, mit den Abfahrten der beladenen Schiffe kombinierte, grob die Zahl der Männer zu schätzen, die jeden Tag den Hafen verließen, von Kriegsschiffen der Marine über den Kanal eskortiert. Sie hatte Hurst gesagt, dass sie nie in der Lage sein würde, genaue Zahlen zu liefern, und er hatte es verstanden.

Alle im Haus begannen, sich Sorgen über Antje zu machen, Mrs Janssens Tochter. Sie war mager und sah krank aus, sagte schwerlich ein Wort, und bei ihren inzwischen zur Gewohnheit gewordenen gemeinsamen Abendessen stocherte sie nur in ihrem Essen herum. Ihre Mutter und ihre Großmutter versuchten, sie zum Essen zu bewegen, doch sie war kaum in der Lage, auch nur einen Bissen herunterzubringen. Flo versuchte zu helfen, vergebens.

»Warum rufen wir nicht Dr. Evans?«, sagte Matilda. »Mit dem armen Mädchen ist etwas nicht in Ordnung.« Doch Antje ließ es nicht zu.

Eines Abends nach dem Essen bat die jüngere Mrs Janssen Flo, für einen Augenblick nach oben in ihre Räumlichkeiten zu kommen.

»Schwester, bitte, bitte: Helfen Sie uns.« Mrs Janssen flüsterte fast, während sie die Tür ihres kleinen Behelfswohnzimmers hinter ihnen schloss. »Sie müssen wissen, … etwas Schreckliches ist geschehen. Wir waren in unserem Sommerhaus auf dem Land … Die Soldaten kommen. Sie sind betrunken, sie kommen in unser Haus, sie nehmen Dinge, sie zerstören Möbel. Sie finden Antje, und …« Sie brach ab, unfähig, weiterzusprechen. Für einen Moment war Flo verwirrt, dann erst begriff sie, was Mrs Janssen Grauenhaftes zu sagen versuchte. Instinktiv legte sie den Arm um die schluchzende Frau.

»O nein. Wie furchtbar!«

»Ich … ich … konnte ihr nicht helfen. Sie hatten Waffen …« Sie richtete eine imaginäre Pistole auf sich selbst. »Dann zünden sie das Haus an, und wir rennen … und rennen.«

Flo war erschüttert bis ins Mark. Schweigend drückte sie die Frau an sich, bis das Schluchzen nachgelassen hatte.

»Und jetzt, Antje …« Mrs Janssen legte ihre Hände auf ihren Bauch. »Deutsches Baby.«

»Deutsch?« Flo starrte sie an, verstand nicht.

»Natürlich, es waren deutsche Soldaten.« Mrs Janssen war erstaunt, dass Flo nicht zu verstehen schien. »Sie überfallen, sie zerstören Belgien! Antje ist … verzweifelt. Sie will sich umbringen. Wir sind katholisch, aber das, das ist etwas anderes. Gott wird vergeben. Schwester, bitte helfen Sie!«

Flo hatte keine Zeit nachzudenken. Diese Situation war ihr nur allzu vertraut. Wieder und wieder hatten Mädchen und Frauen, zu ängstlich, zu beschämt oder schlicht zu arm, um einen Arzt aufzusuchen, sie gebeten, ihnen bei einer Abtreibung zu helfen. Es war illegal, natürlich, und doch kam es so viel häufiger vor, als irgendjemand zugeben würde. Verschiedenste Pillen waren auf dem

Markt, meist angepriesen als zuträglich für die weibliche Gesundheit, von denen jedoch viele wussten, dass sie gemacht waren, um Fehlgeburten herbeizuführen. Wenn die Tabletten versagten, was häufig genug der Fall war, hatte sie den Frauen geraten, zu einer der besseren Engelmacherinnen zu gehen, doch sie hatte es stets rundweg abgelehnt, selbst eine Abtreibung durchzuführen, in dem schmerzlichen Bewusstsein der Gefahren, die das sowohl für die Gesundheit der Patientin barg als auch für ihren eigenen Ruf.

»Machen Sie sich keine Sorgen, Mrs Janssen. Ich werde tun, was ich kann. Kann ich mit Antje sprechen?«

Antje lag teilnahmslos auf ihrem Bett und starrte an die Decke, das Gesicht verquollen vom Weinen. Die Blutergüsse in ihrem Gesicht waren verblasst, doch sie bot noch immer einen mitleiderregenden Anblick. Flo war selbst zum Weinen zumute, aber sie zwang sich, die verlässliche, beruhigende Krankenschwester zu sein, der Antje bedingungslos vertrauen konnte. Sie setzte sich auf das Bett und nahm die Hand des Mädchens. »Mach dir keine Sorgen, meine Liebe, es wird alles gut. Morgen bringe ich dir Medizin. Vielleicht geht es dir danach nicht so gut, aber dann wird es weg sein und du bekommst dein Leben zurück.«

Sie war nicht sicher, wie viel Antje verstand, doch das Mädchen lächelte matt und drückte schwach ihre Hand.

»Versuchen Sie, sie zu überzeugen, etwas zu essen«, bat sie ihre Mutter. »Sagen Sie ihr, sie muss so schnell wie möglich zu Kräften kommen.«

Die Tabletten machten Antje sehr krank. Sie bekam hohes Fieber, musste sich übergeben und klagte über schlimme Kopfschmerzen. Flo lief emsig die Treppen hinauf und hinab, kümmerte sich um Mrs Appleby und tat, was sie konnte, um Antjes Leid zu lindern. Als sie die alte Dame zu Bett gebracht hatte, ging sie wieder nach oben und gesellte sich zu Mutter und Großmutter, die am Bett des Mädchens saßen. Dort blieb sie die ganze Nacht, kühlte Antjes Stirn, hielt ihre Hand und flüsterte ihr Ermutigungen zu. In den frühen Morgenstunden begannen der Schmerz und die Blutungen. Die folgenden Stunden waren für die drei Frauen beinahe so traumatisch wie für das Mädchen. Sie war leichenblass und so schwach, dass man sie aus dem Bett heben musste. Sie begannen zu fürchten, dass sie sterben könnte, und fragten sich, ob sie einen Arzt rufen sollten – in dem Wissen, dass das fatale Konsequenzen für sie alle haben würde. Doch endlich war das Schlimmste vorbei. Bewusstlos lag Antje auf ihrem Bett. Flo fühlte ihren Puls und fand ihn beruhigend.

»Lassen Sie sie ruhen. Sie wird noch eine Weile bluten, aber sie ist stabil«, sagte sie zu Mutter und Großmutter. »Sobald sie etwas zu sich nehmen kann, geben Sie ihr ein wenig Fleischbrühe zu trinken, und bitten Sie die Köchin, ihr Haferbrei zu machen. Ich komme später wieder herauf, um nach ihr zu sehen.«

Flo blieb nur eine Stunde, bis es Zeit war, Mrs Appleby zu wecken. Sie warf sich auf ihr Bett, sie war erschöpft, doch zu aufgewühlt von den Ereignissen der Nacht, um an Schlaf zu denken. Bis jetzt war es ihr nie in den Sinn gekommen, darüber nachzudenken, was Krieg wirklich bedeutete. Aber jetzt war hier in diesem Haus ein junges Mädchen, das vergewaltigt worden war, eine Familie, zur Flucht gezwungen, und unten im Hafen hatte sie zahllose andere gesehen, die vor unvorstellbaren Gräueln geflohen waren, die sich nicht weit weg ereigneten. Ihr war unbehaglich zumute.

Beinahe jeden Tag kamen die Anwohner der Promenade in den Genuss lauter Darbietungen von *It's a Long Way to Tipperary* oder *Men of Harlech* und des Klangs marschierender Füße, wenn Kolonnen junger Soldaten mit ihrem Marschgepäck The Leas entlangkamen und dann, mit kürzeren Schritten, The Slope hinunterliefen, die steil zum Hafen abfiel. Sie waren vergnügt, diese jungen Rekruten, getrieben von dem Drang, »ihren Beitrag zu leisten« für die kriegerischen Anstrengungen, »dem Hunnen eine blutige Nase zu verpassen« und pünktlich zu Weihnachten zurück zu sein.

Mrs Appleby winkte und rief: »Viel Glück, Jungs!«, wenn Flo sie in ihrem Rollstuhl The Leas entlangschob. Kamen sie an einer Einheit vorbei, die noch nicht ihre Aufstellung eingenommen hatte, verteilte Mrs Appleby Schokolade und manchmal Wollsocken, die sie gestrickt hatte, und plauderte mit ihnen, was den Rekruten Gelegenheit gab, mit Flo zu flirten, und Flo die Möglichkeit, mehr über sie herauszufinden. »Auf ins zauberhafte Paris, ihr Glücklichen!«, neckte sie die Männer. »Leider nein«, war die Antwort, und dann folgte manchmal der Name ihres belgischen oder ihres französischen Ziels.

Am Vorabend der Ankunft der Flushing-Fähre schnitt sie ein Stück Seidenpapier aus und notierte darauf die ungefähre Anzahl der Soldaten, die Namen der Einheiten und, wenn möglich, ihren Zielort. Sie staunte über die Zahlen. Zehntausende junger Männer, fröhlich, als machten sie sich auf zu einem großen Abenteuer, waren auf dem Weg in den Krieg. Sie verdrängte den Gedanken, was mit ihnen geschehen würde, wenn sie dort ankamen.

Weihnachten kam näher, es würde das erste Weihnachtsfest sein, das die Kinder nicht zu Hause feierten. Ach, könnten sie doch bloß zusammen sein! Flo hatte sich immer Mühe gegeben, die Zeit zu einer besonderen zu machen, voller Naschereien und Überraschungen, mit einem Baum beladen von Schmuck, Luftschlangen in allen Zimmern, Stechpalmenzweigen über den Bildern an den Wänden und jeder Menge gutem Essen. Die Kinder waren immer wie verzaubert, Cyril kam jedes Mal, und im letzten Jahr war sogar Lizzie bei ihnen gewesen.

Sie fragte sich, wie Weihnachten im Waisenhaus wohl sein mochte. Sie hatte häufig geschrieben, es bisher aber nicht geschafft, die Kinder zu besuchen. Aus ihren kurzen, kindlichen Briefen war schwer herauszulesen, ob sie wirklich glücklich – oder wenigstens nicht unglücklich – in der ungewohnten Umgebung waren. Zumindest berichteten sie von keinerlei Misshandlungen. Alles, was sie tun konnte, war, auf Mrs Snodgrass' Empfehlung zu vertrauen, und sie versuchte, sich keine Sorgen zu machen. Sie strickte warme Schals und Handschuhe für alle, und als sie die Sachen einpackte, in der törichten Hoffnung, dass sie die Kinder an ein Weihnachtsfest zu Hause erinnern mochten, steckte sie einige Mince Pies in das Päckchen.

Tatsächlich hatten sich die drei älteren Kinder recht schnell an das Leben in der Einrichtung gewöhnt. Die Akten führten sie als intelligente, gut erzogene Kinder, die gern und gut ihre Haushaltspflichten erledigten – Flo hatte ihnen beigebracht, zu putzen und bei der Zubereitung ihrer schlichten Mahlzeiten zu helfen, nachdem sie Margie hatten entlassen müssen. Frank, mit seinem sonnigen, aufgeschlossenen Wesen, war beliebt beim Personal, seinen Schwestern sehr zugetan und kümmerte sich vor allem um die kleine Joanna, die, immer noch nicht ganz von ihrer Krankheit genesen, vor ein paar Wochen zu den anderen gestoßen war. Bestürzt hatte Flo feststellen müssen, dass – anders, als sie es erwartet hatte – Anna und ihr Mann kalt und lieblos mit ihr umgegangen waren und nicht viel getan hatten, um sie bei ihrer Genesung zu unterstützen. June Frantzen hatte Joanna hin und wieder bei ihren Pflegeeltern besucht, und sie war es auch gewesen, von der Flo erfahren hatte, wie blass und offensichtlich elend das Kind noch immer war. »Wie habe ich sie nur bei diesen Leuten lassen können!« Flo machte sich bittere Vorwürfe. »Wie konnte ich bloß übersehen, dass sie allein am Geld interessiert waren.« Doch sie musste zugeben, dass sie keine Alternative gehabt hatte, und sosehr sie darüber nachdachte: auch jetzt gab es keine. Außer Joanna ins Waisenhaus zu schicken, was sie widerstrebend getan hatte – in der Hoffnung, dass es ihr bei ihren Geschwistern bessergehen würde.

Mager und noch immer schwach, war sie vor einigen Wochen im Heim angekommen, und auch wenn sie erleichtert war, nun bei ihrem Bruder und ihren Schwestern zu sein, so wurde sie doch nicht glücklicher. Sie nahm es Flo sehr übel, dass sie sie verlassen hatte, hatte Anna und ihren Mann gehasst und hasste nun das Waisenhaus. Ihre einzige Zuflucht war die Schule – waren Lernen und Lesen. Jedes Buch, das sie in die Hände bekam – und es gab hier viel zu wenige davon –, verschlang sie an den Abenden, während sie direkt unter einer der trüben elektrischen Glühlampen stand, dem einzigen Ort, an dem es genug Licht zum Lesen gab.

Die Harris-Kinder waren überglücklich, als ein paar Tage vor Weihnachten das Päckchen ihrer Mutter eintraf, und aufgeregt machten sie sich daran, es auszupacken. Doch was sich ihren Augen darbot, war ein klebriges, krümeliges, wolliges Durcheinander; Flo hatte nicht daran gedacht, die Mince Pies ordentlich zu verpacken. Während die drei älteren Kinder zu überlegen begannen, wie sie die kleistrige Mincemeat-Füllung aus den Schals bekommen könnten, brach die kleine Joanna in Tränen aus. Für sie sagte der Inhalt des Päckchens alles über den bitteren Verlust ihrer Mutter, ihrer Heimat, ihrer glücklichen Kindheit. Sie heulte laut und lief zur Hausmutter, um sich in den Arm nehmen zu lassen, doch sie wurde abgewiesen.

»Wer viel weint, muss weniger pinkeln«, war der einzige Trost, den sie bekam.

30. Kapitel

Folkestone

Flos erstes Treffen mit Dan Schuil war zu Beginn wenig entspannt. Sie saß im Café und las, wie Hurst vorgeschlagen hatte, die *Daily Mail*, damit er sie erkennen würde – als plötzlich eine Stimme hinter ihr sagte: »Liebes, endlich!« Sie drehte sich um und war sehr verblüfft, einen Mann Ende vierzig vor sich zu haben, mit rotem Gesicht, einem kurzen, graumelierten Bart und in Zivil. Irgendwie hatte sie jemand Jüngeres erwartet, in der Uniform eines Seemanns.

Er legte ihr den Arm um die Schultern und küsste sie. »Versuchen Sie, erfreut auszusehen über unser Treffen«, flüsterte er ihr ins Ohr. »Wir sind ein Liebespaar.«

Flo lachte und parierte das Stichwort. Sie flirtete und plauderte munter drauflos, nahm seine Hand und blickte ihm tief in die Augen. Nach dem Tee sagte er mit gesenkter Stimme: »Gehen wir ins Hotel. Und keine Sorge: Es bleibt rein geschäftlich.«

Der Rezeptionist in dem kleinen Hotel in einer Seitenstraße war ganz offensichtlich an unverheiratete Paare gewöhnt, auch wenn er etwas verwundert schien über einen Gast in Schwesterntracht. Als sie auf dem Zimmer angekommen waren, verschloss Schuil die Tür und wurde im selben Moment kühl und geschäftsmäßig.

»Haben Sie etwas für mich?«, fragte er.

Flo griff in ihre Tasche und gab ihm die halbe Krone mit ihrer ersten Nachricht darin.

»Gut«, sagte er, steckte sie ein und gab ihr einen Fünf-Pfund-Schein, die erste Rate ihres Lohns.

»Unsere Freunde haben eine Frage. Ihnen wurde berichtet, dass tausende russische Soldaten von Archangelsk nach Schottland gekommen und nun auf dem Weg durch das Königreich in Richtung auf Antwerpen sind. Haben Sie etwas davon gehört?«

»Nein, nichts«, sagte Flo, die abends meist die Zeitungen im Appleby-Haus las.

»Meiner Meinung nach klingt das sehr unwahrscheinlich, aber könnten Sie Augen und Ohren offen halten? Sie scheinen sich ziemliche Sorgen zu machen.«

»Natürlich. Sagen Sie mir, was Sie mit meinen Berichten tun werden, wenn Sie zurück in Flushing sind?«

»Je weniger Sie darüber wissen, desto besser«, sagte Schuil. »Alles, was ich dazu sagen kann, ist, dass die Drähte nach Antwerpen und vermutlich Berlin recht bald heiß laufen werden.« Und er imitierte die langen und kurzen Töne des Morsecodes.

Sie sprachen noch eine Weile mit gedämpften Stimmen. Schuil erzählte ihr, er habe sich darauf eingelassen, für die Deutschen zu arbeiten, weil die Import-Export-Firma seines Vaters Pleite gemacht hatte. Sein gesamter Besitz war beschlagnahmt worden, und sie waren kurz davor, sein Elternhaus zu verlieren. »Der Schock hat meinen Vater gebrochen. Es ist nun an meinem Bruder und mir, das Geld aufzutreiben, um das Haus zu halten.«

Sie verabredeten ein nächstes Treffen in einem anderen Café am folgenden Dienstag und verließen nacheinander das Hotel.

Bald darauf bekam sie eine Ansichtskarte von Cyril. Sie zeigte eine Fotografie seiner Kompanie, weit über hundert Männer in Uniformen, jedes Gesicht so klein, dass es fast nicht zu erkennen war. Unter dem fünften von rechts in der ersten Reihe war ein Kreuz – er selbst.

»Meine liebe Mutter«, begann er in Bleistift und endete mit: »Wir haben viel zu tun hier, und auch jede Menge Spaß, aber leider wenig Urlaub, um die Stadt einmal zu verlassen. In Liebe, Küsse.« Das hieß, folgerte Flo, dass es nicht leicht für ihn sein würde, nach Folkestone zu kommen, sie würde versuchen müssen, nach Dover zu fahren, wenn er Informationen für sie hatte. An diesem Nachmittag ging sie zum Bahnhof und informierte sich über Abfahrts- und Ankunftszeiten der Züge von und nach Dover.

Flo war gerade mit Mrs Appleby von ihrem täglichen Spaziergang zurückgekehrt, da brachte Dora ein Telegramm für sie. »Hoffentlich keine schlechten Nachrichten, Schwester.«

Flo öffnete den Umschlag und las: »Morgen 15 Uhr Café Priory Station. Cyril«

»Es ist von meinem Sohn, er möchte mich in Dover treffen. Er scheint freizubekommen, wie schön. Seine Einheit ist dort sehr beschäftigt, sagt er.«

»Oh, meine Liebe, Sie müssen fahren«, sagte Mrs Appleby. »Es wird wunderbar sein, ihn zu sehen. Machen Sie sich keine Sorgen, wenn Sie ein bisschen später zurückkommen.«

Ein paar Minuten vor drei kam sie in Dover an, fand einen Platz in besagtem Bahnhofscafé und bestellte sich eine Tasse Tee. Auch hier wimmelte es nur so von Menschen, meist jungen Männern in Uniform. Bald schon tauchte Cyril aus der Menge auf, nahm sie in den Arm und setzte sich. Er bestellte ein Würstchen im Schlafrock und ein großes Stück Kuchen.

»Ich bin so hungrig. Bei unseren Rationen könnte man verhungern«, sagte er und fuhr fort: »Hör zu, Mutter. Ich habe nur ein paar Minuten, ich muss schnell zurück. Aber ich habe etwas für dich zum Weitergeben an Du-weißt-schon-wen.«

Er senkte die Stimme und rückte näher an Flo heran.

»Wir haben gehört, dass die Deutschen planen, Luftschiffe herüberzuschicken – Zeppeline –, um Bomben abzuwerfen.«

»O mein Gott«, stieß Flo flüsternd hervor. »Meinst du, sie werfen sie auf uns? Du meinst, sie bringen den Krieg zu uns?«

»Sie werden es versuchen«, sagte Cyril, »aber das müssen wir verhindern. Wir haben den Befehl bekommen, unsere Suchscheinwerfer nicht bloß auf dem Wasser einzusetzen, sondern auch den Himmel abzusuchen, um sie zu entdecken, bevor sie uns erreichen. Dann müssen wir den Kameraden bei den Fliegern und der Luftstreitmacht Bescheid geben, um sie abzuschießen. Und der Artillerie. Die haben jetzt gepanzerte Wagen mit Maschinengewehren, um sie zu jagen. Das kannst du ihnen sagen.«

»Suchscheinwerfer am Himmel«, wiederholte Flo. »Zeppeline. Das ist leicht zu merken.«

»Und mobile Maschinengewehre«, beharrte Cyril. »Du solltest unsere Stellung sehen«, fuhr er eifrig fort und biss in das Würstchen. »Wir haben diese gigantischen Suchscheinwerfer, wie riesige Trommeln, mit bestimmt einem Meter Durchmesser, mit eingebauten Parabolspiegeln und gewaltigen Kohlebogenlampen. Du kannst dir nicht vorstellen, wie kräftig sie sind. In einer guten Nacht können sie ein Schiff finden, das weit über zehn Kilometer entfernt ist. Sie blenden, sogar von hinten, und du musst aufpassen, dich in der Dunkelheit nicht zu stoßen oder über irgendetwas zu fallen – Generatoren, Kabel, Telefonleitungen. Es ist nicht leicht, sie zu bedienen, und es wird noch ein ordentliches Stück schwieriger sein, mit ihnen nach Luftschiffen Ausschau zu halten. Aber es ist aufregend! Auch wenn wir den Großteil der Nacht auf sind, entweder in der Frühschicht oder der Spätschicht«, fügte er mit etwas weniger Enthusiasmus hinzu.

»Ich habe gehört, dass sie auch hier Flugplätze einrichten wollen. Wenn ich mehr darüber weiß, können wir uns wieder treffen. Was meinst du, Mutter?«

Er verschlang das Würstchen und den Kuchen und verschwand wieder in der Menge, ein paar Schokoriegel in der Tasche, die Flo ihm mitgebracht hatte.

An diesem Abend holte Flo ihren Elfenbeinzahnstocher und ihre kleine Phiole mit dem »Abführmittel« hervor und begann zu schreiben.

Sie hatte sich mehrfach mit Dan Schuil getroffen, in Cafés oder Parks. Inzwischen waren sie geübt darin, sich wie ein Liebespaar zu verhalten und Nachrichten und Geld hinter verschlossenen Türen auszutauschen, und sie waren gute Freunde geworden. Dan hatte sogar anklingen lassen, dass sie eine wirkliche Affäre anfangen könnten. Doch Flo, wenn auch versucht, lehnte ab. »Keine Babys mehr! Das wäre mein Untergang!«, sagte sie.

Eines Nachmittags tauchte Dan nicht am vereinbarten Treffpunkt auf. Flo wartete, ihre Sorge wuchs, und nach einer Stunde ging sie hinunter zum Betriebsbüro der Fähre aus Flushing. Vor dem Büro stand ein großes Schild: »ROUTE FLUSHING/FOLKESTONE EINGESTELLT AUFGRUND VON FEINDESAKTIVITÄTEN. FÄHREN FAHREN VON/NACH TILBURY.«

Tilbury! Das war fast bei London! Wie sollte es ihnen gelingen, sich dort zu treffen? In den wenigen Stunden, die sie freihatte, konnte sie niemals dorthin fahren. Was sollte sie tun? In erregtem Zustand lief sie durch die Stadt, bis schließlich der Groschen fiel. Natürlich: Peter Hurst Bescheid geben.

Sofort ging sie zurück zum Haus und schrieb eine rasche Nachricht mit unsichtbarer Tinte auf die gewöhnliche Urlaubskarte.

Mehrere Tage lang wartete sie voller Unruhe. Würde der herzerwärmende Strom von Geld, das sie als Bollwerk gegen kommende Katastrophen auf die Seite legte, nun versiegen? Ihre Arbeit war nicht beschwerlich, tatsächlich war sie manchmal sogar recht interessant, und sie fühlte sich mehr oder weniger sicher. Würde Hurst eine Lösung finden?

Endlich kam ein Brief. Er war mit Maschine geschrieben und sehr unpersönlich. Sie hatte einen Termin in einer gewissen Arztpraxis um 15 Uhr. »Bitte bringen Sie die Unterlagen mit.« Unterschrieben war er mit »PH«.

Die Adresse führte sie zu einem großen Haus, in dem Arztpraxen und Anwaltsbüros untergebracht waren. Sie war pünktlich und blieb vor dem Gebäude stehen, unsicher, was sie tun sollte.

»Schwester Harris, erinnern Sie sich an mich?«

Sie drehte sich um und sah ins Gesicht eines weißhaarigen Mannes mit dem steifen Kragen eines Geistlichen und schwarzem Mantel.

»Mr Hurst, natürlich! Wie geht es Ihnen? Wie geht es Ihrer Frau?«, improvisierte sie.

»Sehr gut, danke. Sie spricht oft von Ihnen, und wie gut Sie sich um sie gekümmert haben, als es ihr so schlecht ging. Und ich habe Neuigkeiten – ich habe eine neue Gemeinde, in Hampshire … Hätten Sie Zeit für eine schnelle Tasse Tee?«

Sie schlenderten zu einer Teestube am Ende der Straße, und Hurst führte sie zu einem Tisch, der etwas abseits stand, wo niemand ihnen zuhören konnte. Sie bestellten Kümmelkuchen und eine Kanne Tee.

Mit dem Rücken zum Raum sagte Hurst mit gedämpfter Stimme: »Die Nachricht über die Fähre war ein schwerer Schlag. Wir suchen noch immer nach einer guten Lösung. In der Zwischenzeit tun Sie Folgendes: Sie schreiben ihm postlagernd nach Tilbury – leidenschaftliche Liebesbriefe, bitte – mit Ihren Berichten in unsichtbarer Tinte auf der Rückseite. Er wird Ihnen das Geld postlagernd nach Folkestone schicken.

Das ist nicht ideal. Ich habe immer versucht, die Post zu vermeiden, denn ich weiß, wie genau der Geheimdienst Ihrer Majestät sie im Auge hat, doch es ist im Moment die beste Möglichkeit, bis wir einen sichereren Weg ausgekundschaftet haben.«

»Ich weiß nicht, ob mir das gefällt. Es klingt gefährlich!« Flo war beunruhigt.

»Keine Sorge. Es kann nur auffliegen, wenn jemand dem Geheimdienst einen Wink gibt. Doch weil nur Sie, ich und Dan Schuil Bescheid wissen, ist das höchst unwahrscheinlich. Ihre Berichte sind wichtig, Antwerpen möchte nicht darauf verzichten. Sie sind sehr zufrieden mit Ihrer bisherigen Arbeit.«

»Die Nachricht über die Suchscheinwerfer kam durch meinen Sohn, wie Sie bemerkt haben werden«, sagte Flo in der Hoffnung, seiner Erinnerung daran auf die Sprünge zu helfen, dass Cyril auch bezahlt werden sollte.

»Wie ich gehört habe, war man da oben sehr interessiert an dieser Meldung und hätte gern mehr Informationen über Flugplätze und den Aufbau von Luftverteidigung entlang der Küste. In Anbetracht dessen wäre es schön, wenn Cyril ein wenig mobiler wäre, und ich würde vorschlagen, er sollte ein wenig Geld bekommen, um sich ein Motorrad zu kaufen.«

»Ich bin sicher, das wird Cyril gefallen«, lachte Flo. »Er wollte schon immer ein Motorrad haben.«

»Ein gebrauchtes, wie ich schnell hinzufügen muss. Hier …« Er griff nach der Speisekarte, ließ heimlich einen Umschlag darunter verschwinden und schob die Karte zu Flo hinüber. »Das sollte die Kosten für eine gute gebrauchte Maschine decken, und es bringt Sie und Cyril wieder auf den aktuellen Stand, was die Bezahlung angeht. Gehe ich recht in der Annahme, dass Sie ebenfalls etwas für mich haben?«

Ein Umschlag mit den beiden Münzen überquerte den Tisch auf demselben Weg. Hurst entschuldigte sich und ging auf die Toilette. Als er zurückkam, ließ er die leeren Münzen in Flos Tasche fallen. »Die müssen Sie behalten, man kann nie wissen.

Ich muss los«, sagte er, als sie den Tee ausgetrunken hatten.

»Es war so schön, Sie wiederzusehen«, sagte Flo laut und stand ebenfalls auf. »Bitte grüßen Sie Ihre Frau und Ihre reizenden Kinder von mir. Und herzlichen Dank für den Tee.« An der Tür schüttelten sie sich noch einmal die Hände und trennten sich, jeder ging in eine andere Richtung davon.

Cyril war im siebten Himmel, sauste über die bereiften Hügel auf seinem schwarzen Triumph-Motorrad, das er mit Hursts Geld dem Bruder eines Kameraden aus seiner Einheit abgekauft hatte. Es war eisig kalt, doch das nahm er kaum wahr, er war außer sich vor Freude über den Krach, den es machte, und die Geschwindigkeit, in der er über die kleinen Landstraßen und Feldwege rasen konnte, sodass Hunde und Hühner nur so zur Seite sprangen. Jeden Moment seiner raren Freizeit verbrachte er auf der Maschine und durchkämmte die Küstengegend auf der Suche nach seiner anderen Leidenschaft, der Luftfahrt.

Flugfelder entstanden plötzlich in ganz Kent, von denen die Luftstreitmacht und die Flieger der Armee abfliegen würden, erstere, um über dem Ärmelkanal Patrouille zu fliegen, auf der Suche nach feindlichen Schiffen und U-Booten, letztere, um Erkundungsflüge durchzuführen, feindliche Flugzeuge und Anlagen zu bekämpfen und zu bombardieren. Cyril liebte vor allem Swingate Down, mit seinen Flugzeugen, Holzhütten und Hangars in der Nähe von Dover Castle. Von hier hatten in den ersten Kriegstagen vierundsechzig fragile Doppeldecker mutig den Weg über die gewaltige Breite des Ärmelkanals in Angriff genommen, um die britischen Truppen bei ihrem Einsatz in Frankreich fern der Heimat zu unterstützen.

Aufgrund seiner neugewonnenen Mobilität und seiner Begeisterung für das Fliegen hatte Cyril seine Vorgesetzten überzeugen können, ihn als informellen Verbindungsoffizier für nicht eilige Belange – für Fliegeralarm hatten sie Telefonverbindungen – mit den Staffelführern einzusetzen. Er durfte sich in die Flugzeuge setzen und manchmal, wenn er Glück hatte, sogar mitfliegen. So erfuhr er, dass ein neues Flugfeld, oder Aerodrom, wie manche es nannten, weiter östlich in Walmer entstand, wo ausgezeichnete Piloten den Schiffsverkehr schützen sollten; dass neue und verbesserte Wasserflugzeuge in Dover eintrafen, wo eine Eislaufbahn zu einer Landebahn umfunktioniert worden war; dass Flugzeuge in Capel-le-Ferne stationiert wurden, auf halber Strecke nach Folkestone; dass Flugzeuge in Lympne London gegen deutsche Zeppeline und Gotha-Bomber verteidigen sollten und so weiter.

Es gefiel ihm, unerwartet im Haus der Applebys aufzutauchen, um seine neueste Ausbeute weiterzugeben, und Mrs Appleby, alles andere als verärgert darüber, schien ihn ins Herz geschlossen zu haben. Auf dem Weg nach Hause träumte er davon, Pilot zu werden, und wünschte sich, er hätte sich dem Unternehmen von Fred Handley Page angeschlossen. Darnley hatte Unrecht gehabt, das Fliegen hatte eine große Zukunft. Verdammter Darnley, dachte er, auch wenn er zugeben musste, dass das Fliegen nach wie vor eine Domäne der reichen Männer war, und noch dazu eine höchst gefährliche. Viele Piloten starben bei Unfällen und Abstürzen. Vielleicht, fantasierte er, wenn der Krieg vorbei ist …

Als er in das Lager zurückkam, sah er eine Gruppe seiner Kameraden zusammenstehen und auf das Meer hinausblicken. Er ging hinüber. »Was gibt es?«, fragte er.

Seit er in Dover angekommen war, war in der Meerenge viel los gewesen, sowohl bei Tag als auch bei Nacht: Schiffe, die Minen verlegten, Marineboote, die Patrouille fuhren, Ausschau nach dem Feind hielten, Schiffe mit Soldaten oder Handelsschiffe beschützten oder mit anderen Kriegsaktivitäten beschäftigt waren. Doch jetzt waren da noch kleine Fischdampfer, die etwas Schweres zogen, andere waren festgemacht, und ihre Besatzungen arbeiteten an etwas, das Cyril nicht erkennen konnte.

»Sie verlegen riesige Stahlnetze unter Wasser, um deutsche U-Boote aufzuhalten«, sagte einer. »Es wird eine regelrechte Sperrmauer geben – von hier bis nach Frankreich. Da wird der Hunne es sich zweimal überlegen, ob er durch den Ärmelkanal kommt.«

Morgen muss ich Mama noch mal besuchen, dachte Cyril.

Antje ging es langsam, aber stetig besser. Flo war inzwischen fast zu einem Familienmitglied der Janssens geworden, verbrachte viele ihrer freien Momente bei ihnen im Dachgeschoss und plauderte, ihr spärliches Deutsch half ihr dabei, ein paar Worte Flämisch zu verstehen. Die beiden Frauen waren beschämend dankbar für ihre Hilfe, und die Ältere wollte ihr eine Diamantbrosche schenken, die sie auf ihrer Flucht mitgenommen hatte. Aber Flo weigerte sich, sie anzunehmen, wusste sie doch, dass die Brosche zweifellos ein Familienerbstück war und eine Erinnerung an ihr Leben vor dem Krieg.

Gerrit war die meiste Zeit nicht zu Hause. Flo stellte sich vor, dass er mit seinen belgischen Armeekameraden trainierte und sich für die Rückkehr in den Krieg vorbereitete. Auch wenn er seine kleine Schwester verehrte, so waren doch alle dankbar, dass er sich in diesen schwierigen Tagen rarmachte. Flo mochte Gerrit, er war spaßig und enthusiastisch, und sein exzellentes Englisch machte es leicht, sich mit ihm zu unterhalten.

Eines Abends kam er ungewohnt früh zurück, und als

sie und seine Familie in dem kleinen Wohnzimmer unter dem Dach saßen, fragte Flo ihn, wann er erwartete, zurück in den Kampf nach Belgien geschickt zu werden.

»Im Augenblick noch nicht«, sagte er. »Die anderen gehen bald, aber ein paar von uns arbeiten jetzt mit Kapitän Cameron unten an der Marine Parade, wir sammeln alle Informationen über den Krieg aus Belgien und Frankreich, die wir bekommen können. Es sind auch ein paar französische Kameraden dabei.«

Flo spitzte die Ohren.

»Wie erfahrt ihr, was dort vor sich geht?«

»Ach, Leute, die mit Booten hierhergeflohen sind, geheimer Austausch. Ich darf nicht wirklich darüber sprechen.«

Nachdem sie den Janssens gute Nacht gesagt hatte, saß Flo in ihrem Nachthemd an dem kleinen Tisch, den Elfenbeinzahnstocher und das Fläschchen mit unsichtbarer Tinte vor sich, und grübelte darüber nach, was sie in ihre nächste Nachricht schreiben sollte. Das würde Steinhauers Leute mit Sicherheit interessieren. Doch nach ein paar Minuten räumte sie Zahnstocher und Fläschchen zur Seite und schlüpfte ins Bett. Aus irgendeinem Grund wollte sie den Deutschen nicht erzählen, was ihr Freund Gerrit und seine Kameraden planten.

31. Kapitel

Antwerpen, Belgien

»Gott sei Dank sind Sie da«, sagte Kommandant von Schiller, als sein Stellvertreter in der Tür seines neuen Büros erschien. Kapitän Böhnke musste sich zwischen Türmen von Kartons hindurchschlängeln, um zum Schreibtisch seines Chefs zu gelangen. Der Kommandant machte eine Geste, die den ganzen Raum einschloss. »Ich soll diesen ganzen Laden hier zum Laufen bringen, und sie haben mir noch nicht einmal Schränke und Regale besorgt. Meine Sekretärin ist verzweifelt. Erst schicken sie uns von Berlin nach Brüssel, dann von Brüssel hier nach Antwerpen, und das alles in einem Jahr. Wir sollen das größte und wichtigste unserer Geheimdienstzentren sein, aber wie sollen wir arbeiten, während wir mit allem Drum und Dran und von jetzt auf gleich auf dem Kontinent hin- und hergeschoben werden? Nun, Befehl ist Befehl, und hier sind wir – im kompletten Chaos.«

»Offen gesagt, Sir, Sie scheinen das gut in der Hand zu haben. Ich habe gesehen, dass die Funker unten schon alles aufgebaut haben und fleißig arbeiten.«

»Nun ja, zumindest die Berichte kommen nun ordnungsgemäß herein. Hat man eine Unterkunft für Sie gefunden?«

»Ja, ein reizendes großes Haus mitten im Zentrum.

Die Bewohner sind offensichtlich geflohen. Sie müssen ziemlich reich gewesen sein. Alles ist genau so, wie sie es verlassen haben. Ich würde gern meine Familie nachholen, wenn die Kämpfe vorbei sind.«

»Planen Sie jetzt nichts. Wie es aussieht, werden die Kämpfe noch einige Monate andauern.«

Der Kommandant sah auf eine Uhr, die noch am Boden stand und an der Wand lehnte. »Schauen Sie, ich muss los und 111b, unser Gegenstück bei der Armee, über unsere neusten Berichte aus dem Königreich informieren. Sie sind immer noch abhängig von den Informationen, die wir als Marine sammeln. Wollen Sie mitkommen? So sind Sie auch schnell auf dem neuesten Stand.«

Die beiden Männer gingen die Steinstufen hinab, überquerten den kleinen Hof und grüßten zackig zwei Offiziere der Armee, Oberstleutnant Braunmühl und Major Berger, die zeitgleich mit ihnen an der Tür der Büros von 111b ankamen.

»Setzen Sie sich«, sagte der Oberstleutnant, nachdem man einander vorgestellt hatte. »Was haben Sie heute für uns, Herr Kommandant? Es gibt sicher einiges aufzuholen nach dem Umzug aus Brüssel.«

»In der Tat«, antwortete von Schiller. »Ich werde Sie nicht mit den Bewegungen auf dem Wasser langweilen, das ist unsere Sache. Aber es wird Sie interessieren, dass die Briten unser Vorhaben herausgefunden haben, Zeppeline mit Bomben hinüberzuschicken, und ihre Abwehr entsprechend verstärken.«

»In welcher Art und Weise?«, fragte der Major. Der Kapitän reichte ihm den Bericht.

»Sie haben ihre Suchscheinwerfer-Einheiten an der Küste angewiesen, auch den Himmel abzutasten und nach Luftschiffen und Fluggeräten Ausschau zu halten. Sie haben eine erstaunliche Zahl an Flugzeugen in Bereitschaft auf einer wachsenden Zahl von Flugfeldern. Und sie haben Maschinengewehre auf Fahrzeugen, sodass sie die Zeppeline an Land verfolgen können. Über die Schussweite dieser Maschinengewehre wissen wir nichts.

Auf Basis dieser Informationen haben wir ein paar Spione hingeschickt, Frauen, um genau zu sein, um mehr herauszufinden.«

»Frauen!«, schnaubte der Major. »Was sollen Frauen uns über Luftabwehr erzählen können?«

»Eine ganze Menge«, entgegnete der Kommandant scharf. »Sie sind hier an unserer neuen Spionageschule ausgebildet worden, die gerade gegründet wurde und die, ob Sie es glauben oder nicht, Herr Major, von einer Frau geführt wird, Fräulein Dr. Schragmüller, die sehr, sehr gut ist. So gut, dass sie auch für das Sammeln von Geheimdienstinformationen in Frankreich verantwortlich ist, während wir uns um England kümmern.

Sie werden spotten, aber tatsächlich sind einige unserer verlässlichsten Spione an der Südküste Englands Frauen. Wie diese hier.«

Er las einen anderen Bericht vor: »›Fünfzehntausend Freiwillige haben am 10. November Folkestone in Richtung Calais verlassen.‹« Er zeigte ihn dem Oberstleutnant.

»Und dann hier: ›Weitere Truppen haben Folkestone verlassen in Richtung Nieuwport, um die Belgier zu unterstützen.‹

Und hier: ›Englischer Soldat hat mir erzählt, dass er mit 25 000 Männern am 20. November von Portsmouth nach Le Havre fährt. Achtzehn Transportschiffe liegen angeblich in Dover und Folkestone bereit, Ziel ist Calais.‹«

Er reichte den Offizieren der Armee die Papiere. »Sie bekommen das alles auch noch einmal offiziell, sobald meine Sekretärin eine Schreibmaschine und Papier hat.«

»Wer ist diese Frau in Folkestone, wenn ich fragen darf?«, wollte der Oberstleutnant wissen.

»Ich kenne ihre Identität selbst nicht. Wie Sie sich vorstellen können, führen wir nicht Buch über die wahren Identitäten unserer Leute. Steinhauer scheint sie angeworben zu haben, doch nun wird sie von unserem Mann geführt, der sich in Deutschland Peter Herz nennt und Hurst in England. Ich bin nicht sicher, ob das überhaupt sein richtiger Name ist. Sehr charmant nach außen, aber kalt wie ein Fisch. Typ Killer, wenn Sie mich fragen. Aber er ist sehr findig, wenn es darum geht, wie man die Berichte außer Landes bekommt. Hat all die dummen Fehler vermieden, die Steinhauer gemacht hat. Mögen sie beide lange leben.

Im Übrigen, Herr Major«, fügte er hinzu und wechselte das Thema, »erzählen Sie mir nicht, Sie hätten nicht auch Frauen hier auf dem Kontinent, die Ihnen Informationen verschaffen, mir sind Gerüchte über eine besonders mondäne zu Ohren gekommen. Eine exotische Tänzerin.«

»Tatsächlich mehr mondän als effektiv«, sagte der Major verschnupft. »Ich bevorzuge unauffällige Männer, die ihren Job verstehen und geräuschlos arbeiten.«

32. Kapitel

Folkestone

Während der Kommandant sprach, befand sich das Subjekt seiner Lobrede in Alarmzustand. Flo hatte einen Brief bekommen, der direkt an sie im Appleby-Haus adressiert war. Er war in Hursts Handschrift verfasst, gab aber vor, von Schuil zu sein.

»Liebste,

A. hat unser wundervolles Geheimnis entdeckt. Wir müssen fürs Erste jeden Kontakt abbrechen. Verzweifle nicht, ich werde eine andere Lösung finden. Oh, Dich wieder in meinen Armen halten zu können! Leidvoll, Dein Dich anbetender D.«

Flo geriet in Panik. Sie wusste genau, was das bedeutete. Der Geheimdienst konnte ihr auf den Fersen sein. Natürlich hatte sie einen falschen Namen benutzt, aber den Angestellten auf dem Postamt in Folkestone würde es nicht schwerfallen, sich an die Frau zu erinnern, die regelmäßig kam, oft in ihrer Schwesterntracht, um ihre Briefe abzuholen. Was sollte sie tun? Würde die Polizei das Haus durchsuchen? Sie musste schnell alle belastenden Beweise loswerden – die unsichtbare Tinte, den Zahnstocher, das Schreibpapier!

An diesem Abend, als die Hausangestellten und alle anderen zu Bett gegangen waren, schlich sie in die Küche und schürte das sterbende Feuer. Sie riss Hursts Brief, ihre eigenen Umschläge und ihr Briefpapier in kleine Stücke und fütterte die Flammen damit, Handvoll für Handvoll, zerdrückte die verkohlten Überreste mit dem Schürhaken zu den kleinstmöglichen Flöckchen und rührte sie unter die Asche. Sie warf den Zahnstocher hinterher, doch der schien nicht besonders gut zu brennen, und so schob sie ihn an die Seite und brach ihn, als er abgekühlt war, in kleinste Stückchen, die sie ebenfalls unter die Asche mischte.

Und die unsichtbare Tinte? Die Phiole sah vollkommen unverfänglich aus, doch nichtsdestotrotz schüttete sie den Inhalt in das Abflussloch der Spüle, wusch das Fläschchen aus und weichte es ein, bis sich das handgeschriebene Etikett löste. Es sah aus wie jedes andere Medizinfläschchen, und so warf sie es in den Mülleimer. Das war alles viel einfacher gewesen, als sie gedacht hatte. Und für den Notfall hatte sie noch immer den weißen Kragen, den Hurst in irgendeiner Lösung eingeweicht und von dem er gesagt hatte, dass sie unsichtbare Tinte daraus gewinnen könnte. Das würde niemand ahnen. Natürlich konnten sie ihr trotzdem auf die Schliche kommen, irgendwie. Sie lag die ganze Nacht wach. War Dan erwischt worden?

Von nun an versuchte Flo, ihre Wege zu ändern, soweit das in ihrer Hand lag. Sie erklärte, The Leas sei im Winter viel zu kalt und windig, warf einen kurzen Blick auf die sich sammelnden Truppen und steuerte Mrs Applebys Rollstuhl in geschütztere Straßen. Sie vermied das Postamt und kaufte ihre Briefmarken am Bahnhof. Sie wusste, dass Hurst früher oder später auftauchen oder sie irgendwie kontaktieren würde, doch fürs Erste war sie froh und erleichtert, nicht berichten zu müssen. Es beunruhigte sie, dass der Geldfluss ausblieb, doch sie tröstete sich mit dem Gedanken, dass sie bereits eine ansehnliche Summe zur Seite gelegt hatte, versteckt im Innenfutter ihrer Reisetasche im Schrank, und weniger Angst haben musste, wieder mittellos dazustehen.

Aus der Ferne schwang ein Dröhnen über die Klippen. Als sie es das erste Mal gehört hatte, dachte sie, es sei Donner, aber James erzählte ihr, das sei der Klang großer Waffen von den Kämpfen, die in Frankreich und Belgien wüteten. Flo war von Herzen dankbar, dass dreißig Kilometer Wasser zwischen ihnen und dem Krieg lagen.

Drei Wochen vergingen, bevor sie wieder von Hurst hörte. Ein weiterer Brief erreichte sie, darin stand nur: »Mittwoch, 15 Uhr, Holy Trinity Church, Sandgate Road«. Die Kirche war nicht weit vom Haus entfernt. Mrs Appleby und Matilda wohnten seit vielen Jahren hier dem Gottesdienst bei, immer in derselben Kirchenbank, in die Flo jeden Sonntag den Rollstuhl der alten Dame schob. Flo fragte sich, ob ihm das bekannt war.

Sie kam ein paar Minuten zu spät an der Kirche an. Draußen und im Eingangsbereich war Hurst nicht zu sehen, und so ging sie hinein und sah ihn in der Bank, in der sie immer saß, direkt hinter der Bank der Familie Appleby. Er kniete, schien ins Gebet vertieft. Nach kurzem Zögern ging sie und kniete sich neben ihn.

»Was ist passiert?«, flüsterte sie.

Ein Kirchendiener tauchte auf. Hurst senkte den Kopf, als bete er noch, und schwieg. Sie warteten, bis der Kirchendiener wieder in der Sakristei verschwunden war.

»Dan Schuil hat entdeckt, dass der Umschlag Ihres letzten Briefes aussah, als sei er geöffnet und ungeschickt wieder zugeklebt worden«, raunte er. »Machen Sie sich nicht zu große Sorgen, der Brief selbst scheint nicht gelesen worden zu sein – die unsichtbare Tinte war nach wie vor unsichtbar.«

»Was meinen Sie, wer das gewesen sein könnte?«

»Ich weiß es nicht. Es ist mir ein Rätsel. Aber ganz offensichtlich können wir diesen Weg nicht länger nutzen.«

»Ich habe Angst«, flüsterte Flo. »Ich möchte nicht mehr weitermachen.«

»Seien Sie nicht dumm«, sagte Hurst gereizt. »Es gibt keine Anzeichen dafür, dass sie in der Lage sind, unsere unsichtbare Tinte zu lesen, und Ihr Alibi ist absolut glaubwürdig. Wir müssen nur sicherstellen, dass Sie beide, sollte es zum Schlimmsten kommen, dieselbe Geschichte erzählen, wie Sie sich kennengelernt haben. Ich schlage vor, dass Sie im selben Café saßen, als eine Kellnerin stolperte und eine Kanne brühend heißen Tees auf Dan fallen ließ. Als Krankenschwester haben Sie eingegriffen und Erste Hilfe geleistet, und er lud Sie an seinen Tisch ein.«

»Das klingt plausibel«, flüsterte Flo. »Werden Sie dafür sorgen, dass Dan auch davon weiß?«

»Selbstverständlich«, sagte Hurst. »Und sollten Sie

befragt werden, halten Sie sich an die Geschichte und nichts als diese Geschichte.

Mir ist es zumindest gelungen, einen anderen Weg für Ihre Informationen einzurichten«, fuhr er fort, während er sich erhob und auf der Bank Platz nahm. »Es wird viel einfacher für Sie sein, und sogar sicherer. Hier …« Er nahm vier Pennys aus seiner Tasche. »Das sind die armen Verwandten unserer halben Kronen. Ich werde nie verstehen, warum die Briten darauf bestehen, so große Münzen zu haben, wenn sie so wenig wert sind, doch für unsere Belange sind sie praktisch. Sehen Sie, Sie können sie öffnen wie die anderen und Ihre Nachrichten auf Seidenpapier hineintun. Und nun kommen Sie …« Er führte sie zu einer Bank in einem Seitenschiff im hinteren Teil der Kirche.

»Wann immer Sie eine Nachricht zu übermitteln haben, stecken Sie eine davon hier hinein …« Er beugte sich hinunter und hob ein schweres, arg ramponiertes altes Fußkissen vom Boden auf. Es gab eine kleine Öffnung in der Naht zwischen der Oberseite des Kissens, die aus einem Material ähnlich dem eines Wandteppichs gemacht war, und seiner Unterseite, die aus abgenutztem Leder bestand. Es sah aus, als habe sie sich mit der Zeit gelöst.

»… und hinterlassen es so.« Er legte das Kissen unter den Sitz der Kirchenbank, anstatt in den Fußraum. »Hier finden Sie auch Ihre leeren Pennys und ebenso Ihren Lohn.

Ich brauche Ihnen nicht zu sagen, dass Sie sich dieser Stelle niemals während des Sonntagsgottesdienstes nähern dürfen, wenn andere Leute dabei sind. Stattdessen bitte ich Sie, sehr fromm zu werden und die Kirche in Ihrer Freizeit zu besuchen, wenn niemand sonst hier ist, Sie könnten sagen, Sie beten für Ihren Sohn, der an der Front ist. Die beste Zeit ist der frühe Nachmittag, wenn der Kirchendiener freihat.«

»Wäre es nicht einfacher, es dortzulassen, wo ich immer sitze?«, fragte Flo unbedarft.

»Das wäre ausgesprochen dumm, Schwester«, zischte Hurst. »Sollte das Versteck je entdeckt werden, könnte es sofort mit Ihnen in Verbindung gebracht werden.«

Flo wurde rot vor Scham.

»Hier ist übrigens mehr von dem ›Abführmittel‹, das Sie brauchen werden«, sagte Hurst und gab ihr eine weitere kleine Phiole.

Dann war er verschwunden.

Ein seltsamer Mann, dachte Flo, irgendwie unheimlich. Er ließ sich niemals zu einem Plausch hinreißen, verriet nie etwas über sich selbst. War er verheiratet, hatte er Kinder, wie man es bei einem Mann seines Alters vermuten würde? Seine Kälte war befremdlich, sogar einschüchternd. Sie war daran gewöhnt, Menschen für sich gewinnen zu können, besonders Männer, mit ihnen zu plaudern und schnell eine freundliche Beziehung zu knüpfen, doch Hurst schien undurchlässig für jede Art von Charme zu sein und kein Interesse an irgendeiner Art von Verhältnis zu haben.

Sie fragte sich auch, wo er lebte und wie er sich fortbewegte. Welche Rolle spielte das Fischerboot, auf dem sie sich einige Monate zuvor getroffen hatten? Reiste er damit von Hafen zu Hafen? Lagen deshalb die ständig wechselnden Adressen, die er ihr für den Notfall gab, nicht länger in der Nähe von Epping, sondern in irgendwelchen Fischerdörfchen? Als Fischer würde er mit Sicherheit kaum auffallen, dachte sie, und wenn es Probleme gab, konnte er einfach über den Ärmelkanal ins besetzte Frankreich verschwinden.

Doch eines war sicher, er würde es ihr niemals verraten.

An diesem Abend wollten Mrs Appleby, Flo und die Janssens sich gerade zum Essen setzen, als sie Unruhe draußen auf der Straße hörten. James öffnete die Haustür, und sie vernahmen die Stimme eines Nachbarn, der sagte: »Deutsche«, und: »Hier, hier.« Auf den Stufen erschienen zwei Männer, ein Polizist und ein vornehm aussehender Herr in Zivil, der Flo vage bekannt vorkam. Zwei weitere Polizisten standen auf der Straße.

»Guten Abend. Wir haben Hinweise bekommen, dass jemand von einem Ihrer Fenster aus Blinksignale gesendet hat, möglicherweise zu einem feindlichen Schiff auf dem Kanal«, sagte der Polizist verlegen. »Ich fürchte, wir müssen Ihr Haus durchsuchen.«

Flo erstarrte vor Schreck.

»Es war das Fenster ganz oben, wie wir gehört haben.«

»Es tut mir wirklich leid. Könnten Sie uns das oberste Zimmer zeigen?«, sagte der andere Mann.

Es war der Raum, in dem die Janssen-Damen schliefen.

»Das ist unmöglich!«, protestierte die jüngere, als sie begriff, was sie wollten. »Wir sind keine Spione!« Doch schließlich ließ sie sich darauf ein, die Männer gemeinsam mit James in das Zimmer zu begleiten.

Während sie hinaufgingen, erklärte Flo, die versuchte, ihr Zittern unter Kontrolle zu behalten, mit lauter Stimme der fassungslosen Mrs Appleby, was vor sich ging.

Das Warten war qualvoll. Dann hörte sie zu ihrem Erstaunen die beiden Männer, Mrs Janssen und James die Treppe herunterkommen – sie lachten. James hatte eine Glühbirne in der Hand.

»Es war bloß eine schadhafte Glühbirne über dem Frisiertisch am Fenster«, erklärte James. »Sie ging ständig an und aus, und das wohl schon seit einer geraumen Zeit, wie Mrs Janssen sagt. Ich werde eine neue besorgen.

Es klingt ganz danach, als sei es wieder diese Mrs Seymour, die Ärger macht.«

Flo gab seine Kommentare mit lauter Stimme an Mrs Appleby weiter, die mit den Augen rollte und murmelte: »Garstige Frau. Sie sollte sich um ihre eigenen Angelegenheiten kümmern.«

In diesem Moment trat Gerrit durch die Tür und rief: »Hauptmann Miller, was führt Sie her?«

»Janssen, alter Junge, hier wohnen Sie?«, rief der Mann in Zivil. Die beiden klopften einander kameradschaftlich auf den Rücken. »Hauptmann Miller ist bei der – Sicherheit. Wir arbeiten zusammen«, erklärte Gerrit. Flo, in der wieder die Angst aufstieg, erklärte es Mrs Appleby.

Der Hauptmann und der Polizist waren sich einig,

dass es ganz offensichtlich keinen Grund dafür gab, das ganze Haus zu durchsuchen, und der Polizist verabschiedete sich. Hauptmann Miller wurde eingeladen, sich zu dem unterbrochenen Abendessen hinzuzugesellen. Er sah auf die Uhr. »Nun, ich habe Dienstschluss, also ja, gern. Herzlichen Dank.«

Bei der rasch wieder aufgewärmten Suppe versuchte er, seine Gastgeber zu beruhigen. »Machen Sie sich keine Sorgen, das passiert am laufenden Band. Die Leute sind überzeugt, dass deutsche Spione überall sind, auf den Dächern, unter den Betten. Wir müssen natürlich jedem Hinweis folgen, aber welch ein Unsinn, eine schreckliche Zeitverschwendung. Es *gibt* deutsche Spione in Folkestone, vermutlich mehrere, aber die sind schlauer, als die Leute denken.«

Flos Herz begann zu hämmern. »Was tun sie hier?«, fragte sie, so unschuldig wie möglich.

»Oh, vermutlich berichten sie, wie viele Soldaten von hier in Richtung Kontinent geschickt werden, über Schiffsbewegungen, alles, was sie über unsere Abwehr herausfinden können, was Gerrit und seine Kollegen machen; eben alles, was der anderen Seite nützlich sein könnte.«

»Aber wie bekommen sie diese Informationen nach Deutschland?«

»Auf jeden Fall nicht, indem sie Morsezeichen zu irgendwelchen imaginären Schiffen auf dem Meer schicken! Wenn wir das wüssten, wäre es sicher einfacher, sie zu kriegen. Aber wir glauben, dass viele Nachrichten, und natürlich die Spione selbst, mit den Fähren kommen und gehen. Deshalb haben wir so viele Leute, die

die Schiffe und die Passagiere durchsuchen, und sogar die Besatzung.

Neulich dachte ich, ich hätte jemanden. Eine Holländerin, sehr attraktiv, teuer gekleidet, Pelze, Schmuck, Parfum und all das, sie kam mit dem Schiff aus Dieppe. Unsere Jungs in Frankreich hatten sie schon eine ganze Weile im Auge. Wir haben ihr Gepäck durchsucht, und ich habe sie ausführlich verhört, aber ich konnte keinen Grund für eine Festnahme finden, und so musste ich sie gehen lassen. Sie wollte ohnehin nicht in England bleiben, sie wollte nach Holland, um ihren Liebhaber zu treffen, wie sie sagte, irgendeinen holländischen Oberst. Einen von vielen Verehrern, vermute ich. Sie war, oder ist, wenn wir schon dabei sind, eine exotische Tänzerin, recht berühmt, zumindest meint sie das.« Er imitierte eine hochmütige Frau, die Nase in die Luft gereckt und eine Zigarette in der Hand: »›Sie wissen nicht, wer ich bin, Herr Hauptmann?‹ Ihr Bühnenname ist Mata Hari.«

Als er weitersprach, bemerkte Flo, dass er ein auffälliges dunkelrotes Muttermal hatte, eine Art Schnörkel, an der Seite seines Gesichts. Sie war sicher, ihn schon einmal gesehen zu haben, aber wo?

Das Gespräch verlegte sich auf andere Themen, doch wenig später drehte sich Hauptmann Miller zu ihr und sagte: »Wissen Sie, Schwester, ich habe dieses sonderbare Gefühl, dass wir uns schon einmal begegnet sind, aber ich kann einfach nicht sagen, wo oder wann.« Flo lachte und gab zu, denselben Eindruck zu haben. Er schlug ein paar Möglichkeiten vor, doch es schien keinen Punkt zu geben, an dem sich ihre Wege je gekreuzt haben könnten.

Merkwürdig genug trafen sich Flo und der Hauptmann in den nächsten Tagen gleich zweimal zufällig in der Sandgate Road, nicht weit von der Kirche. Der Hauptmann erklärte, seine Unterkunft sei ein Stück die Straße hinab gelegen. Flo, ein wenig beunruhigt, behauptete, oft allein in die Kirche zu gehen, um für ihren Sohn zu beten, der an der Front war. Beim nächsten Treffen würde sie Hurst sagen, dass sie diesen Weg für ihre Nachrichten aufgeben mussten.

Als sie sich zum zweiten Mal trafen, hatte der Hauptmann, der sich offensichtlich in die lebhafte rothaarige Krankenschwester verguckt hatte, gesagt: »Schwester, das Schicksal scheint entschlossen, dass wir uns kennenlernen sollen. Darf ich vorschlagen, dass wir uns am Sonntag zu einem Spaziergang treffen, während dem wir ergründen, wo und wie wir uns zuerst begegnet sind?« Flo, dem charmanten Hauptmann mitnichten abgeneigt, hatte eingewilligt.

33. Kapitel

Wieder näherte sich Weihnachten. Flo hatte sich eine Woche Ferien nach Neujahr erbeten und sie bekommen, sodass sie endlich die Kinder im Waisenhaus besuchen konnte. Vor den Festtagen hatte sie zwei Berichte abgeschickt, der eine war eine Information von Cyril über die Flugplätze, die in der Region um Dover und Folkestone entstanden waren. Der andere enthielt die Nachricht über ein Truppenkontingent, das für zwei Wochen Heimurlaub von der Front geholt wurde, um im Januar wieder zurückgeschickt zu werden. Oscars Regiment würde auch dabei sein.

Seine Familie war überglücklich. Mrs Appleby und Matilda hatten ein schlichtes Weihnachtsfest geplant, mit Blick auf die Zeiten und die Nahrungsmittelrationierung, doch sobald die Nachricht sie erreichte, wurden James und Dora losgeschickt, den größten Weihnachtsbaum zu kaufen, den sie finden konnten, die Geschäfte zu durchkämmen und ihre Kontakte zu nutzen, in der Hoffnung auf einen besonders dicken Truthahn, Champagner und welchen Luxus auch immer sie in die Finger bekommen könnten. »Wir wollen ein großartiges Fest!«, kündigte Matilda an.

Dora und James waren gerade zum Einkauf aufgebrochen, als der Postbote einen Brief für Mrs Appleby brachte. Auf Wunsch der alten Dame öffnete Flo ihn und wollte ihn ihr gerade vorlesen, als sie innehielt und nach Atem rang. »Was ist los?«, fragte Mrs Appleby beunruhigt.

Flo hatte keine Wahl, als es ihr zu sagen. »Mrs Appleby, Ihr Sohn ist verwundet worden. Er kommt heute Abend mit der *HMS Glenart Castle* in Dover an.« Die alte Dame wurde blass.

»Dann fahren wir nach Dover und bringen ihn her«, bestimmte Matilda, die gerade das Zimmer betreten hatte. »Mach dir keine Sorgen, Mama, wir kümmern uns um ihn.« Flo pflichtete ihr aus vollem Herzen bei.

An diesem Abend erreichten Flo und Matilda mit James am Steuer des Familienwagens unter einigen Schwierigkeiten, die den Zugangsbeschränkungen für Privatpersonen geschuldet waren, den Hafen von Dover. Flo war entsetzt. Die *Glenart Castle* stellte sich, mit großen roten Kreuzen auf beiden Seiten, als Hospitalschiff heraus. Verwundete Männer, viele von ihnen gestützt von Kameraden oder Krankenschwestern, wankten die Stege herunter, andere, mit dicken Verbänden, ächzend und stöhnend, wurden auf Bahren zu dem Rot-Kreuz-Zug getragen, der in der Nähe wartete.

»Wie gut, dass all die Jungs, die The Leas entlangmarschieren, das hier nicht sehen können«, dachte Flo.

Matilda, die ihre Freiwilligen-Uniform trug, fand rasch den Weg zur Oberschwester, die den Betrieb auf dem Deck organisierte, und fragte nach Leutnant Appleby. Flo sah das Gesicht der Oberschwester ernst werden. Sie erklärte Matilda etwas.

Matilda kam zurück, das Gesicht blass. »Wir können ihn nicht mitnehmen. Er ist sehr schwer verletzt und mit anderen kritischen Fällen direkt ins Krankenhaus hier in Dover gebracht worden.« Sie begann zu weinen. »Wie soll ich das Mama beibringen?«

Auch wenn Matilda ihr die Einzelheiten über seinen Zustand verschwieg, war ihre Mutter dennoch am Boden zerstört. Flo brachte die verzweifelt Schluchzende zu Bett, hielt ihre Hand und versuchte, sie zu trösten, bis sie endlich einschlief. Am nächsten Morgen verlangte die alte Dame, Oscar zu sehen.

»Nein, Mama, noch nicht. Lass ihn sich etwas ausruhen und zu Kräften kommen«, bat Matilda. Aber Mrs Appleby war so entschieden, dass Flo schließlich Matilda zuflüsterte: »Wir sollten sie hinbringen. Wenn es einer meiner Söhne wäre, ich würde ihn sehen wollen. Und nach dem, was Sie sagen, könnte es das letzte Mal sein.«

Es war das letzte Mal. Die Schwestern versuchten, sie davon abzuhalten, die Krankenstation zu betreten, doch die gebrechliche Mrs Appleby in ihrem Rollstuhl zeigte einen eisernen Willen und machte unmissverständlich klar, dass sie Oscar sehen wollte.

Oder das, was noch von ihm übrig war. Ein Ball aus blutgefleckten Bandagen bedeckte das, was von seinem Kopf geblieben war, weitere Verbände waren um seine Armstümpfe gewickelt. Der Rest blieb unter der Bettdecke verborgen. Einzig seine Nase und sein Mund waren sichtbar. Er atmete kaum. Ein Arzt kam herüber und nahm Mrs Applebys Hand. »Es tut mir so leid, Ma'am«, sagte er behutsam. »Wir können nichts mehr für ihn tun. Falls das ein Trost ist, er ist wenigstens bewusstlos. Ich fürchte, es dauert nicht mehr lang.«

Mit zitternder Hand streichelte die alte Dame ihren Sohn. Sie weinte und sprach mit sanfter Stimme auf ihn ein. Flo war niedergeschmettert. Sie und Matilda mussten hilflos zusehen, auch ihnen liefen die Tränen über die Gesichter. Oscar, so lebhaft, so unbeschwert, ein so liebenswerter junger Mann, dessen ganzes Leben noch vor ihm gelegen hatte, lag nun hier, grausam verstümmelt, sterbend. Wie so viele andere auf dieser Krankenstation. Es war unerträglich. Flo und Matilda beknieten Mrs Appleby zu gehen, doch sie bestand darauf, an seinem Bett zu bleiben. Sie waren noch bei ihm, als Oscar um elf Uhr abends seinen letzten Atemzug tat.

Oscars Tod warf einen schwarzen Schatten über das Haus der Applebys. Jeder Wille zu leben war aus Mrs Appleby gewichen. Unbeweglich lag sie in ihrem Bett, starrte an die Wände, das Gesicht wächsern. Sie sprach selten, aß und trank kaum und wollte nur noch sterben. Alle gingen auf Zehenspitzen durchs Haus und unterhielten sich nur flüsternd. Stumm aßen sie zu Abend. Flo wurde mit schwerem Herzen klar, dass ihr Besuch im Waisenhaus verschoben werden musste. Wer konnte sagen, wann sie ihre Kleinen wiedersehen würde?

Draußen schien sich die Stadt ganz den Anstrengungen des Krieges zu widmen. Tausende kanadische Soldaten waren in den roten Backsteinbaracken oben in Shorncliffe angekommen, auf einer Anhöhe außerhalb Folkestones – so viele, dass der Stützpunkt, so groß er auch war, sie nicht alle aufnehmen konnte und Zeltstädte drum herum entstanden waren, hunderte Hütten wurden errichtet, Konzerte, Teegesellschaften, Sportveranstaltungen und Filmvorführungen geplant, um die Männer zu unterhalten. Einige wurden bei Familien in der Stadt untergebracht. Viele trainierten in Schützengräben und Befestigungsanlagen, die vor der Stadt aufgeworfen worden waren. Auch tausende britische Soldaten fluteten die Stadt auf ihrem Weg an die Front. Überall im Ort, sogar auf The Leas, waren Lager aufgeschlagen worden, um ihnen ein Dach über dem Kopf zu bieten, während sie darauf warteten, sich einzuschiffen. Plakate wurden an ihren Unterkünften und in den Straßen aufgehängt, die sie vor »verantwortungslosem Gerede« warnten, Spione waren überall. Die Einheiten, die die Promenade entlang Richtung Hafen marschierten, sangen nicht mehr. Die Kämpfe zogen sich in die Länge, die Zeitungen waren voll mit Listen von Verstorbenen, Verletzten und Vermissten, und für niemanden war es mehr ein romantisches Abenteuer. Der Donner ferner Schüsse über dem Ärmelkanal schien lauter denn je.

Mit dem Frühling jedoch zog, ungefragt, neues Leben ins Haus ein. Drei junge kanadische Rekruten waren bei ihnen untergebracht worden, und während Mrs Appleby unbeteiligt schien, hießen die anderen sie willkommen und freuten sich, ihre fröhlichen Stimmen auf den Treppen zu hören, wenn sie kamen und gingen. James und Dora hatten Oscars altes Zimmer für sie hergerichtet. »Ich bin mir sicher, Oscar hätte es so gewollt«, sagte Matilda und lud sie jeden Abend ein, mit der Familie und den Janssens zu essen, wo sie vergnügt plauderten und die Stimmung beträchtlich aufheiterten. Einer von ihnen, der den Namen Parson trug, fand Gefallen an Antje und versuchte, mit ihr zu flirten, wobei er offensichtlich ihre ängstliche Zurückweisung seiner Annäherungsversuche als mädchenhafte Schüchternheit missverstand. Eines Sonntags besuchte Gerrit den Kanadier in seinem Zimmer. Flo erfuhr nie, was er zu ihm gesagt hatte, doch von diesem Tag an hatte Antje wieder ihre Ruhe.

34. Kapitel

Pozières, Frankreich 1916

Die Welt explodierte. Dann kam die Dunkelheit.

Langsam kam Godfrey wieder zu sich, alles in seinem Kopf drehte sich, ein Kreischen in den Ohren. Er konnte kaum atmen, Mund und Nase waren voll Erde. Er versuchte, den Kopf und die Arme zu bewegen, um sie zu säubern, doch er konnte sich nicht regen. Tonnenweise Erde, so schien es ihm, drückten auf seinen Körper und zerquetschten ihn. Er war begraben, lebendig begraben.

Stille.

Das war's also, dachte er, jetzt bin ich dran. Seine doppelt gepeinigten Lungen mühten sich unerträglich, er würgte, und aus einem Reflex heraus musste er husten. Das katapultierte ein wenig von der Erde aus seinem Mund, und vielleicht lockerte es auch etwas den Boden um ihn herum, denn es wurde ein wenig leichter zu atmen. Er hustete noch einmal.

War er bei Bewusstsein oder nicht? »Mama!«, rief er und versuchte, den Arm auszustrecken. »Mama!«, doch sie entfernte sich, Cyril an der Hand. Dann drängten sich leise Schläge an die Ränder seines Bewusstseins, und – konnte das sein? – dumpfe Stimmen. Er versuchte zu rufen, aber es kam nur ein nutzloses Krächzen heraus. Er rief wieder, diesmal war es lauter. Mehr Stimmen, näher jetzt, und der Klang von Spatenstichen. Wieder Schwärze, dann wurde er, nach Luft schnappend, hinaus ins Licht gezogen.

»War Davies bei dir?«, hörte er jemanden fragen. Die schmutzigen Gesichter seiner Retter verschwammen vor seinen Augen. Er hustete und würgte, dann raunte er: »Fielding.«

»Fielding haben wir gefunden.« Der Klang der Stimme sagte ihm, dass Fielding tot war.

Mehr Gesichter. Sie versuchten, ihn auf eine Bahre zu hieven. »Nein! Nein!« Er entzog sich ihnen und setzte sich auf einen Erdhügel, er atmete heftig und hustete, um seine Lungen zu reinigen. Nein, dachte er verwirrt, er musste halluziniert haben, seine Mutter war fern von hier, und da sollte sie auch bleiben. Jemand reichte ihm einen Flachmann mit Whisky. Er trank dankbar. »Mir geht es gut, ich brauche bloß einen Moment.«

»Dann genießen der Herr seinen Aufenthalt an der Front?« Einer der Bahrenträger versuchte witzig zu sein. Er hatte am Morgen beobachtet, wie Godfrey den befehlshabenden Offizier bekniet hatte, ihn an dem Angriff teilnehmen zu lassen.

»Aber wieso, Harris? Sie sollen auf die Waffen achtgeben.« Der Major hatte den adretten Waffenmeister angeschaut, der Zustand seiner Uniform verriet den nicht am Kampf Beteiligten. »Wir können es uns nicht leisten, mittendrin plötzlich ohne Waffen dazustehen. Und nun zurück an die Arbeit.«

»Sir, Smith und Mather sind dort, beide sind wirklich

gut, und ich habe eine ganze Ladung neuer Gewehre und Munition vom Hauptquartier mitgebracht. Wenn Sie erlauben, Sir, es besteht keine Gefahr. Bitte, Sir, bitte.«

Der Major hielt inne. Er verstand den Waffenmeister nur zu gut. Ein frustrierter junger Soldat, beinahe verlegen, in der relativen Sicherheit eines Unterstützers hinter der Kampflinie zu arbeiten, während seine Kameraden ihr Leben riskierten, war bereit, sich ins Gefecht zu stürzen, was immer es bringen würde. Doch er war auch überrascht. Harris war so ruhig und zurückgenommen. Er war ganz bestimmt kein Draufgänger.

»Sind Sie sicher?«, fragte er. Godfrey war sicher.

»Nun gut. Holen Sie sich einen Helm«, sagte der Major und wandte sich ab.

Godfrey saß inmitten des Drecks und versuchte, sein Gesicht und seine Hände zu säubern. Ein großer Krater gähnte wenige Meter entfernt, wo vorher keiner gewesen war. Ihr Schützengraben war verschwunden. Godfreys Kopf wurde wieder klarer. »Die Munition!«, rief er plötzlich. Er erinnerte sich an alles.

Irgendwann, mitten im Angriff, hatte Godfrey gesehen, dass der Offizier, der das vordere Munitionslager des Bataillons kommandierte, getroffen worden war. Instinktiv hatte er die Leiche zur Seite geschafft, hatte das Lager übernommen und, wo er nun schließlich mit Material umgehen konnte, schnell auch die Verteilung von Kisten mit Kugeln und Granaten an die vorderen Linien wieder aufgenommen und jemanden zurückgeschickt, um Nachschub zu holen. Jetzt sah er, dass das Lager bei der Explosion begraben worden war. Es war ein Wunder, dass es nicht hochgegangen war und sie alle mit sich gerissen hatte. Der Kampf wütete weiter, die Munition wurde dringend gebraucht, sie mussten sie schnell ausgraben.

»Briggs, McConnell, schnell!«, rief Godfrey und organisierte einen Schaufeltrupp. In weniger als einer Stunde hatte er das Lager wieder bereitgemacht und erlaubte sich gerade eine Tasse Tee, als ein ohrenbetäubendes Getöse erklang und eine Detonation alle in die Luft fliegen ließ.

Reglos lagen sie da, wie tot.

Godfrey war der Erste, der sich bewegte. Sein Kopf schien zu zerspringen, sein gesamter Körper zitterte. Es war seltsam still, war der Kampf plötzlich zum Erliegen gekommen? Langsam stützte er sich auf einen Ellbogen und sah zu den anderen hinüber. Waren sie tot? Wie er selbst schienen sie unverletzt. Eine hochexplosive Granate war ein paar hundert Meter entfernt gelandet, es war die Druckwelle, die sie außer Gefecht gesetzt hatte.

Er rief nach dem Mann in seiner Nähe. »Briggs!« Er konnte seine eigene Stimme nicht hören.

Deshalb ist alles still. Ich bin taub geworden!, dachte er.

Zurück am Lager, als er auf wackligen Beinen Kisten mit Munition verräumte, kam der Major und sagte etwas zu ihm. Godfrey bedeutete ihm, dass er nicht hören konnte. Der Major gestikulierte zurück: Er solle abtreten und sich ein wenig ausruhen. Godfrey gehorchte.

Als er erwachte, auf einer Decke in einem Unterstand, war es dunkel. Ihm klingelten die Ohren, doch er konnte hören, mehr oder weniger.

»Harris! Eintopf!« Jemand warf ihm einen Blechteller zu. Es war ein junger Offizier. »Wir haben den Kamm erobert!« Godfrey aß hungrig. »Sie brauchen Nachschub. Der Major will, dass wir ihnen die Munition bringen.«

Godfrey steckte sich ein wenig Brot und ein paar Kekse in die Taschen und ging hinaus. Es war eine sternenklare Sommernacht. Der Halbmond und die Sterne verbreiteten ein wenig Licht, und er konnte die Konturen dessen sehen, was bis zum Nachmittag noch Niemandsland gewesen war. Es glich einer Mondlandschaft. »Zuerst muss ich eine Route finden, um sicher dort hinzugelangen«, sagte er. »Dann müssen wir die Träger organisieren.«

Er kletterte aus dem Schützengraben, und aus Angst vor den Leuchtbomben des Feindes, die jeden Augenblick die ganze Landschaft in helles Licht tauchen konnten, hielt er sich am Boden, kroch auf Händen und Knien vorwärts, suchte einen freien Weg zwischen den Kratern, dem Durcheinander aus Stacheldraht und Trümmern, kroch über schwarze, vermodernde Leichname. Sie mussten bestimmt dreihundert Meter über freie Fläche zurücklegen, und ihm war klar, dass die Männer, mit schwerer Last auf dem Rücken, aufrecht würden gehen müssen und nicht kriechend vorankamen. Sie konnten leicht gesehen werden, es wäre besser gewesen, der Mond hätte nicht geschienen. Er suchte einen Weg durch die tiefsten Bombenkrater, ein Dickicht aus zerborstenen Bäumen, einen Bach, die Überreste einer Steinmauer, die ein wenig Schutz vor feindlichen Scharfschützen bieten konnten.

Der Offizier hatte ein halbes Dutzend Männer antreten lassen, und Godfrey führte sie, mit der Warnung, sich so klein wie möglich zu machen und nah bei ihm zu bleiben, leise durch die verwüstete Landschaft, und sie schleppten ihr schweres Gepäck. Immer wieder pfiffen Kugeln vorbei, doch sie schienen willkürlich, es gab keine Anzeichen, dass die Truppe entdeckt worden war. Sechsmal führte er sie hin und her, bevor der Morgen anbrach. Sie hatten nicht einen Verlust erlitten.

Nach fünfzig Stunden in den Schützengräben wurde das Bataillon abgelöst. Die Überlebenden taumelten hinaus, verstört, dreckig, erschöpft, die Augen matt vom fehlenden Schlaf, die Uniformen in Fetzen, kaum in der Lage, die neuen Soldaten zu begrüßen, die ihre Plätze einnehmen sollten.

Am nächsten Morgen wurde Godfrey im Keller eines zerstörten Gutshauses von dem Befehl aus dem Schlaf gerissen, sich umgehend in dem provisorischen Hauptquartier des Bataillons zu melden. Der Major, mit einem Verband am Kopf und dem Arm in einer Schlinge, sah von seinem Tisch auf.

»Harris, meinen Glückwunsch. Das haben Sie wirklich gut gemacht«, begann er, während er die Papiere auf seinem Behelfsschreibtisch zusammenschob. Godfrey wurde rot vor Verlegenheit und vor Freude. »Ich werde Sie für die Militärmedaille vorschlagen. Außergewöhnliche Tapferkeit, sehen Sie?« Godfrey war überwältigt.

»Danke, Sir, danke.« Und weil er nicht wusste, was er noch sagen sollte, salutierte er und drehte sich auf dem Absatz um.

»Ich bin noch nicht fertig, Harris.«

Godfrey drehte sich zurück.

»Sie haben sich ein Offizierspatent verdient. Ich schlage Sie für die Beförderung zum Unterleutnant vor. Ich bin so gut wie sicher, dass meinem Vorschlag stattgegeben wird.«

Godfrey war sprachlos. Er hatte sich immer als kleines Rädchen in der großen Maschine der Armee gesehen, nie hatte er auch nur einen Gedanken daran verschwendet, einen Offiziersrang zu bekommen.

»D-d-danke, Sir«, stammelte er. »Ich h-hoffe, ich bin der Aufgabe gewachsen.«

»Sie sind ihr gewachsen, Harris.« Der Major wandte sich wieder seinen Papieren zu.

Komischer Kauz, grübelte er. So still und zurückhaltend, spielt sich nie in den Vordergrund. Aber ich scheine ihn unterschätzt zu haben.

35. Kapitel

Ypern, Belgien 1916

Godfrey versuchte, an gar nichts zu denken, während er über die gerade, flache Straße südlich von Ypern gefahren wurde. Lange Reihen geborstener, rußgeschwärzter Baumstümpfe säumten den Weg zu beiden Seiten; das mussten die Überbleibsel der riesigen Pappeln sein, die man auf den alten Werken der Flämischen Meister sah, dachte er – und pfiff seine Gedanken sofort wieder zurück. Das stark beschädigte Militärfahrzeug kroch nur langsam vorwärts in der endlosen Prozession aus Karren und Protzen, beladen mit Essen und Wasser, Lattenrosten, Munition, großen Waffen und Kanonen. Aus der Gegenrichtung kamen Karren und Krankenwagen voll mit Körpern, die sich teils noch bewegten, teils nicht, hunderte davon. Das vertraute Grollen aus Gewehr- und Granatfeuer wurde noch lauter, zerstörte Gebäude, tote Pferde, umgefallene Wagen und Trümmer aller Art auf beiden Seiten der Straße. Und Matsch. Es war Hochsommer, doch es regnete seit Wochen, und der Schlamm erstreckte sich, so weit das Auge reichte. Bombenkrater voll mit dreckigem Wasser, angereichert mit Baumstümpfen, Stacheldraht und Trümmerschutt, Seite an Seite mit runderen, weicheren Objekten, abgetrennten Gliedmaßen und den Kadavern toter Männer. Rundherum waren Berge, und in den Bergen im Osten waren die Deutschen, sicher verschanzt, mit einem guten Blick über das Tal und die Straße. Zwei lange, bittere Schlachten um diese Berge hatten tausende seiner australischen Kameraden gefällt, und nun hatte eine dritte begonnen.

Er konnte es kaum glauben, dass er noch drei Tage zuvor in den Backs in Cambridge in einem Stocherkahn gesessen und ein schönes Mädchen geküsst hatte. Noch einmal befördert und nun Leutnant, war er zu einer dreimonatigen Ausbildung für Offiziere in Cambridge geschickt worden. Es war himmlisch, weit weg von den Kämpfen zu sein, an so einem wundervollen Ort mit einem weichen Bett, sauberer Kleidung, gutem Essen und ausreichend Wasser, um ein Bad zu nehmen. Ein Großteil des Unterrichts hatte in langweiligem Papierkram bestanden, doch die Theorie war faszinierend und die anschließende nachrichtendienstliche Einweisung war es umso mehr, denn er würde sich nicht länger mit Waffen und Ausrüstung auseinandersetzen müssen, noch, was er kurz bedauerte, würde er weiter Scharfschütze sein, was seine letzte Aufgabe gewesen war, bei der er sich als exzellenter Schütze hervorgetan hatte. Stattdessen hatten sie ihn – beeindruckt von seinen Fähigkeiten in Pozières, die beste Route für die Truppe mit dem Material auszuspähen und sie zu führen – zum Nachrichtenoffizier ernannt.

Doch wichtiger als all das, wenn es nach Godfrey ging: Er hatte sich verliebt. Sarah war die Cousine eines englischen Offizierskollegen, die in Cambridge lebte, sie war intelligent und lebhaft – und sie schien begeistert von ihm, auch wenn ihre verwitwete Mutter strikt gegen ihn war. Sie wollte nicht zusehen, wie Sarah auf eine Farm am anderen Ende der Welt verschwand. Was sollten sie tun? Er hoffte, sie beide für sich gewinnen zu können, doch Sarah und er kannten sich erst seit so kurzer Zeit, und nun musste er zurück an die Front. Das Erste, was er tun würde, wenn er wieder bei seiner Einheit ankam, war, ihr zu schreiben.

»Briggs noch da?«, fragte er den Einzigen im Wagen, der ihm bekannt vorkam.

»Nein.«

»Barton? Fields? Thomas?«

»Fragen Sie nicht. Sie werden fast niemanden mehr kennen.«

Auch darüber wollte er nicht nachdenken. Er musste sich auf die Aufgaben konzentrieren, die vor ihm lagen. Godfrey hatte sich verändert. Er hatte Selbstbewusstsein gewonnen, sogar einen Ehrgeiz entwickelt. Mit Hilfe von Luftaufnahmen und Informationen der Briten, die über sehr viel größere Mittel verfügten als die Australier und die schon viel länger in der Gegend waren, sollten er und seine Kameraden in der Geheimdiensteinheit so viel wie möglich über die Kräfte und Stellungen des Feindes hier herausfinden, indem sie Kriegsgefangene in die Mangel nahmen und sehr genau die sich ständig verändernde Topografie des Schlachtfeldes im Auge behielten.

Der Angriff lief gut, wie er erfuhr, als er das Brigade-

Hauptquartier erreichte, die Frontlinie war beinahe anderthalb Kilometer vorgerückt, die Soldaten gaben alles, und tausende sammelten sich bereits für die nächste Offensive, die für den folgenden Tag geplant war. Da eröffneten die Deutschen plötzlich und unerwartet ein enormes Sperrfeuer und starteten einen Gegenangriff, mit dem Ziel, den verlorenen Boden wiedergutzumachen. Als sie endlich zurückgeschlagen waren, lagen tausende weitere Leichen im Schlamm.

»So viel zur morgigen Attacke«, bemerkte jemand, als Godfrey und seine Kollegen sich im provisorischen Brigadehauptquartier versammelt hatten, um die Lage zu bewerten.

»Im Gegenteil«, sagte der Oberst, der gerade von einer Besprechung mit dem General zurückkam. »Es muss weitergehen.«

»Aber …« Mehrere Offiziere wiesen darauf hin, dass die Flanke stark geschwächt und die Truppen nun extrem verletzlich waren.

»Darum geht es ja gerade«, gab der Oberst scharf zurück. »Überraschung! Die Fritze werden niemals erwarten, dass wir so schnell zurückschlagen. Um halb sechs am Morgen greifen wir an, und zwar mit frischen Truppen, aber zuerst müssen wir unser Ziel kennen.«

Zur Hölle, dachte Godfrey. Die Schlacht dieses Tages war verheerend gewesen. Wenige der Soldaten an vorderster Front hatten überlebt und würden sie darüber aufklären können, welche Waffen die Feinde verwendet hatten, wer sie waren und wie es nun dort aussah, alles entscheidende Informationen, die er vor dem Morgen brauchte.

Godfrey nahm zwei Männer mit. Sie bewaffneten sich bis zu den Zähnen mit Pistolen, Gewehren, Handgranaten, Leuchtgranaten und Messern. Sie schwärzten ihre Gesichter, griffen sich ihre Gasmasken und brachen schweigend in Richtung Front auf. Behelfsstraßen aus Lattenrosten und Planken waren über den Matsch gebaut, um der Artillerie ein Vorwärtskommen zu ermöglichen, hier, wo einst ein Wald gewesen war, war nun ein Ödland aus gesplitterten Baumstämmen und Trümmern der Schlacht. Bahrenträger waren immer noch dabei, Tote und Verwundete abzutransportieren. Es gab wenig Schutz, sie schlängelten sich an das andere Ende des Waldes und versuchten zu erkennen, was hinter den deutschen Linien vor sich ging.

»Nicht viel«, raunte Evans, einer seiner Begleiter. Es war seltsam ruhig. Soweit sie sehen konnten, ruhten die Deutschen sich aus, nur wenige hundert Meter entfernt von ihnen, vielleicht aßen sie. Selbst das Niemandsland, in dem nachts oft Patrouillen und Spione unterwegs waren, schien menschenleer.

Vermutlich warten sie auf Verstärkung, dachte Godfrey. Der Gegenangriff war sicher eine Verzögerungstaktik gewesen.

Die Deutschen hatten eine Reihe kleiner, ebenerdiger Bunker und Artilleriestellungen nicht weit voneinander errichtet, die eine großartige Barriere für einen Angriff boten. Sie mussten herausfinden, welche davon, wenn überhaupt, getroffen worden waren und welche noch genutzt werden konnten. Durch Bombenkrater und Trümmerschutt rutschten sie vorwärts, bis sie den ersten Bunker erreichten, den sie zerstört und verlassen vorfanden. Godfrey stieß an die Leiche eines Deutschen. Mit schnellen Bewegungen streifte er ihm die Uniform ab und schlüpfte in Helm und Jacke des Toten. Als er wieder aufstand, entdeckte er, dass der Mann, vermutlich ein Pionier, rollenweise Telefonkabel bei sich trug, das er ebenfalls an sich nahm. Er flüsterte seinen Begleitern zu, ihm in etwa fünfzig Metern Entfernung Rückendeckung zu geben, und ging schnell nach links, an der Frontlinie entlang, wobei er vorgab, ein deutscher Telefontechniker zu sein, der im Geiste eine Landkarte der Verteidigungslinien des Feindes erstellte. Er war erstaunt festzustellen, wie dünn sie waren, in den Schützengräben war wenig los, es gab kaum Stacheldraht und viele Bunker waren beschädigt – offensichtlich eine Schwachstelle in ihrer Front.

Er war bereits auf dem Rückweg zu den anderen, als er Rufe und Schüsse hörte. Eine deutsche Patrouille hatte Evans und Grieves entdeckt, seine Begleiter, die sofort Granaten geworfen hatten und nun um ihr Leben rannten. Innerhalb von Sekunden war die ganze Szenerie von Leuchtgeschossen erhellt, und es hagelte Granaten. Godfrey riss sich den deutschen Helm und die Jacke vom Leib und rannte ebenfalls. Er schrie auf, als Granatensplitter sich in seine linke Seite bohrten. Er stolperte weiter, rief nach den anderen, bis er im Licht einer Blendgranate sah, dass er am Rande einer Schlucht stand.

Rutschend und fallend bemerkte er, dass es ein ganzes

Netz aus schmalen Schluchten gab, in denen er ein wenig vor den Granaten geschützt war. Heftig blutend und um Hilfe rufend, stolperte er in die australischen Frontlinien und verlangte, unverzüglich ins Brigadehauptquartier gebracht zu werden. Gekrümmt vor Schmerzen und mit starkem Schwindel wegen des Blutverlustes, berichtete er dort von seinen Erkenntnissen. Es war halb vier am Morgen.

Immer noch zitternd zählte Godfrey am nächsten Tag im Feldlazarett die Granatsplitter, die man aus seinem Körper geschnitten hatte, als sein befehlshabender Offizier hereingeführt wurde. »Gratulation, Harris«, sagte er und schlug ihm auf die Schulter. Godfrey zuckte zusammen und sah ihn fragend an.

»Ich bin stolz, Ihnen sagen zu können, dass man Ihnen das Militärkreuz verleiht, Leutnant. ›Mut, Hingabe an die Pflicht, beherzte und kluge Auskundschaftung‹«, las der Offizier aus einem Dokument vor, das er in der Hand hielt.

»Vielen Dank, Sir«, gab Godfrey zurück. »Wie ist es gelaufen?«

»Dank Ihrer Informationen hatten wir nicht ein einziges Opfer in der Durchführung des Angriffs«, sagte der Offizier. »Wie Sie sagten, war ihre Verteidigung in diesem Abschnitt erstaunlich schwach. Wir haben mindestens anderthalb Kilometer gewonnen.«

Godfrey lehnte sich zufrieden zurück. »Ich sollte bald wieder draußen sein«, sagte er. »Nur Fleischwunden, nichts Ernstes.«

»Guter Mann. Wir sehen uns bald, und nochmals: meinen Glückwunsch«, sagte der Offizier und verschwand mit einem neuerlichen schmerzhaften Schlag auf die Schulter.

Westhoek, Broodseinde, Framerville, Mont Saint-Quentin: Namen von Schlachten, die ihren Weg in die Geschichtsbücher finden würden, die jedoch für Leutnant Harris zu einem endlosen Granaten-Sperrfeuer verschwammen, einer endlosen Landschaft aus Matsch und Trümmern, dem endlosen Abschlachten und der Verstümmelung seiner Kameraden und dem ständigen Wissen, dass er selbst jede Minute der Nächste sein konnte. Nichtsdestotrotz war er dankbar, dass er keine Zeit zum Grübeln hatte, er arbeitete Tag und Nacht und sammelte Informationen von der Front, befragte Gefangene, gab die Nachrichten weiter und führte lebensgefährliche Erkundungsaufträge aus, anstatt in den Schützengräben auf Anweisungen oder den Tod zu warten. Bis zu dem Moment, als die Deutschen sich um einen Waffenstillstand bemühten, war er bei solchen Aufträgen dreimal verwundet worden und hatte eine silberne Spange für das Band seines Militärkreuzes verliehen bekommen. Er war zum Hauptmann ernannt worden, doch er war so erfolgreich bei der Geheimdienstarbeit in seiner Brigade, dass er dafür abgestellt blieb bis zum Ende des Krieges.

36. Kapitel

Folkestone 1917

»Flo, du wirst es nicht glauben! Godfrey bekommt seine Medaillen vom König im Buckingham Palace am 25.!«, verkündete ein hastig geschriebener Brief von Lizzie.

»Ich bin so stolz auf ihn, und das bist Du sicherlich auch. Ich habe ihn wieder und wieder gebeten, dass Du und ich auch kommen dürfen, nahe Verwandte können offensichtlich zuschauen, aber er hat es rundweg abgelehnt. Er will allein sein. Nun, Du kennst ihn, er ändert sich nie, aber er hat mir etwas versprochen, das noch aufregender ist: Ich werde mit ihm nach Australien gehen, um ihm den Haushalt zu führen, wenn er zurückkehrt. Kannst Du Dir das vorstellen? Ich werde Euch alle schrecklich vermissen, Dich, Emily, Martha, Euch alle, doch wenigstens kann ich so unserem lieben Godfrey nützlich sein. Und das Klima wird meinem Rheuma guttun! Es gibt noch kein Datum für unsere Abreise, aber ich gebe Dir Bescheid. Ich hoffe, wir sehen uns noch einmal, bevor ich gehe. Deine Dich liebende Schwester Lizzie«

Australien. Was für eine Idee ... Flo überlegte. Vielleicht ... Doch dann schob sie den Gedanken zur Seite. Godfrey bekam seine Medaillen vom König! Godfrey wusste nichts davon – tatsächlich hatte er es verboten –, dass Lizzie ihr all seine Nachrichten weitergeleitet hatte, seine Fotografien und zuletzt die ehrenvollen Erwähnungen für seine Medaillen. Sie war entsetzt gewesen, als sie erfuhr, dass er bei lebendigem Leib begraben gewesen war, dass er beinahe gestorben wäre und Verwundungen davongetragen hatte. Sie war ungeheuer stolz auf ihn, doch es war ein bittersüßer Stolz, denn sie wusste nur zu gut, wie entschieden er sie zurückgewiesen hatte.

Aber Godfrey würde am 25. in London sein. Sie musste versuchen, ihn an seinem großen Tag zu sehen, zum ersten Mal seit so vielen Jahren, ihm zu gratulieren und einen letzten Kuss zu geben, bevor er sich wieder auf die andere Seite der Welt aufmachte. Vielleicht konnte sie ihm endlich persönlich sagen, wie schmerzlich sie es bereut hatte, ihn zurücklassen zu müssen vor all den Jahren, wie sehr sie ihn vermisst hatte. Dagegen konnte er doch nichts haben.

Endlich fiel es Flo wieder ein, wo sie Hauptmann Miller schon einmal begegnet war. Es war im Zug nach London gewesen, damals als Josiah sie hinausgeworfen hatte. Cyril hatte sie in Verlegenheit gebracht, als er sie fragte, warum Josiah ihn »Bastard« genannt hatte. Die bloße Erinnerung ließ Flo zusammenzucken. Ganz sicher würde sie den guten Hauptmann nicht daran erinnern. Doch sie freute sich auf ihr für den kommenden Sonntag geplantes Treffen – wenn das Wetter es denn zuließ.

Flo mochte den Hauptmann. Er schien offenherzig, zwanglos, aufrichtig, ganz anders als Hurst. Sie fühlte, dass sie ihm vertrauen konnte. Anfangs bereute sie es, dass sie einem Treffen zugestimmt hatte, und wollte schon Gerrit bitten, sie zu entschuldigen. Immerhin hatte Miller selbst gesagt, dass es Teil seiner Arbeit war, Spione zu jagen! Doch wie Hurst und Steinhauer gesagt hatten: Wer würde eine Krankenschwester verdächtigen, die in einem respektablen Haus eine alte Dame pflegte? Im Gegenteil, Freundschaft mit ihm zu schließen, konnte der bestmögliche Weg sein, jeden Verdacht zu vermeiden. Sie würde einfach vorsichtig sein müssen.

Der folgende Sonntag war ein schöner, sonniger Tag, und um Punkt 14 Uhr stand er an der Tür der Applebys. Er schlug vor, den alten Lift von The Leas hinab zum Meer zu nehmen.

»Wir müssen wirklich dem Rätsel auf die Spur kommen, wo wir uns schon einmal begegnet sind«, begann der Hauptmann, als sie gen Westen schlenderten, einen bezaubernden Küstenpfad entlang, durch Kiefern und Steineichen. »Es muss Jahre her sein. Irgendwie erinnere ich Sie mit einem kleinen Jungen. Sie sitzen ihm gegenüber – vielleicht in einem Zug?«

»Ja, vielleicht«, räumte Flo vorsichtig ein.

»O ja, jetzt dämmert es mir. Sie waren unterwegs zu Ihrer Schwester, und ich habe vorgeschlagen, dass Sie sich von der Droschke aus die Sehenswürdigkeiten Londons anschauen, wenn Sie umsteigen? Stimmt's?«

»Ja, jetzt erinnere ich mich auch wieder!«, rief Flo. Es schien nutzlos, sich weiter zu verstellen, doch um seinem Erinnerungsvermögen nicht noch weiter auf die Sprünge zu helfen, stürzte sie sich in die Geschichte darüber, wie sie, seinem Vorschlag folgend, so viel Zeit mit den

Besichtigungen verbracht hatten, dass sie den letzten Zug nach Brentwood verpassten und die Nacht im Bahnhofshotel verbringen mussten.

Der Hauptmann lachte herzlich. »Ich glaube, ich war damals mit einem Mordfall in Gloucester beschäftigt«, sagte er.

»Ein Mord? Also sind Sie auch Polizist«, gab Flo zurück und musste an die uniformierten Polizisten denken, die ihn zu den Applebys begleitet haben. »Warum tragen Sie keine Uniform?«

»Als ich jünger war, habe ich eine getragen, aber seit ich Ermittler geworden bin, muss ich das nicht mehr.«

»Ermittler, wie aufregend! Haben Sie schon viele Morde aufgeklärt?«

Sie waren am Strand angelangt und suchten sich behutsam ihren Weg zwischen den Steinen hindurch. Der Hauptmann bückte sich und sammelte ein paar flache Kiesel auf, die er über die Wasseroberfläche flitschen ließ.

»Ein paar«, antwortete er. »Aber dann bin ich zur – Sicherheit gewechselt und habe nun ein Auge auf Störenfriede, die versuchen, den Staat zu untergraben oder zu stürzen, hier oder anderswo.«

»Wer würde denn so etwas tun wollen?«, fragte Flo unschuldig.

»Oh, glutäugige Iren, linke Revolutionäre, vielleicht die verrückteren unter den Suffragetten, Anarchisten und natürlich Spione. Ich habe lange in Ost-London gearbeitet, es gibt alle möglichen russischen und osteuropäischen Anarchisten unter den tausenden von Migranten, die dort leben.«

»Russische Anarchisten?« Das weckte Erinnerungen. »Wie die, die ein Attentat auf den Kaiser auf Queen Victorias Begräbnis geplant haben?«

Der Hauptmann hielt mitten in einem Wurf inne und betrachtete sie prüfend.

»Wo haben Sie davon gehört?« Soweit er wusste, war der Vorfall niemals öffentlich gemacht worden, nur die entsprechenden Mitarbeiter hatten Kenntnis davon.

Flos Herz setzte ein paar Schläge aus. Natürlich, es war Steinhauer, der ihr davon erzählt hatte! Wie hatte sie so dumm sein können.

»Ich – ich weiß nicht mehr. Ich muss es in einer Zeitung gelesen haben.« Sie tat, als stolpere sie und verdrehe sich den Fuß, um ihn abzulenken. »Autsch!«, rief sie, und er half ihr auf. Mit schmerzverzogenem Gesicht humpelte sie an seinem Arm zu einem kleinen Teepavillon, wo sie sich setzen konnte.

Ihre Unaufmerksamkeit schien keine Konsequenzen nach sich zu ziehen, sie begannen, über sich selbst zu plaudern. Der Hauptmann war offensichtlich Witwer mit zwei erwachsenen Kindern, einer verheirateten Tochter und einem Sohn, der in Frankreich kämpfte. Flo erzählte ihm von Cyril und der Suchscheinwerfer-Einheit und von Godfrey und seinen Medaillen in der Hoffnung, das möge ihre patriotische Glaubwürdigkeit wieder stärken.

Die Zeit verflog, und indem sie vorgab, dass es ihrem Knöchel besser ging, bat sie darum, sich auf den Rückweg zu machen. Nachdem sie sich für den darauffolgenden Sonntag verabredet und getrennt hatten, dachte Flo: Was für ein wunderbarer Mann! Hätte ich so einen geheiratet, wäre mein Leben anders verlaufen. Hätte ich bloß ... Sie seufzte.

Der Hauptmann ging verwundert seines Weges. Noch ein Rätsel, dachte er. Wie war es möglich, dass Florence von dem Komplott gegen den Kaiser wusste? Das nächste Mal, wenn er Melville sah, seinen Chef, musste er ihn fragen, ob er eine Idee dazu hatte.

Eine große Menschenmenge hatte sich vor dem Zaun des Buckingham Palace versammelt. Alle wollten die Helden der schrecklichen Schlachten sehen, von denen sie gehört und gelesen hatten. Flo war allein gekommen: Lizzie hatte ihren Arbeitgeber nicht davon überzeugen können, ihr den Tag freizugeben, und sie litt sehr darunter. Flo gelang es, einen Platz neben dem großen schmiedeeisernen Tor des Palastes zu ergattern, durch das Godfrey herauskommen musste. Sie trug ihre eleganteste Garderobe, einen schmalgeschnittenen, wadenlangen lavendelfarbenen Rock mit passender Jacke, abgerundet durch ein schickes schwarzes Hütchen – sie wollte zu diesem Anlass so gut aussehen wie nur möglich. Sie musste lange warten, denn die Helden waren zahlreich, doch schließlich kamen sie, junge Soldaten mit ihren stolzen Eltern, ältere mit ihren Ehefrauen, Generäle, ausgewählte Würdenträger. Flo versuchte verzweifelt, Godfrey auszumachen. Dank den Fotografien, die Lizzie ihr geschickt hatte, würde sie ihn mit Sicherheit erkennen.

Dann sah sie ihn. Das war ihr Sohn! Ein schlanker, schnurrbärtiger Offizier in seiner makellosen khakifarbenen australischen Uniform, in Kniebundhosen und ledernen Gamaschen, mit Schirmmütze und Stab. Und zu ihrer Überraschung war er nicht allein. An seiner Seite ging eine wunderschöne junge Frau mit breitkrempigem Hut und einem eleganten, pelzbesetzten Mantel, lachend und angeregt plaudernd. Er sah zu Boden und hörte aufmerksam zu. Wer war sie? Lizzie hatte nie eine Freundin erwähnt.

Flo drängte sich durch die Menge, um zu den beiden zu gelangen, und rief: »Godfrey! Godfrey!« Er sah auf, entdeckte sie – und es war, als schlösse sich ein Laden vor seinem Gesicht. Er nahm seine Begleiterin am Arm und ging, den Blick fest nach vorn gerichtet, entschlossen an ihr vorbei, ohne sie zu beachten. »Godfrey, Godfrey, erkennst du mich nicht? Ich bin's, deine Mutter! Deine Mutter, Godfrey!«, rief sie und versuchte, seinen freien Arm zu fassen zu bekommen. Ohne sie anzuschauen, hob er den Arm und schob sie entschieden mit seinem Stab zur Seite. Mit kühler Stimme sagte er: »Madam, ich kenne Sie nicht. Bitte, lassen Sie mich in Ruhe.«

»Aber Godfrey …!«, keuchte sie und rannte hinter ihm her. Sie sah seine Freundin, die ihm verstört eine Frage zuflüsterte. »Wahrscheinlich irgendeine Verrückte«, meinte sie ihn sagen zu hören, als sie in Richtung der Promenade davonschritten. Sie blieb zurück, gelähmt vor Schreck.

Auf dem Rückweg nach Folkestone teilte sich Flo das Abteil mit einer Gruppe von Leuten, die der Zeremonie beigewohnt hatten und sich aufgeregt darüber unterhielten. Wie prächtig der König in seiner Uniform ausgesehen hatte! Wer hätte jemals gedacht, dass sie, gewöhnliche Bauern aus Kent, einmal zu Gast im Palast sein würden! Wie stolz sie auf den jungen Andy waren!

Flo beachteten sie kaum. Zusammengesunken saß sie auf einem Ecksitz, aschfahl und mit gebrochenem Herzen. Sie bekam nichts von den Gesprächen mit. Ihr Kopf war leer, Körper und Seele geflutet von einem tiefen, dunklen, schrecklichen Schmerz. Sie musste stundenlang so gesessen haben, denn irgendwann sickerte es in ihr Bewusstsein, dass sie in Folkestone angekommen waren und ihre Mitreisenden den Zug bereits verlassen hatten. Zitternd und mit weichen Knien stolperte sie hinaus auf den Bahnsteig.

Als sie das Haus der Applebys erreichte, war sie nicht in der Stimmung hineinzugehen. Sie wollte niemandem begegnen, mit niemandem reden. Sie lief noch eine Weile weiter ziellos durch die Gegend und ließ sich auf eine Parkbank sinken, die das Meer überblickte. Die Sonne stand jetzt tief und färbte die Schäfchenwolken am Horizont rosa und golden, doch Flo sah nichts.

Ein Teil von ihr war gestorben. Der schwache Hoffnungsschimmer, den sie immer genährt hatte, die Hoffnung, dass sie eines Tages ihren geliebten Sohn zurückbekäme, war ausgelöscht worden, für immer und auf brutalste Weise. Alles, was blieb, war ein unerträglicher Schmerz.

Welch eine Demütigung! Welche Grausamkeit! Wie er mich hassen muss!, quälte sie sich. Was für ein Gift hatte Josiah ihm ins Herz geträufelt?, versuchte sie, seinem Vater die Verantwortung zuzuschieben. Josiah war ein guter Mann, das musste sie zugeben, doch wenn es darum ging zu bekämpfen, was er für schlecht hielt, dann gab es kein Mitleid, keine Toleranz.

Aber schon bald begann die strenge religiöse Erziehung, die sie seit ihrer Geburt genossen hatte, überhandzunehmen, und sie versank immer tiefer in einem Meer aus Schuld.

Wäre ich bloß eine gute, treue Ehefrau gewesen, dann wäre all dies nie geschehen! All den Kummer in meinem Leben habe ich mir selbst zuzuschreiben!

Natürlich hatte sie glückliche Jahre mit Darnley und den Kindern gehabt – doch auch dafür hatte sie gezahlt: der Schmerz über seinen Verrat, sein Tod, ihre bittere Armut, Steinhauer, Hurst, gezwungen zu sein, die Kinder ins Waisenhaus zu geben und ihr Land zu verraten ... Würde sie je damit fertig sein, für ihre Sünde zu zahlen?

Die Abenddämmerung senkte sich herab, und die Möwen flogen zurück zu ihren Nestern. Kaum jemand war noch unterwegs. Der Wind wurde kühler, doch sie blieb sitzen. Sie durchlebte erneut den Moment, als Godfrey durch das Palasttor getreten war, in seiner eleganten Offiziersuniform und mit seinen Medaillen. Wie stolz sie gewesen war! Ihr Sohn hatte so unerschrocken gekämpft, hatte viele Male sein Leben riskiert, war verwundet worden, hatte unter entsetzlichen Bedingungen seine Pflicht getan, die sie sich nicht einmal vorstellen konnte, während sie ..., während sie ...

Sie hatte ihn verraten. All die tausenden jungen Soldaten, die Tag für Tag so frohgemut diese Promenade hier entlangmarschierten – auch die hatte sie verraten. Sie kniff die Augen zusammen und versuchte, in der Dämmerung am anderen Ufer des Kanals die französische Küste auszumachen, vergebens. Wie viele von ihnen waren in der Hölle dort drüben gestorben, wie viele waren verkrüppelt und erblindet, ihretwegen? Und die Seeleute, und die Flieger … Wie viele junge Leben hatten vor der Zeit ihr Ende gefunden, wegen der Berichte, die sie auf Seidenpapier geschrieben und in ausgehöhlten Münzen versteckt hatte? Sie würde es nie erfahren, doch das sprach sie nicht frei, schenkte ihr nicht ein Jota Absolution.

Natürlich, grübelte sie, sie hatte für ihre Kinder sorgen müssen. Sie hatte keine Alternative gehabt – oder doch? Wenn sie damals gewusst hätte, was sie jetzt wusste …? So blauäugig war sie in die ganze Sache hineingeraten, in Watte gepackt von den Beteuerungen ihrer Anwerber, alles sei sicher und harmlos. Nun hing sie mit drin, war Gefangene ihrer eigenen Verbrechen. Was sollte sie tun?

Sie war steif vor Kälte. Ihr Taschentuch war durchnässt von Tränen. Sie sehnte sich nach dem Trost ihrer Mutter. »O Mama!«, klagte sie leise. »Mama, bitte hilf mir!«

Gott sei Dank würde ihre Mutter nie erfahren, was aus ihr geworden war. Doch ihr Rat wäre eindeutig gewesen. Natürlich. Sie musste unverzüglich aufhören zu spionieren, was auch immer das bedeutete.

Steif stand sie auf und ging langsam zurück zum Haus. Sie war erschöpft, ausgelaugt, und doch fühlte sie sich seltsam erleichtert. Sie wusste nicht, wie sie sich aus ihrem Dilemma befreien konnte, Hurst würde ganz sicher nichts davon wissen wollen. Aber darüber würde sie am nächsten Tag nachdenken.

Mrs Appleby schien gebrechlicher denn je. Sie wollte nur im Bett liegen, dösen oder in die Luft starren und um ihren geliebten Oscar trauern. Nie zuvor hatte Flo so sehr mit der alten Dame gefühlt. Was war schlimmer, fragte sie sich, seinen Sohn sterben zu sehen oder so brutal von ihm zurückgewiesen zu werden? Beides war schrecklich. Damit beschäftigt, ihren eigenen Schmerz im Zaum zu halten, sich um ihre Patientin zu kümmern und ihren täglichen Pflichten nachzukommen, verschwendete sie keinen Gedanken an Hurst bis nach dem Mittagessen, als sie Mrs Appleby zu einem Schläfchen bereitgemacht und sich in ihr eigenes Zimmer zurückgezogen hatte.

Sosehr sie auch nachdachte, ihr fiel keine schmerzfreie Lösung ein. Die Wahrheit war, sie hatte Angst vor Hurst. Er hatte einen kalten, eisernen Willen, und sie wusste, dass er alles tun würde, um ihr einen Strich durch die Rechnung zu machen. Sie hingegen war vollkommen wehrlos.

Am nächsten Tag entwickelte Mrs Appleby einen schlimmen Husten. Voller Sorge rief Flo den Doktor, der, aus Angst, es könne sich um den Beginn einer Lungenentzündung handeln, absolute Bettruhe verordnete, eine beträchtliche Anzahl an Medikamenten und Betreuung rund um die Uhr. Als sie sich ein Bett in Mrs Applebys Zimmer aufstellte, wurde ihr klar, dass sie für die absehbare Zukunft gewissermaßen ans Haus gefesselt war. Nun, das löst das Problem fürs Erste, dachte sie sich. Sie würde Hurst wissen lassen, dass sie nicht einsatzfähig war. Das würde die Stunde der Wahrheit zumindest aufschieben. Vielleicht konnte sie ihn auch einfach weiter vertrösten und immer weiter.

An diesem Abend holte sie zwei Ansichtskarten hervor. Auf die eine schrieb sie die neueste Adresse, die Hurst ihr gegeben hatte – er wechselte ständig seine Anschrift –, und unter den üblichen Grußformeln fügte sie mit unsichtbarer Tinte hinzu: »Meine Patientin ist sehr krank. Keine Zeit, es tut mir leid.« Die andere adressierte sie an Hauptmann Miller, um ihm mit Bedauern mitzuteilen, dass sie ihn aufgrund des Zustandes ihrer Patientin im Augenblick nicht treffen konnte. Sie gab die Karten James, um sie zur Post zu bringen.

Es war jedoch keine Lungenentzündung, und nach ein paar Wochen ging es Mrs Appleby besser. Als der Frühling kam, hatte sie sowohl ihre Kräfte als auch ihre gute Laune zurückgewonnen. Eines Tages, zu Flos Erstaunen und zu ihrer Betroffenheit, sagte sie: »Es ist so ein wunderbarer Tag, lassen Sie uns einen kleinen Spaziergang machen.« Flo versuchte, sie davon abzubringen, doch tatsächlich war es so sonnig und mild, dass sie nachgeben musste und den schweren, alten Rollstuhl hervorholte. Das gute Wetter war beständig, und es war während eines solchen Spazierganges auf der Promenade ein paar Tage später, dass Flo dachte, sie habe Hurst gesehen. Sie stand neben dem Rollstuhl, während Mrs Appleby einen

Nachbarn begrüßte, als sie bemerkte, dass ein Mann sie von der anderen Seite der Promenade aus beobachtete. Er trug einen Overall und eine Handwerkerkappe, doch sie war sicher, ihn erkannt zu haben. Hurst! Im selben Augenblick war er hinter einer Gruppe Spaziergänger verschwunden.

Was mache ich jetzt?, sorgte sie sich. Doch die einzig mögliche Antwort war, wie ihr klar wurde, als sie wieder allein in ihrem Zimmer war: nichts.

Sie war nicht überrascht, als ein paar Tage später ein Brief für sie eintraf. Er war von Hurst. Wie immer sehr allgemein gehalten, um keinen Verdacht zu erregen, sollte er in die falschen Hände geraten, bereitete Flo ein Satz doch Bauchschmerzen.

»Ich freue mich zu hören, dass alles wieder in Ordnung ist. Sie werden jetzt wohl zu Ihrem gewohnten Leben zurückkehren, was so viel besser für Ihre eigene Gesundheit sein wird.«

Es klang fürsorglich, doch Flo, die Hurst kannte, wusste, dass es eine Drohung war. Der Satz stürzte sie in eine qualvolle Unentschiedenheit. Sie konnte nicht weiter spionieren, das stand außer Frage. Sollte sie sich Hauptmann Miller anvertrauen, alles zugeben und Hurst festnehmen lassen? Seit es Mrs Appleby besser ging, hatten sie ihre sonntäglichen Spaziergänge wieder aufgenommen, und sie sehnte sich danach, ihm von ihrer Notlage zu erzählen. Doch was auch immer er für sie fühlen mochte, seine Pflicht wäre es, sie festzunehmen. Das würde Gefängnis bedeuten, einen Prozess – vielleicht würde sie sogar gehängt! Sie schauderte bei dem Gedanken. Selbst wenn ihr die Hinrichtung erspart bliebe, so wäre der gute Hauptmann doch sicher nicht in der Lage, sie vor Jahren im Gefängnis zu bewahren. Und was würde dann aus den Kindern werden? Sie war wie gelähmt. »Ich muss eine Lösung finden«, sagte sie sich wieder und wieder. Doch es gab keine.

37. Kapitel

Dover 1917

»Harris! Sergeant Haaarris!« Ein neuer Rekrut stolperte auf das Zelt zu, vor dem Cyril und drei andere auf dem Boden hockten, rauchten und Karten spielten. Cyril hob den Kopf. »Suchen Sie mich?«

»Jemand möchte Sie sehen, Sir«, sagte der Rekrut und zeigte zum Eingang des Lagers.

»Was will er?«

»Keine Ahnung, Sir. Das hat er nicht gesagt.«

»Verflixt. Eine Minute«, sagte er zu den anderen. »Ich muss sehen, was er will.«

Am Eingang saß ein Mann rittlings auf einem Motorrad. Er schien Fischer zu sein mit seinem Seemannspullover, den passenden Hosen und einer Fischermütze. Er trug einen dunklen Vollbart und hatte eine Briar-Pfeife im Mund, die, wie Cyril auffiel, nicht brannte. Verwundert hielt er inne.

»Cyril!«, sagte der Fischer, trat auf ihn zu und reichte ihm die Hand. »Kennst du mich noch – Onkel Peter? Peter Hurst?«

Cyril wich zurück. »Sie sagten, wir sollten keinen Kontakt haben. Sie wissen, wie gefährlich das für mich ist.«

Hurst kam näher. »Keine Angst, es ist sicher«, sagte er

mit gesenkter Stimme. »Was Sie betrifft, ich bin Ihr Onkel Peter. Ein entfernter Onkel, wenn Ihnen das lieber ist. Aber ich muss mit Ihnen sprechen. Nicht beruflich, es geht um Ihre Mutter.«

»Was ist mit ihr?« Cyril war alarmiert.

»Sie ist nicht krank oder so etwas, keine Sorge. Aber es ist wichtig. Lassen Sie sich zu einem Bier oder zwei einladen, aber nicht hier. Vielleicht in der Stadt.«

»Ich kann nicht. Ich habe in einer halben Stunde Dienst.«

»Wann haben Sie Zeit?«

»Morgen ist meine freie Nacht, aber …«

»Gut. Wir treffen uns um sieben im British Lion. Nur ein Stündchen mit deinem alten Onkel, in Ordnung? Wichtig, rein nicht-dienstlich.«

Widerstrebend willigte Cyril ein.

In dieser Nacht, als er und seine Kameraden den Himmel und das Meer mit ihren kräftigen Strahlen durchkämmten, sagte sich Cyril, dass er nicht gehen würde. Es war zu riskant. Doch am Nachmittag des nächsten Tages brachte ihn die Aussicht auf ein Bier und vielleicht ein gutes Essen außerhalb des Lagers wieder zum Nachdenken. Außerdem war er neugierig, was Hurst ihm über seine Mutter erzählen würde.

Die Verkleidung war ziemlich gut, dachte Cyril, als er Hurst über den hölzernen Pubtisch hinweg betrachtete. Er hätte ihn nie erkannt. Hurst, noch immer in seinen Fischerklamotten, schien seine Gedanken zu lesen. »Der ist echt«, sagte er und zog an seinem dunklen Bart. »Nur die Farbe musste ein wenig verändert werden. Teil des Jobs. Manchmal erkenne ich mich selbst nicht.

Also, wie läuft's bei dir?«, fuhr er fort, kaute auf seiner Pfeife und lehnte sich entspannt in seinem Stuhl zurück, ganz der Onkel, der mit seinem Lieblingsneffen plaudert.

»Oh, ganz gut«, antwortete Cyril, noch immer ein wenig misstrauisch. »Es macht mir Spaß, ich habe viele Kumpel von der Straßenbahngesellschaft damals in London. Ich lerne viel, und es ist ganz sicher viel besser, als an der Front zu kämpfen.«

»Nun, aus unserer Sicht machst du deine Sache wirklich gut. Die höheren Mächte sind sehr zufrieden mit deiner Arbeit.«

Cyril runzelte die Stirn. Hurst hatte gesagt, er würde nichts Dienstliches besprechen.

Hurst ignorierte das Stirnrunzeln. »Das Leben muss schön sein mit dem ganzen Extra-Taschengeld, das deine Mutter dir gibt. Fünfzehn Pfund jedes Mal sind nicht zu verachten.«

Fünfzehn Pfund? Cyril versteifte sich. Seine Mutter ließ ihm bloß zehn Pfund für jede seiner Nachrichten zukommen. Hinterging sie ihn? Hurst bemerkte sein Unbehagen mit Befriedigung und fuhr fort: »Sie macht ihre Sache ebenfalls ziemlich gut, das muss ich sagen. Sie wird sich ein schönes finanzielles Polster angelegt haben, wenn das alles hier vorbei ist.«

»Sie hatte ein schwieriges Leben, sie kann es brauchen.« Auch wenn er misstrauisch geworden war, hatte Cyril doch das Gefühl, sie verteidigen zu müssen.

»Das Problem ist«, fuhr Hurst fort, »jetzt, wo es ihr finanziell besser geht, hat sie das Interesse daran verloren, für uns zu arbeiten.«

Cyril war überrascht. »Wie kommen Sie darauf?«

»Sie hat aufgehört, uns Informationen zu schicken. Sie behauptet, sie habe keine Zeit, weil ihre Arbeitgeberin sehr krank sei, aber selbst wenn sie krank gewesen ist, jetzt scheint es ihr definitiv besser zu gehen. Hat sie dir gegenüber etwas erwähnt?«

»Alles, was ich weiß, ist, dass sie sehr viel zu tun hatte wegen Mrs Applebys Krankheit. Sie hat mich gebeten, nichts weiter zu schicken, bis sie wieder Zeit hat zu – arbeiten.«

»Nun, sie hat jetzt offensichtlich wieder Zeit. Könntest du mir einen Gefallen tun, herauszufinden, was das Problem ist, und sie wieder auf die Spur zu bringen? Es ist wichtig, der Krieg wartet nicht.«

»Ich tue, was ich kann«, sagte Cyril und leerte sein Glas. »Aber Sie kennen meine Mutter, es ist schwer, sie von irgendetwas zu überzeugen, wenn sie nicht will.«

Hurst warf einen Blick auf sein Glas. »Lass mich noch ein Bier holen«, sagte er im Aufstehen. »Das Gleiche noch mal?«

Cyril schaute auf seine Uhr. Es war noch früh. »Gern.«

Konnte es sein, dass sie ihn um sein Geld betrog? Das passte nicht zu ihr, doch der Gedanke fraß sich durch seine Eingeweide, während er Hurst nachsah, der zur Bar hinüberging.

»Versteh mich nicht falsch, ich bewundere deine Mutter sehr«, fing Hurst wieder an, als er zurückkam. Er stellte die beiden Gläser auf den Tisch und setzte sich. »So eine attraktive Frau. Sie hätte wieder heiraten können, einen wohlhabenden Mann, der ihr ein leichtes Leben ermöglicht hätte, statt alte Damen in Rollstühlen herumzuschieben und sich abzurackern, um über die Runden zu kommen.«

Cyrils Bier schien ungewöhnlich schaumig, schaumiger als das von Hurst, doch er nahm einen großen Schluck, lehnte sich zurück und schwieg.

»Es geht mich ja nichts an«, ließ Hurst nicht locker, »aber ich habe mich immer gewundert, dass sie allein ist. Gab es eine große Liebe, die sie sitzengelassen hat? Hat sie einen Schwur geleistet, dass kein Mann je an ihren verstorbenen Ehemann herankommen würde? Hat sie sich in einen verheirateten Mann verliebt? Keine Sorge, ich erzähle es nicht weiter.«

Ein warmes, nebliges Gefühl ergriff Cyril. Er war entspannt und im Frieden mit der Welt. Nach wenig mehr als einem Bier ging es ihm sonst nicht so, vielleicht war es auch einfach die Wärme im Pub. Er nahm noch einen ordentlichen Schluck.

»Sie ist keine Witwe. Sie ist verheiratet.«

Hurst sah ihn aufmerksam an. »Du nimmst mich auf den Arm!«

»Nein, tu ich nicht.« Und zuerst langsam, dann immer fließender, während Hurst ihm ein weiteres Bier förmlich aufdrängte, erzählte er die ganze Geschichte.

»So einen Kater hatte ich noch nie«, dachte Cyril, als er sich zum fünften Mal übergab. Es fühlte sich fast an, als wäre er vergiftet worden. Er konnte sich kaum in seinem

Feldbett aufsetzen, sein Kopf explodierte, sein Magen schien seinen Körper verlassen zu wollen. In seinem Elend versuchte er zusammenzupuzzeln, was an diesem Abend geschehen war. Er hatte ein verschwommenes Bild von Hurst, der auf seinem eigenen Motorrad neben ihm fuhr und ihn stützte, als er betrunken zurück ins Camp schlingerte. Hurst hatte irgendetwas in seine Manteltasche gesteckt, was war das bloß? Langsam fiel es ihm wieder ein. Eine Tüte Fish and Chips. Hurst hatte ihm Fish and Chips gekauft, die er essen konnte, wenn er zurück war! Bei dem bloßen Gedanken wurde ihm wieder schlecht. Warum um alles in der Welt war er überhaupt mit Hurst etwas trinken gegangen? Ach ja, irgendetwas mit seiner Mutter …

Er musste wieder eingeschlafen sein, denn plötzlich war es hell, die Männer von der Spätschicht kamen zurück in die Zelte, ohne jede Spur von Mitgefühl für seine Misere. Erst als er sich mit wackeligen Beinen daranmachte, sein Bett sauberzumachen, fiel es ihm schließlich wieder ein. Er hatte Hurst alles über seine Mutter erzählt. Er hatte all ihre Geheimnisse verraten.

Er übergab sich erneut.

38. Kapitel

Folkestone 1917

Hauptmann Miller freute sich auf den Besuch seines Chefs, William Melville. Sie hatten viele Jahre zusammen beim Geheimdienst gearbeitet und waren gut befreundet. Melville war ruhig, bescheiden und hochprofessionell, aber er zögerte auch nicht, sich einer Gefahr in den Weg zu stellen, wenn nötig – was durchaus vorkam, denn ihr Büro war schrecklich unterbesetzt und unterfinanziert. Melville und Miller wussten beide nur zu gut, dass die öffentliche Sorge über tausende deutsche Spione Unsinn war und dass ihr Büro, nun unter dem Namen MI5, in erster Linie von der Regierung ins Leben gerufen worden war, um – entgegen der Einschätzung gewisser Minister – die Öffentlichkeit zu beruhigen. Zugleich wussten sie, dass es nichtsdestotrotz einige feindliche Spione im Land gab und dass es ihre Aufgabe war, dafür zu sorgen, dass man ihrer habhaft wurde.

Miller holte Melville vom Bahnhof ab und brachte ihn in sein Büro am Marine Drive. Für die beiden war es von großer Wichtigkeit, sich ab und an persönlich zu treffen, denn keiner von ihnen pflegte streng geheime Informationen der Post anzuvertrauen, ganz zu schweigen von Gesprächen am Telefon.

»Ich habe etwas, das dich interessieren dürfte«, sagte

Melville und zog einen winzigen Stoffbeutel aus seiner Innentasche, als er Platz nahm. Er schüttete den Inhalt auf den Tisch. Es waren zwei Kupfer-Pennys.

»Schau mal.« Sanft zog er mit seinem Finger an einer der Münzen. Sie öffnete sich wie ein kleines Döschen. »Die haben meine Leute bei einem jungen Seemann auf der Fähre von Tilbury nach Flushing gefunden. Sie hatten ihn aufgefordert, seine Taschen zu leeren, und ihnen wäre nichts aufgefallen, wenn nicht einer der Pennys auf das Deck gefallen wäre und sich geöffnet hätte. Darin war ein kleines Stück Seidenpapier. Wir sind sicher, dass auf dem Papier Nachrichten in irgendeiner unsichtbaren Tinte stehen – ein Labor arbeitet daran.«

»Sehr gewitzt«, sagte Miller und betrachtete voller Bewunderung einen der Pennys, »wirklich, sehr gewitzt. Ich frage mich, wie lange sie die wohl schon benutzen. Konntet ihr rausfinden, wie er sie bekommen hat?«

»Der Kerl hat so getan, als hätte er keine Ahnung gehabt, dass das keine normalen Pennys sind, er hat ziemlich überzeugend seine Verwunderung und sein Interesse an den Münzen zur Schau gestellt. Aber wir haben ihn in Gewahrsam genommen, und als wir alle Konsequenzen vor ihm ausgebreitet hatten, die es mit sich bringt, in Kriegszeiten für den Feind zu arbeiten, ist er eingebrochen und hat uns alles erzählt.«

»Und …?«, fragte Miller erwartungsvoll.

»Ich habe gesagt ›alles‹, dabei ist es sicherlich nicht alles, aber wir haben eine Menge Informationen, mit denen wir arbeiten können. Er stammt aus Folkestone und ist zu der Gesellschaft gestoßen, als die Fähren nach Flushing noch von hier abgefahren sind. Die Pennys hat er von seinem Großvater, der Kirchendiener in der Sandgate Road ist, und er hatte den Auftrag, mit ihnen eine Zeitung am Kiosk am Hafen in Flushing zu bezahlen, der englisches Geld nimmt. Dafür hat er selbst eine kleine Summe bekommen.«

»Gute Arbeit, William!«, rief Miller begeistert. »Ich gebe unseren Leuten in Holland Bescheid, dass sie sich sofort um den Kiosk in Flushing kümmern sollen, und die Kirche sehe ich mir erst einmal an, bevor ich mich mit dem Kirchendiener zu einem gemütlichen kleinen Plausch treffe.«

»Das klingt gut, aber beeil dich. Es wird nicht viel Zeit vergehen, bis den Deutschen klar wird, was passiert ist, und sie ihren Leuten einen Wink geben.« Er gab Miller einen der Pennys und behielt einen für sich mit dem Hinweis: »Die werden wir vor Gericht brauchen.«

Bald war es Zeit für Melville, den 18.15-Uhr-Zug zurück nach London zu nehmen. Miller war so konzentriert auf die Pennys gewesen, dass ihm erst in buchstäblich letzter Minute einfiel, Melville zu fragen, wer über das geplante Attentat auf den Kaiser gesprochen haben könnte. Melville, der gerade den Zug bestieg, antwortete: »Nun, der Prinz von Wales wusste davon, ebenso der Premierminister und der Innenminister. Aber es war vereinbart worden, dass nichts an die Öffentlichkeit dringen sollte. Ein paar von uns im Büro, aber wir tragen natürlich nichts nach außen. Wer noch?« Er hielt kurz inne. »Na ja, Steinhauer natürlich. Er ist bekannt dafür, mit seinem Wissen herumzuprahlen.«

Sie verabschiedeten sich, und während Miller den Bahnsteig hinunterlief, ging ihm all das Besprochene durch den Kopf. Die Pennys und der Kirchendiener … die russischen Anarchisten und Steinhauer … Steinhauer und die Kirche in der Sandgate Road … Die Kirche und …

Es traf ihn wie ein Blitz. Das war es! Nein, es konnte nicht sein. Mitten auf der Straße blieb er stehen, blind für die Menschen um sich herum, und stieß laut hervor: »Florence!«

In diesem Augenblick erklang ein ohrenbetäubender Lärm, und alles geriet in Chaos. Die Pferde der wartenden Droschken vor dem Bahnhof bäumten sich erschrocken auf, einige gingen durch. Es gab eine gewaltige Explosion, dann Stille.

Um sechs Uhr an diesem Abend war Flo in Richtung eines dicklichen, runden Turmes gelaufen, der mit schmutzigem weißen Gipsputz bedeckt war und auf der Klippe in Copt Point thronte, einem grasbewachsenen Vorsprung östlich von Folkestone. Es war einer in einer langen Reihe von Martello-Türmen, die ein Jahrhundert zuvor an der Südküste gebaut worden waren, um wehrhaft gegen den Einmarsch Napoleons zu sein. Zu dem Einmarsch war es nie gekommen, und die meisten waren dem Verfall preisgegeben worden. Einige wurden abgerissen, aber andere standen noch immer in der Stadt und darum herum. Sie wusste, dies war der Martello-Turm Nummer 3, er war der Startpunkt einer beliebten Panorama-Wanderung entlang der Ostklippen, einer Wanderung, die sie vor gar nicht langer Zeit mit Hauptmann Miller unternommen hatte.

Flo war extrem angespannt. Sie hatte zwei weitere Briefe Hursts ignoriert, in denen er sie anwies, ihre Tätigkeit wieder aufzunehmen. Schließlich hatte sie einen vollkommen anderen Brief erhalten. »Ich denke, nun verstehe ich die Gründe für Ihre Schweigsamkeit vollumfänglich«, hatte Hurst in seinem gewohnt rätselhaften Stil geschrieben. »Ich werde Sie folglich nicht länger behelligen. Sie werden erleichtert sein zu hören, dass ich auf eine andere Mission geschickt werde. Sie sollten wissen, dass mir nur allzu bewusst ist, was ich Ihnen und Ihrem bewundernswerten Sohn schulde, und ich möchte Sie in aller Bescheidenheit darum bitten, mich ein letztes Mal zu treffen, sodass ich meiner Dankbarkeit Ausdruck verleihen und mich verabschieden kann. Freitagabend um sechs werde ich am Martello-Turm Nummer 3 sein, und ich kann Ihnen versichern, dass, sollte dieses Treffen stattfinden, niemals jemand etwas erfahren wird.«

Eine weitere Drohung. Flo glaubte nicht, dass er sie aufgegeben hatte, noch dass er anderswo hingeschickt wurde. Die Erinnerung daran, dass er ihr Geld schuldete, war ein Köder – sie hatte es innerlich bereits abgeschrieben, auch wenn es natürlich von Nutzen wäre. Die letzte Zeile jedoch war unmissverständlich. Wenn sie nicht gehorchte, würde sie auffliegen.

Es war ein warmer, luftiger Freitag, es war Ende Mai, und die Luft begann schon, sich nach Sommer anzufühlen. Sie hatte ein leichtes Paisley-Tuch über ihr rosageblümtes Baumwollkleid geworfen und lief auf den Turm zu, in der Erwartung, die gewohnten Picknicker und Spaziergänger in der Gegend zu sehen. Auf eine Weise fühlte sie sich sicherer mit dem Gedanken, dass andere Leute um sie herum sein würden.

Doch als sie bei dem Turm ankam, war die Wiese menschenleer. Dann fiel es ihr ein: Es war das Pfingstwochenende, die meisten waren vermutlich mit Einkäufen beschäftigt, fuhren über die Feiertage weg oder bereiteten etwas für das lange Wochenende vor.

Eine Leiter stand an den alten Turm gelehnt, über die man die Tür auf halber Höhe erreichen konnte. Von früheren Besuchen wusste sie, dass diese Türme von der Küstenwache als Aussichtspunkte genutzt wurden, doch auch dort schien niemand zu sein. Sie begann, sich ein wenig zu fürchten.

Hurst wartete ein Stück hinter dem Turm. Er sah anders aus. Er war glattrasiert, jeder Zentimeter ein Dandy: ein eleganter taubengrauer Mantel mit Gamaschen, Strohhut und polierter Malakka-Gehstock. Ein Fernglas hing ihm um den Hals. Theatralisch lüpfte er den Hut, als er sie begrüßte. Ihr fiel auf, dass sein Haar nun karamellfarben war. In dem Versuch, ihre Angespanntheit zu verbergen, knickste sie ebenso theatralisch und sagte: »Meine Güte, Sir, Sie sind so elegant heute!«

»Bin ich nicht immer elegant?«, flachste er.

»Aber selbstredend, Sir, immer! Sogar wenn Sie sich kleiden wie ein Fischer.«

Spöttisch bot er ihr seinen Arm, sie hakte sich ein, ebenso spöttisch, und sie begannen, Richtung Osten zu flanieren, weg von der Stadt, auf einem Pfad, der die Klippe entlangführte. Ihre Pantomime war so verlogen, dachte sie, um ein Haar konnte sie die Spannung knistern hören. Sie suchte nach etwas, das sie sagen konnte.

»Was für eine Aussicht!«, rief sie schließlich, blieb stehen und blickte sich um. Hurst reichte ihr sein Fernglas. Flo knotete ihr Tuch unter der Brust zusammen, um die Hände frei zu haben, und hob das Glas an ihre Augen, wobei sie sich alle Mühe gab, nicht zu zittern. Geradeaus sah sie – so nah! – kilometerweit steile weiße Klippen, hier und da mit Gestrüpp bewachsen, und in der Ferne, weiter hinten, die reineren, saubereren weißen Klippen um Dover. Zu ihrer Rechten, erschreckend nah, war die Kante, hinter der die Klippe schwindelerregend bestimmt hundert Meter abfiel. Darunter das Meer, aquamarinblau schimmernd, belebt mit Marineschiffen, Frachtkähnen und Fischerbooten. Als sie weiter nach rechts sah, erblickte sie den Hafen und die Stadt selbst in Großaufnahme, jedes Haus kristallklar. »Was für eine wunderbare Erfindung«, sinnierte sie, als sie ihm das Fernglas zurückgab.

Sie gingen weiter, plauderten über die Landschaft, und Flos Anspannung ließ nach. Doch dann, nach einer kurzen Stille, sagte Hurst, wieder mit untypischer Sanftheit: »Florence, erzählen Sie mir von Ihren Schwierigkeiten. Ihrer alten Dame scheint es besser zu gehen, und so gehe ich davon aus, dass sie nichts mit ihr zu tun haben.«

»Sie haben mit ihr zu tun«, erwiderte Flo scharf. »Sie sieht sicher wieder ein wenig besser aus, doch der Tod ihres Sohnes hat ruiniert, was von ihrer Gesundheit noch übrig war. Sie ist sehr alt und sehr zerbrechlich und braucht eine Menge Pflege und Fürsorge. Meine freie Zeit ist sehr begrenzt, ich kann sie nicht lang allein lassen.«

»Ihre freie Zeit ist nicht so begrenzt, als dass Sie nicht lange Spaziergänge mit Ihrem Freund unternehmen könnten.«

Flo blieb stehen und starrte Hurst entrüstet an.

»Sie haben mich beobachtet! Wie können Sie es wagen! Haben Sie nichts Besseres zu tun? Sie sollten sich um Ihre eigenen Sachen kümmern.«

»Wenn eine unserer Spioninnen sich von dem einen Mann den Hof machen lässt, der am ehesten in der Lage ist, sie zu entlarven und vielleicht unser gesamtes Netzwerk zu zerstören, dann ist das sehr wohl meine Sache«, gab er zurück. Flo konnte sehen, wie viel Anstrengung es ihn kostete, sich unter Kontrolle zu halten. »Sie wissen, dass er der Chef der Spionageabwehr in Folkestone ist, oder etwa nicht?«

»Ich weiß, dass er für den Geheimdienst arbeitet und dass er nach Spionen Ausschau hält, aber ich dachte, das sei der bestmögliche Schutz. Wie könnte er jemals eine Krankenschwester wie mich verdächtigen, noch dazu eine Freundin?«

»Florence, Sie sind so naiv. In der Theorie könnten Sie recht haben, aber Sie sind so unerfahren, wie leicht könnten Sie etwas sagen oder tun, das seinen Argwohn erregt.«

Flo dachte an ihren Ausrutscher mit dem Komplott der russischen Anarchisten und schwieg.

»Sie hätten mir sofort Bescheid geben müssen, dass Sie ihn kennengelernt haben.«

Flo wurde immer ärgerlicher. »Ich bin nicht Ihre Sklavin! Ich kann tun, was ich will!«

Hursts Stimme wurde hart wie Stahl. »Vergessen Sie nicht, dass Sie dem Kaiser einen Treueeid geschworen haben.«

»Ja, das habe ich, aber Sie und Mr Steinhauer haben mich denken lassen, ich würde bloß harmlose Informationen schicken; stattdessen helfe ich dem Kaiser dabei, unsere jungen Männer zu verstümmeln und abzuschlachten, junge Mädchen zu vergewaltigen, Menschen aus ihrer Heimat zu vertreiben – sogar zu versuchen, meinen eigenen Sohn zu töten. Haben Sie gesehen, wie es in diesen Krankenhäusern aussieht?« Sie schrie jetzt.

»Florence, beruhigen Sie sich«, fauchte er und sah sich unruhig um. Niemand war zu sehen. »Das hier ist Krieg. Krieg ist nicht schön. Glauben Sie nicht, dass die Briten und ihre Verbündeten das Gleiche dort drüben machen?« Er machte eine Geste in Richtung Frankreich.

»Das macht es nicht besser! Ich will damit nichts mehr zu tun haben. Wer weiß, wie viele Jungen getötet oder verletzt worden sind wegen der Dinge, die ich getan habe! Es ist falsch! Es ist böse! Ich wünschte, ich hätte weder Sie noch Steinhauer je getroffen!«

Hurst schwieg eine Weile, dann sagte er langsam: »Florence, Sie sind nicht persönlich verantwortlich für das, was viele Kilometer von Folkestone entfernt passiert. Sie gehen jetzt nach Hause, und Sie werden weiterhin wie verabredet Berichte schreiben. Denken Sie daran, dass Sie gut dafür bezahlt werden. Falls es in meiner Macht liegt, werde ich dafür sorgen, dass Sie ein wenig mehr bekommen.«

»Sie können Ihr elendes Geld behalten! Ich werde nichts mehr tun!«

»In diesem Fall«, er sprach nun noch langsamer, »haben wir keine Wahl. Wir müssen Sie als Spionin auffliegen lassen. Möchten Sie, dass Ihre Familie, Ihre Arbeitgeber, Ihre Freunde – tatsächlich: das ganze Land erfährt, dass Sie sie an den Feind verraten haben?«

Flo wurde schlecht. Das war das Schicksal, das sie am meisten gefürchtet hatte. Allerdings, durchfuhr es sie, wie konnte er sie bedrohen? Auch er war ein Spion!

»Wenn Sie mich auffliegen lassen, fliegen Sie selbst auf«, erwiderte sie scharf. »Sie sind genauso schuldig wie ich. Nein, mehr noch!«

Hursts Gesicht war zu einem höhnischen Lächeln gefroren. »Meine Liebe«, sagte er sarkastisch, »glauben Sie wirklich, ich würde je so dumm sein, mich von Ihnen erwischen zu lassen? Sie kennen nicht einmal meinen Namen – meinen richtigen Namen. Sie haben keine Ahnung, wo ich lebe. Die Adressen, die ich Ihnen gegeben habe, helfen Ihnen da nicht weiter. Sollten Sie je anfangen, nach mir zu suchen, so würde ich …«, und er gab vor, ein imaginäres Blatt aus seiner Handfläche zu pusten, »verschwinden.

Sie hingegen würden im Gefängnis sitzen, während alle Zeitungen darüber berichten würden, und das würden sie: dass Sie nicht etwa Witwe sind, wie Sie es immer vorgegeben haben, sondern dass Ihr Ehemann, ein

Geistlicher, sich bester Gesundheit erfreut und in Kanada lebt. Dass Sie eine Ehebrecherin sind, nicht weniger als fünf – fünf! – uneheliche Kinder haben?«

»Woher wissen Sie das?«

»Das braucht Sie nicht zu kümmern. Auf eine Weise haben Sie Glück, denn es ist davon auszugehen, dass die Briten, anders als die Deutschen, davor zurückschrecken würden, eine Frau hinzurichten. Doch Ihnen muss klar sein, dass Sie den Rest Ihres Lebens im Gefängnis verbringen würden.«

Flo gefror zu Eis. Das kalte Grauen, das sie in kritischen Momenten ihres Lebens schon öfter überkommen hatte, verschlang sie nun mit Haut und Haar. Dieses Mal gab es keinen Ausweg. Bis auf einen. Blitzartig drehte sie sich um die eigene Achse und rannte auf die Klippe zu.

Hurst schoss ihr hinterher und erwischte ihr Tuch. Der Knoten hielt. Er zog sie zu sich und hielt sie fest. Sie schrie und kämpfte, riss wütend an seinen Händen und kratzte ihn im Gesicht, doch er fasste sie nur noch fester. Sie brach in hysterisches Schluchzen aus, zitterte und würgte. Er sprach mit ihr, aber sie hörte nichts. Langsam klang ihr Schluchzen ab. Sein Griff wurde zu einer Art Umarmung, der Klang seiner Stimme sanfter. Erschöpft und hilflos legte sie den Kopf an seine Brust. Er sagte etwas, das zärtlich klang, und erstaunt hob sie den Kopf, um ihn anzusehen. Dabei sprang ihr etwas ins Auge, und voller Entsetzen starrte sie über seine Schulter.

Rauch und Flammen schossen über der Stadt in die Luft. Einen Moment später folgte eine ohrenbetäubende Explosion, dann noch eine. Eine Schar von etwas, das aussah wie große Vögel, flog tief über Folkestone, ihre silbernen Doppelflügel wiegten sich und glitzerten im Sonnenlicht. Hurst ließ sie unvermittelt los, drehte sich um und hob sein Fernglas.

»Gotha-Bomber«, sagte er. »Es sieht aus, als hätten sie Shorncliffe. Gute Männer …«

»Aber da sind die Kanadier!« Flo schnappte vor Schreck nach Luft.

Weitere Explosionen. »Das ist vermutlich der Hauptbahnhof. Warum bombardieren die Dummköpfe nicht den Hafen?« Hurst schien mit sich selbst zu sprechen. »Jetzt gehen sie aufs Stadtzentrum … Gute Arbeit!«

»Aber sie bringen Menschen um! Ganz normale Menschen, keine Soldaten – Kinder, Frauen …! Wie können Sie bloß!« Folkestone wurde bombardiert, Menschen starben, und er jubelte!

Die Flieger kamen näher, flogen parallel zur Küste, eins brauste direkt auf sie zu. Sie konnten seine gewaltigen Flügel, seinen kastenartigen Rumpf sehen, die schwarzen Kreuze, die auf seine Flanken gemalt waren, den Piloten und die beiden Schützen mit ihren Helmen und Fliegerbrillen. Flo warf sich ins Gras, Hurst jedoch blieb stehen und schirmte seine Augen gegen die Sonne ab. Sie sah, wie er den Männern im Flugzeug zuwinkte.

Flo wurde wild vor Wut. »Sie Monster!«, schrie sie.

Sein Gehstock lag direkt neben ihr, fallen gelassen in dem Bemühen, sie von der Klippe zurückzuziehen. In ihrer Raserei griff sie danach, und als er sich langsam von ihr abwandte, indem er mit seinem Fernglas den Flugzeugen folgte, die gen Osten flogen, rammte sie ihn Hurst ins Kreuz und stieß ihn vor sich her in Richtung auf die Klippe zu. Er schrie auf, versuchte sich umzudrehen, verlor jedoch den Halt und wurde über die Kante katapultiert, sein Körper polterte die raue Felswand hinab, immer weiter bis auf die großen Findlinge. Flo taumelte ein paar Sekunden, dann fand sie ihr Gleichgewicht wieder und machte ein paar Schritte weg von der Klippe. Sie warf den Stock hinterher.

Dann raffte sie ihren Rock und rannte so schnell sie ihre Beine trugen auf die qualmende Stadt zu.

Teil V
Australien

39. Kapitel

Queensland, Australien 1920

Eine kleine Staubwolke folgte dem pferdegezogenen Einspänner, als er über die unbefestigte Straße durch die üppige grüne Landschaft Queenslands ruckelte. Die Dame mit dem breitkrempigen Hut saß schweigend und in Gedanken vertieft auf ihrem Sitz, fächerte sich Luft zu und hatte keine Augen für die sanft geschwungenen Hügel, die Wälder und Berge in der Ferne.

»Schon lange hier?«, fragte der Kutscher. Ihr blasser Teint, der schicke Haarschnitt und das modische kurze, lose hängende Kleid verrieten ihm, dass sie neu in dieser Gegend war.

»Ich bin letztes Jahr nach Brisbane gekommen«, war die Antwort.

»Gefällt's Ihnen hier?«

»Hmmmm«, war alles, was er darauf zu hören bekam.

Flo war nicht nach einem Plausch. Die Nachricht, die sie an diesem Morgen erhalten hatte, war viel zu beunruhigend. So viel zu dem wunderbaren neuen Leben, das mir hier versprochen war, dachte sie. Stattdessen schien ihr altes Leben sie immer wieder einzuholen, und der Allmächtige hatte neue Wege gefunden, sie zu strafen.

Sie hatte immer noch Albträume von den Ereignissen am Copt Point. Sie sah die Explosionen noch vor sich, die

Rauchsäulen, die über der Stadt aufstiegen, die Bomber, die ihnen entgegenkamen, Hursts Körper, der die Klippe hinabstürzte. Hysterisch, wie eine Besessene, war sie den ganzen Weg zurück zum Haus der Applebys gerannt und auf der Schwelle zusammengebrochen. James hatte sie hineingetragen und auf das Sofa gelegt, in der Annahme, sie sei – wie alle anderen – in Panik wegen des Bombardements.

Während sie zum Haus zurückrannte, war ihr einziger Gedanke, auf der Stelle zu verschwinden – die Applebys zu verlassen, Folkestone den Rücken zu kehren und irgendwohin zu fliehen, wo niemand sie finden würde. Doch als sie schließlich angekommen war, war sie so durcheinander, betäubt und verängstigt, dass sie stundenlang nur schluchzend dalag.

Als sie langsam wieder zu sich kam, war sie überrascht zu hören, dass Mrs Appleby die ganze Sache verschlafen hatte. Doch die alte Dame war ganz aufgewühlt, als Dora zurückkam – gestützt von einem jungen Soldaten, beide staubig und blutüberströmt. Dora war unterwegs ins Stadtzentrum gewesen, als die heftige Explosion sie zu Boden warf. Verletzt von umherfliegenden Glassplittern rappelte sie sich auf und half den Schwerverletzten zu den Krankenwagen, die bald darauf eingetroffen waren. Als sie die Straße erreichte, in der die Bombe eingeschlagen war, sah sie das Massaker, Blut, abgerissene Gliedmaßen und Köpfe, Körbe, Einkäufe, Trümmer überall. Sie wurde ohnmächtig, und einer der vielen Soldaten, die gekommen waren, um zu helfen, kümmerte sich um sie.

In den folgenden Stunden wurden sie förmlich geflutet mit Nachrichten darüber, wer bei dem Angriff zu Tode gekommen oder verstümmelt worden war, Freunde, Bekannte, Händler – und auch zwei der jungen Kanadier aus Shorncliffe, die bei ihnen untergebracht waren, darunter Antjes Bewunderer.

Flo wurde bald klar, dass es sehr viel sicherer war, dortzubleiben, wo sie war. Ihre plötzliche Abreise würde sofort Fragen aufwerfen, wohingegen ihre Hysterie und das Drama, das sie heraufbeschworen hatte, in den generellen Nachwehen des Bombenangriffs vermutlich unbemerkt bleiben würden. Trotzdem durchkämmte sie jeden Tag die Zeitungen nach einer Erwähnung von Hursts Ableben. Einige angespannte Tage vergingen, bis sie endlich einen Artikel darüber entdeckte, dass die Leiche eines »mysteriösen Mannes« am Fuße einer Klippe nahe Copt Point gefunden worden war. Die Polizei sagte, dass es keinen Hinweis auf seine Identität gebe und unklar sei, ob es sich um einen Unfall oder Selbstmord handelte. Wenig später fand sie einen weiteren Artikel: Nach einer Leichenschau hatte der Gerichtsmediziner eine unbekannte Todesursache konstatiert. Sie war unendlich erleichtert. Sie war in Sicherheit, zumindest fürs Erste.

Flo hatte nichts von Hauptmann Miller gehört, doch sie vermutete, dass er viel zu tun hatte, vermutlich untersuchte er, was alle derzeit umtrieb – warum niemand, auch nicht die Luftstreitkräfte des Vereinigten Königreiches, vor dem bevorstehenden Angriff gewarnt worden war. Nach ein paar Tagen jedoch wurde sie unruhig und schickte ihm eine kurze Nachricht mit der Frage, wie es ihm gehe. Sie wusste, dass er ihre größte Gefahr darstellte, und sie war – Hurst hatte recht gehabt – nicht so vorsichtig gewesen, wie sie sollte. Wider besseres Wissen hoffte sie jedoch, er möge ihre Bemerkung über die russischen Anarchisten vergessen haben, denn paradoxerweise fühlte sie sich nach all den mühevollen einsamen Jahren sicher bei dem Hauptmann, beinahe beschützt. Sie brauchte seine ruhige Stärke, seine Wärme und Zuneigung. Ihr wurde bewusst, wie sehr sie an ihm hing. War es Liebe? Es war nicht die romantische Leidenschaft, die sie mit Darnley geteilt hatte, doch oft wünschte sie sich, dass es eine Art von gemeinsamer Zukunft für sie geben könnte.

Die Tage vergingen, sie hörte nichts von ihm. Konnte er in die Untersuchungen um Hursts Tod eingebunden gewesen sein? Der Gedanke machte sie unruhig. Eines Abends fragte sie Gerrit, ob er ihn gesehen habe. Betroffen sah Gerrit sie an. »Haben Sie es nicht gehört, Schwester? Er wurde von einer der Bomben getroffen. Direkt am Bahnhof.«

Flo fühlte sich, als löse sie sich langsam, aber sicher auf. Hurst, die Bomben und jetzt Millers Tod – ihr Leben lag in Trümmern. Alles, was sie tun konnte, war, jeden Tag aufzustehen, Mrs Appleby zu versorgen und sich zu benehmen, als wäre nichts geschehen. Sie trauerte sehr um Miller, und noch mehr, als die Nachricht sie erreichte, dass

Josiah in Kanada gestorben war – sie hätte ihn heiraten können! Wochen vergingen, bis sie wieder in der Lage war, mit klarem Kopf über ihr Leben und die Zukunft nachzudenken.

Mit Mrs Appleby ging es offensichtlich zu Ende. Matilda hatte Flo inständig gebeten, bei ihnen zu bleiben bis zu ihrem Tod, und Flo, der die alte Dame ans Herz gewachsen war, wie tatsächlich alle im Haus, hatte nur zu gern zugestimmt. Doch was dann? Sie sehnte sich nach einem Neuanfang, wollte weit weg von diesem Land und der Gesellschaft, wo sie so hart hatte kämpfen müssen, ums Überleben und um ihre Ehre. Irgendwohin, wo sie ihre Vergangenheit hinter sich lassen und sich sicher fühlen konnte – denn die Angst, eines Tages könnte jemand die Wahrheit über Hurst und ihre Tätigkeit als Spionin herausfinden, verfolgte sie beständig.

Ein Brief von Lizzie, voller Vorfreude auf die Auswanderung nach Australien, hatte sie auf die Idee gebracht. Australien! Warum sollte sie nicht auch gehen? Natürlich war Godfrey dort, doch auch wenn sie wenig Hoffnung hatte, dass er sie jemals wiedersehen wollte, wäre sie in der Nähe von Lizzie, sie würde die Kinder mitnehmen, die Familie wäre wieder vereint, und sie wären alle passionierte neue Australier. Der junge Frank, der derzeit eine Lehre bei einer Ingenieursfirma machte, plante ohnehin bereits, Lizzie zu begleiten. Cyril war, zu ihrer großen Erleichterung, gleich nach dem Krieg nach Martinique gegangen, auf die französischen Antillen, wo er, wie sie hoffte, im Falle möglicher Untersuchungen in Sicherheit wäre, doch die anderen, so dachte sie, würden bestimmt gern mit ihr kommen.

Ganz so leicht war es dann doch nicht gewesen. Prue und Mollie waren beide mitten in ihrer Ausbildung zur Krankenschwester und hatten pflichtbewusst versprochen nachzukommen, sobald sie fertig waren, wenn auch, wie Flo zugeben musste, ohne großen Enthusiasmus. Joanna hatte geradeheraus nein gesagt. Doch Flo, die niemals wirklich die Tiefe ihrer Ablehnung begriffen hatte, war überzeugt davon, sie eines Tages umstimmen zu können.

Sie erkundete die Möglichkeiten, das Haus in Littlehampton zu verkaufen, und begann, Informationen über die Überfahrt nach Brisbane zu sammeln, wo sie Lizzie und Frank wiedertreffen würde.

Zwei Jahre vergingen, bis sie endlich auf dem Deck der RMS Ormuz stand, den langen, klagenden Laut des Schiffshorns im Ohr, der die Abfahrt von den Tilbury Docks ankündigte. Es sollte, dachte sie, klingen wie eine Trompete, die den Beginn ihres neuen Lebens verkündete, doch es war mehr wie ein herzzerreißender Abschied von all jenen, die ihr lieb geworden waren. Die zerbrechliche Mrs Appleby, für die sie gesorgt hatte, als sei sie ihre Mutter gewesen, war tot, und sie war traurig, Matilda zu verlassen, die eine verlässliche Freundin geworden war. James und die beiden Mrs Janssens waren an der Spanischen Grippe gestorben, genau wie Mrs Snodgrass' Ehemann und einige andere Freunde. Klaus und June Frantzen würde sie niemals wiedersehen. Die Grippe hatte auch im Waisenhaus gewütet, doch zum Glück hatten alle Kinder überlebt. Nachdem sie rund um die Uhr gearbeitet hatte, um die Kranken in der Familie und in Folkestone zu versorgen, hatte es auch sie erwischt, aber es ging ihr wieder gut.

Als Flo Lizzie in der jubelnden Menge am Kai entdeckte, die das Schiff in Brisbane begrüßte, schien ihre Schwester sich die Augen mit ihrem Taschentuch abzutupfen. Freudentränen, keine Frage, dachte Flo liebevoll, Lizzie ist so emotional. Doch als sich die beiden Schwestern endlich in die Arme fielen, konnte Lizzie nicht anders, als sofort damit herauszuplatzen: »Arme Flo! Meine arme, liebe Flo!« Und schließlich: »Frank ist tot.«

Frank – ihr Liebling, Darnleys Liebling, jedermanns Liebling. Frank war tot? Flo fiel beinahe in Ohnmacht. Er war doch so jung! Das konnte nicht sein.

Flo saß am Kai auf ihrem Gepäck, die Tränen rannen ihr über das Gesicht, während Lizzie ihr die tragische Geschichte erzählte. Lizzie hatte Frank heimlich mit auf die Farm gebracht. Sie hoffte, dass Godfrey, der seinen jungen Halbbruder zum ersten Mal sah, Arbeit für ihn hatte. Zuerst war Godfrey wütend gewesen und wollte nichts mit ihm zu tun haben, doch mit seinem jungenhaften Charme gelang es Frank, ihn zu überzeugen. Ermutigt von Lizzie, willigte Godfrey schließlich ein – unter der Bedingung, dass niemand je erfahren sollte, dass sie verwandt waren. Frank musste den Namen Harris aufgeben und sich bei seinen beiden Vornamen nennen lassen: Frank Hunter. Selbst Lizzie durfte niemandem erzählen, dass sie Godfreys Tante war.

Vor einer Woche waren Frank und ein anderer Farmarbeiter im Fluss nahe der Farm schwimmen gegangen. Frank war hineingesprungen, hatte sich den Kopf an einem Stein gestoßen und war, vermutlich bewusstlos, ertrunken. Es war der Tag vor seinem einundzwanzigsten Geburtstag.

Und nun Godfrey. Noch betäubt von der Trauer um Frank, war es Flo gelungen, mit dem Erlös aus dem Verkauf des Hauses in Littlehampton ein kleines Haus in Brisbane zu kaufen und einen Job als Pflegerin zu finden. Sie hoffte, dass ihr Leben von nun an in ruhigeren, glücklicheren Bahnen verlaufen würde. Doch dann, an diesem Morgen, hatte sie ein dringendes Telegramm von Lizzie erhalten, die auf der Farm war:

»Godfrey schwer krank. Komm schnell.«

Flo hatte Angst, dass das nur das Schlimmste bedeuten konnte. Godfrey hatte Lizzies Versuche einer Versöhnung stets brüsk zurückgewiesen, und ihre Nachricht ließ vermuten, dass Godfrey nicht in der Lage war, Einspruch zu erheben. Wer konnte wissen, was sie auf der Farm erwarten würde.

»Da sind wir, Ma'am«, sagte der Kutscher, als er das Pferd von der Straße und in einen kleinen Weg lenkte, der durch Felder führte, gesprenkelt mit schwarzen und weißen Kühen. Vor ihr lagen einige Farmhäuser, die sich um ein entzückendes, niedriges, weiß gestrichenes Holzhaus gruppierten. Eine Veranda mit einer anmutigen Balustrade umschloss die Seiten, mit schlanken Pfosten und eleganten Gitterbögen, die ein großes Spitzdach trugen. Als sie näher kamen, war sie erstaunt zu sehen, dass das Haus auf Stelzen stand, wenn auch auf niedrigen, die es ein oder zwei Meter über den Boden hoben.

Der Einspänner hielt vor der Eingangstreppe, Flo bezahlte den Kutscher und wandte sich zum Haus, wo Lizzie gerade auf die Veranda trat, sie hielt sich die Schürze vor die Augen.

»Lizzie, meine Liebe! O nein!«, rief Flo fassungslos und rannte die Stufen hinauf.

»Er ist tot.«

Es gab keine Zeit für viele Worte. Der Doktor verabschiedete sich und sprach ihnen sein Beileid aus, die Bestatter mussten angerufen werden, die Farmarbeiter informiert. Die Sonne war schon fast untergegangen, und eine willkommene kühle Brise war aufgekommen, noch ehe sich die Schwestern an dem weißen Korbtisch auf der Veranda bei Brot und Aufschnitt hatten niederlassen können, obwohl keine von ihnen Appetit verspürte. Lizzie sah sich um, ob das Hausmädchen, welches das Essen gebracht hatte, außer Hörweite war, dann lehnte sie sich zu Flo hinüber und sagte mit gedämpfter Stimme: »Es war Selbstmord.«

»Selbstmord!« Flo schnappte nach Luft. »Nein! Warum? Wie?«

»Vorgestern Abend«, begann Lizzie, »sagte er, als er zu Bett ging, er sei sehr müde und wolle am nächsten Tag ausschlafen. Niemand solle ihn wecken, egal was geschehe, er war sehr nachdrücklich.

Am nächsten Tag ließ er sich nicht blicken, und am späten Nachmittag wurde ich unruhig. Er hatte nicht nach Essen gefragt, er schien auch nicht auf der Toilette gewesen zu sein. Joe, der alte Gärtner, und ich wollten zu ihm, doch die Tür war verschlossen. Die Vorhänge waren zugezogen, und so konnten wir nicht durch die Fenster sehen. Wir haben überlegt, die Tür aufzubrechen, aber Godfrey konnte so ärgerlich werden, wenn jemand seine Anweisungen nicht befolgte, und so ließen wir es bleiben.«

»Und?«

»Am nächsten Tag das Gleiche. Nichts. Aber er wurde auf dem Hof gebraucht, es gab Anrufe, Sachen wurden geliefert. Ich habe an die Tür geklopft und gerufen, keine Antwort. Also habe ich mir ein Herz gefasst und Joe gebeten, die Tür aufzubrechen.

Er lag im Bett und schien zu schlafen. Ich bin zu ihm gegangen und habe ›Godfrey, Godfrey‹ gerufen, aber er bewegte sich nicht. Ich rüttelte ihn, immer noch nichts. Doch er hat geatmet, gerade so. Er war warm. Also habe ich den Doktor gerufen. Es schien Stunden zu dauern, bis er endlich kam.«

Lizzie begann wieder zu weinen und versteckte das Gesicht in den Händen. Flo streichelte ihr Knie.

»Der Doktor sagte, er läge im Koma. Er hat ihm eine Spritze gegeben, doch er warnte uns, es gäbe kaum Hoffnung, dass er sich erholen würde. Da habe ich dir das Telegramm geschickt.

Auf seinem Nachttisch stand eine leere Flasche mit irgendeinem wissenschaftlichen Namen darauf. Der Doktor sagte, es sei eine Art von Opium, mehr als genug, um jemanden umzubringen. Der Himmel weiß, wo er das Zeug herhatte. Er hatte offensichtlich alles getrunken. Oh, hätte ich doch nur früher versucht, ihn zu wecken. Es ist alles meine Schuld!«

»Das ist es nicht, meine Liebe, natürlich nicht. Aber warum um alles in der Welt wollte er das tun? Er hatte diese wunderschöne Farm, es schien ihm gutzugehen.«

»Nun ja, auf eine Weise. Er hat hart gearbeitet, viel investiert. Doch die ganze Zeit schien etwas an ihm zu nagen. Er ist immer schwierig gewesen, seit du Josiah verlassen hast, und mehr noch seit Marthas Tod. Doch nach seiner Zeit in der Armee war es noch schlimmer geworden. Die junge Dame, der er in England den Hof gemacht hatte, wollte nicht mit herkommen, ein Mädchen hier, das ihm gefiel, hat einen anderen geheiratet, und jedes Mal hat es ihm das Herz gebrochen. Er mied Gesellschaft, schloss sich stundenlang in seinem Zimmer ein und überließ die Farm sich selbst. Er war freundlich und höflich zu den Nachbarn, wann immer er sie getroffen hat, doch er hatte schreckliche Wutausbrüche seinen Arbeitern gegenüber, wenn irgendetwas nicht so war, wie er es sich vorstellte. Ich weiß nicht, wie oft er angestürmt kam und mir sagte, ich sei entlassen. Ich habe mich dann in mein Zimmer zurückgezogen und gewartet, bis er sich wieder beruhigt hatte und so tat, als sei nichts gewesen. Er hat niemandem von seinen Auszeichnungen im Krieg erzählt, und auch ich durfte sie nicht erwähnen.«

»Warum nicht?«, fragte Flo.

»Wer weiß das schon. Der Doktor sagte, er habe unter

einer Kriegsneurose gelitten, was auch immer das ist. Ich denke, er wollte einfach nicht an den Krieg erinnert werden. Er muss schreckliche Dinge erlebt haben, seine Lungen waren in einem furchtbaren Zustand – du weißt, dass er mehr als einmal giftige Gase abbekommen hat …

Er war ein kranker Mann, und ich habe den Doktor gebeten, etwas anderes als ›Selbstmord‹ auf den Totenschein zu schreiben. Jetzt steht dort ›akute Atemwegserkrankung‹.«

»Hat Godfrey einen Brief hinterlassen?«, fragte Flo.

»Nur das hier.« Lizzie zog ein Stück Papier aus ihrer Schürzentasche, legte es auf den Tisch und strich es glatt. »›Dank Dir für alles, Tante, und verzeih mir. Godfrey‹. Mehr nicht.«

Eine Weile saßen die Schwestern still beieinander. Irgendwann sagte Flo: »Kann ich ihn sehen?«

Lizzie führte sie in Godfreys großzügiges Schlafzimmer und zog das Laken weg, das über seinen Körper gebreitet worden war.

Flo stand am Fußende des Bettes und sah auf ihn hinab. Ihr Sohn. Und doch ein vollkommen Fremder. Konnte das der achtjährige Junge sein, den sie weinend in Pillowell zurückgelassen hatte? Ein Mann, dessen ganzes Leben in Ablehnung seiner Mutter geführt worden war. Ein Held, der sein Leben Millionen Mal riskiert hatte, der verletzt worden war an Körper und Seele, während sie … während sie …

Nichts würde sie je von seinem ewigen Vorwurf freisprechen.

Sie brach zusammen, und die Schwestern klammerten sich weinend aneinander.

Es waren wenige Leute beim Begräbnis, nur Flo, Lizzie, die Belegschaft der Farm und ein paar Nachbarn.

Auf dem Rückweg im Einspänner erzählte Lizzie Flo, dass Godfreys Anwalt sie informiert habe, dass er ihr die Farm und all seinen Besitz hinterlassen habe.

»Dann wirst du hierbleiben?«, fragte Flo. Sie konnte sich Lizzie nicht als Farmerin vorstellen.

»Nein!«, antwortete Lizzie mit Nachdruck. »Ich meine … Ich war sehr glücklich hier. Ich habe das Haus und den Garten schön gemacht, für Godfrey, aber … erst Frank, jetzt Godfrey … Es fühlt sich an, als läge ein Fluch auf diesem Ort. Und der Anwalt hat mich gewarnt, dass Godfrey hohe Schulden hatte. Ich werde verkaufen.«

»Nun«, sagte Flo nachdenklich, »dann kannst du vielleicht zu mir nach Brisbane kommen, bis du weißt, wie es weitergeht. Vielleicht finden wir eine Anstellung für dich als Haushälterin.«

Lizzie gefiel die Idee. »Es wäre schön, nah beieinander zu wohnen, jetzt in unserem Alter.« Beide verstummten und hingen ihren eigenen Gedanken nach. Nach einer Weile legte Lizzie ihrer Schwester die Hand aufs Knie und sagte: »Flo, nach all den Jahren kannst du mir nun vielleicht erzählen, warum du Josiah *wirklich* verlassen hast.«

Epilog

Und so kehrten die beiden Schwestern nach Brisbane zurück, wo sie – soweit man weiß – ruhig und ereignislos den Rest ihrer Tage verbrachten. »Lizzie« starb dort 1973. »Flo« lebte noch viele Jahre, während denen sie Zuflucht darin fand, spiritistische Sitzungen zu besuchen, vermutlich in der Hoffnung, Kontakt zu verlorenen Angehörigen aufzunehmen. Ein ausgeblichenes Foto zeigt sie – ihrem Zwanzigerjahrekleid nach zu urteilen, kurz nach der Emigration –, wie sie mit einem attraktiven weißhaarigen Mann die Straße hinunterläuft. Beide lächeln und sehen glücklich zusammen aus. Hat sie einen neuen Liebhaber gefunden? Das weiß niemand.

Es ist ihr nie gelungen, all ihre verbliebenen Kinder um sich zu versammeln. »Mollie« lebte einige Jahre bei ihr, nachdem sie während der japanischen Invasion von den Philippinen geflüchtet war, wo sie als Krankenschwester gearbeitet hatte. »Prue« ging als Missionskrankenschwester nach Nyasaland (das heutige Malawi) und ließ sich dann in Devon nieder. Die Schwestern verbrachten später ihren Ruhestand gemeinsam in einem Cottage in dem malerischen Fischerdorf Clovelly.

»Joanna« lehnte ihre Mutter so voller Bitterkeit ab wie Godfrey. Zu ihr zurückzukehren, verweigerte sie rundweg, stattdessen blieb sie im Waisenhaus, zuerst, um mit einem Stipendium die Blackburn Grammar School zu besuchen, dann als Teil der Belegschaft, bis sie ein weiteres Stipendium bekam und nach London aufs College ging, um Lehrerin zu werden. Klug, lebhaft und doch für immer gezeichnet von den Traumata ihrer Kindheit, wurde sie Lehrerin, heiratete und bekam zwei Kinder.

Und dann »Cyril«. Nach dem Krieg ging er auf die französischen Antillen – hatte er Angst, dass man ihm wegen seiner Spionage auf die Schliche kam? –, später kehrte er nach England zurück und machte Karriere als Elektroingenieur. Er reiste viel, arbeitete an Projekten der britischen Regierung, in denen er die Elektrifizierung in Entwicklungsländern vorantrieb. Er war ein launischer, komplizierter und tyrannischer Mann mit wenigen Freunden außer einem mysteriösen Deutschen mit Namen Eikermann, oder vielleicht Eichermann, der in den Nachkriegsjahren von Zeit zu Zeit auf seinem Motorrad auftauchte und sich mit Cyril im Wohnzimmer einschloss. Niemand wusste, wer er war oder warum er kam. Seinen Ruhestand verbrachte Cyril zum Teil in Australien, und er war es – der Sohn, der Flo in den dramatischsten Momenten ihres Lebens am nächsten gewesen war und der einzige Hüter all ihrer Geheimnisse –, der ihre Beerdigung organisierte, als sie 1955 im ehrwürdigen Alter von siebenundachtzig Jahren in Brisbane starb. Dann, 1968, mit siebenundsiebzig, setzte er sich hin und schrieb, zum Erstaunen seiner Familie, ein Buch. Doch dazu später.

All das kann ich enthüllen, weil es, wie der Leser und die Leserin wohl schon vermutet haben, Teil meiner Familiengeschichte ist. »Flo« ist meiner Großmutter mütterlicherseits nachempfunden, Sarah Ida Harry, geborene Bleathman. Dieses Buch erzählt, was ich über ihr Leben weiß, das so reich an Skandalen war. Für ihre Kinder dienten meine Tanten und Halbonkel als Vorlagen, und »Joanna« – im wirklichen Leben Joan – war meine Mutter.

Niemand in unserer Familie hat je von Ida gesprochen, soweit ich weiß. Ich wuchs auf, ohne je von ihrer Existenz gehört zu haben. Erst als Teenager begann ich zu fragen. Ich war erstaunt zu erfahren, dass Ida noch am Leben war, wenngleich weit weg in Australien. Dann spuckte meine Mutter, zum ersten Mal und mit zusammengebissenen Zähnen, ein paar bittere Worte über sie aus. Sie war wunderschön, gedankenlos – und erbärmlich. Sie hatte sie und ihre Geschwister in ein Waisenhaus abgeschoben – ein furchtbarer Ort, wie sie sagte. Sie hasste sie dafür und würde ihr niemals vergeben.

Ich denke nicht, dass es eine bewusste Verabredung gab, nicht über Ida zu sprechen. Ich glaube, dass sie und alle um sie herum, die über ihr unehrenhaftes Leben Bescheid wussten oder etwas ahnten, einfach aus der Angst heraus geschwiegen haben, dass es einen Skandal geben könnte, der auch für den Rest der Familie Schande bedeuten würde. Es scheint mir, dass meine Mutter und ihre Geschwister – bis auf »Cyril«, der im wahren Leben Percy hieß – sehr wenig über ihre Vergangenheit wussten und ihnen nichts daran lag, sich mit ihrer eigenen Unehelichkeit oder den Traumata aus dem Waisenhaus zu beschäftigen. Ich bin überzeugt davon, dass niemand außer Percy etwas von ihrer Spionagetätigkeit gewusst hat.

All diese Leichen wären vermutlich für immer in ihren Kellern geblieben, hätte es nicht diesen seltsamen Vorfall an jenem Nachmittag im Jahr 2014 gegeben. Ich kam bei dem Buch, das ich gerade schrieb, mit einer kniffligen Passage nicht voran, suchte Ablenkung und begann, ziellos im Internet zu surfen. Ich suchte nach Spuren meines verstorbenen Bruders, und zu meinem Erstaunen stieß ich auf eine Nachricht an uns beide auf einer Finde-deine-Verwandten-Website namens Curious Fox. Eine Frau wollte mit uns in Kontakt treten: »Ich bin die Nichte Ihrer Mutter«, erklärte sie.

Ich war vollkommen perplex. Die Schwestern meiner Mutter und ihr Bruder Fred (»Frank«) waren schließlich alle kinderlos geblieben. Doch ich antwortete auf die Nachricht und lernte per E-Mail eine Frau in Australien kennen, die sich tatsächlich als Halbcousine herausstellte. Sie hieß Anne Delisle, und von ihr erfuhr ich, dass Ida noch zwei ältere Söhne gehabt hatte, Halbbrüder meiner Mutter. Anne war die Tochter des älteren, Percy, der andere hieß Gilbert (»Godfrey«).

Wir skypten und schrieben uns Mails. Ich schickte ihr Abzüge meiner alten Familienfotos, sie schickte mir Geburts- und Heiratsurkunden, Totenscheine und Auszüge aus dem Melderegister. Und noch etwas: vier Schulhefte, Seite für Seite fotokopiert, handgeschrieben und manchmal schwer zu entziffern. Es war Percys »Buch«.

Vordergründig war es ein Roman, doch ganz offensichtlich handelte es sich um die Geschichte seiner ungeheuerlichen Mutter, und ein wenig auch um seine eigene. Manche Szenen hatte er augenscheinlich als Kind und als junger Mann selbst erlebt, sie hatten sich in seine Erinnerung gebrannt. Er beschrieb wenig bekannte Begebenheiten und historische Details, die, wie meine Nachforschungen ergaben, erstaunlich akkurat waren. Doch sie wechselten sich ab mit weitschweifigen, oft irrelevanten Passagen, die reine Erfindung zu sein schienen. Und die Geschichte brach ab, sobald Ida von Herz/Hurst angeworben worden war. Er war gestorben, bevor er sie zu Ende bringen konnte.

Ich war so erstaunt, wie Anne es gewesen war, als sie die Hefte zum ersten Mal gelesen hatte. Uns beiden war klar, dass Percy sich alles von der Seele hatte schreiben wollen, bevor er starb, in einem Alter, in dem er keine Strafe mehr fürchten musste. »Es passt überhaupt nicht zu ihm, so etwas zu tun. Er hatte überhaupt keine Vorstellungskraft«, erzählte sie mir. »Ich kann mich nicht erinnern, dass er in seinem Leben ein einziges Buch gelesen hat. Und dann hat er plötzlich angefangen, das hier zu schreiben.«

Und so begann ich, weitere Nachforschungen über Ida anzustellen. Ich stöberte in Archiven und Museen in England und Deutschland, durchkämmte das Internet, kontaktierte entfernte Bekannte und Organisationen, die etwas über sie wissen konnten, beauftragte einen professionellen Rechercheur, als ich nicht weiterkam, und besuchte das Waisenhaus und die Orte, an denen Ida und ihre Kinder gelebt hatten, bis die Corona-Pandemie meinen Reisen ein Ende setzte. Ich fand viel, um Percys Darstellung zu untermauern. Es gab tatsächlich einen hochrangigen deutschen Spion namens Peter Herz. Es finden sich tatsächlich geschmuggelte Nachrichten in den deutschen Archiven, die von Truppenverschiffungen an der Südküste berichten, und ein Bericht über britische Suchscheinwerfer-Einheiten, die den Himmel nach Zeppelinen absuchen sollten. Tatsächlich gab es auch, wie Percy es beschreibt, frühe Flugexperimente am Strand von Littlehampton, ein Mann mit deutschem Namen lebte in Idas Nachbarhaus, und der Vater ihrer Kinder (mein Großvater!) starb 1914 an einer Lungenentzündung. Ich habe noch viel, viel mehr gefunden, besonders über Gilberts Kriegsverdienste, über »Darnley« (sein richtiger Name war Alfred Walker Dolby) und über Fred und Idas andere Kinder. Doch es gibt viele Lücken in der Biografie. Wie, zum Beispiel, soll man etwas über eine Spionin herausfinden, die nie gefasst worden ist?

So ist Ida auch hier wieder Gegenstand eines Romans, der auf all dem basiert, was ich in Erfahrung habe bringen können, und ich habe die verbleibenden Lücken in dem Bemühen gefüllt, nicht bloß zu rekonstruieren, was geschehen ist, sondern auch – warum.

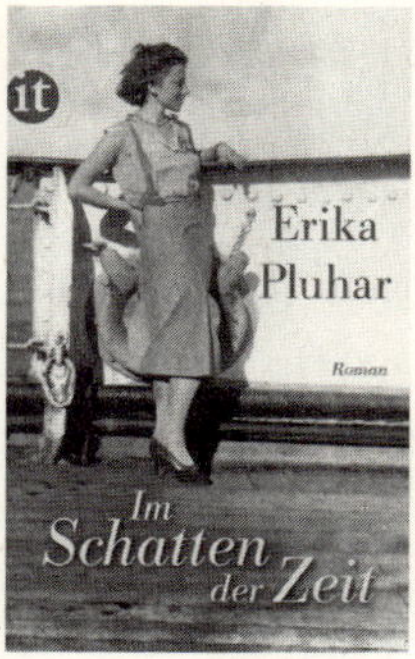

Von der Bestsellerautorin
Erika Pluhar

Wien zu Beginn des 20. Jahrhunderts. Anna studiert an der Kunstakademie und träumt von einem Leben als Malerin – bis sie sich Hals über Kopf in den attraktiven Studenten Seff verliebt. Vor seiner deutschnationalen Gesinnung verschließt sie die Augen, nicht ahnend, welche Konsequenzen diese auch für ihr Leben haben wird ...

Einfühlsam beschreibt Erika Pluhar die Hoffnungen und Sehnsüchte einer jungen Frau, deren Leben einen unerwarteten Lauf nimmt. Ein lebendiger, eindringlicher und bildreicher Roman.

Erika Pluhar, Im Schatten der Zeit. Roman. insel taschenbuch 4247. 254 Seiten

NF 234/1/11.14

Zwei starke Frauen, das »gefährlichste Buch des Jahrhunderts« und eine Liebe im Paris der zwanziger Jahre.

Eine Buchhandlung mitten in Paris. Für die junge Amerikanerin Sylvia Beach ist ein Traum in Erfüllung gegangen. Dass sie mit »Shakespeare & Company« in die Geschichte der Weltliteratur eingehen wird, ahnt sie bei der Eröffnung 1919 nicht. Schon bald wird »Shakespeare & Company« zum literarischen Treffpunkt in Paris: Hemingway, Gide, Valéry und Gertrude Stein gehen hier ein und aus – und nicht zuletzt James Joyce. Als nach Abdruck einzelner Episoden die vollständige Publikation seines umstrittenen Romans *Ulysses* verboten wird, ist es die unerschrockene Sylvia Beach, die ihn gegen alle Widerstände veröffentlicht – und damit ihre ganze Existenz aufs Spiel setzt.
Doch in der gleichgesinnten französischen Buchhändlerin Adrienne Monnier findet Sylvia Beach nicht nur eine wagemutige Mitstreiterin, sondern auch die Liebe ihres Lebens.

»Eine Liebeserklärung an alle Buchhandlungen, Bibliotheken und die leidenschaftlichen und entschlossenen Frauen, die sie führen.« *New York Journal of Books*

Kerri Maher, Die Buchhändlerin von Paris. Roman. Aus dem amerikanischen Englisch von Claudia Feldmann. insel taschenbuch 4933. 391 Seiten. Auch als eBook erhältlich

NF 573/1/2.23

»Alle Macht den Nanas!«

Sie wurde geliebt und gehasst, als Femme fatale bewundert und sexistisch beleidigt – die Künstlerin Niki de Saint Phalle (1930-2002) war eine einzige Herausforderung für ihre Zeit. Berühmt wurde sie für ihre knallbunten Nanas, die Gartenplastiken und Brunnen, ihre selbstbewussten Auftritte und ihre »Schießbilder« – aber dahinter steckt das Schicksal einer sensiblen und oft verletzten Frau.

In der Romanbiografie begibt sich Gabriela Jaskulla auf die Spur der großen Künstlerin und erzählt, wie aus der »adeligen Lady«, dem Missbrauchsopfer und der Femme fatale die größte Plastikerin des 20. Jahrhunderts wurde – eine Künstlerin, die von einer »Stadt der Frauen« träumte und von einer gerechteren Welt.

Gabriela Jaskulla, Niki de Saint Phalle und die Pracht der Frauen. Romanbiografie. insel taschenbuch 4912. 464 Seiten. Auch als eBook erhältlich

NF 542/1/4.22

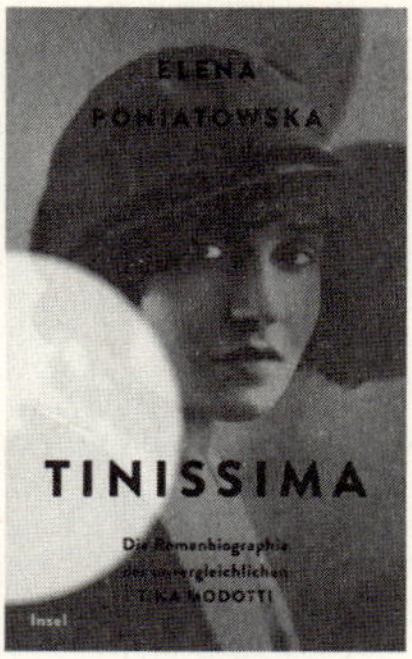

Die mitreißende Lebensgeschichte einer außergewöhnlichen Frau

Liebe, Kunst und politische Untergrundarbeit prägen das kurze, leidenschaftliche Leben der Tina Modotti (1896-1942). Von San Francisco, wo sie als »exotische Schönheit« in Theater und Stummfilm auftritt, reist sie mit ihrem Geliebten Edward Weston nach Mexiko. Ihr Haus wird Treffpunkt mexikanischer und ausländischer Künstler, unter ihnen Frida Kahlo und Diego Rivera.
Und wie viele ihrer Künstlerfreunde engagiert sie sich auf Seiten der revolutionären Linken – bis im Januar 1929 ihr Liebhaber, der Politemigrant Julio Antonio Mella, auf offener Straße erschossen und Tina des Mordes verdächtigt wird …

Elena Poniatowska, Tinissima. Die Romanbiographie der unvergleichlichen Tina Modotti. Aus dem Spanischen von Christiane Barckhausen-Canale. Mit zahlreichen Fotografien. insel taschenbuch 4908. 464 Seiten. Auch als eBook erhältlich

NF 567/1/12.22